Marie Grasshoff

Der dunkle Schwarm 2

Der stille Planet

Weitere Titel der Autorin:

Die Neon-Birds-Trilogie:
Neon Birds
Cyber Trips
Beta Hearts

Hard Liquor – Der Geschmack der Nacht
Spicy Noodles – Der Geschmack des Feuers
In Vorbereitung: Happy Meat – Der Geschmack der Liebe

Titel auch als Hörbuch erhältlich
Der dunkle Schwarm

Titel auch als Hörbuch bei Audible erhältlich
Band 1: Der dunkle Schwarm
Band 2: Der dunkle Schwarm 2 – Der stille Planet

Über die Autorin:

Marie Graßhoff, geboren 1990 in Halberstadt im Harz, studierte in Mainz Buchwissenschaft und Linguistik. Anschließend arbeitete sie einige Jahre als Social-Media-Managerin bei einer großen Agentur. Mittlerweile ist sie als freiberufliche Autorin und Grafikdesignerin tätig und lebt in Leipzig. Ihre Bücher wurden für mehrere Preise nominiert, und mit ihren Covern gewann sie u.a. zweimal den LOVELYBOOKS LESERPREIS und stand auf der Shortlist zum Deutschen Phantastik Preis.

MARIE
GRASSHOFF

DER DUNKLE SCHWARM 2

DER STILLE PLANET

Roman

NACH EINER AUDIBLE-ORIGINAL-PRODUKTION

lübbe

Dieser Titel ist auch als E-Book erschienen

Die Bastei Lübbe AG verfolgt eine nachhaltige Buchproduktion.
Wir verwenden Papiere aus nachhaltiger Forstwirtschaft und verzichten darauf, Bücher einzeln in Folie zu verpacken. Wir stellen unsere Bücher in Deutschland und Europa (EU) her und arbeiten mit den Druckereien kontinuierlich an einer positiven Ökobilanz.

Vollständige Taschenbuchausgabe der Audible-Original-Produktion

MIX
Papier | Fördert gute Waldnutzung
FSC® C014496
FSC www.fsc.org

Dieses Buch wurde vermittelt durch die
Literaturagentur erzähl:perspektive, München
(www.erzaehlperspektive.de)

Titelillustration: © iStock: Hutangac | grandeduc
Umschlaggestaltung: Guter Punkt, München | www.guter-punkt.de unter Verwendung eines Layouts von © Denis Holzmüller, Atelier Franken
Satz: Dörlemann Satz, Lemförde
Gesetzt aus der Minion Pro und der Unit OT
Druck und Verarbeitung: GGP Media GmbH, Pößneck
Printed in Germany
ISBN 978-3-404-18921-2

2 4 5 3 1

Sie finden uns im Internet unter luebbe.de
Bitte beachten Sie auch: lesejury.de

Folge 1

Die Erinnerung – Teil 1

Prolog

Die Nachricht eines alten Bekannten

Der Geruch nach frischem Gras und feuchter Erde liegt schwer in der morgendlichen Luft. Der Sonne gelingt es noch nicht, die hellgraue Wolkendecke zu durchbrechen, und trotzdem bildet sich ein leichter Schweißfilm auf meiner Haut.

Undurchdringlicher Nebel drückt sich an den Boden, schmiegt sich an hohe Gräser und umschmeichelt die heruntergebrannten Ruinen einzelner Holzhütten. Wie kleine Denkmäler sammeln sie sich mitten in der Biegung eines schmalen Flusslaufes, die verkohlten Holzbalken überwuchert von kleinblättrigen Pflanzen, umzingelt von unbestellten Reisterrassen.

Von der Lichtung aus führt der Fluss in Richtung eines dicht bewachsenen Dschungels, über dessen Kronen einige Kapokbäume ragen. Dahinter Berge, von Nebel gerahmt, die wie Kolosse aus dunklem Stein bis in die Wolkendecke reichen.

Abgesehen vom Surren der Mücken, die sich nah des flachen Flussbettes scharen, liegt vollkommene Stille über diesem Ort.

Ein Mädchen steht auf dem erdigen Weg, der vom letzten Regen mit Pfützen durchdrungen ist. Der Saum ihres weißen Kleides ist schmutzig vom Schlamm, die Füße und Hände voller Blut. »Ich habe auf dich gewartet, Atlas.« Eine Strähne dunklen Haares fällt ihr ins Gesicht. Ihre Stimme klingt eigenartig deutlich. »Schön, dich wiederzusehen.«

Kapitel 1

Das Verlieren eines entfernten Sterns

Ein stechender Schmerz durchdrang mich von meinem Kopf bis in die Zehenspitzen. Ein Keuchen auf den Lippen beugte ich mich nach vorn, hielt mich mit einer Hand an der Lehne des Shuttlesitzes vor mir fest und drückte die Fingerkuppen an meine Stirn.

»Atlas!« Wie aus weiter Entfernung nahm ich wahr, dass Noahs Schritte sich näherten. Sobald er bei mir war, legte er seinen Arm um meine Schultern, und ich stützte mich an ihm ab, bevor meine Beine nachgaben.

Den Blick auf den Boden gerichtet, sah ich für den Moment nichts als flimmernde Schwärze. Ich biss die Zähne aufeinander, um mich verflucht noch mal zusammenzureißen.

»Atlas, alles okay?«

Noahs Stimme drang wie aus der Ferne zu mir. Ich war noch nicht in der Lage, ihm zu antworten. Stattdessen blinzelte ich einige Male heftig und versuchte, die Kontrolle über meinen Körper zurückzuerlangen.

»Was ist los, Chefin?«, fragte einer der Männer, die das Shuttle steuerten. »Sollen wir die Mission abbrechen?«

»Nein«, keuchte ich, meine Hand in Noahs Jumpsuit gekrallt. Seine Arme gaben mir Halt, und er verstärkte seinen Griff, als ich noch ein Stück weiter gegen ihn sank. »Ich muss nur näher an den Supercomputer ran. Dann funktioniert das.«

Es dauerte einige Momente, bis es mir gelang, meinen Blick zu heben, ihn einigermaßen zu fokussieren und die Sonne durch die gefärbte Windschutzscheibe anzusehen. Unter den winzigen Punkten, die um sie herumkreisten, war der Hypermind-Supercomputer. Und dort, irgendwo mitten in seinem gewaltigen Speicher aus Gedanken und Erinnerungen, befanden sich die Daten meines Androiden. Die Programmierung von Julien, den ich hatte löschen müssen, um Noah das Leben zu retten. Ich *musste* ihn wiederholen, egal zu welchem Preis!

»Hey. Setz dich doch erst mal hin«, murmelte Noah.

Ich riss den Blick von den Satelliten und Sphären los, um zu ihm aufzuschauen. In dieses Gesicht, das einmal Julien gehört hatte. Die scharfe Kante seines Kinns, die dunklen Haare und die regenbogenfarbenen Sommersprossen. Doch auf den Zügen lag nicht der forschende, kühle Ausdruck, den Julien immer getragen hatte; sondern tiefe Sorge und eine gewisse Weichheit.

»Nein, ich …«, sagte ich und wandte mich wieder ab. »Ich brauch nur kurz.« Dieses ganze Debakel war meine Schuld, also würde ich die Mission nicht abbrechen. Mir war bereits vor dem Start klar gewesen, dass es schwierig werden würde, und ich war absolut darauf vorbereitet, über meine Grenzen zu gehen. Ich musste mich nur kurz erholen.

»Es wird nicht einfach, näher ranzukommen«, sagte der Pilot, ohne sich zu mir umzudrehen. Ich schwankte, von Noah gestützt, einige Zentimeter auf ihn zu. »Durch den ganzen Müll im Orbit ist es schwer, sich problemlos weiter nach vorne zu manövrieren.«

Ich presste die Lippen aufeinander und sah ernst durch die Frontscheibe. Langsam wurde mein Blick klarer.

Der Hypermind-Supercomputer war von hier aus sogar zu erkennen. Diese gewaltige, runde Sphäre, auf deren Speicher sich sämtliche Erinnerungen aller Menschen und Androiden befanden. Nur wegen der weltweiten Unruhen war es uns überhaupt möglich, uns diesem Ding unbemerkt zu nähern.

»Wir können uns doch von ein bisschen Weltraummüll nicht aufhalten lassen«, presste ich hervor.

»Die meisten Teile sind zu klein, um rechtzeitig von unserem

Radar erfasst zu werden«, erklärte der Copilot und deutete auf eine leuchtende Anzeige vor sich, mit der ich nichts anfangen konnte. »Ich meine … es ist möglich, aber extrem gefährlich. Bei der Geschwindigkeit, in der die Trümmer sich bewegen, kann selbst ein Teil von der Größe eines Bleistifts massiven Schaden anrichten.«

Scheiße. The Cell hatte alles darangesetzt, diese Mission zu ermöglichen, und jetzt sollte sie wegen mir scheitern? Daran, dass mein beschissenes ADIC sich in den letzten zwei Wochen nicht genügend erholt hatte – und daran, dass ich die Satelliten in die Luft gejagt hatte und wir deswegen nicht näher an den Computer herankamen?

Ich ballte meine zitternden Hände zu Fäusten, um über diesem Umstand nicht zu verzweifeln. Ich musste mich konzentrieren, wenn ich diese Mission beenden wollte. Es musste einfach funktionieren! »Wir müssen weiter«, beharrte ich und versuchte, mich aufrechter hinzustellen. »Ihr schafft das.«

Die Piloten warfen einander einen skeptischen Blick zu, dann setzten sie das Shuttle in Bewegung. Selbst mit bloßem Auge erkannte ich einige von den Trümmerteilen, die die Explosion der Satelliten hinterlassen hatte. Und ich verstand, wie schwer es sein musste, das Shuttle hindurchzusteuern, aber das war ein Risiko, das wir eingehen mussten, wenn wir an Juliens Daten herankommen wollten.

Ich musste nur eine Verbindung mit dem Computer herstellen und sie danach auf einen Speicherchip ziehen. Mit der richtigen Formatierung könnte ich sie sicherlich in einen anderen Androiden einsetzen, um ihn zurückzuholen.

Wenn wir nur noch etwas näher kämen …

»Nein, wartet!«

Der Pilot stoppte das Shuttle, wandte sich zu Noah um, und auch ich sah ihn an. Verständnislos und überrascht. Es war so seltsam, den sanften Ausdruck auf dem kantigen Gesicht zu sehen. Noahs Mimik war so deutlich zu erkennen, dass ich ihn und Julien niemals verwechseln könnte.

Die regenbogenfarbenen Sommersprossen auf seinen Wangen leuchteten. »Atlas, wir brauchen mehr Vorbereitungszeit«, sagte er ruhig. »Und du brauchst offensichtlich noch mehr Erholung. Wir setzen das Leben von jedem hier aufs Spiel, wenn wir weiter reinfliegen. Und auch deins.«

Ich verzog den Mund. »Du weißt von allen am besten, dass wir manchmal Opfer bringen müssen.«

Das war nicht als Vorwurf gemeint, doch dem getroffenen Ausdruck auf seinem Gesicht zufolge hielt er es für einen. Trotzdem antwortete er: »Wenn wir tot sind, hat Julien auch nichts mehr davon. Selbst, wenn wir es schaffen, nah genug an den Computer ranzukommen, kann jede weitere Überlastung für dein ADIC dein Ende sein!«

Was? Ich verstand nicht, warum er sich der Mission jetzt in den Weg stellte, immerhin hatten wir sie gemeinsam geplant. Ich hatte mein ADIC die letzten zwei Wochen nicht genutzt, um mich auf diesen Moment vorzubereiten. Und das, obwohl ich auf dieses verdammte Gerät in meinem Gehirn angewiesen war!

»Ich bin in der Lage, meine Grenzen zu überschreiten«, entgegnete ich hart. In den letzten Wochen war ich einige Male in Ohnmacht gefallen, weil ich mein ADIC überlastet hatte. Aber ich wusste, dass ich es schaffen konnte!

»Mir ist klar, dass du bereit bist, das alles zu riskieren«, erwiderte Noah viel zu ruhig für meinen Geschmack. »Aber es geht dir jetzt schon nicht gut.«

Der Schmerz in meinem Kopf war zu überwältigend, als dass ich seine Argumente schlüssig widerlegen konnte. Er hatte recht, aber er verstand es einfach nicht. *Ich* war schuld daran, dass Julien nicht mehr da war. Als ich seine Daten gelöscht und sie mit Noahs Erinnerungen überschrieben hatte, war es mir richtig vorgekommen, doch Julien … war mein einziger Freund gewesen. Ich war ihm das schuldig.

Aber das konnte ich nicht aussprechen, wenn ich nicht übermäßig emotional wirken wollte. So war ich eigentlich gar nicht!

»Ich habe diese Fähigkeit bereits mein Leben lang«, versuchte ich mich an einem Gegenargument, das rationaler als meine Gedanken war. »Und ich kann besser einschätzen als du, was ich mir zutrauen kann und was nicht.«

Noah zog die Augenbrauen nach oben und sah mich an, als hätte ich ihn geschlagen. »Du liegst falsch«, war seine einzige Antwort. Langsam ließ er mich los, sodass ich gezwungen war, mich an der Konsole neben mir abzustützen.

Anstatt die Diskussion mit mir weiterzuführen, wandte er sich an die Piloten. »Wir fliegen zurück zum Biotop«, wies er sie streng an.

Mit fragenden Blicken schauten sie sich zu mir um.

Woher kam das denn? Noah war seit dem Vorfall sehr direkt geworden, doch so aktiv über mich hinweggesprochen hatte er noch nie.

»Keine Widerrede«, beharrte er. »Du wolltest mich dabeihaben, und ich entscheide, dass du das Leben dieser Menschen nicht aufs Spiel setzen wirst. Wenn du schon nichts auf dein eigenes gibst.« Die Entschlossenheit, mit der er meinen irritierten Blick erwiderte, machte mir klar, dass er nicht nachgeben würde.

Scheiße. Ich seufzte geschlagen, taumelte einige Schritte in den hinteren Bereich des Shuttles und ließ mich resigniert in meinen Sitz fallen. »Na gut«, presste ich hervor.

Und ich hasste es. Ich hasste es so sehr, dass ich schreien und weinen wollte.

Vor allem, weil ich wusste, dass er recht hatte.

Verdammte Scheiße, er hatte ja recht.

Kapitel 2

Die Bienen einer anderen Welt

»Gehts?«

»Ja«, stöhnte ich, während ich die Treppe des Shuttles hinabstolperte und gleichzeitig damit beschäftigt war, den Overall von meinen Armen zu ziehen. Ich konnte es nicht erwarten, mir meine Schmerzmittel einzuwerfen und für viele Stunden zu schlafen, um nicht darüber nachdenken zu müssen, wie kolossal ich gerade versagt hatte.

»Du siehst blass aus«, fuhr Noah fort und versuchte behelfsmäßig, mich zu stützen, sobald wir unten angekommen waren, damit ich ungeschickt aus dem enganliegenden Anzug schlüpfen konnte. Der dunkle Jumpsuit, den ich darunter trug, war deutlich dünner. Ich streckte mich, sobald sich meine Glieder wieder leicht und beweglich anfühlten, und strich mir die ausgeblichenem pinken Haarsträhnen aus der Stirn.

Ich machte eine wegwerfende Bewegung mit der Hand, sobald wir uns in Bewegung setzten, um Noahs Bedenken vom Tisch zu wischen. »Wird schon gehen.« Nach dem, was gerade passiert war, hatte ich nicht die geringste Lust, ein normales Gespräch zu führen. Es war mir endlos schwergefallen, mich zu beruhigen. Die brodelnde Wut auf mich selbst zu bekämpfen. Aber die Zeit, die wir schweigend im Shuttle verbracht hatten, hatte mir dabei geholfen.

»Tut mir leid, dass ich so harsch war«, sagte Noah, als wir durch die sich öffnenden Tore traten und uns im Flur warme Luft und Sonnenlicht empfingen. »Ich wollte dich nicht so übergehen. Aber ich …« Er seufzte, und ich beschloss, ihn gleich hier zu unterbrechen.

»Ist okay«, sagte ich leise. »Du bist mein moralischer Kompass. Deswegen nehme ich dich ja mit.«

Tatsächlich zeichnete sich ein Lächeln auf seinen Lippen ab, als ich das sagte. »Ich denke, wir gleichen uns gut aus«, murmelte er.

»Zusammen sind wir in der Lage, wie ein normaler Mensch zu handeln.«

Er lachte, und ich stimmte ein, obwohl jede Bewegung das Hämmern hinter meiner Stirn nur noch verschlimmerte.

Ich würde direkt zum Stationsarzt gehen müssen. Noah hatte den Weg dorthin schon von sich aus eingeschlagen.

Ich lenkte meinen Blick auf meine Umgebung, um mich von meinen Schmerzen und dem Strudel an Gedanken gleichermaßen abzulenken. Der Flur grenzte über eine lange Glaswand direkt an eins der Biotope an, die The Cell im Orbit der Erde errichtet hatte. Die Kronen der Bäume wiegten sich vor dem Sternenhimmel, während Bienen auf der Suche nach Nektar über die blumigen Wiesen streiften, die Milchstraße direkt hinter ihnen. Wie die Natur vor der Endlosigkeit des Alls aufbegehrte, ein Flackern von Leben, das es so auf der Erde kaum mehr gab, verschaffte meinem angeschlagenen Geist ein wenig Ruhe. Hier, auf dieser Sphäre im Orbit, fühlte sich alles still an. So still, dass es mir fast ein Gefühl von Sicherheit vermittelte.

Eine trügerische Vorstellung.

Das leise Seufzen, das über Noahs Lippen kam, lenkte mich schnell von meinen Überlegungen ab.

»Worüber grübelst du nach?«, wollte ich wissen. Noah hatte verdient, dass ich mich mehr um ihn sorgte – immerhin war es meine Schuld, dass er in diesem künstlichen Körper steckte. Aber die meisten Versuche, ihn aufzumuntern, waren fehlgeschlagen, also hatte ich irgendwann aufgegeben. Ich war einfach nicht gut in solchen Sachen.

»Ich, ähm …« Zögerlich rieb er seine Hände aneinander und wartete darauf, dass einige Mitarbeiter des Biotops an uns vorübergegangen waren. »Ich denke über meine Mutter nach.«

Das kam unerwartet. Über sie hatte er in den letzten zwei Wochen gar nicht gesprochen. Ich sah zu ihm auf, konnte aber nicht viel aus seiner Mimik lesen.

»Willst du ihr sagen, was passiert ist?« Ich konnte mir nicht vorstellen, was in ihm vorgehen musste. Die Erkenntnis, dass Noahs Vater tatsächlich eine Rolle im Mord seiner Schwester gespielt hatte, war schwerwiegend genug gewesen, doch dass er nicht einmal mehr seinen richtigen Körper besaß, um wieder nach Hause gehen zu können …

»Sie … würde es sicher nicht verstehen. Aber meine Schwester ist tot. Vater ist im Gefängnis. Und ich kann den Gedanken einfach nicht ertragen, dass sie allein zuhause sitzt und … sich sicher ist, ich wäre auch tot.«

»Furchtbare Vorstellung«, rang ich mir ab. Ich wusste nicht, was man sonst auf so etwas erwidern konnte.

Nachdem Noahs Leiche von der Polizei gefunden worden war, hatte man ihn für tot erklärt. Er selbst hatte beschlossen, seine Existenz vorerst geheim zu halten, obwohl ich klargemacht hatte, dass es für mich in Ordnung wäre, wenn er darüber sprach. Mir wäre sicherlich etwas eingefallen, um dieses Geschehen zu erklären.

Das war allerdings seine Entscheidung.

»Ich würde so gern zu ihr gehen und ihr sagen, dass ich noch lebe«, gab er zu.

»Wenn du das tun willst, kann ich dich begleiten«, bot ich an. »Wenn du das möchtest.«

Er nickte in Gedanken versunken. »Klar, ich … danke. Aber ich muss noch darüber nachdenken.«

Warum fühlte ich mich plötzlich so schlecht, weil ich ihm mit unserer Mission nur noch mehr aufgelastet hatte? Das passte gar nicht zu mir.

Dabei spürte ich es im Grunde auch. Zwei Wochen waren nicht annähernd genug, um das, was geschehen war, hinter uns zu lassen. Er brauchte Zeit.

»Lass uns mal in deine Wohnung gehen«, schlug ich, einer spontanen Eingebung folgend, vor. Nach seinem offiziellen Tod hatten wir ein Testament fälschen können, in dem Noah mir seinen gesamten Besitz überschrieben hatte. Vielleicht würde es ihm guttun, sein Loft und all seine Gemälde wiederzusehen. In seinem vertrauten Bett zu liegen, selbst wenn er nicht mehr darin schlafen konnte.

»Gern«, erwiderte er tonlos.

»Ich verspreche, dass ich dieses Problem lösen werde«, sprach ich aus, worüber ich in den letzten Tagen viel nachgedacht hatte.

»Was meinst du? Dass du mir meinen menschlichen Körper zurückgeben willst?« Er lachte, als wäre das die unglaubwürdigste Vorstellung der Welt. »Kannst du das?«

»Keine Ahnung«, murmelte ich, den Blick verbissen auf meine Hände gesenkt. »Aber ich habe es geschafft, dein Bewusstsein in einen Androiden zu überschreiben. Also sollte das auch andersherum funktionieren.«

»Ich weiß nicht, ob das so einfach ist.« Er atmete tief ein. Eigentlich musste er das nicht, doch er schien die Bewegung, die damit einherging, einfach verinnerlicht zu haben. Es waren diese kleinen Merkmale, die ihn so anders wirken ließen als Julien zuvor. »Trotzdem danke, dass du drüber nachdenkst.«

»Ich meine es ernst«, versicherte ich und sah ihn nachdrücklich an. »Ich weiß noch nicht, wie. Aber ich schaffe es.«

Noah sagte nichts mehr, doch ich wollte mir zumindest einbilden, seine Züge hätten sich etwas aufgehellt.

Ich hatte die Welt ins Chaos gestürzt und Noah mit ihr zusammen. Das Syndikat war besiegt und die bisher größte Bedrohung für die Menschheit ausgemerzt. Doch diese Firmenbosse, korrupten Cops und Politiker zu stürzen war keine Heilung für die Welt gewesen. Im Gegenteil, sie war sogar noch kaputter als vorher. Als hätte ich ihr den Klebstoff für die Fugen genommen, der sie noch zusammengehalten hatte.

Aus dem Augenwinkel fiel mir jemand auf, der sich uns rasch näherte: helle Haut, dunkelgraues Haar und ein voller weißer Bart.

Bennie Haloren, der Gründer der Umwelt-Terror-Organisation The Cell.

»Atlas!«, rief er mir winkend zu und kam uns entgegen, kurz bevor wir in den Gang zum Stationsarzt einbiegen konnten.

Ein ungutes Gefühl machte sich in mir breit, als ich das aufmunternde und zugleich mitleidige Lächeln auf seinem Gesicht sah.

»Eure Mission verlief nicht erfolgreich, habe ich gehört?« Er blieb vor uns stehen. In dem schwarzen Overall mit den goldenen Verzierungen machte er einen ungewöhnlich fitten Eindruck. Ein Kontrast zu den noblen Anzügen, die er für gewöhnlich trug.

Dass ich auf seine Frage nicht reagierte, war ihm gewiss Antwort genug. Eine kleine Falte bildete sich zwischen seinen Augenbrauen. Offensichtlich machte ihn unser Misserfolg wirklich betroffen. Etwas, das vor ein paar Wochen noch nicht möglich gewesen wäre.

Der ältere Mann hatte sich erst in letzter Sekunde auf unsere Seite geschlagen, was sowohl Noah als auch mir im Kampf gegen das Syndikat das Leben gerettet hatte. Dass er uns inzwischen wie einen Teil seiner Familie behandelte, bereitete mir nahezu ein schlechtes Gewissen. Immerhin hatte ich ihn die längste Zeit einer weltweiten Mordserie verdächtigt.

»Ich bin froh, dass niemand verletzt wurde«, sagte er mit einem milden Lächeln. »Mach dir keine Sorgen. The Cell wird euch unterstützen, wenn ihr es weiterhin versuchen wollt.«

»Danke«, murmelte ich und blinzelte ihn einige Male an, in der Erwartung, dass er noch etwas anfügen würde. Diese Sache war zu unbedeutend, um persönlich mit mir darüber zu sprechen. »Was gibts?«, fragte ich deswegen nach einigen Momenten des Schweigens.

Bennies helle Augen funkelten unheilverkündend, als sein Blick ernster wurde. Warum machte er es so spannend?

»Payne Hax möchte dich sehen.«

Ein kalter Schauer überlief mich von oben bis unten. »Der neue Vorstand von Hypermind?« So schnell hatte er nicht herausfinden können, dass wir versucht hatten, den Supercomputer zu hacken, oder? Er hatte gerade die Leitung über das größte Unternehmen der Welt übernommen. Warum sollte er seine Zeit mit mir verschwenden?

Verdammt, er wusste sicherlich irgendetwas über mich.

»Ja«, antwortete Bennie knapp und verschränkte die Arme angespannt vor der Brust. »Keine Ahnung, ob du die Nachrichten verfolgst, aber da Boston Everick verhaftet wurde und alle anderen hohen Tiere bei Hypermind auch Teil des Syndikats waren, wurde er jetzt eingesetzt. Er leitet seit dreißig Jahren eine wohltätige Organisation namens ProTEC.«

Das hatte ich mitbekommen. Einem so wohltätigen Kerl die Kommunikation der gesamten Menschheit anzuvertrauen war sicherlich ein Schachzug von Polizei und Politik, um das Unternehmen gewissen Regularien zu unterwerfen, die sie seit Jahren durchzusetzen versuchten.

»Mit ProTEC hatte ich nie viele Berührungspunkte«, sagte ich, während ich noch über die Möglichkeiten nachdachte, warum dieser Kerl mich sprechen wollte. »Im Untergrund ist nie irgendwas Zwielichtiges über sie durchgesickert.«

»Ich denke auch nicht, dass es viel Zwielichtiges über Veteranen zu sagen gibt, die es sich zum Ziel gemacht haben, Hilfesuchenden in Krisengebieten Schutz, Nahrung und ärztliche Hilfe zu verschaffen«, mischte Noah sich ein und warf mir einen strengen Blick zu.

Ich versuchte, die Augen nicht über seine Naivität zu verdrehen, weil für unsere fortwährende Diskussion, ob Menschen grundsätzlich gut oder schlecht waren, jetzt keine Zeit war.

»Hat er gesagt, was er will?«, fragte ich stattdessen an Bennie gewandt.

»Darüber hat er sich in Schweigen gehüllt.« Er zog die Augenbrauen hoch. »Ich schätze, dass er durch seine neue Position sehr viele Berater gestellt bekommen hat. Höchstwahrscheinlich weiß er, wer du bist.«

Einige weitere Mitarbeiter gingen an uns vorüber und neigten vor Bennie ehrfürchtig den Kopf, während mir immer kälter wurde.

Verdammt. Ich war die Einzige mit der Fähigkeit, sich in jedes Hirn-Implantat und jede Hypermind-Technologie zu hacken. Dieses Geheimnis hatte ich mein Leben lang gehütet, aber nachdem ich gegen das Syndikat gekämpft hatte, war es eindeutig zu vielen Menschen in die Hände gefallen. Laut Bennie war die Wahrheit über meine Identität durch das interne Netzwerk von The Cell einigen höhergestellten Menschen aus der Wirtschaft in die Hände gefallen. Durch Spione innerhalb der Organisation.

»Du meinst, er weiß, über welche Fähigkeiten ich verfüge?«

»Vielleicht weiß er auch, dass du Evericks Schwester bist.«

Ich stöhnte. »Erinnere mich nicht daran.« Ich hatte vierundzwanzig Jahre meines Lebens keine Familie gehabt, und die Blutsverwandtschaft mit irgendeinem Verbrecher änderte daran nichts.

»Denkst du, er weiß, dass wir den Supercomputer hacken wollten?«

Bennie schüttelte den Kopf. »Nein, er klang recht versöhnlich.«

Nachdenklich wog ich den Kopf hin und her. Was könnte er von mir wollen? In meinem aktuellen Zustand wäre ich ihm ausgeliefert. Mein Leben lang hatte ich gewusst, was die Menschen mir gegenüber dachten, weil mich in ihre Gehirne zu loggen so einfach gewesen war wie atmen. Jetzt war das ein Akt, der mir solche Schmerzen bereitete, dass ich ihn kaum mehr ausführen konnte.

»Denkst du, ich sollte gehen?«, wollte ich daher von Bennie wissen.

»Ich an deiner Stelle würde es tun«, sagte er frei heraus, stemmte die Hände in die Hüften und sah mich sicher an. »Der Kerl leitet eine der größten wohltätigen Organisationen unserer Welt. Er ist Veteran und hat viel Gutes getan. Schau dir mal eine Dokumentation über ihn an. Ich denke nicht, dass er dir eine Falle stellen wird.«

Ich versuchte, nicht über den Kommentar zu den Dokumentationen zu lachen. Normalerweise fragte ich meine Freunde im Untergrund, ob es Geflüster über jemanden gab. Doch das würde einiges an Arbeit erfordern, nun, da Shane, mein Kontakt zu so vielen guten Quellen, tot war.

»Wann will er mich sehen?«

»Heute.«

»*Was?*«, fragten Noah und ich wie aus einem Mund und warfen einander einen knappen Blick zu.

Bennie hingegen zuckte nur mit den Schultern. »Scheint ihm sehr wichtig zu sein. Ich würde euch ja ein paar Leute aus der Crew mitschicken, aber ich habe selbst noch in Washington zu tun und brauche die Unterstützung.«

»Klar«, murmelte ich und begann, die positiven und negativen Punkte in meinem Kopf abzuwägen. Bei Hypermind vor Ort könnte ich vielleicht mehr Informationen zum Supercomputer bekommen; wie die Bewachungssituation war, wie es firmenpolitisch mit der Sicherung der Daten weitergehen würde und dergleichen.

Das half mir, eine Entscheidung zu treffen.

»Na gut«, sagte ich und wandte mich an Noah. »Gehen wir.«

»Ich flieg auch gleich los.« Bennie nickte uns zu und wandte sich bereits zum Gehen. »Wir treffen uns in dreißig Minuten an der Dockingstation.«

»Okay«, bestätigten wir beide und beobachteten, wie er sich von uns entfernte.

»Bist du dir sicher?«, wollte Noah gedehnt wissen, während wir Bennie hinterherschauten.

Ich nickte energischer, als es meinem Kopf guttat. »Wenn was schiefgeht, schießt du uns den Weg nach draußen frei.«

Noah machte große Augen, aber ich verzog den Mund sofort zu einem schelmischen Grinsen. Er war der größte Pazifist, den ich je kennengelernt hatte. Er musste wissen, dass das Ironie gewesen war.

Kapitel 3

Das Beobachten einer glimmenden Hoffnung

Die Medikamente des Stationsarztes konnten nichts gegen meine Kopfschmerzen ausrichten.

Nach dem kurzen Besuch beim Doc hatte das Kommunikationsteam bereits Kontakt zu Paynes Leuten aufgenommen, um unser Kommen anzukündigen. Sofort danach waren wir wieder ins Shuttle gesprungen, um uns auf den Weg zur Erde zu machen; nach Washington. Meine Heimat.

Im Shuttle war es dunkel, und alle schwiegen oder schauten Nachrichten. Um mich so weit wie möglich auf das Gespräch vorzubereiten, hatte auch ich meine Kopfhörer aufgesetzt und den Bildschirm des Sitzes ausgeklappt.

Bennie hatte mir einige Berichte zu Payne geschickt, aber schon nach wenigen Minuten hatte ich es satt, mitleiderregende Dokumentationen über sein schweres Leben zu sehen. Das half mir nicht dabei, mir eine objektive Meinung zu bilden. Also klickte ich mich durch die Sender, die das Shuttle empfing und hoffte, etwas halbwegs Spannendes zu entdecken.

Mein wirres Umherschalten nahm ein Ende, als ich bei einer Nachrichtensendung ankam, in der zwei Männer mittleren Alters einander gegenübersaßen. Hinter ihnen liefen Aufnahmen von Demonstrationen und brennenden Geschäften über die Bildschirme.

Der Nachrichtensprecher hatte Akani André, den neuen Polizeichef von Washington D. C., als Gast bei sich im Studio. Der Kerl war in letzter Zeit in so vielen Sendungen aufgetaucht, dass ich mich fragte, wann er eigentlich seiner Arbeit nachging. So tief, wie die

Augenringe sich auf seiner dunklen Haut abzeichneten, verzichtete er wohl eher auf Schlaf als auf seine alltäglichen Aufgaben.

»Wir können nicht sicher sein, ob bisher wirklich alle Mitglieder des Syndikats entlarvt wurden, Jimmy«, sagte der Polizeichef gerade. »Wie Sie wissen, verfügen viele der Mitglieder über eine Technologie, mit der sie bestimmte Erinnerungen vor den Scannern verbergen können. Aber wir machen Fortschritte. Immer mehr Menschen treten mit ihren Geschichten und Erfahrungen an die Polizei heran. Und die Erinnerungen, die an die Öffentlichkeit transferiert wurden, geben uns viel Aufschluss.«

»Was denken Sie: Wie hoch ist die Chance, dass ein Mitglied des Syndikats die Erinnerungen an diese Treffen öffentlich gemacht hat?« Irgendwie verliehen die zurückgekämmten Haare und die weißen Zähne dem Nachrichtensprecher ein schmieriges Aussehen.

»Dafür gibt es eine sehr hohe Wahrscheinlichkeit.«

Wenn die wüssten, dass ich es war; irgendeine bedeutungslose Verbrecherin aus dem Untergrund.

»Auch dafür«, fuhr er fort, »dass dieselbe Person für die Zerstörung der Satelliten im Dyson Swarm verantwortlich ist. Wir wissen nach wie vor nicht, wer er oder sie ist.«

Und das würde sich auch nicht so schnell ändern.

»Im Zentrum der Aufstände, die die Welt zurzeit in Atem halten, steht Noor Godman, die Tochter von Shane Godman. Des Mannes, der vom Syndikat für die Hive-Morde beauftragt wurde«, fuhr der Interviewer fort.

Ein Schauer prickelte auf meinen Gliedmaßen. Shane. Anfangs hatte ich versucht, alle Berichte über ihn zu meiden, weil seine letzten Momente jedes Mal durch meine Gedanken huschten, wenn ich mich an ihn erinnerte. Daran, wie er erst gedroht hatte, mir das Leben zu nehmen, und sich dann selbst erschossen hatte.

Wenn ich ihn nur hätte retten können.

»Das Schicksal von Noor Godman geht den Menschen sehr nahe«, antwortete der Polizeichef. »Sie ist zum Symbol sozialer Ungerechtigkeit geworden.« Passend zu seinen Worten wurden Menschenmassen gezeigt, die sich mit Plakaten und Schildern durch die Straßen der Welt drängten und Gerechtigkeit für Noor forderten. Ihr Gesicht prangte auf vielen der Bilder. Schwarzes Haar, bronzefarbene Augen, goldbraune Haut. Ein ernster Ausdruck auf den Zügen. Das Foto aus ihrer Personalakte war das einzige, das von ihr existierte.

Ich hatte sie anders in Erinnerung, obwohl ich sie nicht oft gesehen hatte. Deutlich jünger. Und fröhlicher.

»Noor kam in den Marsminen ums Leben, weil ihre Familie sich keine Schulbildung für sie leisten konnte«, sagte der Nachrichtensprecher. »Dass Menschen, deren Bildungsstatus nicht ausreicht, um in das Hive-System aufgenommen zu werden, meist in solche Krisengebiete abgeschoben werden, ist schon seit Jahren ein gängiges Verfahren. Warum denken Sie, stören sich die Aufständischen erst jetzt daran?«

Der ältere Polizist legte die Fingerspitzen aneinander und setzte ein trauriges Lächeln auf. Er wirkte ehrlich bedrückt. »Viele Menschen aus der Mittelschicht wissen zwar von dieser Vorgehensweise, sind aber selbst noch nie mit ihr in Berührung gekommen. Durch die klare Abgrenzung von Mittelschicht und Sub-Level findet nicht viel Kontakt mit den Ausgestoßenen statt.«

Dass er so direkt über die soziale Trennung sprach, beeindruckte mich. Die Missstände, die im Sub-Level herrschten, wurden für gewöhnlich verschwiegen. Diese Welt war zu dreckig und kriminell für den gewöhnlichen Bürger.

»Doch durch die Morde«, fuhr er fort, »und durch die unbekannte Person, die alle Menschen der Welt am Schicksal dieser Familie hat teilhaben lassen, ist es schwer geworden, die Augen vor diesen Ungerechtigkeiten zu verschließen.«

Damit verurteilte er offen die Aktionen der Politik. Dieser Mann gewann langsam meinen Respekt.

»Sie empfinden es nicht – wie viele Ihrer Kollegen und Kolleginnen – als heuchlerisch, dass die Aufstände erst jetzt stattfinden?«

Wieder lächelte der Polizeichef unbestimmt. »Sie kennen die Statistiken. Über siebzig Prozent der Menschen aus der Mittelschicht brauchen mehr als zwei Jobs, um ihr Überleben zu sichern. In einer solchen Situation ist es keine Boshaftigkeit, die Probleme anderer Menschen nicht sehen zu können.«

Ich blinzelte einige Male, als würde es mir helfen, zu verarbeiten, was ich da gerade hörte. Ich hatte selten jemanden in einer so hohen Position offen über diese sozialen Probleme sprechen gehört.

»Die Menschen aus dem Sub-Level, die seit Jahrzehnten sowohl von der Gesellschaft als auch von den Behörden ignoriert wurden, erhalten durch Noor zum ersten Mal eine Stimme. Und auch, wenn wir deswegen mit Chaos und Aufständen zu kämpfen haben, ist der Tenor dieser Zeiten in meinen Augen ein nicht grundsätzlich schlechter. Es kommt etwas in Bewegung.«

»Das ist eine ziemlich gewagte Aussage«, kommentierte der Interviewer. Es war offensichtlich, dass der Kerl aus dem Upper-Level stammte. Er schien kein Verständnis und keinen Nerv für die Menschen zu haben, die sich tagtäglich auf den Straßen versammelten, um zu demonstrieren.

»Ich heiße das Chaos nicht gut«, stellte der Polizeichef sofort klar. »Die Plünderungen und Gewaltakte, die von vielen der Demonstranten verübt werden, sind zu verurteilen und werden mit allen uns zur Verfügung stehenden Mitteln geahndet. Aber Menschen, die Gerechtigkeit nicht für sich selbst, sondern für andere Menschen fordern … das ist ein Bild, das wir lange nicht mehr gesehen haben. Und das begrüße ich prinzipiell. Sie versuchen, ein Gleichgewicht wiederherzustellen. Und eine Welt geradezurücken, die sich seit Jahrzehnten im Ungleichgewicht befindet, kann für diese Menschen offenbar kein sanfter Akt sein.«

Ich schüttelte fassungslos und mit einem Hauch Anerkennung den Kopf. Ob er nach diesem Interview Ärger für solche Aussagen bekommen würde?

Der Nachrichtensprecher schürzte die Lippen, sah auf seine

Notizen hinab, schien dann allerdings nicht mehr an sich halten zu können. Nahezu angriffslustig schaute er sein Gegenüber an. »Die weltweiten Ausschreitungen sind so massiv, dass die Regierungen gezwungen sind, das Militär im Inland einzusetzen. Wirtschafter und Politiker werden auf offener Straße von Radikalen angegriffen und hingerichtet. The Cell ist nach der Rede ihres Anführers Bennie Haloren in Splittergruppen zerbrochen, weil sein Aufruf nach einem gewaltfreien Kampf von vielen Anhängern abgelehnt wird. Extremisten ziehen durch die Industrieviertel, um die mit dem Syndikat involvierten Firmen anzugreifen. Nach Boston Evericks Festnahme musste ein Externer Hypermind übernehmen, weil sämtliche Vorstände des Unternehmens korrupt waren. Des Unternehmens, dem die komplette menschliche Kommunikation anvertraut wurde.« Er musste sich offenbar selbst stoppen, um nicht mit seiner Aufzählung weiterzumachen. Er sah den Polizeichef intensiv an, der während all der Punkte bedrückt genickt hatte. »Und das heißen Sie *grundsätzlich gut*?«

»Diese Dinge heiße ich nicht gut«, sagte er gedehnt. Er war die Ruhe selbst, das musste man ihm lassen. »Aber sind Sie denn der Meinung, unsere vorherige Welt war besser? Eine Welt, die nur durch Lügen und Korruption zusammengehalten wurde?«

»Sie war friedlicher.«

Der Polizeichef erwiderte nichts. Nur seine Haltung und die angespannten Hände zeigten, wie sehr er an sich halten musste, das nicht zu kommentieren.

Er dachte vielleicht dasselbe wie ich: dass der Sprecher recht hatte. Sie war auf eine gewisse Weise friedlicher gewesen. Doch das hatte sie nicht besser gemacht.

Erst, nachdem er eine ganze Weile geschwiegen hatte, sah der Sprecher wieder auf seine Notizen. »Und was halten Sie vom neuen Hypermind-Vorstand Payne Hax?«, lenkte er auf ein anderes Thema um. »Immerhin wurde er von den Regierungen der Länder vorgeschlagen und von der Polizei überprüft und freigegeben.«

Ich setzte mich ein Stück aufrechter hin, weil ich gespannt war, was dieser ehrliche Kerl dazu zu sagen hatte.

Die Anspannung fiel sichtlich von André ab. Zumindest diese Position von ihm schien nicht kontrovers zu sein, denn mit Sicherheit in der Stimme antwortete er: »Ich unterstütze die Entscheidung, Mr. Hax als Hypermind-Vorstand einzusetzen. Seit der Gründung seiner Organisation ProTEC hat er der Menschheit sehr viele humanitäre Dienste erwiesen. Im Gegensatz zu anderen Kandidaten, die zur Auswahl standen, hat er keinerlei finanzielles Interesse daran, das Unternehmen zu führen. Er steht auch in seiner Position als neuer Leiter von Hypermind gänzlich in den Diensten der Menschheit. Und ich hoffe selbstverständlich, dass dieser Umstand der Bevölkerung ein wenig Sicherheit zurückgeben kann.«

»Einigen sicherlich. Andere kritisieren, dass Hax nur eine Marionette der Polizei sein wird, um die größtmögliche Überwachung in der Bevölkerung zu garantieren. Etwas, wogegen sich Boston Everick stets gewehrt hat.«

»Mr. Hax darf und wird das Unternehmen nach seinem eigenen Gewissen leiten«, antwortete der Polizeichef nachdrücklich. »Wir können und werden ihm keine Vorschriften machen. Außerdem haben wir inzwischen herausgefunden, dass Boston Everick mit Hypermind ganz andere Ziele verfolgte; nämlich die des Syndikats. Also …«

»Wir treten in einer Minute in die Atmosphäre ein«, sagte einer der Piloten und riss mich aus meinem gespannten Lauschen. Ich setzte mich aufrechter hin, um das letzte Statement zu hören, bevor ich den Bildschirm einklappen musste. »Natürlich müssen wir sicherstellen, dass so etwas wie in den letzten Wochen nicht noch einmal passiert. Das ist nicht im Sinne der Überwachung, sondern im Sinne der Sicherheit. Und ich denke, für Sicherheit zu sorgen ist einer der wichtigsten Bausteine, um den Frieden wiederherzustellen.«

Ich presste die Lippen aufeinander.

Frieden. Das wäre schön.

Der Kerl gefiel mir, und das konnte ich nicht von vielen Menschen behaupten.

Der Nachrichtensprecher setzte erneut an, um mit Sicherheit einen weiteren bissigen Kommentar abzugeben, da sah ich Noah aus meinem Augenwinkel mit der Hand wedeln und schloss entsagend das Video, um den Bildschirm einzuklappen. »Schon gut, schon gut«, murmelte ich mit einem milden Lächeln auf den Lippen. Ich setzte die Kopfhörer ab und fragte: »Bist du bereit?«

Stöhnend nickte er. »Klar. Wir schaffen das zusammen.«

Unser Wagen glitt lautlos über die Schwebebahn zwischen den Hochhäusern Washingtons. Noah steuerte ihn, als hätte er nie etwas anderes getan. Das Fahrprogramm war ein fester Bestandteil der Androiden-Software, und offensichtlich war ein Großteil der Grundprogrammierung noch enthalten. Da der Geist eines Menschen noch nie in den Körper eines Androiden übertragen worden war, hatte ich nicht gewusst, ob und wie Noah überhaupt Zugriff auf die ganze Software nehmen könnte. Aber er sagte, dass sich die Funktionen anfühlten wie Reflexe.

So lenkte er das Auto souverän durch die Rauchschwaden, die ganz Washington einhüllten. Wenn ein Windzug sie für einige Sekunden vertrieb, spähte ich hinab zu den brennenden Wagen, Gebäuden und Demonstrationen, die das Bild des Middle-Levels bestimmten. Ich hatte das alles bisher nur im Fernsehen gesehen.

Die Aufständischen schrien so laut, dass ihre Rufe bis nach hier oben drangen. Es war eigenartig, die homogene Masse aus sich im Takt ihrer Parolen bewegenden Menschen nicht in gelbe Jumpsuits gekleidet zu sehen. Bisher waren solche Bilder nur bei den Demonstrationen von The Cell zu sehen gewesen.

Nun waren alle auf den Straßen. Nicht nur die Umweltterroristen, sondern jeder gewöhnliche Bürger. Einige bangten durch die Entwicklungen der letzten Wochen um ihren Job und hatten nichts mehr zu verlieren. Viele hatten diese Wut schon lange in sich getragen und nutzten die aktuelle Lage, um sie zu entladen.

Von hier oben sah die Stadt noch chaotischer aus als für gewöhnlich. Die breiten Hochhäuser aus verspiegeltem Glas reichten wie Säulen bis in den wolkenverhangenen Himmel hinein, während sich zwischen ihnen, auf vielen Ebenen, Straßen und Galerien entlangschlängelten. Washington war in den letzten Jahrzehnten zu schnell gewachsen. Millionen von Klimaflüchtlingen hatten sich vor Stürmen, Erdbeben und Überflutungen in dicht besiedelte Areale wie dieses gerettet, deren Stein und Metall zumindest ein wenig Schutz boten.

Wie Parasiten hingen Fußgängerwege, Parks und Geschäfte zwischen den Hochhäusern. Die Rauchwolken, die von ihnen aufstiegen, machten es schwer, die leuchtende Fahrbahn zu sehen, auf der sich unser Wagen bewegte. Die Neonreklamen, die an den Gebäuden prangten, erhellten den Dunst in all ihren bunten Farben. Auf vielen von ihnen waren heute Nachrichtenbilder anstelle von Werbung zu sehen. Noor Godmans Gesicht leuchtete wieder und wieder aus diversen Richtungen auf uns herab.

Jedes Mal, wenn ich sie sah, wurde mein Herz etwas schwerer. Ich hatte sie nur kurz gekannt, als wir Kinder gewesen waren, und hätte sie nicht retten können. Aber ihren Vater hätte ich retten können.

Bei ihm hatte ich versagt.

Stöhnend fuhr ich mir mit den kühlen Fingern über die Stirn, doch den brennenden Schmerz vermochte das nicht zu lindern.

Wenn Julien nur noch hier wäre … Er wüsste sicher, was zu tun war. Er hatte es immer gewusst.

Er war die einzige Familie gewesen, die ich jemals gehabt hatte, obwohl ich mir das selbst nie hatte eingestehen wollen. Er hatte mir geholfen, meinen Weg zu finden, meine Gedanken zu ordnen und das Chaos aus ihnen fernzuhalten. Und mir war klar, dass er all das vielleicht nur getan hatte, weil unsere Systeme miteinander verbunden gewesen waren.

Das änderte aber nicht, dass ich mit ihm einen Teil von mir selbst gelöscht hatte.

Ich atmete etwas tiefer ein, weil ich bemerkte, dass meine Kehle sich langsam zuschnürte.

»Wegen diesem Payne«, riss Noah mich aus den Gedanken, und ich schaute zu ihm hinüber. Die dunklen Haare hingen ihm in die Stirn und sein Kiefer wirkte angespannt. »Wollen wir vielleicht unsere Informationen zusammentragen, bevor wir uns gleich in den Kampf stürzen?«

Das war ein guter Plan, daher nickte ich knapp. »Klar.«

»Weißt du irgendwas Spannendes über ihn?«

»Du meinst abgesehen von seinem Namen?« Ich war nicht gut in Witzen. Ich wollte die Stimmung nur ein wenig aufhellen. »Wer nennt denn sein Kind Payne?«

»Hoffentlich ist der Name nicht Programm.« Hatte ich mir das eingebildet, oder war sein Mundwinkel ein Stück nach oben gezuckt? »Ich habe in einem Artikel gelesen, dass er sich bereits vor Jahren das erste Mal für klarere Sicherheitsbestimmungen bei Hypermind ausgesprochen hat«, sagte Noah. »Sonst hatte der Kerl aber nie etwas mit Hypermind zu tun.«

»Und mit dem Syndikat auch nicht, wenn man den Überprüfungen der Polizei Glauben schenken kann.« Was ich nicht tat. Sie waren bereits einmal unterwandert worden, und es könnte wieder passieren. »Aber ich gehe nicht davon aus, dass jemand, der seit dreißig Jahren eine friedliche, wohltätige Organisation leitet, böse Absichten hat.« Ich verzog den Mund. »Ich hoffe es zumindest.«

Kapitel 4

Der Neustart eines alten Fehlers

Das Geschäftsgebäude, das uns Payne Hax als Ort für das Meeting vorgeschlagen hatte, lag so weit im oberen Teil des Middle-Levels, dass wir ohne Zwischenfälle von der Parkstation zum Eingang hatten laufen können. Die Demonstrationen fanden weiter unten statt, und die eisige Winterluft hatte meinem Kopf gutgetan, obwohl sie die Schreie und Parolen der Beteiligten bis zu uns hinaufgetragen hatte.

»Komisch, wieder in der Gesellschaft zu sein«, flüsterte ich, als wir in den Eingangsbereich des Geschäftsgebäudes traten. Die hohen Fenster reichten viele Stockwerke über uns hinaus und sollten wohl den Blick auf den Himmel freigeben. Durch die Brände in der Innenstadt war allerdings nicht auszumachen, ob es wirklich bewölkt war oder ob es der Rauch war, der die Sicht verschleierte. Die kunstvoll verschlungenen Lampen, die von der hohen Decke in den Raum hineinragten, spendeten in dieser Tristheit warmes Licht.

»Zum Glück sehen sie mir in diesem Körper nicht an, wie aufgeregt ich bin«, sagte Noah.

Ich lächelte über den Kommentar, verkniff mir jedoch, erneut zu erwähnen, dass es keinen Grund gab, aufgeregt zu sein. Juliens Körper gehörte einer alten Kampfklasse von Androiden an, die gar nicht mehr hergestellt wurde. Sie verfügte über etliche Waffen, mit denen es ihm ein Leichtes sein sollte, uns zu befreien, falls wir in Schwierigkeiten kämen.

Obwohl ich wusste, dass Noah sich lieber gefangen nehmen oder umbringen lassen würde, als jemand anderem Schaden zuzufügen: Dass uns diese Waffen zur Verfügung standen, beruhigte mich.

Das Murmeln der etlichen Menschen, die sich in diesem Raum befanden, drang wie Hintergrundrauschen an meine Ohren. Vor der breiten Fensterwand fanden auf gemütlichen Sesseln Besprechungen statt, während andere Personen geduldig an der Information des Meeting-Gebäudes anstanden.

Ich wollte mich gerade dorthin in Bewegung setzen, als Noah mich am Arm berührte. »Da drüben.«

Er ruckte nur mit dem Kopf in die Richtung von zwei Männern, die sich angeregt miteinander unterhielten. Ein älterer Herr mit dunklen, von weißen Strähnen durchzogenem Haar sprach mit einem jungen Mann, der ihm gegenübersaß. Er konnte nicht älter als dreißig sein. Das braune Haar trug er in einem militärischen Undercut, durch den sein sauber sitzender Geschäftsanzug etwas unpassend erschien.

Ich deutete auf den Älteren der beiden, den ich in all den Berichten gesehen hatte. »Das ist er.«

»Ja«, bestätigte Noah leise.

»Kennst du den Kerl neben ihm?«

Er schüttelte den Kopf. »Sieht aber aus, als wäre er bei ProTEC.«

»Stimmt.« Der militärische Look sprach deutlich dafür.

Obwohl Payne und sein Begleiter noch nicht zu uns aufgesehen hatten, setzte ich bereits ein mildes Lächeln auf. Eine Maske, für die ich lange trainiert hatte.

»Meinst du …«, setzte ich an, um unser Vorgehen zu besprechen, doch in diesem Moment hatte Payne uns offenbar bemerkt und drehte sich gemeinsam mit seinem Gegenüber zu uns um.

»Miss Lawson?«, rief er uns entgegen.

Noah und ich setzten uns sofort in Bewegung, und Paynes jüngerer Begleiter sprang auf, um mir die Hand entgegenzustrecken. Ich schüttelte sie, etwas überrumpelt von seiner Überschwänglichkeit, dann ging ich auf Payne zu, um ihm ebenfalls die Hand zu reichen.

Ich versuchte, meine Irritation darüber zu überspielen, dass er heute im Rollstuhl saß. Bei den Konferenzen der letzten Tage hatte ich ihn oft gehen und stehen sehen. Ich wusste zwar, dass er durch vergangene Kriegsverletzungen Prothesen tragen musste – das war mehr als genug von den Medien besprochen worden –, doch mir war nicht klar gewesen, dass es so ernst war.

»Schön, Sie endlich persönlich kennenzulernen«, grüßte Payne. An Noah verschwendeten beide keinen Blick. »Es tut mir leid, dass wir uns hier treffen müssen. Es wurde ein Lockdown über das Hypermind-Viertel verhängt, bis die Polizei ihre Überprüfungen durchgeführt hat. Aber in einigen Tagen sollten wir dort wieder einkehren dürfen.«

Ich rang mir ein Lächeln ab, um meinen Unmut zu überspielen. »Das Viertel hier ist deutlich besser als das, in dem ich lebe.« Und besser als das, in dem ich aufgewachsen war.

Payne lachte, als wäre ihm sein Fehler erst jetzt aufgefallen. »Ja …« Er sah sich im Eingangsbereich um, der zwar nicht prunkvoll wie die Anwesen des Upper-Levels wirkte, darüber hinaus aber sauber und seriös. »Ich finde dieses Gebäude auch in Ordnung. Für die meisten Geschäftsleute, die ich treffe, liegt es allerdings weit unter ihrer Würde.«

Er ruckte mit dem Kopf in Richtung eines Fahrstuhls und setzte sich in Bewegung.

»Darüber müssen Sie sich bei mir keine Sorgen machen«, sagte ich, schob die Hände in die Jackentaschen und folgte ihm amüsiert.

Der Konferenzsaal besaß eine Fensterfront, die weit in das Middle-Level hineinblicken ließ. Wir hatten am Ende eines langen Tisches auf wenig bequemen Stühlen Platz genommen. An der Tafel zu sitzen fühlte sich ein wenig verloren an.

Ich war davon ausgegangen, dass Payne in Begleitung von Bodyguards und Sicherheitsleuten kommen würde. Entweder er gab nicht viel auf so etwas, oder die Themen, über die er sprechen wollte, waren sehr sensibel.

»Danke, Adalian. Das ist nicht nötig«, sagte er, als sein Mitarbeiter seinen Rollstuhl am Tisch positionieren wollte. Mit vielsagendem Blick wandte Payne sich zu mir um. »Das Wetter«, grummelte er und hob die Augenbrauen, als wäre klar, was er meinte.

Erst als ich ihn irritiert anlächelte, erklärte er sich: »Ich habe im Krieg beide Beine verloren. Mit den Prothesen kann ich laufen, aber …« Er rieb sich mit einem verkniffenen Gesichtsausdruck über die Oberschenkel. »An einigen Tagen funktioniert das besser als an anderen.«

Ich wusste nicht, ob ich mir einen Kommentar erlauben konnte. Es lag mir allerdings einiges daran, ihn auf die Probe zu stellen. »Sie könnten sich doch sicher ein Upgrade leisten«, sagte ich also.

Das entlockte ihm ein Lachen. »Ach, na ja.« Er machte eine wegwerfende Handbewegung. »Viele der Menschen, für die sich ProTEC einsetzt, trifft es schwerer als mich und sie können sich solche Operationen nicht leisten.« Er schaute zu Adalian hinüber, der neben ihm Platz genommen hatte. »Ein Upgrade der Prothesen würde mehrere hunderttausend Coins kosten, und ein paar Wirbel sind auch wieder verschlissen. Ich nehme das Geld lieber für die Organisation.«

Verstehend nickte ich. Das war sicherlich ein guter Beweggrund, doch ich konnte nicht einschätzen, ob er das nur sagte, um seine menschennahe Seite zu unterstreichen. Wie gern ich mich in ihn einloggen würde, um mir seine Gedanken anzusehen.

Andererseits: Wenn er wusste, wer ich war, müsste er auch wissen, über welche Fähigkeiten ich verfügte. Dass ich mein System nicht nutzen konnte, wussten nur Bennie, Noah und ich. Wenn Payne klar war, dass ich seine Lügen ganz einfach enttarnen könnte, hätte er keinen Grund mehr zu lügen.

Es sei denn, er stellte mich auf die Probe.

Scheiße, ich dachte zu viel darüber nach. Ich durfte mich von so etwas nicht aus der Fassung bringen lassen.

»Ich bin beruhigt, dass zumindest Sie sich nicht an diesen Räumlichkeiten stören«, sagte Payne und deutete in einer unbestimmten Geste durch den Raum. »Ich habe in den letzten Tagen herausgefunden, dass Unternehmer wohl eine pompösere Kulisse erwarten, wenn man sie um ein Meeting bittet.«

»Dann haben Sie schon Bekanntschaft mit den Wirtschaftern geschlossen. Wie schön.« Ich gab mir keine Mühe, den ironischen Unterton in meiner Stimme zu verbergen, und ich wechselte einen langen Blick mit Payne. Was diese Art von Menschen anbelangte, teilten wir wohl dieselbe Meinung.

»Ich habe diesen Überfluss nie verstanden. Aber ich schätze, Sie und ich kommen aus einer anderen Welt als dieser.«

»Sieht so aus.« Er wollte sich bei mir einschmeicheln, oder? Warum sollte er sonst so viel Zeit auf Nichtigkeiten verschwenden? »Ich habe nicht damit gerechnet, dass so schnell ein Nachfolger für Boston Everick gefunden werden würde«, versuchte ich das Thema in eine konkretere Bahn zu lenken.

»Es muss weitergehen«, sagte Payne und sah mich durchdringend mit seinen hellen Augen an. »Hypermind versorgt nicht nur Mitbürger, sondern auch Unternehmen und Behörden mit allen Möglichkeiten der Kommunikation. Eine solche Einrichtung darf nicht lange in der Schwebe hängen.«

»Das ist wahr«, stimmte ich ihm zu. »Sie haben also gewiss Besseres zu tun. Warum bin ich hier?«

Payne lächelte mild und faltete die Hände vor dem Körper. »Sie kommen direkt auf den Punkt. Das mag ich.«

»Wissen Sie, wer ich bin?« Mein Herz pochte aufgeregt in meiner Brust, denn mir war klar, wie machtlos ich war. Vor allem, weil Julien nicht mehr hier war. In solchen Situationen hatte er alles für mich übernommen. Die umliegenden Räume überwacht, Recherchen durchgeführt und Fluchtwege geplant, während ich sprach.

Noah könnte einiges davon theoretisch auch, aber ich würde ihm noch zeigen müssen, wie das funktionierte. Und dafür waren wir beide in den letzten Tagen nicht in der richtigen Verfassung gewesen.

»Ja, ich wurde über Ihre Umstände informiert«, offenbarte Payne. Seine Miene war ernst geworden. Die Ruhe, die er ausstrahlte, zeigte, dass er viel Erfahrung damit haben musste, derart ernste Gespräche zu führen. »Dieser Raum ist abhörgeschützt, und ich habe kein Interesse daran, Ihre privaten Informationen an irgendjemanden weiterzugeben. Wir können offen reden.« Er musste gesehen haben, wie mein Blick zu dem Mann, der sich uns als Adalian vorgestellt hatte, hinübergewandert war. »Adalian ist meine rechte Hand. Aber er ist bereits im Bilde.«

Sein Kollege nickte still und scrollte durch einige Unterlagen vor sich.

»Ich habe durch einen Informanten im internen Netzwerk von The Cell herausgefunden, wer Sie sind. Dort kursierte die Information über Ihre Identität ja, damit die Aktivisten Ihnen helfen konnten, das Syndikat zu stürzen, wenn ich das richtig verstanden habe.«

»Genau.«

Noch bevor ich meinen nächsten Gedanken formulieren konnte, setzte er fort: »Danke für Ihren Einsatz für die Menschheit.« Nun wurden seine Züge weich. »Ich bin fest davon überzeugt, dass das alles ein Schritt in die richtige Richtung war.«

»Ich versuche, es auch so zu sehen«, erwiderte ich unsicher. Mir war klar, wie einsilbig ich antwortete, aber solange ich nicht wusste, was er dachte, wollte ich ihm keine Angriffsfläche für irgendetwas bieten. »Sie können mich übrigens Atlas nennen.« Vielleicht konnten wir so zumindest dieses steife Gerede umgehen.

»Payne«, bot er ebenfalls an. »Der Grund, aus dem ich dich sprechen wollte, war, weil es mich interessiert, was für ein Mensch du bist. Immerhin verfügst du über erheblichen Einfluss auf das Weltgeschehen.«

Ich wiegte den Kopf hin und her. »Unabsichtlich.«

»Was meinst du?«

»Ich bin da eher unabsichtlich reingerutscht«, erklärte ich mich ehrlich. »Ich habe kein Interesse daran, mich in die Machenschaften der Welt einzumischen. Ich brauche keine Macht und keinen Einfluss und habe auch nicht vor, künftig danach zu streben.« Ich hoffte, das stellte klar, dass ich mich nicht auf seine Seite schlagen oder mich für politische Zwecke ausnutzen lassen würde.

»Das finde ich nett«, sagte er, was mich etwas unvorbereitet traf. »Keine Sorge, ich habe nicht vor, dich um einen Gefallen zu bitten. Es geht mir um etwas anderes.«

Ich spannte mich innerlich an und musste mich beherrschen, es nicht offen zu zeigen.

»Ich habe vor, Hypermind nach den Glaubenssätzen von ProTEC zu leiten: zum Wohle der Menschen.«

Was auch immer das bedeutete.

»Deswegen arbeite ich eng mit der Polizei zusammen. Wir haben in der letzten Woche eine Strategie erarbeitet, um das Vertrauen der Menschen in Hypermind zu stärken. Nicht nur die Bevölkerung, sondern auch Politik und Wirtschaft verlangen nach mehr Sicherheit. Deswegen werden wir in den kommenden Tagen einen kompletten Neustart des Supercomputers durchführen.«

»Ein … ein Neustart?« Perplex blinzelte ich. Mir war nicht einmal klargewesen, dass das möglich war.

»Das Ziel ist, die Algorithmen zu säubern. Wir denken da vor allem an die Hacks, die das Syndikat für die Morde von Shane Godman einprogrammieren musste.«

Die Algorithmen säubern? Ich hatte jahrelang als Programmiererin bei Hypermind gearbeitet, aber von so etwas hatte ich noch nie gehört. »Wie lange werden die Hives denn nicht erreichbar sein?« Die komplette globale Kommunikation würde für diesen Zeitraum flachliegen. Kaum jemand besaß noch altmodische Geräte wie Handys.

»Das können wir nicht genau sagen. Durch diese Maßnahme stellen wir allerdings sicher, dass sich keine fehlerhaften oder gefährlichen Datensätze mehr in unserem System befinden.«

Ich bemühte mich, ruhig zu atmen, während ich von der Vorstellung einer Welt überwältigt wurde, die ohne Hives und ADICs funktionieren musste. Ich verstand, was sie damit bezweckten, aber wie konnte er sich so sicher sein, dass das nicht noch zu mehr Chaos führen würde?

Und was noch viel wichtiger war: Wie würde sich das auf mich und mein System auswirken? Wäre ich danach noch in der Lage, mein eigenes ADIC zu benutzen? Andere Menschen oder Maschinen zu hacken? Das war eine Fähigkeit, mit der ich aufgewachsen war und auf die ich nicht verzichten konnte! Die letzten zwei Wochen hatten mich schon nahezu um den Verstand gebracht!

Payne legte die Fingerspitzen aneinander und sah mich aufmerksam an. »Ich gehe davon aus, deine … Fähigkeit läuft mit einer Art von Hypermind-Technologie?«

»Ja«, erwiderte ich mit trockenem Mund. Verdammt. Was, wenn der Neustart mich für immer von den Hives trennte? Ich hatte keine Ahnung, was in meinem Kopf vor sich ging, also konnte ich nicht wissen, welche Auswirkungen diese Aktion auf mich haben würde.

»Denkst du, dass das ein Problem für dich werden könnte?«

Irgendwie musste ich mich beruhigen. Ich durfte vor diesen Fremden nicht den Verstand verlieren. »Ich … ich weiß es nicht.« Ich bemühte mich, Blickkontakt mit Payne zu halten, um mir meinen Schock nicht anmerken zu lassen. »Da es so einen Fall noch nie gab, kann ich das nicht einschätzen.«

»Verständlich. Ich möchte dir nicht schaden, nach allem, was du für diese Welt getan hast. Deswegen wollte ich dich vorwarnen.«

Es ärgerte mich nahezu, dass ich mich dankbar fühlte, weil das irgendwie mit einem Gefühl der Schwäche einherging. »Das ist wirklich sehr freundlich. Ich werde mich über eventuelle Folgen und Maßnahmen informieren.« Mein Herz schlug so schnell, dass mir schwindlig wurde.

»Zu welchem Zeitpunkt genau soll der Reboot denn stattfinden?«, mischte sich Noah ein. Androiden waren für gewöhnlich gedanklich mit ihren Besitzern verbunden, also wäre es wohl okay, wenn er auch sprach.

»Innerhalb der nächsten Tage. Wir müssen uns mit den Technikern noch auf ein genaues Datum einigen, aber wir werden es vorher öffentlich verkünden.«

»Natürlich.« Scheiße. Ich würde tatsächlich einen Arzt aufsuchen müssen, um mir eine Einschätzung für dieses mögliche Problem geben zu lassen. Und am besten auch, um generelle Fragen zu meinem ADIC zu stellen, weil ich meinen Zustand nicht mehr lange würde ertragen können.

Aber allein die Vorstellung, mich unter einen Scanner zu legen, bereitete mir einen leichten Anflug von Panik. Ich legte meine Hände in meinen Schoß, um zu verbergen, dass sie zitterten.

Und noch während ich versuchte, mich zu beruhigen, kam mir ein neuerer, viel erschreckenderer Gedanke: Was wäre mit Juliens Daten? Ich wusste, dass die Daten und Erinnerungen verstorbener Personen und auch deaktivierter Maschinen noch lange im System zurückblieben. Das war ein Punkt, über den Politiker und Polizisten bereits seit Jahren debattierten.

Würden diese Daten ebenfalls gelöscht werden? Payne würde mir sicher keine Auskunft darüber geben, oder? Andererseits: Wenn er mir so dankbar für alles war, was ich getan hatte – wäre er dann vielleicht sogar bereit, mir einen Gefallen zu tun?

Ich entschloss mich, den Schritt zu gehen, bevor Payne das Meeting für beendet erklärte. »Besteht die Möglichkeit, dass ihr mir vor dem Reboot Zugang zu den Daten des Supercomputers gebt?«, fragte ich also frei heraus. »Ich musste im Kampf gegen das Syndikat die Daten meines Androiden löschen und hoffe, dass ich sie aus dem Computer wiederherstellen kann.«

Payne sah mich eine ganze Weile an. Der bedrückte Ausdruck, der auf sein Gesicht geschlichen war, verriet mir seine Antwort, bevor er zu sprechen begann.

»Es tut mir leid«, sagte er und schien wirklich besorgt darüber zu sein, dass er mir keine positive Antwort geben konnte. »Ich kann niemandem Zugriff auf die vertraulichen Daten der Bevölkerung geben. Das geht unter keinen Umständen.«

Ich nickte verstehend, obwohl die kurze Hoffnung, die ich gehabt hatte, in meinem Herzen schmerzte. So würden wir eben weiter mit Bennie und The Cell arbeiten müssen.

Sofern die Daten nach dem Reboot noch da waren.

Ich ärgerte mich über meine kindische Enttäuschung, aber gleich würde sie sicher verfliegen. »Danke auf jeden Fall für die Warnung.«

»Gern.« Payne schob seinen Stuhl ein Stück zurück, was ich als Zeichen auffasste, mich ebenfalls erheben zu können. »Ich hoffe, dass alles gut für dich ausgehen wird. Und dass du diese turbulenten Zeiten sicher überstehst.«

Dieser Mann erschien bei allem, was er sagte, so klar heraus und ehrlich. Nicht geprägt von Hochmut wie Boston Everick oder getrieben von verbissenen Ideen, wie die Welt aussehen sollte, wie Bennie Haloren. Er war ausgeglichen.

So jemanden konnte die Welt wohl wirklich gebrauchen.

»Meine Kontaktdaten hast du ja«, sagte Payne, während ich hinter ihm den Raum verließ. Adalian hielt uns schweigend die Tür auf. »Ich bin sicher, dass wir hin und wieder aufeinandertreffen werden.«

Ich hoffte das nicht. Wenn es nach mir ging, würde ich wieder abtauchen und mich aus den Belangen der Welt heraushalten, so schnell ich es mir erlauben konnte. »Bestimmt«, antwortete ich trotzdem.

Eisiger Wind wehte über den Parkplatz, an dessen hinterem Ende wir das Auto geparkt hatten. Er trug den Geruch der Brände mit sich, der sich über ganz Washington gelegt hatte. Ich spürte, wie er sich nach und nach in meiner Kleidung und meinem Haar festsetzte.

Noah lief neben mir. »Das lief doch gut, oder?«, wollte er wissen, seinem Tonfall nach unsicher darüber, was er von dem Meeting halten sollte.

»Ich … keine Ahnung.« Ich musste all die neuen Informationen erst einmal verarbeiten. Die Angst saß mir noch zu tief in den Knochen.

»Payne wirkte sehr ausgeglichen«, setzte Noah seine Überlegungen fort, während wir über den Asphalt vorangingen. Seine Stimme beruhigte mich ein wenig. »Anders als die meisten Businessleute, die ich kenne.«

Das stimmte. Sowohl Noah als auch ich hatten schon viel zu viel Kontakt mit diesen Menschen pflegen müssen. Payne erschien mir tatsächlich anders. Ich wollte mir allerdings auch nicht erlauben, ihm zu früh zu vertrauen, solange ich nicht genau wusste, was in seinem Kopf vor sich ging.

»Bei den meisten spürt man, dass die hinter jedem Satz, den sie sagen, Hintergedanken haben«, überlegte er weiter, was mich grimmig lächeln ließ.

»Haben sie auch.« Ich hatte es bisher immer gesehen. »Aber bei ihm kann ich es nicht überprüfen. Vielleicht ist er nichts weiter als ein guter Schauspieler.«

Die Anspannung fiel einfach nicht von mir ab, verdammt.

»Wie ging es dir bei dem Treffen?«, wollte ich wissen, um mich weiter abzulenken. Sonst verlor ich irgendwann den Verstand. »Immerhin war es das erste Mal, dass wir so richtig unter Menschen waren.«

»Es ist …« Noah seufzte und blickte zu seinen Stiefeln hinab. »Niemand sieht mich an. Ich meine … so richtig.« Sein Blick wanderte von unseren Füßen hinauf zu den Gebäuden, die noch weit über unseres hinausragten. Bis über den Smog. »Es ist ein bisschen, wie unsichtbar zu sein. Vielleicht ist das auch gut.«

»Es muss ja weder etwas Gutes noch etwas Schlechtes sein«, murmelte ich, verlangsamte allerdings mein Tempo, als ich spürte, wie mein Sichtfeld sich langsam einengte, an den Rändern dunkler wurde und verschwamm. »Wir …« Ich presste die Fingerkuppen an meine Schläfen, um sie ein wenig zu kühlen. »Wir sollten auf jeden Fall noch mal mit Bennie sprechen. Der ist gerade auf seinem Anwesen. Eventuell erwischen wir ihn noch.«

Verdammt, das alles war noch zu viel für mich. Ich hatte gehofft, dass mein Energielevel zumindest stabil bleiben würde, wenn ich mein ADIC nicht benutzte, aber das stimmte wohl nicht. Ich spürte, wie schon wieder Übelkeit in mir aufstieg.

»Wir sollten erst einmal einen Arzt aufsuchen, der dir sagen kann, ob der Reboot ein Problem sein wird oder nicht«, beharrte Noah und kam einige Schritte zu mir zurück. »Hey, du bist ja kreidebleich!« Seine Stimme drang nur dumpf an meine Ohren, während ich versuchte, auf meinen wackeligen Beinen das Gleichgewicht zu halten.

Ich spürte, wie seine Hände sich in meine Arme krallten, während ich herabsank. Er hielt mich so fest, dass es wehtat. Warum fühlte es sich so an, als schnürte sich meine Kehle zu? Ich bekam kaum mehr Luft.

»Atlas, was ist los?«

Ich wollte antworten, aber ich konnte nicht. Mit zitternden Fingern griff ich an meine Jacke, um sie am Kragen ein Stück herabzuziehen, als würde mir das dabei helfen, zu atmen.

»Atlas!« Noah rüttelte an mir. »Wir müssen zu einem Arzt. Jetzt!«

Ich wünschte, ich hätte die Kraft, ihm zu widersprechen, aber ich wusste selbst nicht, ob es ausreichen würde, mich hinzulegen. Ob es mir dann besser gehen würde.

Ich konnte nicht mehr atmen.

»Doktor Prescott«, keuchte ich. »Deine Kontaktliste. Da muss er …«

»Gefunden«, sagte Noah hektisch. Er rückte nicht ein Stück von mir ab, als er Kontakt zu dem Mann aufnahm.

Folge 2

Die Erinnerung – Teil 2

Kapitel 1

Die Drohung eines alten Feindes

»Warte«, keuchte ich. Noah hielt sofort an, damit ich mir einen Moment zum Durchatmen nehmen konnte, den Arm nach wie vor unterstützend um meinen Körper geschlungen. Auf dem Weg hierher hatte ich auf der Rückbank des Wagens gelegen, was ein wenig gegen den Schwindel geholfen hatte, aber gut genug, um selbst zu laufen, ging es mir noch nicht.

Der erste Atemzug, den man nahm, wenn man in das Sub-Level eintrat, war der schlimmste. Der Geruch nach Fäule, Urin und Schimmel schlug uns aus der engen Gasse entgegen und verstärkte meine Übelkeit. Ich hatte das Gefühl, die feuchte Luft auf meiner Zunge zu schmecken.

Zwischen den Backsteinmauern in der Gasse war kaum genügend Platz für Noah und mich, um nebeneinanderzugehen. In den Pfützen auf dem schlammigen Boden sammelten sich unbekannte Flüssigkeiten. Meistens Unrat aus den darüber gelegenen Leveln. Das schummrige Licht einiger roter Neonröhren spiegelte sich in ihnen.

Ich atmete einige Male tief ein und aus und hob meine zitternden Finger, um mir den Pullover über die Nase zu ziehen. Das war eigentlich etwas für Anfänger. Aber es würde mich hoffentlich niemand sehen oder erkennen.

Ich erinnerte mich daran, wie ich mit Noah das erste Mal diesen Bereich der Stadt betreten hatte. Als er sich fast übergeben hatte, während Julien und ich uns über sein Leid amüsiert hatten.

Jetzt war er es, der mich durch den Untergrund führen musste, als wäre ich der Neuling. Er festigte seinen Griff und flüsterte: »Halt durch. Es muss gleich um die Ecke sein. Der Arzt sagte, du kannst innerhalb der nächsten Stunde drankommen.«

»Danke«, ächzte ich, und wir schoben uns weiter über den weichen Boden voran. Ich weigerte mich, von ihm getragen zu werden, aber ich wusste nicht, wie lange ich diesen Teil meiner Würde noch aufrechterhalten konnte. Julien hatte mich oft getragen, aber bei ihm war es irgendwie etwas anderes gewesen.

Ich hielt meinen Blick auf die Erde unter meinen Füßen gerichtet, weil es mir etwas half, meine Beine zum Gehen zu bewegen. In einigen Bereichen des Sub-Levels erkannte man nach wie vor das Kopfsteinpflaster, das zwischen den Gebäuden verlief. Hier war nichts mehr davon zu sehen. Über die Jahre und Jahrzehnte hatte sich der Dreck angesammelt, unberührt vom Wetter, das in den Bereichen weiter oben herrschte.

Es tropfte leicht von der Plattform, die sich direkt über uns befand. Ich hoffte, dass es nur getauter Schnee aus den höher gelegenen Bereichen war.

»Da vorn ist es«, sagte Noah leise.

Je näher wir dem Doc kamen, umso aufgeregter schlug mein Herz und umso übler wurde mir. Ich wusste, dass es endlich getan werden musste, aber … es hatte noch nie jemand in meinen Kopf geschaut. Ich wusste nicht einmal, ob ich wissen wollte, was sich darin befand.

Niemand besaß ein ADIC wie ich. Ich hatte das schon immer gewusst, schließlich verfügte niemand sonst über die Fähigkeit, sich ungefragt in fremde Gedanken einzuloggen. Dass diese Fähigkeit daher rührte, dass mir als Kleinkind das ADIC meiner verstorbenen Mutter eingesetzt worden war, hatte ich allerdings erst vor wenigen Wochen herausgefunden. Mir war noch nicht klar, was das bedeutete; warum es diese Anomalien bei mir verursachte.

Und ich hatte es eigentlich auch nie herausfinden wollen.

Aber ich musste es tun, wenn ich Julien helfen wollte.

Und ich musste es tun, um herauszufinden, ob es überhaupt eine

Chance für mich gab, nach dem Neustart noch auf mein System zugreifen zu können.

Scheiße, wenn das nicht möglich wäre … Ich durfte nicht zu viel darüber nachdenken, sonst versetzte ich mich nur selbst in Panik. Ich richtete meine Aufmerksamkeit also wieder auf die Umgebung.

Die Gasse wurde etwas breiter, und die schäbigen Holz- und Metalltüren einiger Wohnungen waren zu sehen. Das niedrige Metalltor eines alten Hinterhofes kam vor uns in Sicht, als wir auf eine schmale Kreuzung traten, die von einer niedrigen Laterne erhellt wurde. Motten und Spinnen sammelten sich zu Scharen an der alten Lichtquelle.

An das offenstehende Gitter des Tores waren rostige Fahrräder gekettet und dahinter Wäscheleinen über dem ganzen Hof angebracht. Die aufgespannten Laken wurden von einem roten Neonschild angeleuchtet, auf dem die Buchstaben »MED« prangten.

Ich war nie bei diesem Arzt gewesen, aber durch meine Zeit im Untergrund wusste ich über die meisten Geschäfte hier Bescheid. Shane und alle Leute aus der Bar, in der er immer herumgehangen hatte, waren in dieser Einrichtung Stammkunden. Soweit ich wusste, war an diesem Ort niemand ums Leben gekommen, also war ein gewisser Grad an Professionalität wohl vorhanden.

Hoffentlich.

Skeptisch schaute ich mich in alle Richtungen um. Fast spürte ich die Blicke aus den schmutzigen Fenstern auf meiner Haut kribbeln. Das erinnerte mich daran, wie ich als Kind oft hinter ihnen gekauert hatte, um die Gassen nach Gefahren abzusuchen. Um jeden zu beobachten, der sich auf ihnen bewegte. Ich hatte gewusst, dass Julien mich beschützen würde, weil er es etliche Male getan hatte. Gegen Hunde, Banden, Einbrecher und jeden anderen.

Die Angst hatte er mir allerdings nie ganz nehmen können.

»Der Eingang ist wohl direkt unter dem Schild«, folgerte Noah und zog mich weiter, riss mich aus meinen Erinnerungen. »Wer ist dieser Kerl?«

»Ein ehemaliger Hypermind-Arzt«, keuchte ich. »Er hat lange in einem Mind-Center gearbeitet, um offizielle Wartungen an ADICs durchzuführen. Jetzt führt er illegale Behandlungen durch.« Jeder mit einem ADIC – also die meisten Menschen der Welt – musste mindestens einmal im Jahr zu einer standardmäßigen Untersuchung seines Gehirns. Menschen aus dem Sub-Level wurden in die offiziellen Mind-Center allerdings meistens nicht mal hereingelassen.

»Vertrauenswürdig«, spottete Noah.

»Es gibt Menschen, die auf diese Hilfe angewiesen sind«, machte ich harsch klar. Ich hatte keine Energie für Diskussionen, aber die Abfälligkeit, mit der Noah über das Sub-Level sprach, störte mich.

Er hatte zwar mit jeder seiner Ansichten recht, aber ein Mann aus reichem Hause verstand von der Welt hier unten nicht besonders viel. Egal, wie viele Probleme seine eigene Familie hatte und wie sehr er sich bemühte.

»Schon klar«, ruderte er sofort zurück. »Ich denke nur, dass wir dir vielleicht jemand anderen suchen sollten.«

Wen denn? »Ich kann keine offiziellen Mind-Center besuchen, ohne dass sofort eine Kartei über mich angelegt wird, sobald sie sehen, dass etwas mit meinem ADIC nicht stimmt«, erwiderte ich entnervt. Das war ein Risiko, das ich nicht eingehen konnte. Darüber hatten wir schon tausendmal gesprochen.

»Aber ist dieser Laden wirklich sicher?«

Ich durfte nicht so gereizt sein, er machte sich bestimmt nur Sorgen um mein Wohlbefinden. Aber jede Bewegung bereitete mir Schmerzen, und die Ohnmacht zerrte noch an meinem Verstand. Wenn Noah mich nicht stützen würde, wäre ich wohl nicht in der Lage, mich allein auf den Beinen zu halten. Also hatte ich nicht sonderlich viele Nerven für Grundsatzdiskussionen.

»Ich kenne einige Menschen, die hier Kunden sind«, antwortete ich also, um ihn zu beruhigen.

»Und denen geht es gut?«

»So gut, wie es jemandem aus dem Sub-Level eben gehen kann.« Der Kerl war Arzt und kein Magier.

Schleppend bewegten wir uns durch den Innenhof voran. Einige der angrenzenden Apartments besaßen Balkone, auf denen sich Kübel mit verdorrten Pflanzen und Müllbeutel sammelten. Über den rostzerfressenen Metallgeländern hing Wäsche, die vermutlich nie richtig trocken werden würde. Die Sonne drang nicht bis hier unten durch, und die Feuchtigkeit sammelte sich in den bedrängten Gassen. Aus mehr als einer der Wohnungen drangen laute Stimmen.

Die Menschen hier mussten sich sehr sicher fühlen. Für gewöhnlich wagten Personen aus dem Sub-Level nicht, sich zu laut zu unterhalten – aus Angst, zu viel Aufmerksamkeit auf sich zu ziehen. Die meisten schalteten nicht einmal das Licht ein, sofern sie Strom hatten. War es an diesem Ort sicherer als in anderen Bereichen? Vielleicht wurde diese Wohneinheit von Banden gemieden, weil alle wussten, dass sie es sich mit dem Doc lieber nicht verscherzen sollten. Oder er hatte einflussreiche Freunde, die für die Sicherheit der Gegend garantierten. So etwas war im Sub-Level wahrer Reichtum.

Schwerfällig schoben wir uns auf die hölzerne Eingangstür der Praxis zu. Wir mussten uns unter einigen Wäscheleinen und zwischen Laken hindurchbewegen, die alles andere als sauber wirkten. Neben der Tür waren ebenfalls mehrere Töpfe mit toten oder künstlichen Pflanzen, die im roten Licht dunkel und irgendwie bedrohlich wirkten.

Es entging mir nicht, wie misstrauisch sich Noah in jeder der schmutzigen Ecken des Hofes umsah, bevor er die Tür aufdrückte und wir in den muffig riechenden Eingangsbereich traten.

»Wenn ich sage, dass du zu einem Arzt musst, meine ich nicht das hier«, beteuerte er noch einmal. »Du musst zu einem richtigen Arzt. So jemanden wird man doch finden können, oder? Bennie muss doch jemanden kennen.«

»Keine Chance.« Ich hielt mir den Bauch, weil mir noch immer so schlecht war. »Behandlungen, die unter dem Radar von Hypermind laufen, bekommt man nur hier oder bei irgendwelchen Deluxe-Ärzten der Oberschicht.«

Der schmale, dunkle Flur war mit einem weichen Teppich ausgelegt, der in der Mitte komplett durchgetreten war. In dem kreisförmigen Wartezimmer vor uns lagen große Läufer, und ein süßes Duftspray sollte wohl darüber hinwegtäuschen, dass sie nicht mehr allzu frisch rochen. Nur eine einzelne Lampe auf einem niedrigen Tisch spendete durch einen rötlichen Schirm Licht. Sonst war es finster.

Ich erkannte die Gestalt, die auf einem der Stühle Platz genommen hatte, erst als sie sich regte.

»Oracle«, sagte der Mann und richtete sich auf. Ich stolperte zurück, als ich die vertraute Stimme vernahm. Als der Kerl ins Licht der Lampe trat, wusste ich längst, wer er war.

»Du warst wie vom Erdboden verschwunden, Süße«, säuselte er. »So wie du aussiehst, hast du deine Zeit offenbar nicht mit Erholungsurlaub verbracht.«

Das Adrenalin, das meinen Körper flutete, gab mir etwas Klarheit und Kraft. Ich machte mich von Noah los und schaffte es irgendwie, ohne Hilfe auf meinen eigenen Beinen zu stehen.

»Johnson«, spuckte ich aus.

Seine hellblonden Locken schimmerten im Licht, und seine Zähne waren weißer als die einiger Oberschichtler. Nur die Hemden, die er für gewöhnlich trug, hatte er gegen einen schwarzen Banden-Overall mit einem roten Totenkopf darauf eingetauscht.

Das Logo hatte ich noch nie gesehen. War das eine neue Gruppierung? »Hast du dein Hotel verlassen und bist konvertiert?« Ich ruckte mit dem Kopf in Richtung seiner Brusttasche, auf der der Aufnäher befestigt war.

»Solltest du die Antwort darauf nicht kennen, erleuchtetes Orakel?« Sein Grinsen wurde breiter. Überlegener.

Er hatte nie erfahren, wie ich in der Lage war, mich in andere Menschen zu hacken. Das und der Umstand, dass ich mich trotz etlicher Bitten nie seinem Verbrecherring angeschlossen hatte, hielten unsere Feindschaft seit Jahren aufrecht.

»Hast du auf uns gewartet?«, fragte Noah ihn.

Johnson reagierte gar nicht auf ihn, sondern hielt den Blickkontakt mit mir, fast ohne zu blinzeln. Ich konnte keine Waffe an ihm erkennen, aber das bedeutete nicht, dass er nicht irgendwo eine bei sich trug. Oder dass er nicht seine Freunde bei sich hatte, die uns sofort ausschalten würden, sobald wir eine falsche Bewegung machten.

Ich versuchte, mich aufrechter hinzustellen, um ihm zu zeigen, dass ich nicht vorhatte, mich von ihm einschüchtern zu lassen. »Was willst du, Johnson?«

Der Doc musste ihn kontaktiert haben, sobald Noah unser Kommen angekündigt hatte. Das war auf keinen Fall ein Zufall.

So eine Scheiße. Ich war zwei Wochen untergetaucht gewesen. Dass ich mich wieder blicken ließ, hatte sicherlich einige Menschen hier unten interessiert.

»Du hast ja einiges angestellt in den letzten Wochen«, plänkelte der Kerl weiter. Er sah wie immer viel zu gepflegt für das Sub-Level aus. Das Haar fiel ihm zu glänzend und lässig auf die Schultern. Seine makellose Haut war nur an den Händen von einigen Narben durchzogen. Ich wollte gar nicht wissen, woher sie stammten.

»Wenn du mich wieder für dein scheiß Trader-Hotel anwerben willst, vergiss es«, spuckte ich aus. Ich wollte meinen Kopf drehen, und verdammt, ich wünschte so sehr, ich wäre in der Lage dazu, die Umgebung mit meinen Systemen abzutasten, um zu schauen, ob er allein war oder nicht. Aber wenn ich mein ADIC jetzt aktivierte, würde ich vermutlich an Ort und Stelle zusammenbrechen.

»Nein, das Hotel ist Geschichte.« Er machte eine wegwerfende Handbewegung. »Du warst ja dabei, als sie uns hochgenommen haben. Viele ehemalige Kunden sind hinter mir her, also …« Er zuckte mit den Schultern. »Das ist kein Geschäftszweig, dem ich mich wieder zuwenden werde.«

Warum machte er sich die Mühe, mir das zu erklären, wenn es nicht das war, worum es ging?

»Ich bin hier, weil ich den Gefallen von dir einfordern möchte.«

Dieses schmierige Lächeln verschwand einfach nicht von seinen Lippen.

»Ich habe dir nie einen zugestanden.« Die Hände zu Fäusten geballt, strengte ich mich an, nicht noch weiter vor ihm zurückzuweichen und ihm dadurch zu zeigen, wie nervös mich diese ganze Situation machte.

»Das bedeutet nicht, dass du mir keinen schuldig bist.« Er grinste noch etwas breiter. Als wüsste er schon, dass er gewinnen würde.

»Was willst du?«

»Boston Everick«, sagte er schwammig.

Das reichte, um mir den Schweiß auf die Stirn zu treiben. Der ehemalige Vorstandsvorsitzende von Hypermind, der sich kurz vor dem Sturz des Syndikats als mein Bruder offenbart hatte, war festgenommen worden. Er wartete in Gewahrsam auf seine gerechte Strafe. Ich hatte nicht vor, etwas daran zu ändern.

»Da musst du die Polizei fragen«, antwortete ich trocken.

»Ich will den Namen des Richters wissen, der mit seinem Fall betraut ist.«

Ich atmete so beherrscht wie möglich, um mir meine Angst nicht anmerken zu lassen. Bei unserer letzten Gegenüberstellung war ich überheblich selbstsicher gewesen, weil ich gewusst hatte, dass er keine Chance gegen mich hatte. Doch hier gab es keine Waffen, die ich hacken konnte, und Noah wusste nicht, wie er mit seinen umgehen sollte.

Ich kannte den Namen des Richters. Nachdem das Syndikat besiegt worden war, hatte ich mein ADIC ein paarmal benutzt, um bei Bostons Fall auf dem Laufenden zu bleiben. Um sicherzustellen, dass er niemanden bestach oder sich irgendwie anders aus der Affäre zog. Das war allerdings gewesen, bevor ich hatte einsehen müssen, dass jede Benutzung meines ADICs meinen Zustand verschlimmerte.

»Wie gesagt«, wiederholte ich. »Da musst du die Polizei fragen.«

»Gib mir die Information, und ich lass dich in Ruhe.«

»Selbst wenn ich sie hätte, würde ich sie dir nicht geben«, fauchte ich. »Als würde ich zulassen, dass du diesen Verbrecher wieder auf freien Fuß setzt.«

Verwirrt zog Johnson seine Augenbrauen hoch. »Du verstehst das falsch. Ich habe ein Hühnchen mit dem Kerl zu rupfen. Ich will lediglich dafür sorgen, dass er …« Er machte eine dramatische Pause, bevor er einen weiteren Schritt an uns herantrat. »… sehr, sehr lange dort drin verrottet.«

Ich verengte die Augen und dachte darüber nach, ihn zu fragen, was für ein Problem er mit Boston hatte. Andererseits wollte ich mich da auch nicht einmischen.

»Du solltest gehen«, mischte Noah sich überraschend ein. Ich hatte gar nicht damit gerechnet, dass er überhaupt etwas sagen würde.

Erst jetzt machte Johnson sich die Mühe, ihn anzusehen.

Fuck! Er war nicht dumm, er würde bemerken, dass er sich verändert hatte. Julien wäre sofort zwischen ihn und mich gesprungen, hätte in Sekundenschnelle seine Waffen gezogen. Noah hingehen stand lediglich unsicher da.

»Ist der neu?«, wollte Johnson wissen, und sofort schob ich Noah zurück und machte einen Schritt nach vorn, um mich zwischen die beiden zu bringen.

»Ist er nicht«, grollte ich entschlossen.

Johnsons Blick lag noch eine ganze Weile auf Noah, dann wandte er sich wieder mir zu. »Also. Willst du, dass der Kerl sein Leben lang in Haft bleibt? Dafür kann ich nämlich sorgen.«

Verdammt. Ich vertraute Johnson nicht, doch wir mussten ihn loswerden. Dass er jetzt einer Bande beigetreten war, war ein Anzeichen dafür, dass er nicht allein hier war. Oder dass er zumindest jederzeit Verstärkung anfordern konnte. Und in unserem jetzigen Zustand waren Noah und ich alles andere als in der Lage, uns zu verteidigen.

»Willst du den Richter einschüchtern?«, wollte ich wissen.

Er lächelte breit. »Meine Methoden gehen dich nichts an.«

Angespannt presste ich die Lippen aufeinander. Wenn ich nur einen klaren Gedanken fassen könnte, würde mir vielleicht etwas Klügeres einfallen, aber … in unserem aktuellen Zustand wäre es wohl das Beste für Noah und mich, wenn ich ihm die Information gab.

»Wenn ich es dir sage, lässt du uns dann in Ruhe?«

Er lächelte süß, fast jungenhaft. »Ich bin kein böser Mensch. Ich sehe ja, dass ihr im Augenblick nicht gerade … auf der Höhe seid.« Er musterte uns beide gemächlich. Die Art, wie er von oben zu uns herabsprach, bereitete mir eine Gänsehaut. »Gib mir die Information, und wir lassen euch in Ruhe.«

Wir. Also hatte er tatsächlich Verstärkung dabei.

»Der Name des Richters ist Alex William Byers«, antwortete ich ehrlich. Ich hätte lügen können, aber wenn er uns so schnell gefunden hatte, würde er uns wieder aufspüren, und das konnte ich nicht riskieren.

Johnson atmete ruhig und sah mir so lange in die Augen, dass ich gar nicht mehr wagte zu blinzeln. Wie gern ich ihm eine Kugel in die Stirn verpassen würde. Aber ich hatte ja nicht mal eine Waffe dabei.

»Danke«, schloss er endlich mit einem schelmischen Grinsen. »Wir sind jetzt quitt.«

Er setzte sich in Bewegung, und Noah und ich standen so lange regungslos da, bis er an uns vorbeigeschritten und aus der Tür hinaus auf den Hof gegangen war.

Es dauerte noch ein paar Momente, bis ich wieder in der Lage war, mich zu regen, langsam die Augen schloss und die Finger in die Hose krallte. Mein Herz schlug noch immer viel zu schnell.

»Scheiße«, flüsterte ich. »Ich hoffe, das war kein Fehler.«

Kapitel 2

Das Ende einer schönen Illusion

Die Zeit, die Noah und ich schweigend im modrig riechenden Wartezimmer verbrachten, kam mir wie eine Ewigkeit vor. So etwas wie einen Arzthelfer oder eine Rezeption gab es nicht. Das war nicht unüblich. Je weniger Menschen an einem Business wie diesem beteiligt waren, umso sicherer war es. Ich ging allerdings davon aus, dass es in den anliegenden Zimmern und Gebäuden einiges an Sicherheitspersonal gab.

Vermutlich hatten sich etliche Personen im Austausch für kostenlose Behandlungen dazu verpflichtet, dem Doc bei der Sicherung dieser Praxis zu helfen. Geld war im Sub-Level nicht die wertvollste Währung. Die Coins kamen meistens durch Mittel- und Oberschichtler rein, die irgendwelche zwielichtigen Services in Anspruch nahmen. Die Verhandlungen zwischen Bewohnern der untersten Schicht basierten hingegen vorrangig auf Gefallen, was Johnsons Verhalten nicht ungewöhnlich machte.

Ich war nur froh, dass ich meine fragwürdige Schuld bei ihm damit beglichen hatte.

Während wir warteten, begann ich jedoch zu bereuen, ihm die Wahrheit über den Richter gesagt zu haben. Ich bezweifelte, dass Johnson einfach dafür sorgen würde, Boston im Gefängnis zu belassen. Wenn er Rache an ihm verüben wollte, war es wahrscheinlicher, dass er ihn aus der Haft befreite und ihn danach zu Tode folterte.

In diesen Gedanken verloren, drehte ich das Zigarettenpapier zwischen meinen Fingern, das mir vor einigen Wochen jemand zugesteckt hatte. Nur das Wort »Entschuldigung« war darauf gekritzelt worden. Und je länger ich über dieses Ding nachgedacht hatte, umso sicherer war ich mir, dass es von meinem Bruder stammen musste. Jemand anderes hatte keinen Grund dafür gehabt, mir so eine Nachricht zu schicken.

Boston Everick. Ich hatte ihn geschlagen. Ich hatte all seine beschissenen Satelliten zerstört. Nun schmorte er im Gefängnis und wartete mit den anderen Mitgliedern des Syndikats auf seine Verurteilung. Aber der Wunsch, ihn noch einmal zu treffen, um ihm meine Faust ins Gesicht zu rammen, war einfach so groß.

Dahingehend konnte ich Johnson verstehen.

Noah war wohl aufgefallen, dass ich das Papier mal wieder in den Händen hielt. »Worüber grübelst du nach?«, fragte er also.

Ich schüttelte den Kopf, weil ich mich nicht weiter erklären konnte. Mit einem frustrierten Seufzen steckte ich den Zettel zurück in meine Jackentasche, und zum ersten Mal, seitdem Johnson gegangen war, war ein Geräusch aus einem der anliegenden Räume zu hören. Jemand trat aus dem Behandlungszimmer, und ich senkte meinen Blick.

Man sah einander im Sub-Level nicht an, also hielt ich meine Augen auf den steinernen Boden zwischen den Läufern gerichtet, während die Person eilig durch das Wartezimmer, den Flur und dann hinaus in den Innenhof trat.

Endlich. Das Einzige, das schlimmer war, als einen Arzt zu besuchen, der meinen Kopf durchleuchtete, war, auf diese beschissene Untersuchung warten zu müssen.

Nur wenige Momente nachdem die fremde Person die Praxis verlassen hatte, trat Dr. Prescott in das Wartezimmer ein.

»Danke für den Verrat«, murmelte ich ihm zu und versuchte, aus seiner Reaktion abzulesen, was er über diese Sache dachte. Der Kittel, den er trug, machte einen überraschend sauberen Eindruck und saß ihm deutlich zu weit am Leib, als hätte er in letzter Zeit viel Gewicht verloren.

»Tut mir sehr leid«, murmelte der ältere Mann und bedeutete

uns, ihm in einen dunklen Flur zu folgen. Leicht gebückt ging er voran. »Der Kerl war von Void District. Mit denen kann ich mich nicht anlegen.« Er seufzte schwer. »Außerdem habe ich diesem Johnson noch einen Gefallen geschuldet.« Er spuckte den Namen aus wie Dreck.

Ich hätte es mir denken können. Johnson ließ die Menschen hier unten wie seine Marionetten tanzen.

»Da sind wir schon zwei«, seufzte ich. Ich konnte ihm nicht lange böse sein. Ich wusste, wie die Dinge hier liefen. Wenn eine Bande vor deiner Tür stand, tatest du, was sie sagten. Auch wenn ich bisher noch nie von *Void District* gehört hatte.

Im spärlich beleuchteten Flur hing ein Spiegel. Ich erschrak, als ich mein eigenes Gesicht darin sah. Für einen Moment erkannte ich mich gar nicht. Das pinke Haar war ausgeblichen. Mein dunkler Ansatz war deutlich auszumachen, und mein Gesicht wirkte so eingefallen, dass ich gar nicht mehr wie die Person anmutete, an deren Bild im Spiegel ich mich erinnerte.

Rasch wandte ich den Blick ab und folgte dem Doc in den Behandlungsraum.

Er war hinter einer schweren Metalltür verborgen, die nicht so recht zum Rest der hölzernen Einrichtung passen wollte. Wahrscheinlich, um die Instrumente darin vor Dieben zu schützen. Der Raum war erfüllt von einem weißen Licht, das alles unbehaglicher erscheinen ließ. In der Mitte stand eine alte Liege, auf die freundlicherweise ein frischer Überwurf gelegt worden war. In den Ecken, im Licht der Lampen, sammelten sich Spinnenweben und Motten. Sonst sah es wohl in Ordnung aus.

»Ihr Android hat mich bereits kurz gebrieft«, nuschelte der Arzt unterdrückt. »Ihr Zusammenbruch auf dem Parkplatz. Das klingt nach einer Panikattacke.«

»Unsinn«, wehrte ich ab. »Ich habe Probleme mit meinem ADIC.«

»Atemnot kann das aber nicht auslösen.«

Ich schluckte schwer und versuchte, dieses Argument zu ignorieren. Ich hatte keine Panikattacken. Ich hatte nie eine gehabt, und ich bezweifelte, dass das jetzt der Fall war.

»Was sind Ihre Beschwerden?« Der Doc wandte sich von uns ab, wohl um einige Instrumente einzusammeln. Ich beobachtete jede seiner Bewegungen so genau, wie es mir mein verschwommener Blick gestattete.

»Ich habe brennende Kopfschmerzen. Seit zwei Wochen.« Über meine Fähigkeit musste ich ihm nichts sagen. Obwohl er gewiss seine Schlüsse ziehen würde, sobald er sich das Ding in meinem Kopf ansah.

»Und Sie denken, das liegt an einer Fehlfunktion Ihres ADICs?«

»Daran besteht kein Zweifel.«

Die getrockneten Flüssigkeiten auf dem altmodischen Läufer vor der Liege sah ich mir lieber nicht genauer an. Dass der Raum nach Desinfektionsmittel roch, sollte mich vermutlich beruhigen. Stattdessen löste das einen Fluchtinstinkt in mir aus, den ich nur schwerlich bekämpfen konnte.

»Dann sehen wir uns das doch mal an.« Er wandte sich um und bedeutete mir, mich auf die Liege zu setzen, während er einen klappernden Wagen mit Dutzenden Instrumenten neben mich schob. Fast beruhigte es mich, zu Noah hinüberzuschauen. Er sah mindestens dreimal so beunruhigt aus, wie ich mich fühlte. Die Augenbrauen zusammengezogen, die Hände nervös vor dem Körper gefaltet und von einem Fuß auf den anderen tretend, sah er nicht einmal mehr aus wie ein Android.

Wenn sein Körper schwitzen könnte, wäre er sicherlich bereits von oben bis unten durchnässt.

»Sprechen Sie viel mit Ihrem Androiden, Miss Oracle?«

Diese Frage traf mich unerwartet. Ich wandte meine Aufmerksamkeit wieder dem Doc zu, krallte meine Finger in den Rand der Liege und schluckte erneut hart. »Warum?« Ich dachte nicht, dass das etwas mit meinen Problemen zu tun haben könnte.

»Man hört, Sie wurden von ihm großgezogen.«

»Das hört man, ja?« Ich hätte ihm auch keine klare Antwort gegeben, wenn mir nicht so übel gewesen wäre, dass ich mich darauf hätte konzentrieren müssen, bei Verstand zu bleiben. Und wenn mit dieser Feststellung nicht so viele ungewollte Gedanken und Erinnerungen einhergekommen wären.

Der Doc hob die schrumpeligen Hände. »Ich frage aus medizinischer Sicht«, erklärte er sich rasch. Er bedeutete mir, mich nach hinten zu lehnen, und ich folgte seinen Anweisungen widerwillig. »Ich habe das hier unten schon ein paar Mal gesehen. Menschen, die so viel Zeit mit einem Androiden verbringen, projizieren mit der Zeit einen Teil ihres Bewusstseins auf die Programmierung. Es ist wie eine neue Form multipler Persönlichkeitsstörung. Als würden sie – ab einer gewissen Zeit – mit einem Teil ihres eigenen Unterbewusstseins interagieren.«

Ich blinzelte zu Noah hinüber, während der Doc einige Messgeräte an meiner Haut und meinen Schläfen anbrachte und dann eine Lampe über meinen Kopf schob. Ich kniff die Augen vor der blendenden Helligkeit zusammen, und mir wurde gleich aus zwei Gründen mulmig.

Ich fühlte mich so schwach und bloßgestellt auf dieser Liege. Der Drang, die Geräte von mir zu ziehen und fortzulaufen, war einerseits überwältigend groß.

Und andererseits … Das, was der Doc gesagt hatte … Hatte ich wirklich mit mir selbst gesprochen, wenn ich mich mit Julien unterhalten hatte?

Nein. Nein, er war ganz anders als ich gewesen. Das konnte nicht sein. »So ist das nicht«, antwortete ich also nach einigen Sekunden, den Blick nach wie vor auf Noah gerichtet, in der Hoffnung, er würde sich anmerken lassen, was er dazu dachte.

»Ich empfehle Ihnen so oder so ein paar mehr soziale Kontakte. Das kann nicht schaden.«

»Ich habe genügend soziale Kontakte«, grummelte ich.

»Wenn Sie damit diesen Johnson und andere seiner Sorte meinen, zählt das nicht.« Er lächelte unbestimmt, während er sich einen Stuhl heranzog, um sich neben mich zu setzen. Er hatte eine überraschend sanfte Ausstrahlung. Ich hatte eine abgebrühtere Art von ihm erwartet. Eine, wie sie so gut wie alle hier unten an den Tag legten.

Ich presste die Lippen aufeinander, um nichts Bissiges auf seinen Kommentar zu erwidern. Vermutlich fiel es mir nur so schwer, mich zurückzuhalten, weil ich wusste, dass er recht hatte. Ich hatte mich mein Leben lang nicht mit den besten Leuten umgeben.

Aber es war auch nicht so, als hätte ich eine große Auswahl an guten Seelen um mich herum gehabt.

Der Doc positionierte einige Geräte neben sich und justierte die Lampe über meinem Kopf. »Ich möchte Sie nicht angreifen, Miss Oracle«, sagte er und nahm Einstellungen auf der Konsole neben sich vor. Ein Bild begann sich darauf abzuzeichnen. »Ich weiß ja, wie es ist.« Die ruhige Art, mit der er sprach, half mir tatsächlich dabei, etwas zu entspannen.

»Dann schauen wir mal in Ihren …« Er stockte, als der erste Scan meines Gehirns auf dem Bildschirm auftauchte, den er auf dem Wagen neben sich angebracht hatte. Ich folgte seinem Blick voller Spannung und Angst.

»Mein Gott«, flüsterte er, als ich noch mehrere Male blinzelte, um mich auf das zu konzentrieren, was ich vor mir sah. Auch Noah trat ein Stück näher an uns heran.

Ich war kein Arzt, aber ich hatte bereits ein paar Scans gesehen. Ich wusste, wie Gehirne aussahen, die kleine Chips mit Biokomponenten trugen. ADICs waren für gewöhnlich winzig, mit hauchdünnen Ausläufern in bestimmte Bereiche des Kopfes, die im Laufe des Lebens mit ihrem Träger wuchsen.

Das Bild von meinem Gehirn ließ mir das Blut in den Adern gefrieren. Der Chip mit der Biokomponente schlängelte sich durch meinen Kopf wie eine Wucherung. Die schwarzen Ausläufer wirkten wie ein Parasit, der sich in das Fleisch gefressen hatte. Als würde ein Alien in mir leben und sich durch mein ganzes Gehirn fressen.

Ich schluckte schwer, um die Übelkeit zu unterdrücken, als der Arzt aussprach, was ich selbst für einen Moment gedacht hatte: »Wie können Sie mit diesem Ding in Ihrem Kopf überhaupt noch am Leben sein?« Obwohl ich nur sein Profil sah, erkannte ich, wie blass er wurde.

»Bisher ging es mir immer gut«, brachte ich über die Lippen. Sie fühlten sich ganz taub an.

Er sah zu mir, betrachtete mich kurz ungläubig, dann wandte er sich erneut dem Scan zu und vergrößerte einige Stellen. Es dauerte eine Weile, bis er offenbar gefunden hatte, wonach er suchte. Ich erkannte nicht viel auf den Bildern.

Dr. Prescott wischte sich nachdenklich über den Nasenrücken. »Ja, ihr Gerät weist deutliche Gebrauchsspuren auf. Ich kann nicht sagen, woran es liegt, aber die Sicherheitsmechanismen, die einen Materialverschleiß oder eine Überlastung einzelner Komponenten verhindern, scheinen bei Ihnen nicht zu greifen.« Er zoomte weiter an eine Stelle heran, die offensichtlich eine Gabelung mehrerer Ausläufer der Biokomponente war. Sie sah wie eine hauchdünne Schlange aus.

»Hier zum Beispiel sind eindeutig Verbindungen gerissen. Das ist ein Anzeichen von massivem technischen Versagen.«

Ich achtete auf die kleinen Unterbrechungen des Strangs.

Technisches Versagen also. Das hatte ich befürchtet. Aber wenn es nur an der Technik lag, dann würde man das doch reparieren können, oder? »Was ist die Lösung?«

Der Doc rang sichtlich nach Worten, als er sich endlich wieder zu mir umwandte. »Ein neues Gehirn, würde ich vorschlagen.« Er sagte das ohne ein Lächeln auf den Lippen.

»Ich meine es ernst«, beharrte ich und bemühte mich, mir nicht anmerken zu lassen, dass seine Worte meine Angst wieder vergrößerten.

»Ich auch.« Er ächzte angestrengt. »Erst durch eine Operation könnte man Einblick gewinnen, ob Ihr Problem überhaupt zu lösen ist. Mit so einer ... Wucherung habe ich noch nie gearbeitet.« Er zog die Augenbrauen hoch. »Ich wusste nicht einmal, dass so etwas möglich ist. Ich habe nie von jemandem gehört, der so etwas je gesehen hätte.«

»Und trauen Sie es sich zu?«, wollte ich wissen. Dieser kleine Hoffnungsschimmer in mir wollte nicht vergehen. Es musste einen Weg geben. Es musste einfach!

Dem Ausdruck auf seinem Gesicht zufolge, kannte ich die Antwort jedoch schon, bevor er die Worte aussprach.

»Ich mache es nicht«, antwortete er wie erwartet. »Die Funktionalität Ihres Gehirns scheint auf einem sensiblen Gleichgewicht aus der ADIC-Technologie und den gewöhnlichen, menschlichen Komponenten zu beruhen. Ein winziger Fehler, und Sie wachen nicht mehr auf oder tragen massive körperliche oder geistige Behinderungen davon.«

Ich richtete mich ein Stück auf und stützte mich auf die Unterarme. Meine Fingerspitzen kribbelten, und ich spürte, wie sich Schweiß auf meiner Stirn sammelte.

Das konnte nicht sein. Ich konnte mich mit dieser Antwort nicht zufriedengeben. Dieser Kerl war der Einzige, der mir helfen konnte! »Sie wirken nicht wie die Art von Arzt, der sich großartig um das Leben seiner Patienten schert, solange sie zahlen«, sagte ich, um ihn aus der Reserve zu locken. »Und ich werde zahlen. Ich gehe das Risiko ein.« Ich würde lieber bei der Operation sterben, als mein ADIC nicht mehr benutzen zu können.

»Sie schätzen mich falsch ein.« Seine Stimme wurde so hart, dass mir klar wurde, dass an seiner Entscheidung – mit egal welchem Angebot – nicht mehr zu rütteln war. »Abgesehen davon, dass hier jeder jeden kennt ... Jeder Tod, den ich zu verschulden hätte, würde meiner Reputation schaden und mir höchstwahrscheinlich von einem Ihrer Freunde heimgezahlt werden.«

Ich entschied mich, ihn nicht darüber aufzuklären, dass ich keine Freunde hatte. Bis auf Noah, aber der würde nicht einmal eine Fliege töten.

»Was haben wir noch für Optionen?«, warf Noah geistesgegenwärtig ein, bevor ich mich gefangen hatte.

Der Arzt zuckte mit den Schultern. »Ich gebe Ihnen ein starkes Schmerzmittel mit, um die Symptome zu bekämpfen. Was gegen die Übelkeit kann ich Ihnen auch geben. Ihr Kopfschmerz muss von den fehlerhaften Komponenten ausgelöst werden, und ich kann nicht einschätzen, inwiefern Ihr Gehirn in der Lage ist, den entstandenen Schaden am organischen Material selbst zu regenerieren. Wenn Sie Ihr ADIC allerdings nicht mehr benutzen – und damit meine ich, gar nicht mehr, egal zu welchem Zweck –, besteht eventuell die Chance, dass Ihre Schmerzen im Laufe der Zeit abflachen.«

Ich hatte das Gefühl, dass meine Glieder taub wurden. Ich wollte ruhiger atmen, aber es gelang mir einfach nicht. So, als wäre die Luft in diesem Raum plötzlich dünner geworden.

»Und wenn die Regeneration nicht funktioniert?«, hakte ich nach.

»Dann werden Sie im besten Fall mit den Schmerzen leben müssen.«

»Im besten Fall?«, sprach Noah meinen Gedanken aus. Ich war so vor den Kopf gestoßen, dass ich nicht mehr die Kraft aufbringen konnte, etwas zu sagen.

»Ohne den Scan einer besseren Maschine ist der entstandene Schaden unmöglich genau einzuschätzen«, sagte er. »Ich weiß nicht, inwiefern es in den nächsten Tagen zu Blutungen kommen könnte.«

Ich musste nicht nachfragen, um zu wissen, dass das wohl mein Todesurteil wäre.

»Und ich …« Ich versuchte, ruhig zu atmen, doch von den Seiten her zogen sich schwarze Ränder enger um mein Sichtfeld. »Ich kann das ADIC ohne eine Operation nie wieder benutzen?«

»Nein«, sagte er mit klarer Stimme. »Die Schutzmechanismen sind offensichtlich außer Kraft gesetzt und einige Komponenten stark in Mitleidenschaft gezogen.« Er deutete auf die entsprechenden Stellen auf dem Scan. »Der Körper regeneriert sich von selbst, aber diese Teile sind beschädigt und können sich nicht auf magische Weise selbst wiederherstellen. Jede weitere Benutzung Ihres ADICs könnte bleibende Behinderungen oder sogar Ihren sofortigen Tod zur Folge haben.«

Ich war wie betäubt und senkte den Blick auf meinen Schoß. Nein. Das konnte nicht sein. Diese Fähigkeit, mich in andere Gehirne zu loggen und die Gedanken der Menschen zu sehen … das war mein Leben. Es war für mich dasselbe wie atmen oder essen. Ohne konnte ich nicht mit anderen kommunizieren.

Nein, ohne konnte ich nicht leben!

»Und Sie können da nichts machen?«, fragte Noah erneut an meiner Stelle.

»Ich kann da gar nichts machen«, sagte er ruhig. »Sie könnten zu irgendeinem Upper-Level Hypermind-Arzt gehen, der sich die Sache vielleicht mal ansieht, aber …« Er stockte und lachte leise, wie über einen Witz, den er sich selbst im Stillen erzählt hatte. »Ich bezweifle, dass Sie wollen, dass die das hier sehen.«

Nein. Nein, nein, nein, das ging nicht!

Kalter Schweiß bildete sich auf meiner Haut. Das konnte unmöglich wahr sein. Warum … warum fühlte es sich an, als wäre mein Leben vorbei?

Noah sagte etwas, doch ich konnte ihn über den Klang meines eigenen Atems nicht mehr hören.

Gab es denn …?

Ich konnte den Gedanken nicht weiterführen, weil meine Kehle sich weiter zuschnürte und mir Atmen so schwerfiel, als lastete ein Druck auf meiner Lunge. Das Licht der Lampe, die auf mich gerichtet war, blendete plötzlich so stechend, dass meine Sicht verschwamm.

»Oracle? Oracle, geht es Ihnen gut?«

Die Stimme des Arztes drang wie aus weiter Ferne bis zu mir hindurch.

»I-ich brauch frische Luft«, stammelte ich und schob benommen meine Beine von der Liege. Ich spürte, dass Noah seine Hand auf meine Schulter legte, um mich zu stützen. »B-bezahl ihn«, keuchte ich, machte mich von ihm los und taumelte auf zitternden Gliedern hinaus.

»Wir sind beide ganz schön am Arsch, oder?« Meine Stimme hallte von den Wänden der Gasse wider, in die ich mich geflüchtet hatte. Hier war es etwas kühler, was mir dabei half, mich auf meinen Atem zu konzentrieren. Ein frischer Luftzug drang aus den oberen Ebenen hinab. Er fühlte sich an wie das Erfrischendste der Welt.

Irgendwo über uns mussten die Aufstände wieder eingesetzt haben. Die Stimmen der Demonstranten aus dem Middle-Level reichten durch all die Ebenen und Plattformen gedämpft bis zu uns herunter.

Noah hatte den Doc bezahlt und sich neben mich auf einen Haufen Baumaterial gesetzt, um die gegenüberliegende Backsteinwand anzustarren. Wasser rann gemächlich an ihr hinab. Vielleicht schneite es auf den oberen Levels.

»Das sind wir«, bestätigte er knapp.

Einfach nur zu sitzen und zu atmen tat mir gut. Der Schwindel und die Übelkeit hatten sich gelegt und einer angenehmen Leere Platz gemacht, die ich vorerst willkommen hieß. Es war wie ein Schutzmechanismus meines Geistes, der wohl verhindern wollte, dass ich den Verstand verlor.

Die kleinen Döschen mit Medikamenten, die der Arzt Noah mitgegeben hatte, lagen in meinem Schoß. Die ersten Pillen hatte ich mir längst eingeworfen. Es würde vermutlich noch eine Weile dauern, bis ihre Wirkung einsetzte.

Wenn sie das denn überhaupt täte.

Noah hatte den Doc nach den möglichen Folgen eines Systemausfalls gefragt, aber er hatte wie erwartet reagiert. Ein Neustart des Supercomputers hätte keine physischen Auswirkungen auf mich.

Es könnte sein, dass die Verbindung meines zerstörten ADICs zum System nach einem Reboot nicht wiederhergestellt werden könnte; das wäre seiner Meinung nach allerdings irrelevant, weil ich mein ADIC sowieso nicht mehr verwenden sollte.

»Was machen wir jetzt?« Noah wirkte ebenso erschöpft wie ich. Die Situation musste auch für ihn belastend sein, immerhin war seine Zukunft in diesem Körper von der Funktion meines ADIC abhängig. Dazu hatte er allerdings noch nichts gesagt, und ich hatte nicht wirklich die Kraft, es selbst anzusprechen.

Wie ging es jetzt weiter? Ich wollte nach Hause, aber ... ich wusste gar nicht mehr, wo das war. Der Gedanke an die Wohnung, in der ich bisher gelebt hatte, fühlte sich nicht nach Geborgenheit an. Und die Sphäre von The Cell im Orbit war nicht mehr als eine Übergangslösung. Je länger wir uns bei der Organisation aufhielten, umso höher würde ihre Erwartungshaltung werden, dass wir irgendetwas im Gegenzug für unseren Aufenthalt taten. Und so weit wollte ich es nicht kommen lassen.

»Ich habe Angst«, rang ich mir ab, als ich bereits viel zu lange mit der Antwort gewartet hatte. Wenn ich mein ADIC nie wieder benutzen könnte, verlor ich nicht nur meine Einnahmequelle, sondern mit ihr auch meinen Anschluss an die Gesellschaft.

Nicht, dass ich je viel davon gehabt hätte, aber es fiel mir bereits jetzt unendlich schwer, meine Gedanken aussprechen zu müssen, sie nicht einfach übertragen zu können. Oder Menschen den geringsten Funken an Vertrauen entgegenzubringen.

Das konnte nicht mein Leben lang so weitergehen.

»Wir werden eine Lösung finden«, versicherte Noah leise. Er regte sich nicht einen Millimeter, wie er dort neben mir saß. »Wir haben schon ganz andere Probleme bewältigt. Das bekommen wir hin.«

Woher nahm er nur die Ruhe und das Vertrauen? Die Quelle, aus der er all das schöpfte, schien nahezu unergründlich zu sein.

»Ich bin mir da nicht so sicher«, raunte ich.

»Wir sollten uns weitere Meinungen dazu einholen«, überlegte er weiter. »Nur weil der Kerl sich eine Operation nicht zutraut, bedeutet das nicht, dass es gar keine Chance gibt. Vielleicht hat Bennie Kontakte zu Ärzten. Immerhin gehören viele Menschen aus der Upperclass seiner Vereinigung an.«

Ich schluckte angestrengt und schloss ein paar Sekunden die Augen, um die wieder aufkommende Panik zu bekämpfen. Dann nickte ich schwach. Wenigstens einer von uns hatte Hoffnung.

»Lass uns erst mal ins Loft gehen, ja?«, schlug Noah vor. Und tatsächlich fühlte sich die Vorstellung, in seine Wohnung mit all den Pflanzen, Gemälden und gemütlichen Sitzecken zurückzukehren, besser an als die von jedem anderen Ort, der mir einfiel.

»Okay«, murmelte ich. Ich wusste nicht, ob ich schon wieder genügend Kraft in den Beinen hatte, um aufzustehen und zum Auto zurückzugehen. Aber wir müssten ja nicht sofort los. »Wir sollten Bennie anrufen, um ihn über das Meeting mit Payne zu informieren«, schlug ich vor, um ein wenig Zeit für mich zu gewinnen.

»Gute Idee«, sagte Noah mit einem milden Lächeln. Verdammt, er war echt zu gut für diese Welt. »Und wir fragen, ob er einen Hypermind-Arzt kennt, der sich dich mal anschauen kann.«

Ich nickte mit zusammengepressten Lippen, obwohl ich nicht wusste, ob ich wirklich bereit dafür war.

Die Sommersprossen auf Noahs Gesicht begannen regenbogenfarben zu leuchten, als er die Kontaktliste durchsuchte.

»Übertrag den Anruf auf den Empfänger«, wies ich ihn an und zog das kleine Gerät aus der Jackentasche, um es ihm hinzuhalten. Ich hatte das alte Handy dabei, seitdem ich mein ADIC nicht mehr nutzen konnte. So etwas besaß heutzutage kaum mehr jemand, aber bei The Cell hatten sie noch einige von der Sorte herumliegen gehabt.

»Na klar.« Das Gerät begann zu blinken, als die hupenden Freizeichen ertönten.

Einem Impuls folgend sah ich mich ein weiteres Mal in der fensterlosen Gasse um, in die ich mich zurückgezogen hatte. Niemand war zu sehen. Zumindest nicht in den Bereichen, die von den wenigen, kleinen Lampen erfüllt waren.

Wohl fühlte ich mich trotzdem nicht dabei, unsere Kommunikation so offen durchzuführen, so angreifbar, wie uns das machte.

»Hallo?« Ich war so angespannt, dass ich zusammenzuckte, als Bennies Stimme aus dem kleinen Gerät drang.

»Hey, wir sinds«, sagte ich und lehnte mich ein Stück nach vorn.

»Atlas?« Bennie hörte sich aufgeregt an. Hektisch.

Sofort kam ich von meinem ursprünglichen Plan ab, direkt in Alarmbereitschaft versetzt. Es hatte bisher nur wenig gegeben, das ihn aus der Ruhe gebracht hatte. Ich konnte mich eigentlich gar nicht daran erinnern, seine Stimme jemals so gehört zu haben. »Was ist los?«, fragte ich.

»Ich … ich habe ein Problem.« Er stammelte nahezu beim Sprechen. Ich hörte Schritte im Hintergrund, als liefe er fahrig auf und ab. »Du musst zum Anwesen kommen. Jetzt. Ich brauche deine Hilfe.«

»Was ist denn los?«, fragte ich noch einmal, um Konzentration bemüht. Er wusste doch, dass mein ADIC nicht funktionierte, wobei sollte ich ihm denn helfen können? »Was ist passiert?« Ich würde da sicher nicht auftauchen, wenn er mir vorher nicht die Situation erklärte.

»Ich … ich werde gleich von der Polizei abgeholt werden, für einen … Scan.«

»Was?« Die ADICs von allen, die irgendwie mit den Mordfällen oder den Fällen des Syndikats zusammenhingen, waren in den letzten Wochen überprüft worden. »Aber du warst doch schon als einer der Ersten dran«, sagte ich, als er einfach nicht weitersprach.

»Ich … ich habe mich selbst gestellt.«

»Was?«, fragten Noah und ich wie aus einem Mund.

Gestellt? Wegen was denn?

»Da ist etwas in meinem Kopf, ich … ich glaube, ich hatte es bisher vergessen. Du musst herkommen und mir sagen, ob … ich meine, wenn es wirklich so wäre, hättest du das doch gesehen, oder? Du hättest es mir doch gesagt, du hast immerhin mehrere Male in meinen Kopf geschaut. Aber ich hatte es vergessen. Ich …«

»Bennie!«, unterbrach ich sein wirres Gerede laut. »Wovon redest du? An was hast du dich erinnert?«

»Ich glaube …« Seine Stimme war nur noch ein Flüstern. »Ich glaube, ich bin derjenige, der Noor Godman getötet hat.«

Kapitel 3

Der Fall einer zerstörten Welt

Das Anwesen von The Cell befand sich, trotz des wohltätigen Zwecks der Organisation, inmitten der Villen der Superreichen, weit über den anderen Gebäuden Washingtons und weit über dem Smog. Heute lag es verborgen in Wolken, die einen kühlen, feuchten Schleier auf der Haut hinterließen, während wir von der Landefläche zum Hauptgebäude eilten.

Mir war noch immer flau im Magen, aber das spielte jetzt keine Rolle. Wenn Bennie sich daran erinnerte, Noor Godman umgebracht zu haben, stimmte etwas nicht. Ich hatte sein Gehirn überprüft, viele Male sogar. Und obwohl ich nicht alles sah, wäre mir das auf jeden Fall aufgefallen. Es hinterließ Spuren, wenn man so eine Tat beging, selbst wenn man sie verdrängte. Ich hatte genügend Menschen aus dem Sub-Level überprüft, um solche Traumata zu erkennen.

Und bei Bennie war nichts davon zu erkennen gewesen. Auch keine dieser Blockaden, die das Syndikat genutzt hatte, um ihre Mitglieder vor polizeilichen Überprüfungen zu schützen. Die erkannte ich inzwischen auch.

Nein, es musste etwas anderes sein.

Das Adrenalin trieb mich an und gab meinen Gliedern wieder etwas mehr Kraft, während wir aus dem niedrigen Parkhaus auf die Hauptplattform traten, auf der das ganze Anwesen gebaut war.

»Oh nein«, hauchte Noah. Polizeikräfte standen umher, schwer bewaffnet und aufmerksam die Umgebung beobachtend. Gleich zwei Officers nahmen Augenkontakt zu uns auf, als wir uns ihnen näherten.

Bennie Halorens Wohnhaus und Hauptsitz der Umweltorganisation The Cell war umringt von Gärten, Bäumen und wilden Büschen. Wie ein gläserner Koloss saß es auf der Plattform, umgeben von Natur, die kahl wegen des Winters und im Dunst der Wolken so viel düsterer und unheilverkündender wirkte als sonst. Vor allem mit den mindestens zwanzig Beamten, die sich zwischen dem Parkhaus und dem großen Haupteingang des Gebäudes befanden, dessen Doppeltür weit offen stand.

»Fuck«, murmelte ich und schlang den Mantel enger um mich. »Ich hatte nicht damit gerechnet, dass sie schon hier sind.«

»Warum sind das so verdammt viele?«, fragte Noah leise.

Er hatte recht. Selbst, wenn Bennie mit einer Eskorte abgeholt werden sollte, wären dafür nicht zwanzig Männer und Frauen nötig.

»Wohin wollen Sie?«, rief uns einer der Police Officers entgegen, als wir uns bis auf wenige Meter genähert hatten. Er kam, die Waffe im Anschlag, einige Schritte auf uns zu.

War es wirklich klug, mich hier so offen zu zeigen? Andererseits hatte Bennie mir mehrere Male das Leben gerettet. Wenn ich etwas für ihn tun konnte, war jetzt der Zeitpunkt dafür.

»Wir haben eine Verabredung mit Mr. Haloren«, antwortete ich unschuldig, als wir vor dem bulligen Kerl stehen blieben. Ich gab mir alle Mühe, irritiert auszusehen. »Was ist denn hier los?«

»In welcher Beziehung stehen Sie zu Mr. Haloren?«, überging der Mann meine Frage in hartem Tonfall.

»Ich bin eine Freundin von ihm und Unterstützerin von The Cell«, ratterte ich die Worte herunter. »Bei allem, was gerade vor sich geht, wollte ich ihm nur versichern, dass er sich meiner Unterstützung bezüglich seiner friedlichen Firmenpolitik sicher sein kann.« Das nahm mich hoffentlich aus dem Verdacht.

Noah beachtete der Polizist wie erwartet überhaupt nicht. All die bunten Sommersprossen auf seinem Gesicht zeichneten ihn zu deutlich als Androiden aus, obwohl der Rest seines Körpers absolut menschenähnlich war.

»Das wird nichts werden.« Der Mann schien eine Info über sein ADIC zu bekommen und wandte sich in dem Moment zum Haupteingang des Gebäudes um, als im dunklen Flur hinter den Türen Personen in Sicht kamen.

Bennie trat heraus, die Hände auf den Rücken gefesselt, gesäumt von zwei Polizisten, die ihn festhielten, obwohl er – den Blick auf den Boden gesenkt – keine Anstalten machte, sich zu wehren.

»Was ist denn hier los?«, verlangte ich noch einmal zu wissen. Die Sorge in meiner Stimme war teils gespielt, teils echt. Was würde nach diesem haarsträubenden Geständnis mit ihm geschehen? Wenn ich jetzt nicht die Chance bekam, mit ihm zu sprechen, dann vermutlich nie wieder, bis er verurteilt wurde.

»Mr. Haloren ist Teil einer laufenden Ermittlung«, sagte der Mann und trat einen Schritt auf uns zu, um uns zu symbolisieren, dass wir verschwinden sollten. Noah neben mir regte sich, und mit einem Blick auf sein Gesicht, auf dem die Sommersprossen leuchteten, war mir klar, dass er weitere Informationen erhalten hatte.

Was war es? Scheiße, ich brauchte dringend mein ADIC. Dann könnte ich Bennie im Stillen fragen, was er mir sagen oder um was er mich bitten wollte. Stattdessen blieb mir nichts anderes übrig, als darauf zu vertrauen, dass er Noah alle wichtigen Informationen mitteilte, und ihn anzustarren, in der Hoffnung, irgendwas aus seinem Gesicht lesen zu können.

»Na gut«, seufzte ich theatralisch und trat einen Schritt von dem Officer fort.

Bennie schaute nach wie vor nicht zu uns auf, aber ich war noch nicht bereit aufzugeben, als sie ihn weiter in unsere Richtung führten.

»Ich muss Sie bitten zu gehen, oder wir sind gezwungen, Sie ebenfalls festzunehmen«, sagte der Polizist und baute sich etwas größer vor mir auf.

Bennies Gesicht war leichenblass, seine Haltung stark gebückt. Verdammt, wie konnte das hier nur passieren?

»Ist gut«, murmelte ich gedankenverloren. »Wir gehen.«

»Vielen Dank.«

»Danke für Ihre Arbeit«, murmelte ich, bevor ich mich gemeinsam mit Noah auf dem Absatz umdrehte. Ich spürte die Blicke des Fremden in meinem Rücken, als wir uns langsam wieder auf die überdachte Parkstation zubewegten. »Was hat er dir mitgeteilt?«, flüsterte ich.

»Haloren hat mir die Erinnerung an den Mord an Noor Godman geschickt, damit du sie dir ansehen kannst.«

»Scheiße.« Ich wandte mich noch einmal zu dem Officer um, der uns nach wie vor hinterherstarrte. »Warum hat er gestanden, bevor wir eingreifen konnten? Wir hätten ihm vielleicht helfen können!«

»Keine Ahnung. Er wirkte verzweifelt und panisch. So, wie er aussah, glaubt er wohl wirklich, es getan zu haben.« Noah schaute ernst nach vorn.

»Ja«, murmelte ich bedrückt. Wir blieben stehen, sobald wir unter das Dach getreten waren und der Officer außer Sichtweite war.

»Kann das sein?«, wollte Noah wissen. »Ich meine, dass er die Erinnerung daran irgendwie verdrängt hat und du es deswegen nicht gesehen hast?«

Ich verzog den Mund und zuckte mit den Schultern. »Wenn jemand solche Vorfälle vor sich selbst verheimlicht, ist es durchaus möglich, dass mir sowas nicht gleich auffällt. Aber ich habe sein Hirn aktiv nach Hinweisen auf Morde durchsucht, als es um deine Schwester ging. So etwas wäre mir auf jeden Fall irgendwann aufgefallen.«

»Also hat ihm das jemand angehängt?«

»Aber wie?«, fragte ich frustriert, eher an mich selbst als an Noah gerichtet. »Man kann Erinnerungen kaufen, aber die werden in einen extra Speicher auf dem ADIC geladen. Man weiß, dass es nicht die eigenen sind. Und spätestens bei Überprüfungen fällt das sofort auf. Selbst bei gestohlenen Erinnerungen aus dem Untergrund.«

»Stimmt.«

Ich fuhr mir mit den Händen über das Gesicht und versuchte, mich zu ordnen. »Hast du dir die Erinnerung angesehen?«

»Ich traue mich nicht.«

Ein paar Sekunden sah ich zu ihm auf, wie er in die Leere vor sich starrte. »Dann gehen wir zu dir nach Hause und sehen sie uns gemeinsam an. Wir finden sicher etwas, das ihm helfen kann. Oder wir …« Ich schluckte. »Oder wir finden zumindest mehr über den Mord selbst heraus.«

»Ist gut.«

Wir steuerten auf das Auto zu, als ich bemerkte, dass der Schmerz in meinem Kopf tatsächlich abgeflaut war. Es war ein seltsames Gefühl zu spüren, wie er langsam unterdrückt wurde. Obwohl ich wusste, dass er bald zurückkommen würde, wenn das so weiterging.

Wer konnte Bennie so etwas anhängen wollen? Er hatte viele Feinde. Aber das Syndikat war der mächtigste von ihnen gewesen, und das war aus dem Spiel.

Es sei denn, es gab weitere Akteure, die ich aus irgendwelchen Gründen nicht gefunden hatte.

Woher kam die Erinnerung an den Mord von Noor Godman überhaupt? Die Erinnerung daran in Bennies Kopf zu implantieren würde immerhin erfordern, den wahren Mörder zu kennen. Zumal Noors Tod offiziell kein Mord war, sondern ein Unfall in einer der Marsminen.

War die Erinnerung gefälscht? Nein, das würde man erkennen. Ich …

»Atlas«, sagte Noah tonlos. Erst jetzt fiel mir auf, dass er einige Schritte von mir zurückgetreten war und seine Sommersprossen wieder leuchteten. Ich sah ihn fragend an.

»Es kommt gerade in den Nachrichten.« Die dramatische Pause, die er einlegte, war mir viel zu lang. »Das Gefängnis, in dem Boston saß, wurde angegriffen. Er ist geflohen.«

Folge 3

Die Polizei

Kapitel 1

Die Erinnerung einer zerstörten Seele

»Ich fasse es nicht!«, stieß ich aus, sobald wir Noahs Loft betraten und die Lichter sich auf unsere Bewegungen hin einschalteten. »Boston ist aus dem Gefängnis geflohen? Das war Johnson, dieser Mistkerl!« Ich musste mich zusammenreißen, um in meiner Wut nicht gegen etwas zu schlagen. »Ich wusste, dass er lügt! Von wegen, den Richter bestechen, damit Boston länger im Gefängnis bleibt.« Ich ballte die Hände so sehr zu Fäusten, dass es schmerzte, während ich tiefer in den Raum stampfte.

Vermutlich war ich nur so wütend, weil mir klar war, dass es meine Schuld war. Es war meine verdammte Schuld.

»Ich kann es auch nicht glauben«, stimmte Noah zu und schloss umsichtig die Tür hinter uns. War er so ruhig, weil ihn die Sache nicht so sehr tangierte wie mich, oder weil er noch immer unter Schock stand?

»Ich meine, wir haben in den letzten Wochen alles getan, um diesen Kerl und seine beschissene Organisation auffliegen zu lassen, und jetzt das?« Ich fuhr durch meine Haare und wusste nicht, wohin mit mir. Schon seit Beginn der Fahrt brannten Tränen der Wut in meinen Augen, und ich gab mir alle Mühe, sie Noah nicht zu zeigen. »Scheiße, das ist alles meine Schuld.«

»Ist es nicht!«, konterte Noah, jetzt in klarerem Tonfall.

Ich streifte meine Jacke von meinen Ärmeln und ließ sie achtlos auf den hölzernen Boden fallen, auf dem getrocknete Farbspritzer aus Öl und Acryl zu sehen waren.

»Du hattest keine andere Wahl, als Johnson die Info zu geben.

Wer weiß, was er mit uns gemacht hätte, wenn du sie nicht freiwillig rausgerückt hättest.«

Mir wurde übel, als ich mir dieses Szenario vorstellte.

»Es war pures Glück, dass du die Information überhaupt hattest«, sprach Noah eindringlich weiter. »Wir können froh sein, dass wir noch leben, klar? Und für alles andere finden wir eine Lösung.« Er hatte sich offenbar auf der Fahrt hierher Gedanken darüber gemacht, was er zu alldem sagen sollte.

Und es funktionierte. Es gelang mir, wieder etwas tiefer einzuatmen. Ich blieb stehen und wartete einige Momente, um Noahs Worte in mein Herz vordringen zu lassen und ein wenig von der Ruhe, die dieser Ort auf mich ausstrahlte, in mir aufzunehmen.

»Das stimmt«, sagte ich schließlich. Meine Stimme zitterte noch, doch Noah nickte zufrieden.

Wahrscheinlich hatte Johnson Boston entführt, um ihn zu töten oder zu foltern. Das bedeutete, Boston würde so oder so von der Bildfläche verschwinden, aber … solange ich darüber keine Sicherheit hatte, würde ich keine Ruhe finden.

Noah las meinen Mantel vom Boden auf und hängte ihn gewissenhaft an den Kleiderständer. Ich beobachtete seine Bewegungen genau, bevor ich damit begann, mich umzusehen.

Nichts hatte sich verändert. Der hölzerne Boden, die Backsteinwände, die unzähligen Pflanzen, die durch die künstlichen Bewässerungssysteme am Leben gehalten wurden. Und die Gemälde, im ganzen Loft verteilt, entweder auf Staffeleien stehend oder an den Wänden lehnend. Das Glasdach über uns ließ den Blick auf den Himmel zu, der eher an den Abend als an frühen Nachmittag erinnerte.

Es kam mir vor wie eine Ewigkeit, dass Noah und ich hier nebeneinandergelegen hatten, die Gedanken geschwängert vom Alkohol, schwebend irgendwo zwischen den Sternen. Damals war mir alles so aussichtslos vorgekommen. Aber auch so friedlich.

Am nächsten Tag waren wir aufgebrochen, um die Welt zu verändern. Dieser Ort war es gewesen, an dem wir unsere alten Leben zurückgelassen hatten. Ihn zu betreten war, wie meinem früheren Ich die Hand zu schütteln.

So viel hatte sich seitdem verändert …

»Vielleicht hätten wir mit The Cell in den Orbit zurückgehen sollen«, sagte Noah leise. »Immerhin haben sie es uns angeboten.«

Ich schüttelte den Kopf, schob die Hände in die Taschen meines Jumpsuits und betrachtete die Plastikfolie unter einer Staffelei, auf die Noah zutrat.

»Nein. Wenn sie Bennies ADIC überprüfen, wird es nicht lange dauern, bis sie auf unsere Spur kommen.«

»Obwohl du die Sicherungen eingebaut hast?«

»Die Chance besteht trotzdem. Wir sollten uns jetzt bedeckt halten. Viele Menschen aus dem internen Netzwerk von The Cell wissen, welche Beziehung wir zu Bennie gepflegt haben.« Ich verzog den Mund. »Es war nur Glück, dass uns die Polizisten vor Ort haben gehen lassen.«

»Stimmt wohl«, murmelte Noah. Regungslos schaute er auf eine der Leinwände auf einer Staffelei. Das Gemälde zeigte einen nächtlichen Wald, in dem der Mondschein nur einen kleinen Flecken Moos beleuchtete, während der Rest in absoluter Schwärze verschwand. Ein einsames Reh graste auf der Lichtung.

Sollte das Bild friedlich wirken? Auf mich machte es irgendwie einen bedrohlichen Eindruck. Was sah er darin?

»Was machen wir jetzt?« Noah klang ein wenig verloren, wenn auch nicht mutlos.

Auf dem Weg hierher hatte ich einige Möglichkeiten durchgespielt. Sie liefen alle auf dasselbe Ergebnis hinaus: »Wir müssen zuerst einmal Haloren helfen.«

»War mir klar, dass du das sagst.«

»Bist du dagegen?«

»Gar nicht, aber …« Er sah auf seine Hände hinab. »Wir sind nicht gerade in Topform.«

Ein Lächeln schlich sich auf meine Lippen. Das war so eine nette Formulierung für unseren Umstand. »Wir müssen trotzdem. Haloren hat viel für uns getan.« Es fühlte sich eigenartig an, das tatsächlich auszusprechen. Ich war niemand, der Dinge aus gutem Willen tat. Zumindest hatte ich mein Leben lang nie den Drang dazu verspürt. Das hatte sich in diesem Fall wohl geändert, und ich hatte keine Ahnung, ob das etwas Gutes war.

»Du hast die Welt gerettet. Und damit auch sein Leben. Du bist niemandem etwas schuldig.«

Darüber, ob ich die Welt gerettet hatte oder nicht, wollte ich lieber nicht diskutieren. Das war ein ganz anderes Thema. »Ich habe mich schon viel in seinem Kopf herumgetrieben«, überging ich Noahs Argument. »Wenn es irgendeine Verbindung von ihm zu Shane oder Noor Godman gegeben hätte, hätte ich das gesehen.«

»Es sei denn, es waren Blockaden im Spiel. Wie bei Everick und meinem Vater.«

»Bennie war kein Teil des Syndikats. Die waren die Einzigen, die über diese Technologie verfügten.« Ich legte die Stirn in Falten. »Außerdem … wirkte er so panisch. Das passt nicht zusammen.«

»Wir sehen uns die Erinnerung also an?« Alles auf Noahs Gesicht deutete darauf hin, dass es ihm zuwider war, das tun zu müssen. Er kam aus einer Oberschicht-Familie, er war sein Leben lang nicht mit so viel Gewalt konfrontiert worden wie in den letzten Wochen.

Mein Leben hingegen war von Beginn an gewalttätig gewesen, und obwohl ich wusste, dass ich es ertragen würde, war ich mir nicht sicher, ob ich sehen wollte, wie die Tochter eines meiner engsten Vertrauten umgebracht wurde. »Wenn wir untersuchen wollen, ob die Erinnerung gefälscht ist oder nicht, werden wir das tun müssen.«

Noah atmete tief durch, vermutlich, um sich dafür zu wappnen. In diesem technischen Körper wohnte nach wie vor eine überaus weiche Seele.

»Ich hoffe wirklich, dass wir etwas finden.«

Wir hatten die Lichter gedimmt und uns in einer der vielen Sitzecken des Lofts niedergelassen. So, umrahmt von Pflanzen, umringt von dicken Decken und unzähligen Kissen, fühlte ich mich eher wie bei einem Filmabend als bei einer Mordermittlung.

Noah hatte einen Bildschirm aus einem der niedrigen Schränke geholt, um die Erinnerung darauf abzuspielen. Ich konnte meinen ADIC nicht benutzen, um sie anzusehen, aber ich wünschte, ich wäre dazu in der Lage. Erinnerungen enthielten so viel mehr als Bilder. Sie enthielten Emotionen, Gedanken, Gerüche, und sie sagten so viel aus über die Person, die sie besaß. All diese Dinge zu erleben, wäre nahezu unerlässlich, falls bei den Bildern keine offensichtlichen Diskrepanzen auftraten. Etwas nur zu sehen war etwas anderes, als es tatsächlich zu erleben.

»Spiel die Erinnerung ab, sobald du bereit bist«, sagte ich leise. Ich hätte ihm gern angeboten, mir die Erinnerung allein anzusehen. Aber sie befand sich in seinem Speicher, und er musste sie abspielen, indem er sein System mit dem Bildschirm verband. Deswegen würden die Bilder ohnehin vor seinem inneren Auge ablaufen.

Noah nickte knapp. »Na gut. Los gehts.«

Der Bildschirm flackerte, dann baute sich ein Bild aus rotem Gestein und niedrigen Wänden auf. Grob geschlagene, weitläufige Tunnel, nur beleuchtet von an den Decken angebrachten Lampen. Es war nicht so dunkel, wie ich mir gewöhnliche Minen vorstellte, aber trotzdem dunkel genug, um tiefe Schatten in dunklen Nebengängen zu erschaffen. Die Tunnel waren so breit, dass selbst große Lastwagen in ihnen Platz fanden.

Die Person, von der die Erinnerung stammte, warf einen Blick zu dem großen Transportfahrzeug zurück, aus dem sie gekommen war. Danach sah sie hinab auf ihre Hände und die dunklen Handschuhe, in die sie gekleidet waren.

Warum? Dachte der Fremde darüber nach, was er mit diesen Händen tun würde? War dieser Moment gestellt, um dem Zuschauer zu zeigen, dass es sich bei dem Träger der Erinnerung um einen

Mann handelte? Er war eindeutig groß und von dem, was man aus seiner Perspektive sah, muskulös gebaut.

»Eindeutig ein Mann«, stellte Noah fest. »Denkst du, die Hände passen zu Bennie?«

Unmöglich zu sagen, unter dem Anzug, den er trug. »Kann schon sein«, murmelte ich. Mein dummes Herz schlug viel zu schnell hierfür. Dabei wusste ich, was passieren würde. Nicht, wie es passieren würde, aber ich wusste, dass Noor am Ende dieser Erinnerung tot sein würde. Also warum war ich so aufgeregt?

Vielleicht, weil ich sie nicht sterben sehen wollte. Ich hatte schon ihren Vater und in seinen Erinnerungen auch ihre Mutter sterben sehen. Ja, vielleicht lag es daran.

Der Mann setzte sich gemütlich in Bewegung. Ein kurzer Blick zu seinen Stiefeln hinab. Er trug die gewöhnliche Arbeiterkleidung. Ein dunkler Overall, höchstwahrscheinlich mit einem verspiegelten Visier auf dem Gesicht, wie all die jungen Männer und Frauen, die ihm entgegenkamen. Einige Bereiche auf dem Mars waren für Menschen bereits bewohnbar, während andere, in denen vor allem Bergbau betrieben wurde, noch nicht komplett an die Bedingungen der Erde angepasst waren. Hier stimmten oft weder Luftdruck noch Luftzusammensetzung, sodass die Anzüge und Helme der Lebenserhaltung dienten.

Das war ein Problem. Dadurch, dass man ihre Gesichter nicht erkennen konnte und dass sie sein Gesicht höchstwahrscheinlich nicht erkannten, waren all diese Menschen als Zeugen nicht zu gebrauchen. Darauf war die Polizei sicherlich auch schon gestoßen.

Während er umherschlenderte, schien sein Blick fast zufällig auf eine Person zu fallen, die einen schweren Koffer mit Ausrüstung tiefer in einen der Tunnel hineintrug. In diese Richtung waren bisher nur die Fahrzeuge gefahren.

»Ist das Noor?«, wollte Noah leise wissen.

Ich verschränkte die Arme vor der Brust. »Vermutlich.«

Sie schien ihren Verfolger gar nicht zu bemerken. Die Geräuschkulisse war durch die schweren Maschinen, die an allen Ecken arbeiteten, so laut, dass es sicherlich unmöglich war, das Geräusch seiner Schritte zu vernehmen.

Er folgte ihr für mindestens zehn Minuten weiter in die Mine hinein. Einige weitere Fahrzeuge kamen ihnen entgegen, denen er auswich, nur um ihnen für mehrere Sekunden nachzusehen, als wollte er sich vergewissern, dass sie weiterfuhren.

Mir war nicht klar, ob Noor ihren Verfolger nach wie vor nicht bemerkt hatte, oder ob sie davon ausging, dass er ein weiterer Arbeiter war. Vielleicht war er sogar ein Arbeiter von der Station, der seine Erinnerung lediglich verkauft hatte.

Bis zu diesem Punkt gab es keinen Hinweis darauf, um wen es sich handelte. Verdammt.

Die Gänge hatten sich inzwischen weiter aufgespalten und waren nach vielen Abzweigungen enger und niedriger geworden. Die Abstände zwischen den Lampen, die an den Decken angebracht waren, wurden nach und nach größer, sodass Zwischenräume entstanden, in denen absolute Dunkelheit herrschte.

»Ich würde sie so gern warnen«, flüsterte Noah. Damit sprach er aus, was ich selbst gedacht hatte. Wie gern ich in diese Erinnerung eintauchen und Noor helfen würde. Wie viel sich an der Weltgeschichte geändert hätte, wenn das tatsächlich jemand getan hätte.

Die Geräusche der schweren Geräte aus allen Richtungen wurden nicht leiser, doch nach mehreren Minuten nahm Noor ihren Verfolger wahr. Sie wandte sich zu ihm um, doch unter der verspiegelten Oberfläche ihres Visiers war nicht zu erkennen, wie sie auf ihn reagierte. Sie kehrte ihm allerdings den Rücken zu und setzte ihren Weg in normalem Tempo fort, als interessierte sie seine Anwesenheit nicht sonderlich.

Wenn ich mir die Erinnerung doch nur mit meinem ADIC ansehen könnte. Ich wollte hören, was der Kerl dachte, fühlte, empfand. Durch die Bilder erschloss sich mir nichts davon. War er aufgeregt wegen dem, was er tun würde? Spürte er Zweifel? Oder Freude?

Nur die Bilder zu sehen war nicht dasselbe.

Noah regte sich leicht, als der Mann sein Tempo beschleunigte und Noor gerade in den dunklen Bereich zwischen zwei Lampen eingetreten war. Seit Minuten war ihnen kein Mensch und kein Fahrzeug mehr entgegengekommen. Höchstwahrscheinlich fühlte er sich jetzt sicher genug, um seinen Plan in die Tat umzusetzen.

Mitten in der Dunkelheit zwischen den Leuchten zweigte ein noch schmalerer Gang ab, der in einer Sackgasse endete. Eine Laterne stand an seinem Ende, mehrere Meter weiter im Inneren des Berges. Der Mann warf einen Blick hinein, dann ruckte er nach vorn, überwand mit wenigen großen Schritten den Weg bis zu Noor und packte sie grob am Arm.

Erschrocken ließ sie den schweren Koffer fallen, wehrte sich allerdings im ersten Moment gar nicht, als er sie zurück in den kleineren Gang zog. Erst als sie zu realisieren schien, dass der Kerl sie wirklich angriff, begann sie, an seinem Arm zu ziehen und zu zerren.

Irgendetwas an der Szene war eigenartig. Er achtete weniger auf seinen Weg als vielmehr auf Noor und die hilflosen Anstrengungen, die sie unternahm, um sich von ihm zu befreien. Sie riss an ihrem Arm. Als ihr klar wurde, dass das nichts nutzte, begann sie, auf ihn einzuschlagen, und streckte ihre Hände aus, um seinen Helm zu erreichen. Leider war ihr Angreifer deutlich stärker und ein ganzes Stück größer als sie.

Und er hatte offenbar gar keine Eile. Die Ruhe, mit der er sie festhielt, bereitete mir eine Gänsehaut. Das Tempo, das er anschlug, um sie in den letzten Winkel des Ganges zu ziehen, war nahezu friedvoll. Als ginge er spazieren.

Am Ende des Ganges, direkt neben der Laterne, rang er sie zu Boden, während Noor mit aller Macht versuchte, sich aus seinem Griff loszureißen.

Gemächlich setzte er sie fest, indem er über sie stieg und sein Gewicht auf sie verlagerte. So verharrte er eine ganze Weile.

Worauf wartete er? Warum war er so ruhig? Hatte er diese Szene vorbereitet? Hatte er ihren Arbeitsplan studiert, um sie zu diesem Zeitpunkt an diesem Ort zu erwischen? Oder war sie ein zufälliges Opfer?

Noah wandte das Gesicht ab, als könnte ihn das vor den Bildern schützen, die sich vor seinem inneren Auge abspielten. Ich riss mich zusammen, um mir jedes Detail genau anzusehen, mir jeden Moment einzuprägen, in der Hoffnung, so viel wie möglich mitzunehmen. So viel wie möglich zu verstehen.

Der Fremde sah auf Noor hinab, als würde er es genießen, zu beobachten, wie ihre Gegenwehr immer weiter nachließ. Es war unklar, ob es daran lag, dass ihr die Kraft ausging, oder weil ihr klar wurde, dass sie physisch keine Chance hatte, gegen ihn aufzubegehren.

Bisher hatte er nichts getan, um ihr zu schaden. Wie er sie mit beiden Händen an ihrem Brustbein nach unten drückte, wirkte fast sanft.

Ich legte die Stirn in Falten, weil es nicht das war, was ich erwartet hatte zu sehen. Was sollte das?

»Wenn ich noch ein Mensch wäre, würde ich kotzen«, stöhnte Noah, das Gesicht weiterhin von dem Bildschirm abgewendet.

»Was denkt er?«, wollte ich wissen. Noah musste es ja hören.

»Unklar«, antwortete Noah leise. »Ich meine … keine Ahnung.«

Mit dieser Antwort hatte ich gerechnet. Ich war mein Leben lang durch die Gedanken und Erinnerungen von Menschen gestreift. Ihre Denkprozesse waren mir so vertraut wie meine eigenen. Wer allerdings nie fremde Gedankenwelten gesehen hatte, konnte sich darin oft nicht zurechtfinden.

Abermals atmete ich tief durch und zwang mich, den Blick nicht abzuwenden.

Nachdem Noors Widerstand beinahe gänzlich erstorben war, entschied der Fremde sich, eine seiner Hände zu lösen und sie an den Ring zu legen, der ihren Helm mit dem Anzug verband. Ein Schauer überlief meinen Körper vom Scheitel an, als Noor erneut aufbegehrte, um seine Hand fortzubewegen. Es frustrierte mich, dass es ihm so leichtfiel, sie abzuwehren.

Mit einem Klicken löste sich der Helm von ihrem Anzug und sprang nur einen Zentimeter auf. War das der Grund für ihren Tod? Es war nie an die Öffentlichkeit gedrungen, in welcher Mine Noor ums Leben gekommen war, deswegen wusste ich nicht, welche Bedingungen hier herrschten.

Noors Hände bewegten sich noch, nachdem der Helm sich von ihrem Anzug gelöst hatte, also herrschten zumindest nicht die gleichen Bedingungen wie auf der gewöhnlichen Marsoberfläche. Dort wäre sie bereits tot.

Der Mann hielt ihre Hände davon ab, den Helm wieder anzubringen, dann zog er ihn bedächtig über ihren Kopf und legte ihn neben sich, gerade weit genug entfernt, damit sie ihn nicht erreichen konnte.

Gelassen legte er seine zweite Hand zurück an ihr Brustbein und drückte sie ganz auf den Boden, während er ihr ins Gesicht sah. Obwohl er sie nicht würgte, rang sie ganz klar nach Luft. Die Kappe, unter der sie ihre Haare verborgen hatte, verrutschte mehr und mehr, während sie mit ihrem ganzen Körper gegen den Kerl aufbegehrte.

Ich hatte den Eindruck, dass er darauf achtete, jeden dieser Momente genau einzufangen. Exakt zu beobachten, wie sie verzweifelt versuchte, ihn von sich zu schieben oder die Arme nach dem Helm ausstreckte, den ihre Fingerspitzen gerade so nicht erreichten.

Ihre Haut wurde langsam blasser. Die Atmosphäre und der Druck in der Mine waren scheinbar kontrolliert genug, dass ein Mensch es für einige Sekunden überleben könnte. Aber nicht für längere Zeit.

Wie lange hielt er sie inzwischen fest? Drei Minuten? Vielleicht vier. Äderchen in ihren Augen platzten. Es war allzu deutlich sichtbar, wie sich das Weiß in ihnen allmählich rot färbte.

Warum tötete er sie nicht einfach? Es wäre ein Leichtes für ihn gewesen, einen der großen Steine aus der Umgebung zu nehmen und dem Ganzen ein Ende zu setzen. Es war offensichtlich nicht sein Ziel, sie zu töten, sondern, den Vorgang zu dokumentieren.

Was für eine kranke Scheiße.

Ich wusste nicht genau, wie lange er sie am Boden gehalten hatte. Wie lange er jede ihrer Bewegungen beobachtet hatte. Doch irgendwann griff er nach dem Helm und stand auf.

Noors Brust hob und senkte sich schwer. Sie hatte so lange die giftige Luft geatmet, dass Blut an ihrem Mundwinkel zu sehen war. Erst nachdem der Fremde sich mehrere Meter von ihr entfernt hatte, schien sie zu begreifen, dass sie sich wieder frei bewegen konnte. Zitternd setzte sie sich auf. Sie brauchte mehrere Anläufe, bis sie die Kontrolle über ihre Gliedmaßen zurückerlangt hatte.

Es war offensichtlich, dass Noor sämtliche Energie, die ihr noch verblieben war, nutzte, um sich auf Hände und Knie aufzustützen. Sie hustete und schob sich auf allen vieren ein Stück vorwärts. Der Kerl bewegte sich nicht, als sie sich ihm näherte.

Ich wusste nicht, ob Hoffnung ihr die Kraft verlieh oder woher Noor sie sonst nahm, aber es gelang ihr tatsächlich, sich an der Wand abzustützen und sich aufzurichten. Schwach taumelte sie auf den Fremden zu. Doch sobald sie ihm zu nahe kam, wich er weiter zurück.

»Oh Gott«, keuchte Noah.

Das Spiel wiederholte sich. Noor atmete angestrengt, hustete, brach fast zusammen. Dann taumelte sie ein weiteres Stück nach vorn, auf den Fremden zu. Er sah zu ihr, hinab auf den Helm in seinen Händen und abermals zu ihr. Erneut entfernte er sich von ihr, dieses Mal ein größeres Stück.

Ich spürte erst jetzt, dass mein Herz raste, meine Wangen warm und mein Atem schwer wurde. Die Wut, die sich in mir anstaute, überstieg den Schrecken, der sich vor uns auftat. Ich würde herausfinden, wer dieser Kerl war. Und ich würde ihn leiden lassen, genau wie er sie leiden ließ.

Warum hatte ich noch immer die Hoffnung darauf, dass jemand kommen und sie retten würde? Dass jemand in diesen Gang trat, um den Kerl niederzuschlagen? Ich würde es so gern selbst tun. Mein Kiefer schmerzte, so fest presste ich meine Zähne aufeinander, während wir Noors Todeskampf beobachteten.

Ich wusste nicht, wie lange es dauerte, bis sie tot war. Oder, bis sie zumindest leblos zusammenbrach und der Mann sich ihr langsam näherte und genussvoll und lange auf ihren Körper hinabsah.

Sie atmete nicht mehr.

Nachdem der Bildschirm vor uns schwarz geworden war, hatten Noah und ich für eine gefühlte Ewigkeit regungslos nebeneinandergesessen und geschwiegen.

Mir war so übel, dass ich die Fingerspitzen auf meine Lippen gepresst hielt und mich bemühte, keine ruckartigen Bewegungen zu machen, um mich nicht zu übergeben. Etwas, das Noah ganz sicher getan hätte, wenn es ihm möglich gewesen wäre.

»Gehts?«, fragte er leise. Ich wollte nicht nicken, also presste ich ein »Ja« zwischen meinen Lippen hervor. Meine Reaktion auf diese Bilder überraschte mich selbst. Ich hatte schon so vieles gesehen. Ich war an den dunkelsten Orten des menschlichen Geistes gewesen. Und ich war mir so sicher gewesen, dass es mich nicht sonderlich tangieren würde, mir das hier anzusehen.

Doch diese Erinnerung war anders.

Das war kein Mord aus Selbstverteidigung, Wut oder überschäumenden Emotionen gewesen. Er hatte nicht der Beschaffung irgendwelcher Informationen oder dem Erreichen eines anderen Ziels gedient.

Dieser Kerl. Er hatte es genossen. Er hatte jeden einzelnen Moment ihres Todeskampfes beobachtet und es genossen.

Ich konnte mich nicht erinnern, jemals so viel Zorn in mir gespürt zu haben. »Ich muss mir die Erinnerung ansehen«, ächzte ich. »Richtig, meine ich.«

»Das ist keine gute Idee.«

»Die Gedanken des Täters werden uns vielleicht Aufschluss darüber geben, was das sollte.«

»Aber …«

Ich senkte die Hände und schaute Noah intensiv an.

»Ich *muss* mir das ansehen. Ich muss wissen, was der Mörder gedacht hat und wie diese Erinnerung im Kontext zu Bennies anderen Erinnerungen steht. Ob sie da überhaupt reinpasst oder ob irgendwelche Hinweise dafür auftauchen, dass sie gefälscht ist oder ihm implementiert wurde.«

Anstatt weiter gegen mich anzureden, legte Noah mir beruhigend die Hand auf den Unterarm. Sie war von all den technischen Prozessen, die unter seiner Haut liefen, ganz warm. Nicht zu unterscheiden von menschlicher Haut.

Ich war froh, dass er hier war. Ich war froh, dass ich ihn bei mir hatte. Das war ein egoistischer Gedanke, aber obwohl er mit diesem neuen Körper vieles durchmachen musste, war ich froh, nicht allein zu sein.

»Du verstehst es, oder?«, wollte ich wissen. »Warum ich das tun muss, meine ich.«

»Ja«, flüsterte er. »Ich hab nur Angst. Du gehst immer wieder über deine Grenzen hinaus und … was, wenn du es zu weit treibst?« Er presste die Lippen aufeinander und atmete aus. »Der Doc sagte, das könnte dein Tod sein. Ich will nicht, dass du stirbst.«

Ich lächelte breit, als er das sagte. Ich wusste nicht einmal genau warum. »Ich werde nicht sterben.«

»Atlas, hör auf! Atlas!«

Ich zog mich aus der Erinnerung zurück und brauchte viel länger als normalerweise, um in die Realität zurückzufinden.

»Du blutest. Hey!«

Ich spürte, wie Hände sich in meine Schultern krallten und mich schüttelten, bis ich endlich die Augen öffnen konnte, um in Noahs

Gesicht zu schauen. Nur verschwommen nahm ich ihn und die Umgebung wahr.

»Ich habe es mir ... zweimal angesehen«, rang ich mir ab, dann erst hatte ich genug Kontrolle über meinen Körper, um meine zitternden Finger zu heben und das Blut fortzuwischen, das dickflüssig aus meiner Nase rann. Scheiße.

Noah reichte mir ein Taschentuch, und ich schloss die Augen abermals, zog die Knie an die Brust und bekämpfte das Gefühl einer sich anbahnenden Ohnmacht.

»Ich hol dir was zu trinken«, sagte er eilig, und gehetzte Schritte erklangen.

Der Kopfschmerz war nicht so intensiv wie heute Morgen. Dieses Mal fühlte es sich weniger an wie Nadeln, die von der Stirn aus in mein Hirn stachen, sondern eher wie ein starker Druck von innen. Dumpf, als würde gleich etwas in mir auseinanderspringen.

»Hier.« Ich öffnete die Augen wieder und nahm das Glas mit Wasser, das Noah mir entgegenhielt, dankend an. »Hast du etwas herausfinden können?«

»Die ...« Ich räusperte mich und nippte an dem Getränk, um mich zu sammeln. »Die Erinnerungen in Bennies Kopf an den Mord wirken schlüssig. Es gibt nichts, was darauf hinweist, dass er es nicht war.«

»Was?«

»Ja, ich ...« Ich klemmte meine freie Hand zwischen die Oberschenkel, damit sie endlich aufhörte zu zittern. »Ich habe nichts gesehen, was seine Unschuld beweisen könnte. Es ist alles da. Die Reise zum Mars, die Begründung dafür, die Besprechung des Weges und so weiter.«

»Auch alles danach?«

Ich nickte vorsichtig. »Und die Erinnerung sieht nicht konstruiert aus. Das, was Konstrukteure erschaffen, ist anders. Ich habe auch keine Marker gesehen. Und sie war in keinem Sonderspeicher abgelegt oder dergleichen.«

Was hatte das zu bedeuten?

Mir war klar, was Noah dachte: Wir würden uns das noch ein paar Mal ansehen müssen, um sämtliche Eventualitäten ausschließen zu können.

Künstliche Erinnerungen waren nicht ungewöhnlich. Viele Wohlhabende bereicherten ihren Geist mit Erinnerungen an Urlaube und Natur. Sie waren fast nicht von echten zu unterscheiden, wenn man nicht wusste, worauf man achten musste.

Aber ich wusste es. Und so eine perfekt nachgestellte Realität konnte es meines Wissens nicht geben.

Hatten sie eine neue Technologie?

»Wenn sie ihm implantiert worden wäre, hätte er ja auch Erinnerungen an den Vorgang gehabt«, überlegte Noah.

»Davon war nichts zu sehen.«

Der Einsatz künstlicher Erinnerungen war ein Vorgang, der einige Stunden dauerte und immer in den offiziellen Mind-Centers von Hypermind vorgenommen wurde. Mir war es allein durch meinen Beruf ein Leichtes, sie von realen Erinnerungen zu unterscheiden. Meistens besaßen sie besondere Kennzeichen, damit sowohl der Träger als auch die Behörden bei Überprüfungen sichergehen konnten, dass sie nicht echt waren, um beispielsweise als Alibi zu dienen. Soweit ich wusste, war es nicht möglich, diesen Vorgang illegal durchzuführen. Ich hatte nicht einmal im tiefsten Untergrund von so etwas gehört.

»Und du denkst nicht, dass die Möglichkeit besteht, dass Haloren es vielleicht wirklich war?« Noah sprach sehr langsam, als wollte er mich nicht verärgern.

Ich presste die Zähne aufeinander. »Ich kann das nicht mit Sicherheit widerlegen.« Ich wünschte, ich könnte es. Aber nach allem, was geschehen war, wusste ich auch nicht mehr, inwiefern ich mir selbst vertrauen konnte.

»Wie geht es jetzt weiter?«

Ich konnte mir denken, dass er darauf hinauswollte, dass ich die

Sache abblies. Dass ich sagte: »Da kann man nichts machen«, und wir unser Leben weiterlebten.

Doch so schnell gab ich nicht auf.

»Wir müssen auf Spurensuche gehen, um zu beweisen, dass Bennie unschuldig ist. Irgendjemand muss bestätigen können, dass er nicht auf dem Mars war. Oder dass er dort zumindest keinen Mord begangen hat.«

Noah verzog grimmig den Mund. »Du wirst nicht deine üblichen Methoden anwenden können. Hast du denn eine Ahnung, wie man sonst unauffällig an Informationen kommt?«

Ein Stich durchfuhr mich, als ich im ersten Moment daran dachte, dass ich Shane deswegen fragen könnte. Es würde lange dauern, bis ich mich daran gewöhnt hätte, dass er und Julien nicht mehr da waren.

»Keine Ahnung«, murmelte ich entmachtet. »Ich habe keine vertrauenswürdigen Kontakte mehr im Untergrund. Im Gegensatz zu Shane habe ich mich nie intensiv genug mit den Menschen dort auseinandergesetzt, um zu wissen, wessen Informationen zuverlässig sind und wessen nicht.« Ich verschränkte die Arme vor der Brust und blickte auf die Decken vor mir, weil jede Bewegung meiner Augen in meinem Schädel stach. Ich hörte, wie Noah leise grummelte, und mir war klar, dass er überlegte, wie er mir das ausreden konnte. Er musste es gar nicht aussprechen.

»Ich denke nicht, dass wir dem gewachsen sind. Wir haben keinerlei Ansatzpunkte.«

Ich sog die Luft scharf zwischen den Zähnen ein. »Stimmt wohl.« Mir war ein neuer Gedanke gekommen, aber ich war nicht sicher, wie schlüssig er war. »Wie wäre es, wenn wir Lora Hiland um Hilfe bitten?«

»Was? Die Polizistin, die dir auf den Fersen war?«

Ich wiegte den Kopf sacht hin und her. »Sie hat auf jeden Fall mehr Ressourcen. Und mehr Ahnung als wir.«

Noah lachte humorlos, nahezu verzweifelt. »Du willst einfach zur Polizei gehen.« Das war keine Frage, sondern eine Feststellung. »Dass du einmal so einen Vorschlag machen würdest, hätte ich nicht gedacht.«

»Was? Nein!« Rasch hob ich die Hände zu einer abwehrenden Geste. »Wir könnten privat Kontakt zu ihr aufnehmen. Zu ihrer Wohnung fahren.«

»Und du meinst nicht, dass uns das in Schwierigkeiten bringen würde?«

»Wir *sind* in Schwierigkeiten.« Ich stellte das Glas beiseite und vergrub das Gesicht in den Händen. »Ich weiß es doch auch nicht. Aber … wir können nicht untätig bleiben, wenn wir von all diesen Dingen wissen.« Nicht zu vergessen, dass ich nicht mehr die geringste Chance auf Unterstützung von The Cell hatte, wenn Bennie im Gefängnis landete. Und das bedeutete, dass ich das Problem mit Juliens Daten und Noahs Körper vermutlich wirklich nicht mehr lösen könnte.

»Wir könnten auch der Polizei direkt mitteilen, was wir wissen.« Ich hörte, wie Noah sich wieder neben mich setzte.

»Die Polizei hat keine Macht mehr. Sie war auch vom Syndikat unterwandert, und alle Behörden müssen sich neu ordnen. Ich denke nicht, dass sie etwas ausrichten können, oder … uns überhaupt glauben.«

»Und du denkst, Lora würde das tun?«

»Ich … Ich weiß es nicht«, gestand ich seufzend ein. »Aber es ist meine einzige Idee. Und sie hat mich schon einmal gehen lassen, also hätten wir bei ihr zumindest eine Chance. Ohne dass ich offenbaren muss, wer ich bin, vor allem.«

»Ja, das wäre gut.« Noah regte sich, und ich sah zu ihm auf. »Dann machen wir es doch so: Wir suchen Lora in ihrer Wohnung auf und erzählen ihr, was wir wissen. Wenn ihr ein Weg einfällt, wie wir Bennie helfen können, tun wir das. Und wenn nicht, spielen wir ihr wenigstens unsere Informationen zu.« Er zog die Augenbrauen hoch. »Auch die über Boston und Johnson.«

Ich dachte kurz darüber nach und musste einsehen, dass er recht hatte. Ich hatte Lora so lange beobachtet, und obwohl ich Cops hasste, hatte ich mir eingestehen müssen, dass sie die beste Ermittlerin war, die ich je gesehen hatte.

Sie war meine Gegnerin gewesen. Dennoch vertraute ich ihr.

»Okay«, sagte ich schließlich. »Lass es uns so machen.«

Kapitel 2

Der Aufruhr eines ruhelosen Volkes

Der frühe Abend war angebrochen, und tief in unsere Mäntel gehüllt, schoben Noah und ich uns durch die Straßen des Middle-Levels voran. Die untergehende Sonne hatte es geschafft, durch die Wolkendecke zu brechen, und ihr Licht ließ die Rauchsäulen schimmern, die nach wie vor in den Himmel aufstiegen.

Die Demonstranten hatten sich inzwischen weitgehend zurückgezogen, aber die Brände waren noch nicht gelöscht. Auf den gewaltigen Anzeigetafeln über unseren Köpfen wurden entweder Nachrichten oder Bilder von Noor Godman gezeigt. Bisher war Halorens Geständnis wohl nicht bis zu den Medien vorgedrungen, aber es würde vermutlich nicht mehr lange dauern. Vor allem, wenn man bedachte, was für ein Ansturm auf seinem Grundstück geherrscht hatte.

»Hier lang«, sagte ich leise und bog in eine schattige Seitengasse ein. Müll sammelte sich am Boden, genauso wie leere Spraydosen, Getränkecontainer, zurückgelassene Plakate und Kleidungsstücke. Alles Dinge, die die Aufständischen zurückgelassen hatten.

Die Fenster einiger kleiner Läden, an denen wir vorüberkamen, waren eingeschlagen und die Einrichtungen entweder geplündert oder ausgebrannt. Oder beides. Es fröstelte mich bei dem Anblick. Ich war in der Düsternis des Sub-Levels aufgewachsen, in dem Schmutz und der ewigen Nacht, die dort unten herrschten. Aber Düsternis war etwas anderes als die Zeichen der Gewalt, die man nun überall in der Stadt sah.

Dagegen waren die Demonstrationen von The Cell ruhige Spaziergänge gewesen.

Noah und ich beeilten uns, voranzukommen und unsere Köpfe gesenkt zu halten, so wie alle Menschen, die mit verborgenen Gesichtern an uns vorüberhuschten. Wer nicht unbedingt hinausmusste, verließ seit dem Zusammensturz des Syndikats seine Wohnung nicht mehr. Viele Betriebe hatten sogar vorläufig geschlossen, um die Sicherheit ihrer Mitarbeiter vor den Aufständischen zu garantieren.

Und so musste es auf der ganzen Welt aussehen. Ein Gedanke, den ich nach wie vor nicht ganz begreifen konnte.

»Gerade ist wohl jeder gefragt, der eine Waffe halten kann, was?«, wollte Noah wissen, als wir auf einen Platz traten.

Vereinzelt hatten sich Ladeninhaber und Reinigungsandroiden versammelt, um die Trümmer und den Unrat aufzusammeln, den die Menschenmassen zurückgelassen hatten. An jeder Ecke standen schwer bewaffnete Polizisten und Söldner privater Sicherheitsdienste. Sie arbeiteten zurzeit rund um die Uhr, um die Bevölkerung zu besänftigen, aber ich war mir nicht sicher, ob ihre Präsenz nicht weiter zur allgemeinen Unsicherheit beitrug.

Einige der Wachmänner und -frauen musterten uns überaus genau, als Noah und ich so entspannt wie möglich dreinschauend an ihnen vorübergingen. Es war nicht mehr weit bis zu Loras Apartment. Ich hatte sie in den Wochen vor dem Kampf mit dem Syndikat dermaßen oft gehackt, dass mir der Weg zu ihrer Wohnung inzwischen so vertraut war wie mein eigener.

»Hoffentlich ist sie da«, flüsterte Noah. »Ich möchte schnell wieder nach Hause.«

Das wollte ich auch. Aber das sagte ich ihm nicht.

»Hey!«, ertönte auf einmal ein Schrei auf dem Platz, der mir durch Mark und Bein ging.

Ich wirbelte herum, weil ich befürchtete, der Wachmann hätte uns gemeint. In seiner Militäruniform, die Waffe bereits gezogen, trat der bullige Kerl auf uns zu. Vermutlich einer der Soldaten, die inzwischen im Inland eingesetzt wurden, um die Proteste zu bekämpfen.

Einige Kollegen folgten ihm, und erst viel zu spät warf ich einen Blick über die Schulter und realisierte, dass sie ihre Gewehre auf jemanden in der Gasse hinter uns richteten. Eine Gruppe Rebellen stürmte dort eins der Geschäfte, die noch nicht gänzlich ausgebrannt waren.

Geistesgegenwärtig packte Noah mich am Arm und zog mich an die Hauswand neben uns, als die Aufständischen ihre Waffen zogen und erste Schüsse auf die sich nähernden Wachleute abgaben.

»Legen Sie die Waffen weg!«, schrie einer der Soldaten, während wir uns so eng wie möglich an die Wand drückten. Die Zivilisten, die sich noch auf dem Platz befanden, stoben in alle Richtungen davon, und Scheiße, wir sollten hier auch verschwinden.

»Komm«, sagte ich zu Noah und drückte mich an der Wand entlang, fort vom Geschehen. Unter dem Lärm der Schüsse waren die Worte, die geschrien wurden, kaum mehr zu verstehen. Wir hatten uns bereits einige Meter entfernt, als eine Gruppe Menschen auf den Platz gestürmt kam und sich nicht von dem Tumult fort, sondern direkt darauf zubewegte. Weitere Aufständische.

»Fuck«, murmelte ich. »Wir müssen hier weg, jetzt!«

»Ja«, keuchte Noah, und wir lösten uns von der Wand, um schneller voranzukommen.

Kapitel 3

Die Erschütterung einer unerschütterlichen Moral

»Es ist okay, du musst mich nicht die ganze Zeit so ansehen«, versicherte Noah und wirkte tatsächlich genervt von meinen besorgten Blicken. »Es geht mir gut, ich … hab mich nur erschrocken.«

»Ich mich auch«, ächzte ich. Wie viele Stufen waren wir inzwischen hinaufgegangen? Bei Lora hatte das immer so mühelos ausgesehen.

Nur zwei Straßen von dem Platz entfernt, begann der Bereich der Stadt, von dem etliche Treppen zu den Wohnungen hinaufführten, die umgangssprachlich als Container bezeichnet wurden. Diese Apartments waren nicht größer als Einraumwohnungen, aber im Gegensatz zu den Coffins im Sub-Level konnte man von hier aus ab und an Sonnenlicht sehen.

Lora bewohnte einen Container recht weit oben, und wenn man sich nicht durch das Gewirr der Gänge und Wege zwischen den Gebäuden schlagen wollte, musste man auf den Luxus eines Fahrstuhls verzichten.

»Sieht doch nett aus«, sagte Noah leise, während ich schwer atmend die letzte Stufe nahm und auf der Metallplattform vor ihrer Tür stehen blieb. Noah gab sich überheblich entspannt. Vermutlich, weil ich es abgelehnt hatte, von ihm huckepack getragen zu werden. Zu meinem Bedauern.

Die Sonne, deren warmes Abendlicht durch den Smog dringen konnte und nun durch die verglasten Oberflächen der Wolkenkratzer bis tief hinein in die Stadt gespiegelt wurde, war kurz davor, unterzugehen. Ich nutzte die Zeit, die ich um Atem rang, um die Fassaden über uns zu bewundern. Ich hatte die Sonne seit einer gefühlten Ewigkeit nicht mehr von der Erde aus gesehen. Trotz der Kälte wirkte ihr Schein hier so viel wärmer als im Weltraum.

»Bist du bereit?«, wollte Noah wissen. Er ruckte mit dem Kopf in Richtung von Loras Tür, trat dabei von einem Fuß auf den anderen. »Ich halte die Spannung nicht mehr aus.« Sein Lächeln zeigte, dass er scherzte, doch er hatte recht. Ich wollte das auch endlich hinter mich bringen.

Ich sammelte mich, trat an ihm vorbei und klopfte laut an die Metalltür. Eine Klingel gab es nicht, doch beim Aufstieg hatte ich bemerkt, dass aus dem Fenster an der Seite der Fassade Licht drang. Sie musste also daheim sein.

Aber es regte sich nichts.

»Nicht zuhause?«, fragte Noah leise.

»Doch, da hat Licht gebrannt. Vielleicht arbeitet sie oder hört Musik.«

»Oder sie schläft.«

»Oder sie will uns nicht reinlassen.«

»Was machen wir?«

Ich klopfte noch einmal an die Tür, dieses Mal lauter, dringlicher. »Lora? Ich bin es, Atlas Lawson.« Ich lauschte für ein paar Sekunden. »Oracle. Falls du dich erinnerst.«

Endlich regte sich etwas in der Wohnung. Auf lautes Gepolter folgten unregelmäßige Schritte.

Ich runzelte die Stirn und trat ein Stück zurück. Meine Muskeln waren aufs Äußerste gespannt, als sich die Tür öffnete.

Dort stand Lora: die Augen halb zusammengekniffen, als hätte sie Probleme, mich zu erkennen, und das lange Shirt befleckt von Fett und irgendeiner Flüssigkeit. Ihr Griff an der Tür war überraschend fest. Sie schwankte ein wenig.

War sie … war sie betrunken?

»Oracle!«, lallte sie und schürzte die Lippen. »Bist du hergekommen, um noch ein bisschen mehr von meinem Leben zu zerstören?«

»Was? Ich …«

»Verschwinde!«

»Wir sind hier, weil wir …«

Lora wandte sich einem Tisch neben der Tür zu, und ehe ich reagieren konnte, hatte sie eine Pistole auf uns gerichtet.

Erschrocken von der unerwartet aggressiven Reaktion hob ich die Hände, und Noah tat es mir gleich.

Was war los mit ihr, und woher kam diese plötzliche Wut auf mich? Verdammt. Das war echt nicht unser Tag.

»Wir brauchen nur Informationen von dir.« Obwohl ich inzwischen nicht mehr sicher war, ob sie uns die beschaffen konnte. Wir hatten ihr Leben zerstört? War sie gefeuert worden?

»Verschwindet, oder ich schieße!«

Ich presste die Lippen aufeinander. Sie war überhaupt nicht zurechnungsfähig. Wenn wir einen Moment abpassten, in dem wir sie überraschen konnten …

Ich wagte den Versuch, sprang ein Stück zur Seite und danach direkt auf sie zu. Sie gab sich offenbar alle Mühe, meinen Bewegungen zu folgen, doch obwohl sie ihre Pistole dermaßen schnell gezogen hatte, war sie jetzt, in ihrem benebelten Zustand, langsamer als ich. Ich drückte ihre Arme samt Waffe nach unten, damit sich nicht versehentlich ein Schuss löste und Noah traf. Dann drängte ich sie zurück in ihre Wohnung.

Blitzschnell hechtete Noah ebenfalls nach vorn, um ihr die Waffe zu entwenden, während sie lautstark protestierte.

»Atlas, was soll das?«, rief er mir zu.

Lora stieß unartikulierte Laute aus, als ich ihre Hände fixierte, sie ihr auf den Rücken drehte und sie zu Boden rang. Unter gewöhnlichen Umständen wäre mir das nicht gelungen. Aber betrunken, wie sie war, fiel es mir fast leicht, ihre Gegenwehr niederzukämpfen.

»Lass uns einfach gehen!«, sagte Noah rasch, aber ich schüttelte den Kopf.

»Tür zu!«, forderte ich, bevor ich mich in der Wohnung umsah und mir dabei kaum Mühe geben musste, um sie auf dem Boden zu halten.

Während meiner Recherchen zum Syndikatsfall hatte ich sie genau beobachtet. Ihr Zuhause war mir unheimlich vertraut geworden. Doch seitdem hatte sich vieles verändert.

Plastikverpackungen von Fertigessen und leere Flaschen waren in der ganzen Wohnung verteilt. Die Fenster hatte sie mit dunkelroten Vorhängen abgedunkelt, und schmutzige Kleidung lag überall auf dem Boden verstreut. Der Geruch nach kaltem Zigarettenrauch hing schwer in der Luft.

»Lass mich los, du Miststück!«, fauchte Lora, konnte sich aber nicht aus meinem Griff winden.

Endlich schloss Noah die Tür hinter sich und blieb angespannt davor stehen.

»Was ist passiert?«, wollte ich um Ruhe bemüht wissen.

»Ich bin gefeuert worden!«, spuckte sie aus und ruckte ihren Kopf so weit herum, dass sie mich halb ansah. »Wegen dir, verdammt! Und du maßt dir tatsächlich an, hier aufzutauchen?«

Ich legte die Stirn in Falten und lockerte meinen Griff etwas, als sie weiter nachgab. »Du wurdest entlassen?«

»Klar. Sag nicht, das hast du nicht gesehen, Oracle.« Sie ließ den Kopf sinken, ihre Stimme klang resignierter.

»Habe ich nicht«, antwortete ich ehrlich. »Was ist …«

»Lass mich endlich los«, murmelte sie. So eingesunken, wie sie nun dalag, schien sie keine Gefahr mehr zu sein.

In ihrem Zustand wäre sie wohl auch keine gute Schauspielerin mehr. Ich ließ sie also zögerlich los und schob mich von ihr.

Lora blieb noch einige Sekunden am Boden liegen. Ihr blondes Haar war zu einem wirren Knoten zusammengebunden und sah so struppig aus, als hätte sie es seit Tagen nicht mehr gekämmt. Sie rieb sich die Handgelenke, rappelte sich mühsam auf, taumelte in eine Ecke, in der sie mehrere Decken auf dem Boden zusammengeschoben hatte, und ließ sich darauf fallen.

Für den Bruchteil einer Sekunde dachte ich, sie würde nach einer weiteren Pistole greifen, als sie zwischen den Decken nach etwas wühlte. Doch sie zog nur eine Schachtel Zigaretten hervor und zündete sich eine von ihnen an. Den Rücken in die Polster gelehnt, die sie wohl von ihrer Couch genommen hatte, schien sie schon fast wieder vergessen zu haben, dass wir hier waren.

Ich schaute mich kurz zu Noah um, dann erneut zu ihr. Gerade, als ich zu einer Frage ansetzen wollte, begann sie zu reden.

»Ich meine, es war nicht komplett deine Schuld, dass mir gekündigt wurde«, sagte sie und nahm einen tiefen Zug von ihrer Zigarette. »Da war auch so … politischer Mist.«

»Wegen Cameron und deinem Vorgesetzten?« Das Syndikat hatte die Polizei unterwandert und Lora – der besten Detektivin Washingtons – einen Androiden zur Seite gestellt, der ihre Nachforschungen behindert hatte.

»Ja.« Sie sah uns nicht an, während sie sprach. »Es hieß, es hätte nichts mit mir zu tun, aber meine Zusammenarbeit mit den beiden hätte ein schlechtes Licht auf die Behörde geworfen.«

»Nachdem die Sache aufgedeckt worden war, wollte die Bevölkerung Köpfe rollen sehen«, bestätigte ich leise, schob einen kleinen Müllberg von einem Stuhl und ließ mich darauf nieder.

»Ja, und es hieß, dass ich das alles als guter Detective hätte bemerken müssen.«

Ich verstand ihren Ärger. Sie hatte von Anfang an gewusst, dass mit Cameron etwas nicht gestimmt hatte, doch ihr Boss hatte ihre Bedenken vom Tisch gewischt. Woher hätte sie ahnen können, dass der Kerl, unter dem sie schon als Auszubildende gearbeitet hatte, auch ein Teil dieser ganzen Verschwörung gewesen war?

»Danke dafür.«

Ich verzog den Mund. Als sie gesagt hatte, ich wäre schuld, dachte ich, es sei aufgeflogen, dass sie mich damals hatte gehen lassen. So war ich eher indirekt beteiligt. »Ich kann nichts dafür, dass die Welt scheiße ist«, erwiderte ich deswegen trocken.

Lora nahm einen weiteren Zug. Der wirbelnde Rauch leuchtete in den letzten Lichtstrahlen. »Was willst du, Atlas?«

»Bennie Haloren helfen. Es ist noch nicht in den Nachrichten, aber er hat gestanden, Noor Godman getötet zu haben. Und ich habe daran Zweifel.«

Sie richtete sich ein Stück auf. »Er hat *was*?«

»Wir wissen auch nicht, was dahintersteckt. Außerdem …« Ich wiegte meinen Kopf hin und her. Erst jetzt fiel mir auf, dass die Schmerzen vergangen waren. Die Tabletten wirkten wohl doch. »Außerdem hast du sicher davon gehört, dass Boston Everick aus dem Gefängnis ausgebrochen ist.« Ich ging einfach davon aus, dass sie, selbst in ihrem Zustand, die News halbwegs verfolgte.

»Das ist der größte Fall, der aktuell offen ist. Und Haloren dürfte spätestens ab morgen für Aufsehen sorgen.« Sie lachte trocken. »Du machst keine halben Sachen, was?«

Ich lächelte schief. »Wenn schon, denn schon«, seufzte ich.

»Tja, du hast deine Hoffnungen wohl auf die Falsche gesetzt. Wie du siehst, werde ich dir nicht weiterhelfen können.«

Ich verschränkte die Arme vor der Brust. »Vielleicht doch. Hör dir erst mal an, was ich zu sagen habe.«

Sie stöhnte theatralisch. »Habe ich eine Wahl?«

Ich lächelte provokant. »Nein.«

»Scheiße«, keuchte Lora und rieb sich über die Augen. »Wenn das öffentlich wird, stürmen die Aufständischen das Gefängnis, um Haloren persönlich in Stücke zu reißen.«

»Vermutlich.« Ich hatte mich zu Lora auf den Deckenhaufen gesetzt und mich gezwungen, ebenfalls hinzuschauen, während sie sich die Erinnerung an Noors Mord auf einem ihrer Bildschirme angesehen hatte. Sie war überraschend kühl geblieben, wie sie Mal um Mal gestoppt, hinein- und hinausgezoomt, gespult und dann weitergeschaut hatte. Sie war wohl schon mit mehr Gewaltverbrechen dieser Art in Kontakt gekommen als ich.

»Und bei der Überprüfung der Erinnerung hast du festgestellt, dass sie gefälscht sein muss?«

Ich presste die Lippen aufeinander, wich ihrem Blick aus. »Nicht so wirklich.«

»Warum zweifelst du sie dann an?«

Ich war überrascht darüber, dass sie mich nicht sofort abschmetterte. »Wie du weißt, kann ich mich für gewöhnlich in die ADICs von jedem einloggen.«

»Für gewöhnlich?« Lora schien beim Anschauen der Erinnerung überraschend schnell klar im Kopf geworden zu sein.

»Gerade kann ich es nicht. Aber ich habe Bennie Haloren schon oft gehackt und so etwas nie in seinem Kopf gesehen. Und bevor du fragst: Ja, mein System ist fehleranfällig, aber ein dermaßen einschneidendes Ereignis wäre mir in 95 Prozent der Fälle aufgefallen. Es muss ihm irgendwie implantiert worden sein.«

»Eventuell von jemandem, den wir bei der Überprüfung des Syndikats übersehen haben?«, spann Lora den Gedanken überraschenderweise weiter.

»Vielleicht hängt es sogar mit der Befreiung von Everick zusammen«, sagte ich.

Lora sah mich an, und einen ganzen Augenblick waren unsere Blicke ineinander verschränkt. Dachte sie, was ich dachte? Dass wir sicherlich ein ganz gutes Team zusammen wären?

Doch sie wandte sich wieder ab, richtete sich stöhnend auf und strich sich die Kleidung glatt. »Ich kann dir nicht helfen, Oracle.«

»Aber …«

»Lass mich ausreden, klar?«, fuhr sie auf. »Ich bin gerade nicht in der besten Verfassung. Ich muss mir dringend einen neuen Job suchen, wenn ich nicht im Sub-Level enden will. Oder zwei.« Sie schnaufte und zündete sich eine weitere Zigarette an.

»Du siehst nicht nach jemandem aus, der auf Jobsuche ist«, provozierte ich sie, um mehr aus ihr herauszubekommen.

»Kann dir doch egal sein, wie ich aussehe. Ich hätte dich fast für

Erinnerungshandel im Untergrund drangekriegt, und du solltest mir dankbar sein, dass ich nicht sofort die Cops gerufen habe, als du hier aufgekreuzt bist.«

Ich atmete tief durch und fuhr mir mit den Fingerkuppen über die Schläfen. Noah stand noch immer an der Tür, als würde er am liebsten gehen wollen, während ich überlegte, wie ich Lora überzeugen konnte, uns zu helfen. Ich hatte so viel Zeit mit ihr verbracht, so viele Momente ihres Lebens mitverfolgt. Womit könnte ich sie auf unsere Seite ziehen?

»Ich hatte dich gehackt, weißt du?«, setzte ich dann an.

»Konnte ich mir denken«, grummelte sie und lehnte sich an die Wand neben einem der Fenster und spähte durch einen Spalt im Vorhang nach draußen. Inzwischen war es dunkel geworden. Nur eine kleine Schreibtischlampe spendete uns Licht.

»Ich wollte dich im Auge behalten, damit du mir nicht zuvorkommst, aber ich habe bemerkt, dass ich dich zunehmend beeindruckend fand.« Keine Ahnung, ob diese Schiene funktionieren würde. »Ich habe nie jemanden gesehen, der ein solches Vertrauen in die Polizei hat wie du. Der eine so feste moralische Vorstellung davon hat, was richtig und was falsch ist. Und der so viel dafür tut, das Gleichgewicht in der Welt zu erhalten.«

»Ja«, ächzte Lora. »Und dieses Gleichgewicht zu erhalten ist Aufgabe der Polizei. Nur, weil ich kein Teil mehr von ihr bin, bedeutet das nicht, dass ich das Gesetz in meine eigenen Hände nehmen kann. Du solltest mehr Vertrauen haben.«

»Es tut mir leid, aber die Polizei hat sich in den vergangenen Jahren nicht unbedingt mit Ruhm bekleckert.«

»Wir wurden korrumpiert!« Lora drückte die Zigarette in einem Aschenbecher neben sich aus. »Die hohen Tiere steckten mit dem Syndikat unter einer Decke. Wenn das nicht der Fall gewesen wäre, hätten wir etliche Fälle so viel schneller aufklären können. Jetzt, wo wir von diesen Fesseln befreit wurden, wird es schneller gehen!«

Spannend, dass Lora noch immer von einem »Wir« sprach.

»Die Re-Organisation dauert viel zu lange.«

Das schien das Fass zum Überlaufen zu bringen. Lora stampfte auf mich zu, bückte sich zu mir hinab und brachte ihr Gesicht so nah an meines, dass ich den Alkohol und den Rauch in ihrem Atem riechen konnte.

»Du verstehst nicht, Oracle«, sagte sie eindringlich, während sich ein mulmiges Gefühl in mir ausbreitete. »Ich bin nicht wie du. Ich bin nicht wie deine kleinen Freunde aus dem Untergrund. Ihr denkt, ihr seid Detektive, Richter und Exekutoren gleichzeitig. Ihr denkt, ihr hättet das Recht, Verbrechen aufzudecken und zu bestrafen, genauso wie es euch in den Sinn passt. Du magst die Polizei als schwach befinden, weil ihr oft die Hände gebunden sind, aber wir tun das Richtige!«

Ich versuchte, ihrem Blick standzuhalten, auch wenn der Geruch es schwer machte. »Ja?«, provozierte ich weiter. Ich wusste, dass ihr Argument in ihren Augen richtig und ausreichend war, doch es hatte seine Schwachstellen. »Es war also das Richtige, dich aus politischen Gründen zu entlassen, obwohl du eine der besten Ermittlerinnen bist?« Erst, nachdem wir einander eine ganze Weile angestarrt hatten, rückte sie endlich wieder von mir ab, und ich atmete auf.

»Ich habe mich immer angestrengt, das Richtige zu tun«, sagte sie, dieses Mal in einem geschlagenen Tonfall.

»Die Detektive in den Romanen, die du als Kind gelesen hast, wurden nie zu Unrecht verurteilt.«

»Oder sie hatten zumindest eine faire Chance auf Rehabilitation.« Erst jetzt schien ihr aufzugehen, was ich gesagt hatte. Halb drehte sie sich zu mir um. »Du warst echt tief in meinem Kopf drin, was?«

Ich presste die Lippen zusammen. »Tut mir leid.« Ich ließ ihr einige Momente Zeit, dann schloss ich an: »Eventuell ist das hier deine Chance auf Rehabilitation. Wir gehen diesem Fall nach, vielleicht finden wir was. Danach kannst du deine Erkenntnisse der Polizei vorlegen und dich wieder mit ihnen gutstellen.« Ich warf einen Blick zu Noah, der dem Gespräch aufmerksam folgte. »Ich zahle währenddessen deine Miete für dich, also musst du dir keine Sorgen um einen Job machen.«

»Ich lasse mich nicht von Verbrechern bestechen.«

Scheiße, das war wohl ein Schritt zu weit gewesen. »Das ist keine Bestechung, sondern ein Dankeschön für deine Hilfe.«

»Ist mir egal, wie du es nennen willst.«

»Pass auf«, setzte ich nach. »Du hast dein Leben damit verbracht, die Gesetze zu verteidigen, um die Schwachen und Unschuldigen zu schützen. Das ist dir am Ende um die Ohren geflogen, und ich verstehe, dass dich das frustriert. Bei mir …« Ich schaute mich abermals zu Noah um. »Bei mir war es andersherum. Ich bin im Sub-Level aufgewachsen und habe immer das getan, was mir als sicher und angenehm erschien. Ich hatte nie Vertrauen darauf, dass das Gute gewinnen kann oder sowas in der Art.«

Loras Blick war unerwartet weich geworden, als sie mich ansah. Sie hatte sich noch nicht ganz gegen uns entschieden.

»Die Ereignisse der letzten Wochen haben mir … etwas mehr Vertrauen gegeben«, sagte ich. Ich wusste nicht, ob ich diese Worte selbst glaubte, aber ich wusste, dass es die waren, die sie überzeugen könnten. »Ich habe gelernt, dass es Gutes gibt, für das es sich zu kämpfen lohnt. Das ist etwas, das ich bis vor einigen Wochen noch als eine sehr naive Vorstellung empfand.«

»Und du glaubst, weil du jetzt für das Gute kämpfst, hast du meine Unterstützung verdient?«

Ich schürzte die Lippen. »So ungefähr.«

Lora fuhr sich mit einer Hand über den Nacken, dann trat sie ein paar Schritte auf und ab. Ich versuchte, mir nicht anmerken zu lassen, wie angespannt ich war.

»Ich habe einen Kontakt bei der Polizei. Einen ehemaligen Kollegen von mir, dem ich vertraue. Er schuldet mir was, also … könnten wir ihn zumindest nach aktuellen Ermittlungsständen befragen.«

Ich sog die Luft zwischen meinen Zähnen ein. Hatte ich es geschafft? Half sie uns tatsächlich?

»Wenn die Polizei irgendetwas über Bennies Fall oder über das Verschwinden von Everick weiß, wird er es mir sagen. Wir müssen ihn aber persönlich aufsuchen. Ich bin aus dem Detective-Hive rausgeflogen.«

Ich wandte meinen Blick nicht von ihr ab. »Also bist du dabei?«

»Ich stelle meinem Kollegen eine Frage«, sagte sie betont langsam. »Ihr könnt mich begleiten, wenn ihr wollt. Ich nehme kein Geld von dir an. Wir brechen keine Gesetze.«

Es fiel mir so endlos schwer, das Gewinnergrinsen, das sich so dringend auf meine Züge schleichen wollte, zu unterdrücken. »Abgemacht.«

»Ich dusch mich und zieh mir was an, dann brechen wir auf.« Sie setzte sich taumelnd in Richtung Bad in Bewegung.

Ich wandte mich zu Noah um, und wir beide sahen einander mit großen Augen an. Er konnte es vermutlich genauso wenig fassen, dass es mir gelungen war, sie zu überreden. Ich hatte es geschafft!

Trotz meiner Euphorie konnte ich mir eine weitere kleine Provokation nicht verkneifen. »Brauchst du Hilfe da drin?«, rief ich ihr also nach.

Die Wucht, mit der sie die Tür zuschlug, sollte wohl Nein bedeuten.

Folge 4

Die Hütte

Kapitel 1

Die Einlösung einer vergangenen Schuld

Der Flur des Wohnblocks, durch den wir schlichen, bereitete mir dieses milde Unbehagen, das mich immer ergriff, wenn ich mich bei einem Fall tatsächlich vor die Tür wagen musste. Die Angst, gesehen zu werden und nicht fliehen zu können, saß mir tief in den Knochen, obwohl ich mir alle Mühe gab, das vor Lora und Noah nicht zu zeigen.

Lora hatte mir zwar eine ihrer Pistolen gegeben, aber wirklich sicherer fühlte ich mich damit nicht.

Aus anliegenden Türen waren laute Gespräche und schreiende Kinder zu hören. Die kleinen Deckenlampen, die als Notbeleuchtung zwischen den Türen angebracht waren, erfüllten den Korridor mit einem spärlichen grünen Licht. Wir hatten die Hauptbeleuchtung nicht eingeschaltet, um keine Aufmerksamkeit auf uns zu ziehen.

Lora hatte es überraschend schnell geschafft, sich herzurichten. Ihr Haar hatte sie zu einem strengen Zopf zurückgebunden, ihre Fahne war durch intensives Zähneputzen schwächer geworden, und die kurze Lederjacke, die sie sich übergezogen hatte, ließ sie fast in altem Glanz erstrahlen.

Es tat mir leid, was ihr zugestoßen war, aber ich wusste, dass sie es durchstehen würde. Wie schnell sie sich in den Griff bekommen hatte, war ein gutes Zeichen dafür.

Das hoffte ich zumindest.

Die Tür, auf die Lora zusteuerte, lag nahezu komplett im Dunklen.

»Wir hätten bis zum Morgen warten sollen«, flüsterte Noah hinter mir, und sofort verlangsamte ich mein Tempo, um mich zu ihm umzuschauen. Trotz seines beeindruckenden Körpers lag in seinen Augen tiefe Beunruhigung. Ich sah es selbst im schummrigen Licht.

»Keine Sorge«, versuchte ich, ihn zu beruhigen. Ich war nach wie vor der festen Überzeugung, dass, egal, was uns bei dieser Ermittlung erwartete, es nicht schlimmer werden konnte als das, was hinter uns lag. »Wenn es zu gefährlich wird, ziehen wir uns zurück, okay?« Ich wies ihn nicht erneut darauf hin, dass er nicht mitkommen musste, wenn er nicht wollte. Das hatte ich in den letzten Stunden schon mehrere Male getan, und er hatte es jedes Mal als Zeichen dafür aufgefasst, dass ich ihn nicht dabeihaben wollte. Diese Diskussion würde ich nicht noch einmal anstoßen.

»Bestimmt?«

Ich blinzelte ihn an. »Es sieht vielleicht nicht so aus«, raunte ich, »aber ich habe ebenso wenig Interesse daran zu sterben wie du.«

Das ließ ihn tatsächlich verlegen lächeln. Als ich sicher war, dass es ihm etwas besser ging, wendete ich mich wieder zu Lora um und zog die große Kapuze meines Mantels tiefer in mein Gesicht. Lieber kein zu großes Risiko eingehen, immerhin war die Gesinnung dieses Kontaktmanns nicht wirklich vorherzusehen.

Lora klopfte laut an die Tür, dann wartete sie ab, bis Schritte dahinter ertönten. Ich drückte mich an die Wand einen Schritt neben dem Eingang. Ich war nur dabei, um zu beobachten. Ich hatte kein Interesse daran, mich an diesem Gespräch zu beteiligen.

Die Tür öffnete sich erst nur einen Spalt breit, sodass warmes Licht aus dem Inneren Loras Gesicht aufhellte.

»Lora.« Die Stimme ihres Kollegen war kein Flüstern, aber sehr unterdrückt. »Was machst du hier?«

»Hey Mike.« Sie verschränkte die Arme in einer selbstsicheren Pose vor dem Oberkörper. »Ich brauch deine Hilfe bei etwas.«

Ich lehnte meinen Kopf ein Stück zur Seite, um mehr von dem Mann sehen zu können. Er war definitiv älter als Lora. Die dunkle Haut war von einigen Falten durchzogen, und sein Haar war zerzaust, als hätte er bereits geschlafen. Offensichtlich nicht begeistert von dem unerwarteten Besuch, warf er einen Blick in den Gang, schaute kurz zu Noah und mir herüber.

»Wer sind diese Leute?«, fragte er so leise, dass seine Stimme kaum bis an mein Ohr drang.

»Freunde von mir. Sie brauchen meine Hilfe bei einer Ermittlung.«

Lora hatte mir zwar versprochen, dass der Kerl uns auf keinen Fall hintergehen würde, doch ich bereute trotzdem, ihn nicht hacken zu können. Ich könnte es versuchen, aber … nein, allein bei der Vorstellung spürte ich den phantomhaften Schmerz aufflammen. Shit.

»Du riechst nach Alkohol«, stellte Mike fest. »Ganz ehrlich, ich kann dich so nicht reinlassen. Meine Frau schläft auf der Couch, und die Kinder sind im Bett.«

»Dann unterhalten wir uns hier«, blieb sie standhaft.

Erneut streckte der Kerl seinen Kopf aus der Tür, um mich und Noah genau zu beäugen. Ich schenkte ihm ein Lächeln, doch mir war bewusst, dass das in dieser Situation nichts helfen würde. Er war eindeutig eingeschüchtert.

»Ich erinnere dich ungern daran, aber du bist mir noch was schuldig«, seufzte Lora.

Das schien ihrem ehemaligen Kollegen endlich den Anreiz zu geben, den er brauchte, um mit dem Sprechen zu beginnen.

»Was willst du wissen?«, murmelte er. Nervös warf er einen Blick hinter sich, wie um sicherzugehen, dass seine Frau noch schlief. »Ich hoffe, dass du uns nicht in Schwierigkeiten bringst.«

»Werde ich nicht«, sagte sie. Sie meinte es ernst, das war deutlich aus ihrem nüchternen Gesichtsausdruck zu lesen. Sie hatte nicht vor, jemandem das anzutun, was ihr angetan worden war. Trotzdem war es beeindruckend, dass sie für uns dieses Risiko auf sich nahm. »Wir brauchen Informationen zum aktuellen Ermittlungsstand im Fall Haloren.«

Er zog die Augenbrauen in die Höhe. »Das war sowas von klar.

Aber ihr werdet da nichts machen können, das ist euch bewusst, oder?«

»Wir brauchen nur die Informationen. Was wir damit anstellen, ist unsere Sache.« Sie stemmte die Hände in die Hüften. »Und je weniger du weißt, umso besser.«

»Mach keinen Scheiß, Lora.«

»Los jetzt!«, knurrte sie.

Wiederholt seufzte der Mann und lehnte sich in den Türrahmen, fuhr sich müde mit den Fingern über die Augenlider. »Also der Fall scheint klar zu sein«, begann er endlich. »Die Erinnerung wurde von Experten überprüft. Sie ist definitiv echt, und es gibt mehrere Zeugen, die Haloren auf dem Mars gesehen haben. Er hat außerdem kein Alibi.«

So etwas hatte ich befürchtet. Wie konnte das sein? Stimmte wirklich etwas mit meinem Kopf oder meinem System nicht? Ich hatte aktiv nach seiner Beteiligung an Morden gesucht. Selbst wenn diese Erinnerung blockiert gewesen war, hätte ich einen leeren Raum an ihrer Stelle gesehen, wie bei Everick und den anderen Mitgliedern des Syndikats.

Verdammt.

»Und was ist mit Everick?«

»Lora, warum interessiert dich das?« Der Kerl schüttelte leidvoll den Kopf. »Ich weiß, dass es scheiße ist, was mit dir passiert ist. Wir wissen alle, dass das nicht fair war. Wir alle hatten keine Ahnung, wer Cameron war.« Sein Blick wurde entschlossener. »Aber es ist, wie es ist. Du musst weitermachen. Dein Leben unter Kontrolle bekommen, klar?«

»Sag endlich! Was habt ihr zu dem Mistkerl?«

»Du lässt mich für immer in Ruhe, wenn ich es dir sage, ja?«

»Ich habe nie meine Versprechen gebrochen, und ich habe es auch nicht vor.«

Er schürzte die Lippen zögerlich und nickte schließlich. »Everick wurde von Untergrund-Rebellen entführt«, rang er sich ab. »Das muss lange geplant gewesen sein, denn der Richter, der in Evericks Fall den Vorsitz hatte, war irgendwie involviert.«

Ich hatte es gewusst.

»Wurden die Entführer identifiziert?«

»Leider nicht. Sie haben die Polizeikräfte vor Ort effizient ausgeschaltet und waren allesamt maskiert. Die Aktion ging extrem schnell und effizient vonstatten.«

»Und der aktuelle Ermittlungsstand?«

»Wegen des verwendeten Betäubungsmittels, das sie den Polizisten verabreicht haben, konnten wir auf die Vereinigung schließen, die hinter dem Anschlag stand.«

Ich stutzte kurz. Sie hatten das Wachpersonal betäubt und nicht getötet? Wie ungewöhnlich.

»Es ist eine Gruppierung, die sich den Namen Void District auf die Fahne geschrieben hat. Wir wissen allerdings nicht viel von ihnen. Die scheinen neu zu sein.«

Johnson, dieses Arschloch.

»Irgendwelche anderen Hinweise?« Lora ließ sich nicht anmerken, was sie dachte.

»Meines Wissens nicht.«

Lora hielt eine ganze Weile Blickkontakt zu ihrem Kollegen, und ich schaute zwischen den beiden hin und her, versuchte vor allem, in seinem Gesicht zu lesen, ob er noch etwas verborgen hielt oder nicht. Aber ich war einfach zu schlecht in Körpersprache und all diesem Zeug.

Außerdem lenkte etwas anderes meine Aufmerksamkeit auf sich. Eine Bewegung am anderen Ende des Flurs, in den Schatten zwischen den kleinen Lampen.

Ich legte meinen Kopf ein Stück weiter zur Seite, als Loras Kollege begann, sie zu bitten, sich Hilfe zu holen und sich nirgendwo einzumischen.

Da war jemand. Eine Gestalt in dunkler Kleidung, das Gesicht von einer Kapuze verhüllt. Die Person starrte zu uns herüber, also lehnte ich mich leicht nach vorn, um Lora subtil am Ellenbogen zu berühren.

Sie schaute erst zu mir, dann folgte sie mit ihrem Blick dem leichten Rucken meines Kopfes. »Wir gehen jetzt«, sagte sie und wandte sich sofort wieder an ihren Kollegen. »Danke.«

Er presste streng die Lippen aufeinander. »Ich fühle mich nicht wohl dabei.«

»Du hast mir gar nichts verraten, also gibt's nichts, weswegen du dich schlecht fühlen musst.« Sie trat einen Schritt von ihm zurück. »Pass auf dich auf.«

»Du auch«, sagte er. Er machte den Eindruck, als wolle er etwas anfügen, doch Noah und ich regten uns, und das schien ihn so nervös zu machen, dass er die Tür doch schloss, ohne noch etwas von sich zu geben.

Noah trat neben mich. Er hatte die Person am Ende des Flurs wohl auch bemerkt. Sobald die Tür geschlossen war, kam sie einige Schritte auf uns zu, und ich konnte den roten Totenkopf auf dem Mantel erkennen.

Void District!

»Was willst du?«, fragte Noah überraschenderweise, mit unterdrückter Stimme, damit uns niemand anderes auf dem Flur hörte.

Die Person kam ein weiteres Stück näher, und im Licht der Notbeleuchtung erkannte ich das kantige Gesicht eines fremden Mannes. Es war nicht Johnson. Ich hatte es beinahe erwartet.

Trotzdem spannten sich all meine Muskeln an.

»Wir haben euch beobachtet«, sagte er mit tiefer Stimme und nahm endlich die Kapuze ab. Jetzt war ich mir sicher, dass ich ihn noch nie zuvor gesehen hatte. Die dunklen Haare waren bis auf wenige Millimeter kurzgeschoren, und seine Augen wirkten schwarz in diesem Halblicht.

»Wozu?«, wollte ich wissen.

»Geht ins Sub-Level, Distrikt zwei«, sagte er schlicht.

Sofort ging ich den Bereich in Gedanken durch. Dort befanden sich mehrere Bars und Clubs, in die sich sogar ab und an mal Menschen aus dem Middle-Level verirrten, wenn sie ohne Grenzen feiern wollten. »Fragt den Barkeeper im MACHINES.«

In dem Club hatte ich Johnson einige Male gesehen, wenn ich für Aufträge dort gewesen war. »Was sollen wir ihn fragen?«, hakte ich weiter nach. Der Kerl machte sich offensichtlich einen Spaß daraus, sich jede Information aus der Nase ziehen zu lassen, und das weckte trotz meiner Aufregung eine gewisse Wut in mir.

»Es gibt jemanden, der euch bei der Befreiung von Bennie Haloren helfen will.«

Der Atem stockte mir, und ich erwischte mich dabei, wie ich sofort nickte. Das war eine Falle, ganz sicher. Doch unsere erste Spur zu etwas, das uns vielleicht weiterbringen würde.

»Warum gibst du uns die Information nicht?«, fragte Lora und verschränkte die Arme vor dem Körper in ihrer typischen herausfordernden Pose.

Das schien den Fremden allerdings nicht aus der Ruhe zu bringen. »Weil ich sie nicht habe. Ich wurde nur geschickt, um euch das zu sagen.«

»Hat Johnson dich geschickt?«, wollte ich wissen, aber er ignorierte mich und wandte sich ab. »Ihr bekommt alle eure Antworten im Club. Folgt mir nicht.«

Wir standen wie angewurzelt da und schauten dabei zu, wie er raschen Schrittes am anderen Ende des Flurs auf die Feuertreppe verschwand.

Kapitel 2

Die Erkundung einer verlassenen Welt

»Und du bist sicher, dass das keine Falle ist?«

Ich stöhnte, weil ich Noahs Frage nicht das hundertste Mal beantworten wollte. »Nein. Aber es ist der einzige Hinweis, den wir haben, und ich begebe mich lieber in Gefahr, als die Spur kalt werden zu lassen.«

»Und das weiß der Kerl sicherlich.« Lora schob die Hände in die Taschen ihrer abgenutzten Jacke und sah sich in den umliegenden Gassen um. Dieser Bereich war etwas belebter als die anderen, gerade zur aktuellen Zeit.

Während sich für gewöhnlich kaum jemand anderes im Sub-Level blicken ließ als Bewohner und feierwütige Jugendliche, traf man zurzeit auch hin und wieder Aktivisten von The Cell und anderen Verbindungen. Sie fielen mir in Seitengassen auf, wo sie Essensrationen in Lager räumten oder ihre Sachen packten, nachdem sie ihren kostenlosen Unterricht für Erwachsene oder Kinder abgehalten hatten.

Diese Geschehnisse waren eine direkte Antwort auf den Tod von Noor Godman. Nachdem ihr Vater und mein Agent, Shane Godman, Morde begangen hatte, um sich an der Gesellschaft für ihre Ungerechtigkeit zu rächen, sahen es nun viele als ihre Pflicht an, dieses Ungleichgewicht geradezurücken.

Wie würden die Menschen reagieren, wenn ans Licht kam, dass Noors Tod kein Unfall, sondern ein Mord gewesen war? Ich konnte mir nicht vorstellen, dass das gut endete.

»Worüber grübelst du nach, Atlas?«, fragte Noah.

Es war so kühl, dass mein Atem kleine Wölkchen vor meinem

Gesicht bildete. »Ich frage mich, wie es gewesen wäre, wenn es zu meiner Zeit solche Hilfestellungen gegeben hätte. Als ich klein war, meine ich.« Das war zwar ein anderer Gedanke, aber einer, über den ich vor einiger Zeit schon gegrübelt hatte.

Als ich mich mit Julien in fensterlosen, schmutzigen Zimmern vor der Welt versteckt hatte, wären mir Essensrationen und ärztliche Versorgung von Menschen, die keine Fragen stellten, mehr als willkommen gewesen.

»Wie wäre es, wenn wir uns mehr auf den Fall konzentrieren und weniger in Kindheitserinnerungen schwelgen?«, wollte Lora wissen, als wir uns an einer Gruppe betrunkener Männer vorbeibewegten, die schreiend und lachend in einer Nebengasse verschwanden.

»Klar«, sagte ich sofort. Lora hatte noch nicht ein Wort mit uns gesprochen, das sich nicht auf den Fall bezog. Es war offensichtlich, dass sie diese ganze Sache einfach abhaken und mit ihrem Leben weitermachen wollte. Deswegen hatte ich nicht vor, ihr einen weiteren Grund dafür zu liefern, uns stehen zu lassen.

Ich wusste zwar nicht, ob wir ihre Hilfe ab jetzt noch benötigten, doch eine erfahrene Polizistin dabeizuhaben, die ohnehin nichts anderes zu tun hatte, würde sicher nicht schaden.

»Da drüben ist es«, sagte ich.

Hinter einer Hausecke führte eine Treppe wenige Stufen in einen Keller hinab, aus dem, selbst durch die geschlossene Metalltür, laut wummernde Musik klang. Ich atmete tief ein und wappnete mich. Hier draußen war die Luft nicht sonderlich gut. Dort drin würde es erfahrungsgemäß deutlich schlimmer werden.

Ein bulliger Türsteher, dessen Sommersprossen ihn als Androiden auswiesen, musterte uns ein paar Sekunden, dann nickte er stumm und öffnete die schwere Tür, die vollgesprüht mit Graffiti war. Mir war nicht ganz klar, was er an uns dreien als clubgeeignet erachtete, aber ich hatte nicht vor, seine Entscheidung zu hinterfragen, als wir uns einer nach dem anderen an ihm vorbeischoben, um direkt in den Tanzraum einzutreten.

Ich kniff die Augen leicht zusammen, als mir eine stickige Wand aus unangenehmen Gerüchen entgegenschlug. Der Rauch, der durch die Halle waberte, machte es gemeinsam mit den zuckenden Lichtern unmöglich, zu erkennen, wie groß dieser Raum tatsächlich war. Ich wusste nur, wo sich die Bar befand, weil ich mich bereits einige Male für Aufträge hier hineingewagt hatte.

Eine undefinierbare Melodie, zusammengesetzt aus elektronischen Geräuschen, dröhnte so laut durch die Halle, dass der Bass bis in meine Knochen pulsierte. Ich fühlte ihn in meinem Inneren kitzeln.

Ich berührte Noah und Lora am Arm, um ihnen zu bedeuten, mir durch die Masse verschwitzter, ekstatisch tanzender Menschen zu folgen. Allein der Geruch von Alkohol schien mich angetrunken zu machen, und der säuerliche Gestank nach Erbrochenem ließ gleichzeitig die Übelkeit in mir aufsteigen.

Der Club war vollkommen überfüllt von Menschen aller Altersklassen, die keinen zurechnungsfähigen Eindruck mehr machten, obwohl die Nacht noch nicht sehr weit vorangeschritten war. Keinen von ihnen störte es, andere anzurempeln oder angerempelt zu werden.

»Ich bin neunundzwanzig. Warum fühle ich mich, als sei ich zu alt für den Scheiß?«, schrie ich gegen die Musik an. Die Worte drangen kaum bis an meine eigenen Ohren.

Vor der Bar war überraschend wenig Gedränge. Ich schätzte, dass die meisten Anwesenden ihren Alkohol und andere Substanzen selbst mitgebracht hatten. Vermutlich, weil alle in den buntesten Klamotten herumwirbelten, fielen wir einem der Barkeeper in unseren einfarbigen Jacken sofort auf. Er schob sich hinter der Bar auf uns zu.

»Was darfs sein?«, schrie er uns entgegen. Ich las die Worte eher von seinen Lippen ab und sah sofort an Noahs blinkenden Sommersprossen, dass er ihm wohl eine Kontaktanfrage über seinen ADIC geschickt hatte. Leider eine Option, die für mich nicht infrage kam.

Ich nahm Augenkontakt zu Noah auf und ruckte mit dem Kopf

in Richtung des hinteren Bereiches des Clubs. Hoffentlich verstand er, dass es das Beste wäre, wenn wir uns an einen ruhigeren Ort zurückzogen. Und dass er das dem Barkeeper mitteilen musste.

Der Kerl hinter der Bar musterte uns ernst. Er musste wissen, wer wir waren, oder zumindest war er es gewohnt, dass besondere Kunden sich unter die Junkies und Partygänger mischten. Kunden, die mehr Interesse an Informationen als an Drogen und Alkohol hatten. Er war mindestens genauso verschwitzt wie alle anderen, was bei dieser Luft nicht verwunderlich war. Sein lilafarbenes Hemd glitzerte holografisch und zeichnete sich deutlich von seiner dunklen Haut ab. Er wirkte nicht unbedingt zwielichtig, doch das war wohl nichts Besonderes. Johnson tat das auch nicht.

Ich schaute von Noah zu ihm hin und her, bis der Barkeeper endlich – wenn auch skeptisch – die Augenbrauen in die Höhe zog und in Richtung einer Tür deutete. Hoffentlich würden wir uns dort in Ruhe unterhalten können. Obwohl ich nicht wusste, ob er uns etwas über Johnson sagen konnte.

Mit etwas Glück hatte er ihn wenigstens in letzter Zeit hier gesehen.

Ich folgte Noah durch die Menschen, die gedanklich in irgendeiner anderen Dimension schwebten, hinweg über zerbrochene Gläser und unbestimmte Flüssigkeiten, und packte Lora am Arm, die mit der Situation leicht überfordert schien. Wahrscheinlich, weil sie selbst noch nicht ganz nüchtern war.

»Was wollt ihr?«, fragte der Kerl, nachdem wir in eine geräumige Vorratskammer getreten waren und das Schließen der Tür die Musik zu einem Hintergrundwummern hatte verkommen lassen.

»Void District hat uns mitgeteilt, dass du Informationen für uns hast«, sagte ich. Eine einzelne LED-Lampe baumelte in der Fassung über unseren Köpfen, warf tiefe Schatten auf die Regale, die mit Alkohol und Snacks angefüllt waren.

Der bullige Mann lachte so laut, dass ich beinahe zusammenschreckte. »Und wer seid ihr?« Er lehnte sich in einer so überlegenen

Pose an den Türrahmen, dass ich wusste, dass er etwas mit der Sache zu tun hatte. Niemand, der unschuldig war, gab sich so.

»Freunde von Johnson«, erwiderte ich süß lächelnd, was ihm einen übertrieben beeindruckten Ausdruck aufs Gesicht zauberte.

»Ich wusste gar nicht, dass der Kerl Freunde hat«, spielte er weiter. »Wie ist denn dein Name, Liebes?«

Liebes? »Mein Name ist Oracle.«

Das entlockte ihm tatsächlich – und sehr zu meinem Gefallen – eine Reaktion. Der winzige Ausdruck der Überraschung, den er schnell zu verbergen versuchte, reichte mir vollkommen aus.

Man kannte meinen Namen hier unten.

Jeder kannte ihn.

»Kannst du das beweisen?«

Dieses Spielchen wieder. Das wollte jeder spielen, und ich liebte es. Ich liebte die erschrockenen Gesichter und die wirren Gedanken, wenn ich überhebliche Personen mit ihren tiefsten Geheimnissen konfrontierte. Leider war ich nicht in der körperlichen Verfassung dafür.

»Keine Lust.«

»Wenn du alles weißt, warum weißt du dann nicht, welche Information VD dir zutragen will?«

Das zählte wohl als Treffer.

»Ist doch egal, wer sie ist«, fauchte Lora nun von der Seite.

Der Kerl schenkte ihr erst jetzt seine Aufmerksamkeit, und ich drehte mich ebenfalls zu ihr um, als ich bemerkte, dass er ein wenig blasser geworden war.

Sie hielt ihre Pistole locker auf ihn gerichtet. Wie ein echter Gangster. Sie hatte sich ziemlich schnell an die Atmosphäre hier unten gewöhnt.

»Ist ja gut, ist ja gut«, sagte der Barkeeper und hob locker die Hände. Das war sicherlich nicht das erste Mal, dass er bedroht wurde. Im Sub-Level war das eigentlich an der Tagesordnung. Trotzdem schien er nun deutlich gewillter zu sein, uns zu helfen.

»Also ich hab keine Informationen von ihm zugesteckt bekommen oder so. Aber Johnson hat vor einigen Tagen gefragt, ob er die Hintertür des Clubs benutzen kann. Dort befindet sich einer der wenigen Zugänge zum alten Tunnelsystem. Die Behörden wissen davon, doch es ist allgemein bekannt, dass man dort niemanden aufspüren kann.«

»Und dorthin ist er gegangen?«

»Wir haben versprochen, die Augen zuzumachen.«

Ich wollte ihn hacken, um sicherzugehen, dass er uns nicht in eine Falle schicken würde, doch verdammt. Sobald ich auch nur versucht hatte, Kontakt zu seinem ADIC aufzunehmen, durchfuhr mich ein so brennender Schmerz, dass ich zusammenzuckte und mir die Hand vor die Stirn presste.

Scheiße, ich war so nutzlos geworden!

»Probleme, Oracle?«

Ich sammelte mich und wehrte Noahs Hand ab, die er besorgt auf meinen Rücken gelegt hatte. »Wo ist diese Tür?«, presste ich zwischen den Zähnen hervor.

Eine ganze Weile starrten wir einander an, aber ich hatte nicht vor, nachzugeben.

»Na gut«, sagte er schließlich. »Mir nach.«

Der namenlose Barkeeper hatte uns zu einer mit mehreren Schlössern gesicherten Hintertür gebracht. Nachdem er nahezu genüsslich langsam jedes von ihnen geöffnet hatte, waren wir in eine enge Gasse eingetreten, und er hatte die Tür mit einem Krachen wieder hinter uns ins Schloss fallen lassen.

An einem Ort wie diesem war ich nie gewesen. Die Wände zu unserer Rechten und Linken waren nicht, wie hier unten üblich, aus Backstein, abgebröckelten Betonplatten oder dreckigem Putz, sondern aus Panzerglas wie die höchsten Gebäude der Stadt. Mit gerunzelter Stirn schaute ich an dem Hochhaus hinauf und war überrascht, dass ich sehen konnte, wie es in den Wolken aus Rauch oder

Smog verschwand. Licht aus dem Middle-Level spiegelte sich weiter oben in seiner verglasten Oberfläche und war die einzige Lichtquelle, die die Gasse erleuchtete.

Auf der anderen Seite war es genauso. Es gab nur sehr wenige Bereiche des Sub-Levels, die nicht durch Plattformen oder Gehwege von den anderen Bereichen der Stadt abgeschnitten waren. Dass man so weit hinaufsehen könnte … Wenn der Smog und die Wolken nicht wären, könnte man vielleicht sogar die Sterne erkennen.

War das überhaupt möglich? Mit den Füßen auf der Erde – und nicht auf einem Gebäude oder einer Plattform – die Sterne zu sehen?

»Atlas, komm schon.«

Mir war gar nicht aufgefallen, dass die anderen einfach weitergegangen waren. Aber natürlich – sie hatten nicht so viel Zeit im Untergrund verbracht wie ich. Sie wussten nicht, wie besonders dieser Anblick war.

Ich setzte mich in Bewegung, denn sie hatten recht. Wenn ich dafür sorgen wollte, dass mein Bruder wieder im Gefängnis landete, und dass der Kerl, der Noor getötet hatte, einen qualvollen Tod starb, durften wir keine Zeit verlieren.

»Sollten wir das wirklich heute Nacht tun?«, wollte Noah wissen. Er war ganz konzentriert. Ich sollte mich auch etwas weniger von meinem Gedankenchaos ablenken lassen.

»Wenn wir länger warten, werden die Spuren vielleicht kalt«, sagte ich, noch immer einige Schritte hinter ihnen.

Weit über uns waren die schwebenden Autos auf ihren blauen Bahnen zu sehen, aber kaum ein Laut drang bis zu uns hinab. Die Tür dämpfte die Musik aus dem Club so effizient ab, dass bereits nichts mehr davon zu hören war. Es war bedrückend still.

»Wir haben nichts mehr zu verlieren.« Loras Tonfall war müde und matt.

»Und ich dachte, Atlas sei düster drauf«, murmelte Noah.

»Hey, was?«, lachte ich, doch das ließ den Schmerz in meinem Kopf wieder aufflammen. Ich durchwühlte meine Jackentasche, auf der Suche nach den Tabletten. Ich hatte in den letzten Stunden schon viel zu viele genommen.

Je länger wir der schmalen Gasse folgten, umso mehr ähnelte sie den üblichen Bereichen des Sub-Levels. Nur, dass weder Türen noch Fenster zu sehen waren. Alles, woran wir vorübergingen, waren Wände. Der schlauchförmige Verlauf der inzwischen überdachten Gasse erinnerte mich an die Mine, in der Noor gestorben war.

Lora hatte eine Taschenlampe hervorgeholt und leuchtete uns den Weg in der sonst perfekten Dunkelheit. In dem Bereich, den das kühle Licht erfasste, waren nicht einmal Mäuse oder Ratten zu sehen.

»Da vorn ist was«, murmelte Lora und steuerte auf etwas zu, das ich erst nach einigen Momenten als losgeschnittene Polizeifesseln erkannte. Ich beschleunigte mein Tempo und schloss endlich zu ihnen auf, als die beiden stehen blieben.

»Die wurden mit einer Art Säge durchtrennt«, sagte Lora. »Das Material ist extrem widerstandsfähig. Muss eine Weile gedauert haben, die loszubekommen.«

Während Lora die Fesseln genauer inspizierte, suchte ich den Boden nach Blutspuren und anderen Hinweisen ab. Doch es war nichts zu sehen.

»Die müssen von Boston sein«, sprach ich aus, was wir vermutlich alle dachten. »Die Bande hat ihn an einen anderen Ort gebracht.« Aber warum hätten sie ihn von seinen Fesseln befreien sollen, wenn er ihr Gefangener war?

»Sie müssen durch die Tunnel gegangen sein«, grummelte Lora.

»Überrascht dich das?«, wollte ich wissen und sah mich um. Der Weg war immer enger geworden, selbst für Sub-Level-Verhältnisse. Das Tunnelsystem musste bald beginnen. Ich hielt nach einer der Treppen Ausschau, die hinabführen würden.

»Ich will da nicht unbedingt rein«, sagte Lora. Sie schob die Fesseln in ihre Umhängetasche und setzte sich wieder in Bewegung.

»Wart ihr schon mal dort?«, fragte Noah.

»Zweimal für eine Ermittlung«, antwortete Lora. »Ich habe die Karte noch auf meinem Handy. Zumindest das, was uns damals zur Verfügung stand.«

»Ich war auch ein paarmal da.« In den Systemen und Tunneln lebten recht viele Menschen, vollkommen abgeschieden vom Rest der Gesellschaft. Sogar abgeschieden vom Rest des Sub-Levels. »Dort vorn gehts runter.«

Im Licht von Loras Taschenlampe kam eine Treppe wenige Meter vor uns in Sicht, die tief in die Dunkelheit hineinführte. Das verrostete Metallgeländer und die steinernen Stufen waren von einer feuchten Schicht überzogen, und aus einigen Winkeln der Gasse rannen unbekannte Flüssigkeiten in das Tunnelsystem hinab.

»Ich denke, wir …«, setzte ich an, doch Noah unterbrach mich.

»Warte mal«, sagte er und erstarrte auf der Stelle. Langsam wandte er sich zu der in der Dunkelheit verblassenden Gasse hinter uns um. Ich folgte seinem Blick, aber ich erkannte nichts. Nicht einmal, als Lora die Taschenlampe hochhielt, um den Weg hinter uns genauer zu beleuchten. Es war, als würden die Schatten das Licht schlucken.

»Was ist da?«

Sie zog ihre Waffe, während Noah sich einfach nicht bewegte. Waren das seine Sensoren, die ihn warnten? Er hatte noch nicht ganz gelernt, die Signale zu deuten, also nahm er vielleicht nur ein paar Ratten wahr.

»Noah?« Ich tastete ebenfalls nach meiner Pistole. Und in dem Moment, in dem ich meinen Kopf leicht runterneigte, um meinen Mantel zur Seite zu schieben, ertönte ein Knall, und etwas streifte schmerzvoll meine Wange. Ich zuckte am ganzen Körper zusammen. Noch bevor ich reagieren konnte, wirbelte Noah in übermenschlicher Geschwindigkeit zu mir herum und warf sich mit mir einige der Treppenstufen zu den Tunneln hinab.

Zwei weitere Schüsse ertönten, und ich vernahm den vertrauten Klang, wie die Kugeln an Juliens alter Außenschicht abprallten. Ich keuchte, als mein Körper mit voller Wucht auf die Stufen prallte und Noahs Gewicht mir die Luft aus den Lungen drückte.

Scheiße, wer war das?

»Lora!«, rief ich und wollte meinen Kopf leicht aus der Deckung strecken, um nach ihr zu sehen, doch Noah drückte mich sofort zurück nach unten.

»Wir müssen hier weg!«, sagte er, richtete sich auf und versuchte, mich weiter hinabzuziehen.

»Spinnst du?«, knurrte ich ihn an und richtete mich kurz auf, um zu schauen, wer unsere Angreifer waren. Loras Taschenlampe war auf den Boden gefallen, und in ihrem Licht waren drei Androiden zu erkennen.

Sie hatte sich hinter eine Mülltonne zurückgezogen, während zwei der Androiden weiter auf sie feuerten. Einer von ihnen steuerte auf uns zu. Als er seine Waffe hob, duckte ich mich wieder. Fuck. Lora saß in der Falle, und wir wären hier auch nur noch einige Sekunden geschützt!

Ich zog meine Waffe und spannte mich an. »Noah, ich brauch jetzt deine Hilfe«, wies ich ihn an. »Die werden bestimmt kugelsicher sein, also können wir nicht viel ausrichten.«

»Ich weiß nicht, ob …«

»Die können dir nichts anhaben!«, sagte ich eilig. Die Schritte eines der Androiden näherten sich rasch. »Du musst seine Waffe wegdrehen und ihn festhalten.«

»Was? Aber …«

»JETZT!«

Sobald die Maschine in Reichweite war, eröffnete sie das Feuer auf mich. Ich duckte mich ein Stück weiter hinab, sodass der Schuss knapp an mir vorbeiging. Ich spürte den Luftdruck, als die Kugel an mir vorbeisauste.

Noah verlor tatsächlich keine weitere Sekunde. Mit einem Satz sprang er vor den Androiden, dessen weiterer Schuss an ihm abprallte. Bevor er auf seinen Angriff reagieren konnte, hatte Noah seinen Arm gepackt und nach oben gedreht. Den anderen Arm seines Gegenübers drehte er auf den Rücken, und sobald er ihn fest im Griff hatte, sprang ich aus meiner Deckung und hechtete auf die beiden zu.

»Beeil dich!«, keuchte Noah, und ich warf einen knappen Blick in die leuchtend blauen Augen der Maschine und auf die funkelnden Sommersprossen. Dann setzte ich meine Waffe an die Stelle, an der der Kopf in den Hals überging, und drückte ab.

Noah zuckte zusammen, als ein metallisches Knirschen ertönte, gefolgt von kleinen Blitzen, die aus der Wunde des Androiden drangen. Noah hielt ihn noch kurz fest, bevor er seinen Gegner zu Boden sinken ließ.

Ich verlor keine Zeit, wirbelte zu Lora herum, die es geschafft hatte, einen weiteren Androiden außer Gefecht zu setzen. Der andere stand ihr direkt gegenüber, und ich sprang unbedacht auf ihn zu und drehte seine Waffe weg. Sein Schuss ging dadurch ins Leere, aber er schlug mit seiner freien Hand so fest auf meinen Arm, dass ich aufschrie und meinen Griff um sein Handgelenk löste.

Er holte zu einem Schlag aus, da spürte ich Noahs Hände an meinen Schultern. In dem Moment, in dem er mich mit einem Ruck fortzog, erschütterte ein weiterer von Loras Schüssen die Stille der Gasse.

Der letzte Android wurde getroffen. Ich sah es nicht, aber ich hörte, wie sein schwerer Körper – viel massiger als der eines Menschen – zu Boden ging. Es roch nach verbrannter Technik.

Selbst als der Nachhall des Schusses verklungen war, regte ich mich nicht. Nicht nur, weil Noah mich viel zu fest hielt, sondern auch, weil ich meine Gedanken sammeln musste.

Das waren alle gewesen, oder?

»Unglaublich!« Noah war der Erste, der in der Lage war zu sprechen. Dann schienen seine Systeme nichts mehr wahrzunehmen. »Das … das war, als hätte mein Körper sich von allein bewegt.« Endlich löste er sich aus seiner Starre und ließ zu, dass ich mich aus seinem mittlerweile schmerzhaft festen Griff wand. »Geht … geht es dir gut, Atlas?«

Mein Atem ging schwer, und ich musste mich davon abhalten, einen bissigen Kommentar abzugeben. Er wäre viel schneller und effizienter gewesen, hätte er seine Waffen eingesetzt. Befahl ihm sein Pazifismus sogar, dass er keine Maschinen zerstören durfte? Ich presste die Lippen aufeinander, um mir das zu verkneifen. Das waren nur das Adrenalin und der Schreck, der mir nach wie vor in den Knochen saß.

Eigentlich … ja, eigentlich war ich sogar überrascht, dass Noah überhaupt zum Angriff übergegangen war. Was hatte ihn dazu verleitet? Hatte er Lora und mich so sehr beschützen wollen, dass das seine Angst und seine Zweifel überwinden konnte?

»Du hast mir das Leben gerettet«, sagte ich also ehrlich. »Danke. Es geht mir gut.«

Noah sah mich intensiv an. Erst nach einigen Momenten nickte er.

Meine Wange schmerzte an der Stelle, an der die Kugel sie gestreift hatte, und jede Bewegung zog stechend in meinen Rücken, mit dem ich auf den Stufen gelandet war. Die Stelle an meinem Arm, an der der Android mich erwischt hatte, pochte stark. Zum Glück waren das höchstens Prellungen. Es war sicherlich nichts gebrochen. »Danke«, wiederholte ich.

»Und du hast mir ganz schön aus der Klemme geholfen«, wandte sich Lora atemlos an mich. Sie hielt ihre Waffe nach wie vor angespannt im Anschlag und trat zu ihrer Taschenlampe hinüber, um sie aufzuheben. »Danke dir.«

»Klar«, murmelte ich benommen. Mir war schwindlig. Das war alles viel zu schnell gegangen.

»Das war eine Falle. Die müssen auf uns gewartet haben«, sagte Lora und schaute sich überaus genau um.

»Oder auf jeden, der versucht, Johnson und seiner Gang zu folgen.«

Lora trat an eine der Maschinen heran, deren Inneres knisternd blitzte, hockte sich hinab und begann, die Kleidung am Oberkörper des Androiden zu entfernen.

»Was soll das werden?«

Lora schwieg, während sie damit beschäftigt war, erst die Jacke, dann die Schutzweste und das Hemd des Androiden zu entfernen, um seine rechte Brust freizulegen. Erst als ich im Licht der Taschenlampe das Logo sah, das dort prangte, begann ich zu verstehen.

Ein Kreis, in dem zwei verschlungene Flügel abgebildet waren, versehen mit drei Sternen.

Hypermind.

Diese Androiden hatten wir bereits auf einer Sphäre im Dyson Swarm gesehen. Sie waren vom Syndikat produziert worden, um abseits polizeilicher Rückverfolgung für Observierungen, Morde und Personenschutz eingesetzt zu werden. Ich hatte gedacht, die hätten nie den Weg hierher gefunden, nachdem alle Besitztümer des Syndikats beschlagnahmt worden waren.

»Scheiße«, flüsterte Noah. »Was bedeutet das? Ist das Syndikat weiterhin aktiv?«

Ich atmete tief ein und aus, als ich versuchte, die Folgen dieser Entdeckung abzuschätzen. »Oder Boston hat irgendwie Kontrolle über sie.«

»Und arbeitet mit Void District zusammen«, beendete Lora meinen Gedanken.

»Oder Johnson hat Boston gezwungen, ihm die Zugangscodes zu geben«, warf Noah ein. »Vielleicht hat er ihn sogar deswegen befreit. Diese Androiden sind immerhin vor den Scannern der Polizei geschützt.«

»Was für ein Dreck«, murmelte Lora. »Eine Bande könnte diese Androiden für ihre Verbrechen einsetzen, ohne dass eine Rückverfolgung zu den Drahtziehern möglich wäre. Ich …« Sie hatte sich umgedreht und gestockt, also folgte ich ihrem Blick und dem Licht der Lampe. Einer der Androiden hinter uns regte sich leicht. Nur ein Zucken seiner Finger, seine Waffe lag weit weg von ihm.

Wir traten ein Stück näher an ihn heran.

»Was wäre, wenn ich …?«, begann Noah leise und beugte sich über die halb zerstörte Maschine. »Er hat keinen Kopfschuss bekommen. Eventuell kann ich aus seiner Programmierung lesen, wer ihn geschickt hat.«

»Unmöglich«, seufzte ich. »Die Androiden vom Syndikat lassen sich nicht hacken. Ich habs schon ein paarmal versucht, es gibt zu viele Blockaden. Es könnte …«

»Aber …«, unterbrach mich Noah leise und wagte es tatsächlich, sich direkt neben die Maschine zu hocken. »Ich empfange einige Signale von ihm.«

Ich horchte auf.

Was? Ich hatte noch nie einen dieser Androiden hacken können, nicht einmal mit meinem System. Und jetzt waren die Signale sogar offen zugänglich? »Was sind das für Signale?«

»Ein … ein Suchverlauf, denke ich. Nach Koordinaten.«

Ich schürzte die Lippen, und Lora verschränkte die Arme vor der Brust. Wir warfen einander einen vielsagenden Blick zu.

»Eine Falle«, sagte ich.

»Ganz sicher eine Falle. Wie diese hier«, bestätigte sie. »Wohin führen die Koordinaten?«

»Durch die Tunnel, zu einem Punkt außerhalb Washingtons.«

»In den Industrievierteln?«, hakte sie nach.

»Nein, noch weiter draußen.«

Ich zog die Augenbrauen in die Höhe. Jenseits der Konstruktionsebenen war ich nie gewesen. Bevor ich mich in jemanden eingeloggt hatte, der tatsächlich einmal dort gewesen war, hatte ich gar nicht daran geglaubt, dass es ein »Außerhalb« gab. Als Kind hatte ich gedacht, es gäbe nur die Stadt und fernab der Wohnblöcke die Bereiche der Welt, in denen gebaut wurde. Und die Wüsten und Überschwemmungsgebiete natürlich.

Wie spannend es wäre, so einen Ort fernab der Stadt einmal mit meinen eigenen Füßen zu betreten.

»Dorthin werden wir wohl gehen müssen«, sagte ich, nur halb so leiderfüllt, wie ich es wohl sein sollte.

»Ja«, pflichtete Lora mir bei. »Selbst wenn es eine Falle sein sollte, müssen wir dieser Fährte folgen.«

»Dafür, dass du dich vorhin noch gesträubt hast, uns zu helfen, bist du ganz schön motiviert«, stellte ich fest.

Sie runzelte die Stirn. »Ehrlich gesagt hab ich kein großes Interesse daran, Haloren zu helfen. Der hat vermutlich genügend Mittel, um das selbst zu tun.« Sie befeuchtete ihre Lippen. »Aber Everick? Wegen dieses Schweins habe ich meinen Job verloren. Ich werde nicht zulassen, dass er weiterhin frei herumläuft.«

»Die Chance ist größer, dass Johnson ihn getötet hat.«

»Davon überzeuge ich mich gern mit eigenen Augen.« Forschen Schrittes setzte sie sich in Bewegung, die Taschenlampe auf den Eingang zum Tunnelsystem gerichtet. »Schick mir die Koordinaten. Ich spiele sie auf meine Karte des Untergrunds.«

Noah und ich sahen einander an, dann folgten wir ihr.

»Wäre es nicht einfacher, ein Auto zu nehmen?«, wollte Noah wissen.

»Die Bahnen reichen nicht bis da draußen. Und im freien Flug hält der Akku von erschwinglichen Wagen nicht so lange«, erklärte ich. War er jemals auf diese Art geflogen? Das war ein wirklich turbulenter Spaß.

»Außerdem können die Wagen abseits der Bahnen geortet und verfolgt werden. Wenn jemand die bewohnbare Gegend verlässt, wird das zumindest vom Verleiher oder Verkäufer registriert«, sagte Lora leise und ging die feuchten Treppenstufen vorsichtig hinab. »Die Tunnel sind der sicherste Weg.«

Kapitel 3

Das Treffen eines alten Feindes

Zehrende Müdigkeit hatte sich über meine Gedanken und meinen Körper gelegt, als wir die Tunnel durchquert hatten. Schon vor Stunden hatte ich jedwedes Gefühl für Zeit verloren. Obwohl ich hin und wieder einen Blick auf die Uhr meines Handys geworfen hatte, konnte mein Körper nicht recht verarbeiten, was er erlebte. Die Uhr hätte mir auch sagen können, dass wir bereits seit zwei Tagen hier unten waren, und ich hätte ihr geglaubt.

Ich war mir sicher, dass die Mischung aus Dämpfen und Gestank, die ich in den letzten zwölf Stunden eingeatmet hatte, erheblich dazu beigetragen hatte, dass sich mein Verstand vernebelte. Es war warm, so weit unter den etlichen Schichten der Stadt.

Wir hatten einige der Menschen getroffen, die in den Tunneln hausten. Jede Begegnung war vollkommen still abgelaufen. Wie Kreaturen der Nacht hatten sie das Licht unserer Lampen stets gemieden und uns unbehelligt ihr Reich passieren lassen. Es gab Gerüchte darüber, dass diese Menschen nichts sehen konnten, weil sie die Tunnel bereits seit Generationen nicht verlassen hatten.

Ich wusste nicht, wie viele Treppen wir innerhalb der letzten Stunden hinab- und hinaufgelaufen waren, aber meine Oberschenkel brannten, als wir uns die klammen Betonstufen hinaufbewegten.

»Wo sind wir?«, wollte ich atemlos wissen, ohne mein Tempo zu verlangsamen. »Sind wir richtig?« Ich hätte es nicht bemerkt, wenn wir in diesem Labyrinth im Kreis gelaufen wären. Wie viele Kilometer hatten wir zurückgelegt?

»Der Karte zufolge …«, sagte Lora und schaute gefühlt zum

ersten Mal seit Stunden von ihrem Handy auf, »wirklich außerhalb Washingtons.«

Noah und ich schauten beide auf. Er hatte die ganze Zeit über kaum ein Wort gesagt.

»Aber offenbar nicht ganz bei den Feldern«, ergänzte sie.

Ich schloss einen Schritt zu Lora auf, um einen Blick auf den Bildschirm in ihrer Hand zu werfen. Die Karte war kryptisch, und ich fragte mich, wie sie in diesem Wirrwarr eine so korrekte Koordination durch die Tunnel hinbekommen hatte. Doch ich erkannte, was sie sah. Der Bereich, den wir betreten würden, war als gänzlich leer gekennzeichnet.

Dass wir uns endlich dem Ausgang näherten, bemerkte ich nicht nur an dem leichten Schimmer, den wir vor einiger Zeit wahrgenommen hatten und der inzwischen so hell war, dass Lora ihre Taschenlampe hatte ausschalten können. Ich bemerkte es auch an der Luft, die mit jedem Atemzug ein wenig frischer wurde.

»Schaut mal, da vorn!« Noah beschleunigte sein Tempo ein wenig. »Ich habe Washington nie verlassen.«

Ich lachte rau. »Du meinst bis auf das eine Mal, als wir im Weltall waren.«

»Du weißt, was ich meine.«

Noah befand sich bereits mehrere Stufen über uns, und ich sammelte meine letzten Kräfte, um zu ihm aufzuschließen. Nach all den Stunden in der Dunkelheit blendete mich die aufgehende Sonne so sehr, dass es eine Weile dauerte, bis ich das erkannte, was uns außerhalb erwartete.

Eine kalte Brise wehte mir entgegen, während ich angestrengt gegen das helle Licht blinzelte. Eine scheinbar endlose Landschaft an verfallenen Solaranlagen breitete sich vor uns aus. Die Gerüste ragten so hoch über uns hinaus, dass ich den Kopf in den Nacken legen musste, um zu dem Bauwerk direkt vor mir aufzusehen. Wie die Sonne durch das rostige Metall und die teils in sich zusammengefallenen Anlagen fiel, sah fast romantisch aus.

Unter uns zwischen den Gerüsten waren so viele Pflanzen gewachsen, die ich noch nie gesehen hatte. Gräser, Farne und struppige Gewächse, denen auch der Winter nichts anhaben konnte. Sie reichten mir teils bis über die Hüfte hinauf. Sogar Bäume hatten sich ihren Platz zwischen den Metallriesen gebahnt und sie im Laufe der Zeit einfach beiseite geschoben. Kein Blatt war an ihnen zu sehen und auch kein Laub unter ihnen. Vermutlich waren sie wegen des stetig schlechter werdenden Klimas bereits seit Jahren tot. Eine dünne Frostschicht zog sich über alles, aber Schnee gab es nicht.

»Ich wusste nicht, dass sich so etwas vor der Stadt befindet«, flüsterte ich und trat näher an einen der halb zerstörten, halb von Pflanzen überwucherten Kolosse heran.

»So viel Müll«, sagte Noah. Erkannte er die verquere Schönheit dieses Anblicks nicht?

»Die alten Solarfelder werden nicht mehr gebraucht, weil wir inzwischen Energie direkt von der Sonne beziehen«, erklärte Lora, die sich, sobald sie aus dem Tunnel getreten war, eine Zigarette angezündet hatte. Die kleinen Rauchwolken zerstoben in der klirrend kalten Morgenluft.

Es ließ sich eigenartig leicht atmen hier draußen. Keine Schicht aus Smog und der Feuchtigkeit von Belüftungsanlagen, die sich auf der Haut sammelte, keine Abgase von Autos, die sich schwer auf die Lunge legten. Und die Sonne schien so klar.

»Es sieht wohl an vielen Orten so aus, aber … ich habe es nie mit eigenen Augen gesehen.«

»Ich dachte, der Wind wäre stärker«, murmelte ich gedankenverloren und zog meinen Mantel enger um meinen Körper. Die Solaranlagen schützten anscheinend vor den Winden, die am Rest der Welt zerrten.

Wir standen ruhig da und ließen die Sonne ein wenig von unserer Energie auffüllen, während Lora ihre Zigarette fertig rauchte und sie danach achtlos auf den Boden warf und austrat. Das brachte ihr einen bösen Blick von Noah ein, den sie gar nicht bemerkte.

»Wo gehts jetzt lang?«, wollte ich wissen. Je früher wir Johnson fanden, umso früher konnte ich ins Bett.

Ich war mir nicht ganz sicher, wie die nächsten Schritte aussehen sollten. Lora und ich waren zwar bewaffnet, aber wir hatten keine Ahnung, ob Johnson seine Bande dabeihaben würde. Oder ob Boston noch mehr von diesen Androiden besaß.

Obwohl ich sowieso nicht erwartete, sie tatsächlich in einem Kampf überwältigen zu können. Das war nichts, worin ich mich in letzter Zeit mit Ruhm bekleckert hatte.

Das war generell nichts, womit ich mich schmücken konnte. Ich war nie besonders stark gewesen. Mich in die Gehirne der Menschen hacken zu können, um ihre nächsten Züge vorherzusehen, hatte mir natürlich entweder dabei geholfen, mich rechtzeitig zu ducken oder Argumente zu finden, um alles auf eine friedliche Weise zu klären. Und wenn das nicht funktioniert hatte – was öfter der Fall gewesen war, als ich mir eingestehen wollte –, war Julien da gewesen. Julien, der eine ganze Armee hätte besiegen können.

Jetzt waren wir im Grunde nur drei Idioten, die nicht viel mehr konnten, außer Hinweisen zu folgen. Lora hatte eine Kampfausbildung, aber sie würde es nicht mit einer ganzen Bande oder mit mehreren dieser Androiden aufnehmen können. Noah war ein Pazifist. Und ich war angeschlagen, auch wenn ich es hasste.

Aber irgendeine Lösung würde sich schon bieten. Das hatte mein Leben lang funktioniert, und bei Lora ebenso.

»Wir müssen ein Stück weiter in die Felder hinein«, sagte sie und zog ihr Handy wieder heraus. »Mir nach.«

Die Koordinaten hatten uns mindestens eine weitere Stunde lang in die Anlage hineingeführt. Zwischen all den Gräsern war es schwierig gewesen, sich fortzubewegen. Je tiefer wir uns in dem Wald aus Solaranlagen und Pflanzen verloren hatten, umso irrealer war er mir erschienen.

Und umso irrealer kam mir das heruntergekommene Haus vor,

das wir inmitten dieser Landschaft fanden. Genau an dem Ort, an den die Koordinaten führten.

Wir näherten uns der alten Hütte nur langsam. Der Putz war längst von den Backsteinwänden abgesplittert, und an den Stellen, an denen er sich noch an der Wand befand, war von der ursprünglichen weißen Farbe nicht mehr viel zu erkennen. Die metallene Eingangstür hing halb in den Angeln, also war es nicht schwer für Noah, sie für uns zu öffnen. Das Quietschen der Scharniere bereitete mir eine Gänsehaut, weil es so laut in der sonst stillen Umgebung klang.

Ich unterdrückte ein Husten, als uns beim Eintreten eine Staubwolke entgegenwirbelte. Die kleinen Partikel schillerten im Sonnenlicht.

Die Hütte war von innen genauso heruntergekommen wie von außen. Auf den ersten Blick gab es keine Anzeichen dafür, dass sich in den letzten Jahren jemand an diesem Ort befunden hatte. Wegen des Betonbodens, der winzigen Küche und den bequemen Drehstühlen, die vor verstaubten Holzschreibtischen standen, schloss ich darauf, dass es sich um ein ehemaliges Wartungshäuschen handeln musste. Vielleicht hatten an diesem Ort auch Menschen gewohnt, die es in der Stadt nicht ausgehalten hatten.

Aber selbst wenn es so war, war von eventuellen Bewohnern keine Spur mehr geblieben. Durch die Fenster fiel etwas Licht ein. Sie waren so schmutzig, dass meine Augen trotzdem einige Momente brauchten, um sich an die Dunkelheit zu gewöhnen.

Lora hatte ihre Waffe gezogen. Wenn ich vorhin richtig gezählt hatte, hatte sie nur noch einen Schuss.

»Sicher, dass die Koordinaten genau an diesen Ort führen?«, fragte Noah nachdenklich. Er wich mir nicht von der Seite, als erwartete er, mich jeden Augenblick wieder beschützen zu müssen.

»Es muss einen geheimen Raum oder etwas in der Art geben«, flüsterte Lora in dem Moment, in welchem mein Blick an dem Küchentresen hängen blieb. An dieser Stelle war die Staubschicht, die so dick über allem anderen lag, durchbrochen worden.

»Hier war jemand«, murmelte ich.

Und ich erstarrte, als eine Sekunde darauf die Tür hinter uns erneut quietschte.

Meine Hand glitt wie von selbst zu der Waffe an meinem Gürtel.

»Das würde ich lassen!« Johnsons Stimme.

Wir hatten ihn gefunden!

Ich hielt in meiner Bewegung inne, um nichts zu riskieren. Er hatte seine Waffe sicherlich bereits auf mich gerichtet, und ich war zu angeschlagen für einen weiteren Kampf. Vor allem, wenn er nicht dringend notwendig war.

Ich warf einen Blick zu Lora, um zu sehen, ob sie die Chance gehabt hatte, rechtzeitig zu reagieren. Doch auch sie stand mit dem Rücken zur Tür, die Waffe allerdings nach wie vor im Anschlag.

»Dann haben die Koordinaten gestimmt«, sagte ich langsam. Ich bemühte mich um einen ruhigen Tonfall, um zu signalisieren, dass wir nicht gekommen waren, um ihn festzunehmen. Ich zumindest nicht.

»Hast du das tatsächlich in Frage gestellt?« Das war Bostons Stimme! Scheiße, er lebte wirklich noch.

»Ich drehe mich jetzt um«, sagte ich und wandte mich vorsichtig zur Tür herum.

Dort standen sie, kaum mehr als Silhouetten vor dem einfallenden Licht. Sie schienen nur zu zweit zu sein, aber genau konnte ich das nicht sagen. Höchstwahrscheinlich lauerte Johnsons Bande außerhalb des Hauses, oder vielleicht hatten sie weitere Androiden dabei. Warum hatte Noah die beiden nicht kommen sehen? Konnte er bisher nur die Lebenssignale von Androiden ausmachen?

»Keine falsche Bewegung, klar?« Johnsons Stimme war laut, aber beherrscht, während er weiter in den Raum hineintrat und ich endlich seine Gesichtszüge erkennen konnte. Seine blonden Locken saßen nicht mehr ganz so ordentlich wie bei unserer Begegnung beim Doc, und auch sein Jumpsuit hatte gelitten. Wunden konnte ich allerdings keine erkennen.

Er baute sich vor mir auf. »Wir wollen nur mit euch reden.«

Obwohl wir keine offensichtliche Bedrohung für ihn darstellen konnten, wirkte er angespannt und längst nicht mehr so überheblich wie vor einigen Stunden. Er tat gut daran. Ein weiteres Mal würde ich mich nicht so von ihm einschüchtern lassen.

Er richtete seine Pistole auf Lora, als diese sich ebenfalls umwandte. Im Moment zielte sie mit ihrer Waffe nicht auf die beiden, aber es war klar, dass sie nicht viel davon abhielt. Ihr Blick war so finster, wie ich ihn selten gesehen hatte. Das Sprechen sollte wohl besser ich übernehmen. Ich war sicher, dass sie nicht gewillt war, sich ruhig mit den beiden zu unterhalten.

»Waffe auf den Boden und zu mir schieben«, forderte Johnson sie auf.

»Fresse halten«, knurrte sie zurück.

Fuck. Höchstwahrscheinlich würde sie das Feuer eröffnen, wenn die beiden für eine Sekunde unaufmerksam wären.

Boston überging Loras und Johnsons Spielchen und trat ebenfalls weiter ein, im Gegensatz zu Johnson eher entspannt.

Warum trug er seine Gefängniskleidung nicht mehr? Ich hatte mich so gefreut, ihn darin zu sehen. Stattdessen hatte er sich eine Stoffhose, eine weiße Bluse und eine kunstvoll verzierte Weste angezogen, die ihm wie auf den Leib geschneidert war. Die schwarzen Haare fielen ihm locker in seine Stirn, und er schaute mich forschend aus seinen dunklen Augen an. Seine mittelbraune Haut hatte einen gesunden und gepflegten Glanz, so als hätte er nicht die letzten zwei Wochen in einer Zelle verbracht.

Während ich ihn musterte, fragte ich mich, wie mir nie auffallen konnte, wie ähnlich wir einander sahen.

»Ihr seid jetzt sicher alle sehr angespannt«, sagte Boston nach einer Weile. »Aber ich will vor allem mit dir reden, Elena.« Ein eiskalter Schauer lief mir über den gesamten Körper, als er meinen Geburtsnamen aussprach.

»Nenn mich nicht so«, erwiderte ich bissig, dann wandte ich

mich an Johnson. Ich verstand seine Verwicklung in diese ganze Sache nicht. »Dein Ernst, Johnson? Du hilfst diesem Kerl? Ist der nicht gegen alles, was du jemals vertreten hast?«

»Ich vertrete Menschen, die mich bezahlen.« Nun hatte er wieder dieses überhebliche Grinsen auf dem Gesicht. Was für ein Arschloch.

»Du bist noch ehrloser als ich.«

»Ehrenvoll zu sein war nie eine Qualität von mir. Und von dir auch nicht, wenn du ehrlich zu dir selbst bist.«

Ich presste die Lippen fest aufeinander und wünschte, wir könnten irgendwie die Oberhand in dieser Situation gewinnen. Wenn Noah seine Waffen aktivieren würde … Nur um zu drohen. Die beiden achteten überhaupt nicht auf ihn.

Bei Johnson verwunderte mich das. Er musste wissen, dass an dem Androiden an meiner Seite etwas anders war, auch wenn er den Grund nicht kennen konnte. Früher hatte er sich stets vor Julien in Acht genommen.

»Was wollt ihr?«, fragte ich also endlich, einsehend, dass wir dieses Spiel wohl zu ihren Bedingungen spielen mussten. Und wenn sie uns hätten erschießen wollen, hätten sie es längst getan. Hier draußen würde uns sehr lange niemand finden.

»Warum legt ihr nicht eure Waffen auf den Boden und ich erkläre euch alles«, schlug Boston vor. Er behielt vor allem Lora im Blick. Ihm war sicherlich klar, wer sie war, obwohl die beiden nie in direktem Kontakt zueinander gestanden hatten. Sie war immerhin die Polizistin gewesen, die die Morde untersucht hatte, die er in Auftrag gegeben hatte.

»Reden?«, spuckte sie aus. »Worüber denn? Dass ich Sie wieder ins Gefängnis bringen werde?«

Boston lächelte süß. »Ich dachte, Sie sind gar nicht mehr im Dienst der Polizei«, stichelte er. »Sind Sie diesem Laden wirklich noch verschrieben, obwohl die Sie grundlos entlassen haben?«

Seine Worte prallten an Lora ab. Sie setzte einen stolzen Ausdruck auf ihr Gesicht und sagte nichts mehr.

»Reden klingt gut«, ergriff ich stattdessen das Wort. Etwas anderes blieb uns ohnehin nicht übrig. Johnson war erfahren und würde seine Deckung durch nichts fallen lassen.

Noahs Einsatz in der Gasse hatte zwar gezeigt, dass er bereit war, uns zu verteidigen, wenn es hart auf hart käme. Aber erst einmal mussten wir die beiden anhören.

Lora sah erschrocken zu mir herüber und ich zog die Augenbrauen auffordernd hoch, um ihr klarzumachen, dass wir uns erst mal anhören sollten, was sie zu sagen hatten. Das Hilfsangebot mit Bennie könnte nach wie vor eine Falle sein, aber ich würde es bereuen, sie nicht wenigstens zu Wort kommen zu lassen.

Boston war außerdem gewiss aus einem bestimmten Grund hier herausgekommen. Wenn er sich hätte verbergen wollen, hätte es bessere Orte dafür gegeben. Orte, an die Polizeikräfte niemals gelangen könnten.

Nein, er musste irgendeinen Plan haben. Und ich wollte verdammt noch mal wissen, wie der aussah.

Folge 5

Die Stadt

Kapitel 1

Die Wahrheit eines ehrlosen Charakters

Lora und Boston hatten ihre Waffen nach einiger Zeit umsichtig eingesteckt, danach hatten wir uns alle auf knarzende Metallstühle einander gegenübergesetzt. Nur Johnson hielt seine Pistole nach wie vor locker auf uns gerichtet. Inzwischen schenkte er sogar Noah ab und an einen Blick, der still in die Runde schaute. Ich wünschte, ich könnte Kontakt zu ihm aufnehmen, um mich mit ihm auszutauschen.

»Ich hab nie in einem so angespannten Stuhlkreis gesessen«, grummelte ich.

Johnson beobachtete jeden von uns mit Adleraugen, und Boston hielt den Augenkontakt zu Lora. Es war mehr als offensichtlich, dass sie ihn am liebsten erschossen hätte. So, wie sie ihn ansah, war sie bereit, ihn mit bloßen Händen zu zerfetzen.

Ich war allerdings nicht scharf darauf, uns alle in den Tod zu reißen, also versuchte ich, mich so ruhig wie möglich zu verhalten. Diese Situation war – bis auf das Fehlen von Julien und mein kaputtes ADIC – nicht neu für mich. Ich hatte mein Leben damit verbracht, mit Menschen zu verhandeln, die mir in dem einen oder anderen Belang überlegen waren. Ich musste nur herausfinden, was sie wollten, und überlegen, wie ich zumindest den Anschein erwecken konnte, für diese Zwecke nützlich zu sein.

Dann würden wir hier schon irgendwie lebend herauskommen.

»Also. Was wollt ihr von uns?«, eröffnete ich das Gespräch. Sie hatten die Tür geschlossen, aber das Licht, das durch die staubigen Fenster einfiel, reichte aus, um die Regungen auf ihren Gesichtern genau zu erkennen.

»Ich will dir helfen, Bennie Haloren aus dem Gefängnis zu befreien.« Boston lehnte sich ein Stück nach vorn und sah mich so intensiv an, dass ich wusste, er wollte Spielchen spielen. Er wollte, dass ich Fragen stellte.

»Warum solltest du Bennie helfen wollen?«, spielte ich nur widerwillig mit.

»Ich habe kein Interesse daran, ihm zu helfen. Ich habe Interesse daran, dir einen Gefallen zu tun.« Er lächelte mild. Auf diese charmante, geschäftliche Art. »Ich weiß durch meine Kontakte bei The Cell, dass du mit seiner Hilfe die Daten deines Androiden zurückbekommen willst.« Er schielte zu Noah hinüber, als hätte er eine Ahnung davon, was sich hinter dem technischen Körper verbarg. »Was übrigens auch die Frage aufwirft, wer oder was sich in dem Androiden neben dir verbirgt.«

»Ich gehe davon aus, dass du das tust, damit ich dir danach etwas schuldig bin«, überging ich seine letzten Worte. Ich musste gar nicht auf seine Antwort warten, um zu wissen, dass er bestätigen würde.

»Ja«, antwortete er wie erwartet. Es machte mich so wütend, dass er sich jede Information aus der Nase ziehen ließ. Und dass ihm das offensichtlich so diebische Freude bereitete.

»Was soll ich für dich tun?« Ich schielte zu Johnson hinüber. »Oder willst du diesen Gefallen auch auf deine imaginäre Liste schreiben?«

»Nein.« Boston sah jeden von uns der Reihe nach an. »Ich will Payne Hax stürzen.«

»Was?«, platzte es aus mir heraus. Keine Ahnung, womit ich gerechnet hatte, damit jedoch nicht.

Als er fortfuhr, wandte er sich an Lora und hob die Hände zu einer abwehrenden Geste. »Ich gehe gern zurück ins Gefängnis, wenn Payne meine Firma nicht mehr leitet. Nur damit das klar ist.«

Immer überraschter zog ich die Augenbrauen hoch und sah zu Lora hinüber, versuchte zu erkennen, was sie dachte. Wenn seine

Worte sie ebenfalls aus dem Konzept brachten, ließ sie es sich nicht anmerken.

»Willst du ihn stürzen, weil er mit der Polizei zusammenarbeiten will?«, mischte ich mich ein, bevor Lora zu einer Antwort ansetzen konnte.

»Ja«, sagte Boston nachdrücklich. Ich wagte es kaum zu blinzeln, um keine Regung auf seinem Gesicht zu verpassen. »Ich weiß, dass du dich schon mit ihm getroffen hast. Er hat dir sicherlich rührende Geschichten über seine Zeit im Krieg erzählt und dass er den Menschen nur dienlich sein will. Und allein wegen dieser Gutmütigkeit wurde er bei Hypermind eingesetzt. Um als Marionette für Polizei und Politik zu dienen.« Boston wirkte vollkommen ruhig, während er sprach, doch in seinen Augen brannte ein Feuer, das nicht zu übersehen war. »Ihr könnt mir vorwerfen, was ihr wollt, aber euch muss klar sein, dass die Polizei danach strebt, Hypermind zu verstaatlichen, um eine absolut überwachte Welt zu erschaffen.« Boston wandte sich erneut an Lora. »Und obwohl du bei der Vorstellung sicherlich ein feuchtes Höschen bekommst, wird das für uns alle negative Folgen haben.«

Lora sah aus, als würde sie ihn jeden Moment anspringen, deswegen ging ich dazwischen: »Und wie willst du gegen Payne vorgehen? Willst du ihm was anhängen?«

»Die Behörden haben ihn einer intensiven Überprüfung unterzogen, bevor er eingestellt wurde«, warf Lora mit zusammengebissenen Zähnen ein. »Er ist sauber.«

»Jeder hat Dreck am Stecken. Wir finden schon einen Weg.«

»Das bedeutet, du willst, dass ich dich laufen lasse, damit du dafür sorgen kannst, dass Hypermind zurück in die Hände der Wirtschaft fällt?« Loras Atem ging eindeutig schwerer, und ihr Gesicht war etwas röter geworden. Sie siezte Boston nicht mal mehr, so wütend war sie. »Niemand hat die Absicht, Hypermind zu verstaatlichen. Und wenn Payne Hax etwas zu verbergen hat, wird sich die Polizei darum kümmern.«

Boston brach in schallendes Gelächter aus, woraufhin ihr Kopf noch ein wenig roter wurde. »Es tut mir leid, Miss Ex-Detective«, sagte er sichtlich amüsiert. »Aber wir haben als Syndikat dreißig Jahre unter eurem Radar agiert. Verzeih mir, wenn ich kein sonderliches Vertrauen in diese Behörde habe.«

»Das ist mir egal. Es gibt trotzdem kein Szenario, in dem ich dich werde handeln lassen!«

Er lächelte überlegen und wandte sich abermals an mich.

Kam jetzt der Teil, in dem er offenbarte, wobei genau er meine Hilfe brauchte?

»Du hast Probleme mit deinem ADIC, nicht wahr?«

Verdammt, wie konnte es sein, dass er mir immer einen Schritt voraus war? Ich durfte mir die Frustration darüber nicht anmerken lassen. »Woher weißt du …« Hatte Johnson ihm das erzählt?

»Ich habe meine Quellen im Untergrund.«

Natürlich.

»Als ehemaliger Präsident von Hypermind kann ich dir eventuell Hilfestellung dabei leisten. Ich hätte eine Idee, wie wir die neurale Belastung von deinem Gehirn nehmen und dein System dauerhaft verstärken könnten.«

Es kostete mich Anstrengung, mir nicht anmerken zu lassen, dass dieser Vorschlag mein Herz höherschlagen ließ.

Das war eine Falle! Es musste eine Falle sein.

Aber Scheiße, es klang so verlockend. Ich hatte keine Ahnung, was ich sonst mit meinem ADIC tun sollte, wenn ich nicht bis an mein Lebensende unter den Langzeitfolgen der Überlastung leiden wollte. Wenn ich das Ding überhaupt wieder benutzen und Julien damit helfen wollte.

»Nur, damit ich das richtig verstehe«, sagte ich langsam, um mir etwas Zeit zum Überlegen zu verschaffen, »wenn wir es schaffen, Payne Hax die Führung über Hypermind zu entreißen, gehst du freiwillig zurück ins Gefängnis?«

»Hör auf damit, Atlas«, fuhr Lora mich an. »Fall doch nicht auf die Scheiße rein, die das Arschloch dir erzählt! Der hat irgendeinen Plan, sich und das Syndikat zurück in eine Machtposition zu bringen.«

»Vielleicht«, flüsterte ich und hielt den Blickkontakt zu Boston. »Was genau willst du von mir?«

»Wie gesagt: Ich will dir helfen.« Er lächelte nach wie vor. »Wir holen Bennie aus dem Gefängnis, reparieren dein ADIC, und dann hilfst du mir, den gesamten Dreck über Payne auszugraben.«

Das klang zu leicht. Zu simpel. Es musste einen Haken geben, auch wenn ich nicht länger den Eindruck hatte, dass er log. Doch das hatte nichts zu bedeuten. Er war ein guter Schauspieler, und ich war nach wie vor verdammt schlecht darin, Menschen ohne mein ADIC zu durchschauen. Wir kämen hier sowieso nicht raus, wenn Noah sich nicht spontan dazu entschied, den Kampfandroiden in sich zu wecken. Und wenn uns keine andere Wahl blieb, warum dann nicht Bostons Ressourcen ausnutzen, um voranzukommen?

»Eventuell können wir uns einigen.«

Lora wirbelte zu mir herum. »Atlas!«, sagte sie laut und stand von ihrem Stuhl auf. »Diese Kerle werden dir *nicht* helfen!«

Johnson war mit ihr zusammen aufgestanden und einen Schritt auf sie zugetreten. »Immer mit der Ruhe«, sagte er.

Sie wandte sich zu Johnson um. »Ich werde nicht zulassen, dass ihr hier einfach euer Ding durchzieht! Denkt ihr wirklich, ich würde euch auch nur ein Wort glauben?«

»Lora, bitte …«, setzte ich an, hoffte, sie beruhigen zu können. Doch ihre Hand zuckte schon zu ihrem Gürtel, an dem sie vorhin noch so umsichtig ihre Waffe verstaut hatte.

»Nein!«, rief ich, da hatte Johnson bereits ausgeholt, um ihr einen gezielten Schlag ins Gesicht zu versetzen. Als sie zu Boden ging und ich aufsprang, hatte er seine Waffe gezogen, um sie auf mich zu richten.

»Ganz ruhig«, grollte Johnson.

»Wehe, du tust ihr was an«, knurrte ich angespannt.

»Wir wollen nur reden«, sagte Boston nachdrücklicher. »Aber hier ist nicht der richtige Ort dazu.« Er deutete auf die bewusstlose Lora. »Wir bringen sie jetzt an einen sicheren Ort, und dann erzählst du mir, was ihr bisher über Bennies Fall wisst, in Ordnung?«

Abwägend sah ich von einem zum anderen. Warum jetzt der Rückzug? Aber natürlich. Sie konnten sich nicht sicher sein, dass Lora die Koordinaten nicht längst an die Polizei übermittelt hatte.

»Ihr bringt uns in euren Unterschlupf?«

»Ja«, erwiderten beide.

Ich warf Noah einen Blick zu, den er unsicher erwiderte. Ich konnte seine Gedanken nicht lesen, aber ich wusste, dass er dasselbe dachte wie ich: Wir hatten keine Wahl.

Und ich war zu gespannt zu erfahren, was sie planten.

Lora lag in einem Bett mit schwarzer Bettwäsche, neben das ich mich vor wenigen Stunden gesetzt hatte. Der Raum, in den wir sie gebracht hatten, war der Einrichtung nach zu urteilen Bostons persönliches Schlafzimmer. Eine kunstvoll gestaltete Lampe auf dem niedrigen Nachttisch spendete warmes Licht, der Boden war mit einem teuer aussehenden Parkettboden belegt, und einige Teppiche und Läufer sorgten durchaus für so etwas wie Gemütlichkeit. Die Pflanzen, die in den Ecken standen, mussten künstlich sein, da kein Tageslicht einfiel. An den in warmem Ocker gestrichenen Wänden waren schmale Bücherregale und gewiss teure abstrakte Gemälde angebracht.

Ich wartete darauf, dass Lora sich regte, während ich selbst immer wieder einnickte. Ich spürte die Müdigkeit tief in meinen Knochen sitzen, seit die Anspannung ein wenig von mir abgefallen war. Der Eingang zum Bunker hatte nicht weit entfernt von der Hütte gelegen, versteckt zwischen Solaranlagen und dem Gestrüpp. Entgegen meinen Erwartungen waren Boston und Johnson allein gewesen. Hier unten, in diesem gewaltigen, unterirdischen Anwesen, patrouillierten allerdings einige Syndikats-Androiden.

Erst als Loras Augen sich flimmernd öffneten, setzte ich mich aufrechter in meinem Sessel hin.

Noch bevor sie realisieren konnte, wo sie war, begann ich auszusprechen, worüber ich die letzten Stunden nachgedacht hatte. »Weißt du eigentlich, dass du ein beeindruckender Mensch bist?«

»Wie bitte?« Ruckartig richtete sie sich in ihrem Bett auf und sah sich um. Die Beule an ihrem Kopf schien zu schmerzen, denn sofort presste sie die Hand auf die Stelle, an der Johnson sie mit seinem Schlag erwischt hatte. »Fuck. Dieser Arsch!«

»Ich habe mit Boston geredet«, sagte ich mit ruhiger Stimme, um ihr ein wenig Sicherheit zu geben. Boston und Johnson würden nicht zulassen, dass sie ging. An allen Türen und in sämtlichen Gängen befanden sich die übrig gebliebenen Androiden des Syndikats, die höchstwahrscheinlich sofort schießen würden, wenn Lora sich entschied zu fliehen. Und dieses Mal hatte sie keine Waffe, um sich zu verteidigen. Auch meine hatten sie mir abgenommen.

»Wie kannst du dich mit diesen Leuten einlassen?«, knurrte sie, ohne mich anzusehen. »War das von Anfang an dein Plan?« Sie schüttelte den Kopf. »Ich kann nicht fassen, dass ich auf dich reingefallen bin!«

Mir wurde klar, dass ich nicht viel würde sagen können, um sie zurück auf meine Seite zu ziehen. Eine Seite, auf der sie wahrscheinlich sowieso nie gestanden hatte. »Boston behauptet, er kennt einige Leute beim Kommissariat. Er kann dafür sorgen, dass du wieder eingestellt wirst.«

Sie wirbelte zu mir herum. »Als wäre ich darauf angewiesen, dass irgendein Verbrecher irgendeinen korrupten Cop besticht, damit ich meinen Job zurückbekomme!«

»Ich wusste, dass du das sagen würdest.« Sie war unbestechlich, das war mir bewusst. Ich hatte selten mehr Zeit in einem Kopf verbracht wie in ihrem. Selbst unter diesen Bedingungen waren ihre Ideale noch unerschütterlich. »Ich wollte es dir nur mitgeteilt haben.«

»Du arbeitest jetzt also echt mit ihm zusammen?«

»Ich vertraue ihm auch nicht, klar?« Ich rutschte ein Stück näher zu ihr heran. »Allerdings haben wir gerade keine Chance zu entkommen. Hier ist alles voll von diesen Androiden. Und ich denke wirklich, dass Boston uns helfen kann, den Fall um Bennie Haloren aufzuklären.« Ich gab mir Mühe, ihren Blick so ernst zu erwidern wie möglich. »Glaub mir, niemand will den Kerl lieber hinter Gittern sehen als ich. Und Johnson mit dazu. Aber wir können mehr aus dieser Situation herausholen, wenn wir beobachten, was er tut.«

»Du spinnst«, sagte sie. Doch ich bemerkte, wie sich der Ausdruck auf ihrem Gesicht änderte. Wie das Aggressive etwas Nachdenklichem wich.

»Wenn ich die Chance bekomme, bin ich die Erste, die ihn abknallt. Aber wir sollten uns von ihm helfen lassen. Wir können ihn noch immer fertigmachen, wenn wir uns in einer vorteilhafteren Situation befinden.«

Lora schürzte die Lippen. »Wenn, dann will ich diejenige sein, die ihn erledigt.«

Hieß das, sie war bereit, sich darauf einzulassen? Ihrem Blick nach zu urteilen wirkte sie nicht sonderlich zufrieden. Andererseits wirkte sie nie so.

»Bedeutet das, du bist dabei?«

»Bleibt uns etwas anderes übrig?«

Ich runzelte die Stirn. »Du könntest nach wie vor die Polizei über dein ADIC benachrichtigen, oder?«

Sie verzog den Mund, als hätte ich einen Nerv getroffen. Oder bildete ich mir das nur ein?

»Hab ich nicht vor«, sagte sie schließlich. »Zumindest nicht, bevor ich einen Überblick über die Situation gewonnen habe. Boston und Johnson haben keine erkennbaren Maßnahmen ergriffen, um das zu verhindern, also schätze ich … dass sie ihre Wege hätten, entweder zu verschwinden oder sich zu verteidigen. Und ich will meine Kollegen nicht in den Tod schicken. Es sind so viele umgekommen in den letzten zwei Wochen.«

Da hatte sie recht. Vielleicht schmiedete sie aber auch ihre eigenen Pläne zur Flucht. Wenn sie mir genauso wenig vertraute wie Boston und Johnson, sagte sie mir eventuell ebenfalls nicht die Wahrheit.

»Wo ist Noah?«, fragte sie mit ein wenig mehr Gelassenheit in der Stimme.

»Er analysiert die Erinnerung von Haloren, gemeinsam mit den anderen beiden«, antwortete ich, ohne sie aus den Augen zu lassen. »Wir befinden uns in einem geheimen Unterschlupf des Syndikats. Die verfügen über ziemlich coole Computer.«

»Du lässt deinen seltsamen Freund echt allein mit diesen Scheißkerlen?«

Ich zog die Dose mit den Medikamenten aus meiner Tasche und nahm eine Tablette. »Wenn Boston sich mit mir gutstellen will, wird er sich davor hüten, ihm etwas anzutun.«

»Du hast zu viel Vertrauen«, murmelte Lora energielos, was mich allerdings zum Lachen brachte.

»Ich vertraue niemandem«, sagte ich. Es war die Wahrheit. Ich hatte mich mein Leben lang so sehr darauf verlassen, die Gedanken von jedem zu lesen und die Handlungen jeder Person anhand ihrer emotionalen Einstellung vorherzusehen, dass es niemanden gab, dem ich vertraute. »Ich versuche nur, mich eher an Logik als an Moral zu orientieren.«

»Und wie lebt es sich so damit?«, fragte sie spöttisch. Es war klar, dass sie keine Antwort hören wollte.

»Wir brauchen Unterstützung, wenn wir Bennie helfen wollen. Wenn Boston dafür sorgen kann, dass ich mein System wieder benutzen kann, dann …«

»Warum ist es dir so wichtig, Haloren da rauszuholen?«, unterbrach sie mich. »Ganz ehrlich, du wirkst nicht wie jemand, der so etwas für gewöhnlich tut.«

Das stimmte durchaus. »Die Welt braucht Haloren«, entschied ich mich für eine Ausrede, die halbwegs der Wahrheit entsprach. »Das Vertrauen der Bevölkerung in ihn war das, was die Gesellschaft zumindest ein wenig zusammengehalten hat.« Obwohl Bennie nicht der beste Mensch der Welt war, glaubte ich daran. Und es war für Lora sicherlich eine bessere Motivation als der eigentliche Grund: dass ich Bennie ebenfalls nur für meine eigenen Zwecke ausnutzen wollte.

»Hast du die Nachrichten der letzten zwei Wochen gesehen?«, fragte sie lachend. »Das nennst du Zusammenhalt?«

»Die Demonstrationen richten sich gegen Wirtschaft, Regierung und Polizei. Haloren war der Letzte mit Einfluss, dessen Worten noch einige Menschen vertraut haben. Ohne ihn wird bald Anarchie herrschen. Größere als sowieso schon.«

»Du denkst, seinen Ruf wiederherzustellen wird der Welt helfen?«

Ich schürzte die Lippen, weil ich mir nicht sicher war, ob ich diese Frage mit »ja« beantworten konnte. »Das hoffe ich«, sagte ich also und versuchte, jede ihrer Regungen genau zu deuten.

Als sie nichts mehr erwiderte, atmete ich allmählich auf. »Wie wär's, wenn du dich frisch machst, und wir schauen nach den anderen. Vielleicht haben sie Neuigkeiten für uns.«

Sie presste die Lippen aufeinander. »Was bleibt mir anderes übrig?«

Der Computerraum erinnerte mich an Bostons Anwesen über den Dächern Washingtons. Große, helle Couches standen in der einen Ecke des loftähnlichen Raums, während Schreibtische und ein Esstisch mit mehreren Stühlen die anderen Winkel einnahmen. Warmes Licht drang aus den kunstvollen Lampen, fiel auf die verzierten Fliesen.

Ich hatte mich gefragt, wie um Himmels willen das hier alles hatte erbaut werden können, ohne dass jemand Wind davon bekommen hatte. Doch dann war mir eingefallen, dass so viele Firmen dem Syndikat angehört hatten, dass es wohl eine ihrer einfachsten Übungen gewesen war, einen Ort wie diesen zu schaffen. Vor allem in einem Bereich der Welt, in den sich so gut wie niemand mehr verirrte.

Lora und ich traten, gesäumt von zwei Androiden, näher an die zusammengestellten Tische mit all den Rechnern und Bildschirmen heran, vor denen Boston und Noah sich niedergelassen hatten. Wohin Johnson verschwunden war, konnte ich nicht ausmachen.

»Was habt ihr herausgefunden?«, wollte Lora wissen. Das Aussehen des Bunkers schien sie in keiner Weise zu beeindrucken. Eine weitere ihrer Qualitäten: Reichtum hatte überhaupt keinen Effekt auf sie.

»In Bennies Erinnerung …«, setzte Boston an.

»Angeblicher Erinnerung«, korrigierte ich sofort.

»Okay, in Bennies *angeblicher* Erinnerung wird der Täter von einem Transporter im Tunnel abgesetzt. Es hat uns einiges an Zeit gekostet, aber anhand einer Spiegelung konnten wir das Gesicht des Fahrers erkennen. Im Gegensatz zu den anderen Zeugen trägt er durch die künstliche Atmosphäre im Transporter keinen Helm. Vielleicht kennt er die Identität des Mörders. Und selbst wenn nicht, könnte er uns einiges über Größe, Statur und dergleichen erzählen.« Er zuckte mit den Schultern. »Ist der einzige Hinweis, den wir herausfiltern konnten. Ich habe sein Gesicht durchs Programm gejagt und einen Namen ausfindig gemacht.«

Lora trat näher an Boston heran, die Arme nach wie vor in Abwehrhaltung vor dem Körper verschränkt. »Was für ein Programm?«

»Wir haben ein ähnliches wie die Polizei.«

»Darüber werde ich die Polizei in Kenntnis setzen, wenn ich hier rauskomme.«

Ich strengte mich an, die Augen nicht zu verdrehen. Solche Drohungen machten unsere Situation nicht besser.

»Schön«, kommentierte Boston unbeeindruckt. »Der Kerl heißt Ace Highrom.« Ein Bild von ihm tauchte auf einem der riesigen Bildschirme auf, das Logo einer der Terraforming-Unternehmen am oberen Rand. Die blaue Weste mit den silbernen Schulterstücken zeichnete ihn als Arbeiter eines leicht höheren Status aus. Möglicherweise als einen niederen Supervisor.

Der weiße Mann mittleren Alters mit Dreitagebart und grau meliertem Haar schaute ausdruckslos in die Kamera. Die dunklen Ringe unter seinen Augen ließen ihn, zusammen mit seinem recht desperaten Gesichtsausdruck, nicht sehr lebensbejahend aussehen. »Er lebt im Ballungsraum New York.« Boston deutete auf eine Adresse, die vorrangig aus Zahlen bestand. Dann wandte er sich in seinem Stuhl zu mir herum.

Wie er den absoluten Superbösewicht verkörperte, wirkte fast spielerisch. »Ich habe ohnehin etwas in New York zu erledigen. Ich schlage vor, wir brechen zusammen dorthin auf, und ihr stattet dem Herrn einen persönlichen Besuch ab.« Er legte den Kopf schief und fixierte Lora. »Eine kleine Befragung schafft ihr doch, oder?«

»Natürlich«, knurrte Lora. »Oder planst du, diesen Johnson und seine Schläger mitzuschicken?«

»Nein, nein, der hat irgendwas mit Void District zu tun«, winkte er sofort ab. »Keine Ahnung, was die treiben.«

Hatte er tatsächlich keine Ahnung, oder wollte er es uns nur nicht sagen? Über Johnsons Verwicklung in die ganze Sache musste ich eindeutig noch mehr erfahren.

»Aber ich schätze mal, er wird versuchen, Jason Levy aus dem Gefängnis zu befreien.«

»Was?«, fuhr Noah auf, und ich horchte ebenfalls auf. Noahs Vater? »Tatsächlich?«

Doch Boston beachtete mich nicht. Er begnügte sich damit, in Noahs erschrockenes, aufgeregtes Gesicht zu sehen. Mir lief es eiskalt den Rücken herab, als mir klar wurde, was er vorgehabt hatte.

»Ich wusste es«, murmelte er mit einem gewinnenden Lächeln. »Du bist keine Maschine. Auch kein Ersatz für den Androiden, den sie verloren hat.«

»Was?«, flüsterte Noah und schob sich ein Stück von Boston fort. Es war gar nicht mehr nötig, es zu leugnen.

Boston erhob sich aus seinem Stuhl und trat auf Noah zu. »Sag schon. Du bist Noah Levy, oder? Du warst dabei, als Elena mich auf meinem Anwesen besucht hat.«

Mein ganzer Körper spannte sich an, und ich machte mich bereit, zwischen die beiden zu treten, falls Boston Noah zu nahe kommen sollte.

»Wie hast du das gemacht?« Ich wusste nicht, ob Boston die Frage an mich oder Noah richtete. »Ein Mensch in einer Maschine. Beeindruckend.« Er betrachtete Noah eine Zeit lang, dann nickte er, als würde er sich einen eigenen Gedanken bestätigen, und trat anschließend an Lora und mir vorbei auf den Ausgang zu. »Sehr spannend.«

»Warte!«, rief Lora ihm hinterher. »Befreien sie Levy wirklich aus dem Gefängnis?«

Unbeeindruckt setzte er seinen Weg fort. »Nein, das war nur ein Test. Keine Ahnung, was sie vorhaben. Folgt mir jetzt.«

Kapitel 2

Der Anblick einer stillen Stadt

Bereits als wir uns mit dem Auto über die schwebenden Bahnen dem Ballungsgebiet New York genähert hatten, war ich fasziniert von dem gewesen, was die Sonne vor uns beleuchtet hatte. In vereinzelten Strahlen, denen es gelang, durch die dichte Wolkendecke zu brechen, schillerten die dunklen Gebäude, die schmal wie stumpfe Reißzähne in den Himmel aufragten. Umgeben vom schwarzen Rauch der Fabriken, der sich zwischen den Steinen sammelte, leuchteten die blauen Straßen, die sich um die Gebäude schlängelten, umso intensiver.

Was für ein seltsames Bild. Wenn Washington ein Geschwür war, dann war New York ein düsterer Wald, der sich bis ans Ende des Sichtfeldes erstreckte. Dieses Bild hatte ich oft durch die Gedanken derjenigen gesehen, die ich gehackt hatte, doch es war anders, es mit eigenen Augen zu sehen. Ungetrübt von der Wahrnehmung und den Gedanken anderer Menschen.

Ich hatte Washington immer für chaotisch gehalten, mit all den Ebenen und den Verwirrungen zwischen ihnen. Doch New York war anders. All die Ebenen, die in Washington im Laufe der Zeit aufeinandergestapelt worden waren, verliehen der Stadt ihre Cluster-Optik. Hier hingegen fehlte die Mittelschicht.

Und alles war so still ohne mein ADIC. Ich vermisste es so sehr, die Stimmung eines Ortes in mich aufzunehmen, bevor ich ihn betrat. Seine Gerüche zu riechen, seine Geschichte zu erfahren, seine Gedanken zu hören, und das alles in nur wenigen Sekunden.

Doch diese Stadt war für mich genauso still geworden wie der ganze Planet.

»Kommt schon, hört auf zu trödeln«, forderte Lora uns auf. Sie kannte sich wegen ihres Jobs gut in New York aus und führte uns, seitdem Boston sich von uns verabschiedet hatte. Er hatte uns zwei seiner Androiden an die Seite gestellt. Wie er behauptete, zu unserem Schutz, aber sicherlich auch, um uns zu überwachen.

Unsere Waffen hatte er uns nicht wieder zurückgegeben.

Er selbst wollte angeblich seinen eigenen Plänen nachgehen, welche auch immer das waren. Dass Boston sich überhaupt aus seinem Bunker herauswagte, war ein Wunder. Andererseits kannte er die Welt. Die Menschen waren vorrangig mit ihrem eigenen Scheiß beschäftigt. Abgesehen davon, dass die Polizei vermutete, er hätte sich im Dyson Swarm oder in die terrageformten Bereiche des Mars abgesetzt, wo Gesetze noch nicht griffen.

Ich beschleunigte mein Tempo, doch mein Blick glitt trotzdem unfreiwillig wieder nach oben. Hoch über dem Smog thronten die Wolkenkratzer der Superreichen, die mit ihren Häusern auf großen Ebenen direkt auf ihren Firmengebäuden wohnten. Von dort aus fielen die Gebäude gerade nach unten bis zum Erdboden ab, an dem sich der gesamte Rest der Bevölkerung sammelte. Die Coffins, die es in Washington im Sub-Level gab, waren in New York die Wohnungen für jedermann. In ganzen Anlagen stapelten sich bunte Container übereinander, in die behelfsmäßige Fenster eingebaut worden waren. Straßen gab es so gut wie gar nicht mehr, es grenzte eine Wohnungstür an die andere.

Obwohl dieses Bild etwas Erschreckendes hatte, war das Leben hier unten trotzdem bunter und lauter als das, das ich aus dem Sub-Level Washingtons kannte. Dadurch, dass Mittel- und Unterschicht vereint waren, war eine seltsame Symbiose entstanden. Während die Menschen aus der mittleren Bevölkerungsschicht in den schlammigen Gassen ihren Arbeiten oder Shoppingtouren in den Einkaufsdörfern nachgingen, saßen die Menschen der Unterschicht in den Schatten der Gassen, um sich ein paar Coins zu erbetteln. Es faszinierte mich, dass sich niemand an ihrer Anwesenheit störte.

In Washington war das Sub-Level eine gesetzfreie Zone, in der das Leben der Bewohner nicht mehr wert war als das einer Kakerlake. In New York herrschte jedoch eine Art Koexistenz, in der die Bewohner einander zwar aus dem Weg gingen, die Anwesenheit des jeweils anderen allerdings hinnahmen.

Irgendwie gefiel mir das. Hier aufzuwachsen wäre womöglich leichter gewesen als fernab jedweden Lebens, eingepfercht mit all den Verbrechern, furchtvoll in die hintersten Ecken schimmliger Wohnungen gepresst, aus Angst, zu laut zu atmen und damit die falschen Menschen anzulocken.

»Da vorn müsste es sein.« Lora deutete auf einen Bereich, an dem der staubige Fußgängerweg ein wenig breiter wurde. Er mündete in einen Platz, von dem aus viele Metalltreppen in ein Gebäude mit rußschwarzen Fassaden führten. Schiffscontainer waren in schier endloser Anzahl darauf gestapelt worden, nur verbunden durch schmale Treppen, um Platz für mehr Menschen zu schaffen.

Lora warf einen Blick auf den Zettel, den sie sich geschrieben hatte. Ihr Hang zu Methoden aus alten Zeiten verwunderte mich nach wie vor, immerhin hätte sie all diese Informationen einfach auf ihrem ADIC speichern können. »Apartment 190.556. Das müsste einer der obersten Container sein.«

»Ich bin gespannt«, flüsterte Noah, während wir uns auf eine der schmalen Metalltreppen zubewegten.

»Am besten, einer von uns wartet unten, falls sich irgendwas tut«, schlug Lora vor.

»Gern«, bot Noah an, ohne auch nur einen Atemzug abzuwarten. Wenn es einen Konflikt geben würde, wäre er sicherlich nicht gern dabei. Man sah es ihm an.

»Ich benachrichtige euch, wenn ich etwas Ungewöhnliches sehe.«

Einer von Bostons ausdruckslosen Androiden sah Noah einen Moment an, danach stellte er sich neben ihn. Der andere begleitete Lora und mich die rostige Treppe hinauf. Die hatten wirklich Sorge, dass wir abhauten.

Als würde ich weglaufen, so kurz vor einem neuen Hinweis. Darüber dachte offensichtlich nicht einmal Lora nach.

Die Treppe reichte extrem weit nach oben, und ihrem wackeligen Zustand nach zu urteilen, würde sie nicht mehr lange durchhalten. Hoffentlich trug sie drei Personen gleichzeitig. Nach rechts und links war das Geländer stellenweise unterbrochen, um auf kleine Stege zu führen, die jeweils Zugang zu den Containern boten. Die Wohnungen konnten nicht größer sein als zehn, vielleicht fünfzehn Quadratmeter. Immerhin größer als die, in denen ich als Kind gewohnt hatte.

»Haben wir einen genauen Plan, was wir zu dem Kerl sagen werden?«, fragte ich Lora.

»Ich dachte, das machst du, Oracle.« Sie lachte humorlos, während sie vorausging.

»Ich dachte, das macht unsere Polizistin«, grummelte ich.

»Sofern der Kerl bereit ist zu reden, gern«, gestand sie dann ein. »Falls er nicht reden will, bist du wohl der Profi.«

Ich schürzte die Lippen und kniff die Augen leicht zusammen. Sie wusste doch, dass ich mein System nicht benutzen konnte. Und gefoltert hatte ich auch nie jemanden. Was glaubte sie, wer ich war?

Lora verließ die Treppe über einen kleinen Steg zu einem Metallgerüst hin und stellte sich vor die Haustür, die nicht stabiler aussah als die eines heruntergekommenen Trailers. Die Mittelschicht in Washington war tatsächlich etwas schöner. Und sicherer, schätzte ich.

Einige Male klopfte Lora laut an die Tür. Ich spannte mich an, bereit, dem Mann, der uns hoffentlich ein paar Antworten liefern würde, in die Augen zu sehen. Irgendwie würden wir ihn dazu bringen müssen, uns seine Erinnerung an die Begegnung mit dem Mörder freiwillig zu übersenden. Das würde als Beweis ausreichen, um ihn der Polizei zu übergeben.

Als sich nichts tat, klopfte Lora erneut, lauter, und ich schaute mich unauffällig um. Eine alte, hagere Frau steckte ihren Kopf aus dem Fenster eines Containers auf der anderen Seite der Treppe und blinzelte uns an. Trotz der Geräuschkulisse der Stadt musste das Klopfen bis zu ihr gedrungen sein.

»Wenn Sie den alten Higgs suchen, der hat sich seit Tagen nicht mehr blicken lassen«, verkündete sie in einem Tonfall, als wäre es ihr nur recht, dass sie sich endlich über das Verhalten ihres Nachbarn beschweren konnte. »Seitdem er vom Mars wieder da ist, spielt er den ganzen Tag nur seine Videospiele.« Sie machte eine wegwerfende Bewegung mit ihrem dürren Arm. »Einmal im Jahr zwei Monate arbeiten und den Rest der Zeit schlafen. Das wünscht sich doch jeder.«

»Wissen Sie, ob er zuhause ist?«, wollte Lora wissen.

Die Frage ermutigte die Alte wohl leider, mehr über diese Situation herausfinden zu wollen.

»Und wer sind Sie, wenn ich fragen darf? Sind Sie vom Clan?«

Der Clan? Wer oder was war das?

»Wir sind von Terra Technologies. Wir haben einen weiteren Auftrag für Mr. Highrom.«

Die Oma lachte schurkenhaft. »Na dann kommt er vielleicht endlich mal raus. Viel Erfolg. Die Tür ist vermutlich eh nicht abgeschlossen. Der schläft mit seiner Flinte neben dem Kissen und fürchtet sich vor nichts.«

Perfekt! Das war unsere Möglichkeit, seine Wohnung zu betreten, ohne dass es jemandem hier großartig auffallen würde.

»Danke«, sagte Lora förmlich. »Mr. Highrom, wir kommen jetzt rein«, kündigte sie daraufhin laut an. Erst als nach einigen Sekunden keine Antwort kam, drückte sie die Klinke herunter.

Ich spürte die Blicke der Nachbarin im Nacken, als ich hinter Lora eintrat. Doch sie blieb bereits nach einem Schritt stehen und hob den Arm vor Mund und Nase.

»Scheiße«, keuchte sie, dann schob sie sich das Shirt bis über die Nase und ging weiter hinein.

Erst bei meinem nächsten Atemzug registrierte ich, was sie gerochen haben musste. Ein drückender Gestank nach Tod und Fäulnis lag in der Luft, ebenso süßlich wie sauer. Noch bevor ich mehr erkennen konnte als die chaotische Küchenzeile direkt gegenüber der Tür, war mir klar, dass der Kerl tot sein musste.

»Fuck«, ächzte Lora und trat unerschrocken weiter in die kleine Wohnung. »Wir müssen die Polizei benachrichtigen.«

»Auf keinen Fall«, japste ich. »Wenn wir den Fall melden, setzen die uns sofort fest. Außerdem wissen wir nicht, wer in die Sache verwickelt ist. Die Polizei wurde das letzte Mal auch vom Syndikat kontrolliert. Lass uns hier verschwinden.«

Lora rümpfte die Nase und atmete stoßartig aus. »Ich gehe nicht ohne Hinweise.« Sie bedeutete mir mit einem Kopfrucken, dass ich mich um die Nachbarin kümmern sollte, nachdem sich die Tür ihres Containers mit einem lauten Knarzen öffnete. »Sonst stehen wir wieder bei null.«

»Beeil dich«, forderte ich sie zwischen zusammengebissenen Zähnen auf. Sie nickte rasch und verschwand um die Ecke.

Ich trat einige Schritte zurück und schob mich vor die Alte, die über die Verbindung der Treppen überraschend schnell zu uns gewatschelt war.

»Higgs!«, rief sie. Das dünne Blumenkleid, das sie trug, verlieh ihr ein überraschend frisches Aussehen. »Lass dich endlich mal blicken, du fauler Sack.«

»Es wäre sehr freundlich, wenn Sie uns erst einmal mit ihm sprechen lassen würden«, sagte ich leise und versuchte mich an dem freundlichsten Lächeln, das ich zustande bringen konnte.

Doch sie kaufte es mir nicht ab. »Ihr holt ihn euch doch nur für eure Aufträge rein, weil ihr wisst, dass er nicht so viel Geld verlangt wie alle anderen.« Sie wedelte mit ihrem knochigen Finger vor meinem Gesicht herum. »Wenn ihr ihn mal *richtig* bezahlen würdet, müsste er nicht so hausen.«

Ich wollte gerade etwas erwidern, als ich sah, wie Noah hinter ihr nun doch die Treppe heraufkam, neugierig um die Ecke schauend.

Der Android begleitete ihn ruhig, während der andere, mit hinter dem Rücken verschränkten Armen, einfach neben der Tür zum Container stand und alles analysierte. Mit den beiden im Schlepptau machten wir sicherlich einen sehr bedrohlichen Eindruck.

Ich warf Noah einen Blick zu, den er sofort richtig deutete.

»Ich kann Ihnen gern alle Fragen beantworten, junge Dame.«

Obwohl er offensichtlich kein Mensch war, wirkte sie erfreut über dieses Kompliment. Sie drehte sich zu Noah um, der eindeutig besser darin wäre als ich, freundliche Gespräche zu führen.

Ich folgte Lora sofort in den Container.

»Ich habe schon länger Probleme mit meiner Spüle«, hörte ich die Alte zu Noah sagen. »Könnten Sie sich das mal ansehen?«

»Natürlich.«

So schnell waren ihr Nachbar und seine Situation also vergessen.

Sobald ich wieder in die Wohnung und darauf in die Küche eingetreten war, registrierte ich erneut den alles überdeckenden Gestank, der säuerlich in meiner Nase brannte. Ich tat es Lora gleich und zog meine Jacke über Mund und Nase, um nicht zu würgen. Lora war gerade dabei, eilig einige Schubladen eines ausgebeulten Aktenschrankes zu durchwühlen.

»Sieh dir alles genau an«, wies ich sie an. »Wir können die Erinnerungen später analysieren.«

»Ich weiß, wie das funktioniert«, grollte sie.

Ich trat um eine Ecke und sah den Körper des Toten auf dem Bett liegen. Ein Loch klaffte in seiner Stirn. Das Blut, das daraus geronnen war, war längst dunkel und getrocknet. Das ganze Bett war darin getränkt.

Seine Augen standen weit offen, ebenso wie sein Mund.

»Was denkst du, wie lange er tot ist?«, wollte ich wissen und zwang mich, meinen Blick abzuwenden und mich in der Wohnung umzuschauen.

»Dem Geruch und seinem Aussehen nach zu urteilen, mindestens zwei Tage.«

»Also haben sie ihn ermordet, bevor sie die Erinnerung in Bennies Kopf platziert haben.«

»Oder sie haben es getan, damit Bennies Leute ihn nicht bestechen können«, konterte Lora trocken. Ich schürzte die Lippen und erwiderte nichts. Ich musste wohl damit leben, dass das noch lange ihre Auffassung der Situation sein würde.

»Oracle?«

Ich lauschte auf und war sofort in Alarmbereitschaft, als Noah meinen Codenamen rief. Zügig ging ich auf den Eingang zu.

Noah war aus der Wohnung der Nachbarin geeilt. »Ich habe etwas gesehen!« Er deutete hinab auf den staubigen Gehweg, über den sich Polizeiandroiden beunruhigend zielstrebig auf die Treppe zu den Containern hinauf zubewegten.

»Hast du die gerufen?«, keuchte ich und sah aus dem Augenwinkel, wie Lora, noch immer in der Wohnung, einige Gegenstände in ihre Tasche schob.

»Die Polizei?«, wollte sie wissen und erstarrte sofort. Sie wusste also nichts davon.

»Verschwinden wir!«, rief ich und zog die Kapuze tiefer in mein Gesicht.

»Aber Sie wollten doch meine Spüle reparieren!«, rief die Alte Noah zu, als er sich von ihr entfernte. Er nahm sich tatsächlich die Zeit, sich mehrere Male bei ihr zu entschuldigen, bevor er sich umwandte.

»Folgt mir!«, forderte Lora, kam endlich aus dem Container und eilte auf eine der Treppen zu, die weiter hinaufführten. »Von hier aus müssten wir in die Schneise zwischen den Gebäuden kommen.« Die gewaltigen Bauwerke aus dunklem Stein ragten wie riesige Fabrikgebäude über den Containerbauten. Ruß hatte ihr Mauerwerk nahezu schwarz werden lassen.

»Sicher?«, schnaufte ich, und wir hechteten, gefolgt von den zwei Androiden, die Stufen hinauf. Würden sie uns verteidigen, wenn es hart auf hart käme?

»Ja«, sagte Lora, zwei Stufen auf einmal nehmend. »Wir können uns tiefer in der Stadt verstecken.«

Hoffentlich behielt sie recht.

Kapitel 3

Das Blut eines letzten Versuchs

»Hier lang!«

Lora lotste uns in eine weitere Gasse, und Noah, ich und die beiden Androiden folgten ihr so schnell wie möglich. Sie fand sich in den verwinkelten Straßen und Gassen New Yorks überraschend gut zurecht. Diese Stadt war, je tiefer man in sie vordrang, so viel dunkler als Washington. Es fehlten die Neonreklamen und die flackernden Lichter in allen Ecken. Das dunkle Gemäuer, aus dem selbst die hohen Gebäude gefertigt waren, wirkte erdrückend, während wir über den erdigen Boden huschten, uns eng an Wände drängten, in der Hoffnung, unsere Verfolger endlich abschütteln zu können.

Zwei der Polizeiandroiden folgten uns bereits durch die halbe Stadt. Obwohl wir gehofft hatten, sie in den Menschenmengen in den engen Gassen der Innenstadt abhängen zu können, sah ich sie nach wie vor in der Ferne, wenn es mir gelang, mich umzuwenden.

»Ich kann nicht mehr«, keuchte ich. Der Schmerz hinter meiner Stirn war zurückgekehrt, und ich war mir sicher, dass ich nicht mehr lange durchhalten würde. Wir mussten sie endlich loswerden!

Das Problem war, dass unsere Verfolger noch nicht ihre Waffen gezogen hatten, was die Androiden, die uns begleiteten, nicht in den Gefahrenmodus versetzte. Ich hatte sie mehrere Male angewiesen, die beiden aufzuhalten, aber irgendetwas an ihrer beschissenen Programmierung hinderte sie daran, meinen Anweisungen zu folgen.

»Ich muss sie hacken«, ächzte ich, als wir um eine weitere Ecke zwischen zwei dunklen Backsteinhäusern bogen. Es waren keine Menschen zu sehen. Nur alte Feuerleitern und kleine Berge aus Müll, um die sich niemand scherte. Wenn ich es tun wollte, war jetzt der passende Zeitpunkt.

»Schaffst du das?«, fragte Lora so leise wie möglich. Noch hatten unsere Verfolger unsere Gesichter nicht gesehen, und es wäre das Beste, wenn sie uns auch nicht hörten, um unsere Stimmen nicht in irgendein System einspeisen zu können.

»Nicht!«, sagte Noah rasch. »Das wird dich umbringen!«

Ich biss die Zähne aufeinander. Wenn Boston wirklich in der Lage war, mein ADIC zu reparieren, würde eine einzige weitere Aktion ihm wohl nicht schaden, oder? Wenn sie uns erwischten oder uns registrierten, würden wir nicht besonders glimpflich davonkommen. Im schlimmsten Fall würden sie uns einsperren, befragen und im besten Fall unter Überwachung stellen. In beiden Fällen wären uns für die Zukunft die Hände gebunden.

Nein, nein, nein.

»Ich werde es versuchen«, beschloss ich und blieb in dem Moment stehen, in dem die beiden weit hinter uns in die Gasse bogen.

»Hände hoch!« Die Androiden hier waren eindeutig freundlicher als die in Washington.

Noah kam einen Schritt auf mich zurück, um mich am Arm zu packen, aber ich hatte meine Entscheidung getroffen. Es würde funktionieren, weil es funktionieren *musste.*

»Beeil dich«, fauchte Lora, doch Noah stieß ein klares »Nein!« aus und setzte sich in Bewegung, stürzte auf die Androiden zu.

»Mach keinen Unsinn!«, rief ich ihm aufgebracht hinterher. Zu spät.

Die Härchen in meinem Nacken stellten sich auf, als Noah die Faust erhob und der dumpfe Klang der aufeinanderprallenden Körper die Gasse erfüllte. So hatte ich ihn noch nie gesehen.

Der Polizeiandroid fing Noahs nächsten Schlag ab und hielt ihn fest am Arm, während sein Partner ihm zu Hilfe eilte, um nach Noahs anderem Arm zu greifen. Es gelang Noah, sich loszureißen und einen seiner Angreifer mit dem Fuß von sich zu treten, sodass er gegen die Wand hinter sich geschleudert wurde. Dieser brauchte allerdings weniger als eine Sekunde, um sich wieder aufzurichten.

Verdammt, Noah schaffte es nicht, er war noch zu unerfahren! Ich musste ihm helfen!

Ich ballte die Hände zu Fäusten und bemühte mich, die Geräusche des Kampfes auszublenden, um mich zu konzentrieren. Dann nahm ich Verbindung zu meinem System auf.

Für einen Augenblick bestand meine ganze Wahrnehmung aus Datensätzen, Zahlen und Codes. Es war, als könnte ich endlich wieder richtig sehen. Die Welt wahrnehmen, wie sie wirklich war, und nicht, wie meine Augen sie mir zeigten. Ich sah *alles*. Die Menschen in den Gassen um uns herum und die Menschen in den Häusern. Die Maschinen, die in den Fluren der Überwachung dienten oder einfache Putzarbeiten verrichteten.

Die Daten wurden klarer. Trotzdem dauerte es viel länger als sonst. Ich sah Wut, Freude, Lachen, Weinen, und nach und nach trennte sich alles voneinander. Es kostete mich so viel mehr Konzentration, aus den Daten, die ich wahrnahm, die unserer beiden Verfolger ausfindig zu machen und Kontakt zu ihren internen Systemen aufzunehmen.

Ich sah Noah, der alles in seiner Macht Stehende tat, um die Androiden daran zu hindern, zu uns zu gelangen. Er hatte einen von ihnen abermals zu Boden geschleudert, dieses Mal heftiger. Den anderen versuchte er nach wie vor zu überwältigen.

Ein Gefühl der Angst überkam mich, aber ich durfte mich nicht ablenken lassen!

Von den Polizeiandroiden drangen kaum Signale nach außen, weil die Behörde sich gut gegen Hackerangriffe sicherte. Aber sie wussten nicht, dass es jemanden wie mich gab, also waren sie auch nicht auf jemanden wie mich vorbereitet.

Optische Passwörter mit einem Stimmcode hinderten mich kurz daran, in sie einzudringen. Ich musste nicht lange suchen, um eine Lücke in den Systemen zu finden, um über sie herauszufinden, auf wessen Stimme sie programmiert worden waren. Welche Bilder ihnen gezeigt werden mussten, um die Systeme überbrücken und überlasten zu können.

Ich überflutete ihre Systeme mit allem, was ich finden konnte, während Bilder aus einem Polizeirevier und müden Cops mich mit ihnen zusammen überspülten. Eine der Stimmen entsperrte endlich die Sicherung, und ich nutzte all den Datenmüll, der auf meinem ADIC gespeichert war, um die Systeme der Androiden so weit zu überladen, bis die Sicherungen durchbrannten.

Ich wusste nicht, wie viel Zeit vergangen war, bis mir auffiel, dass einer der Androiden keine Signale mehr aussendete. Hatte … hatte Noah ihn besiegt?

Ich öffnete meine Augen und sank auf die Knie. Mein Blick wanderte zu Noah, der über dem Androiden stand, den er überwältigt hatte.

Der andere lag ebenfalls regungslos neben ihm.

Wir hatten es geschafft.

Nach Luft schnappend richtete ich mich auf, und sofort durchfuhr ein reißender Schmerz meinen ganzen Körper. »Was?«, ächzte ich, als Julien seine Arme unter mich schob, um mich hochzuheben.

»Kommt schon!« Die Stimme einer Frau. Lora?

Ich sah zu Julien hoch und …

Nein, nicht Julien. Das war Noah.

»Wie lange war ich …«

»Nur ein paar Sekunden«, sagte er. Die Erschütterungen seiner schnellen Schritte hämmerten schmerzhaft hinter meiner Stirn. »Du hast es geschafft!«

Ich brauchte ungewöhnlich lange, um zu verstehen, was er meinte. Erst dann dämmerte es mir.

»Die Androiden!«, rief ich und versuchte, mich nach ihnen umzusehen, aber Noah ließ mich nicht. »*Wir* haben es geschafft!« Ich schaute zu ihm auf. »Du hast sie wirklich angegriffen.« Ohne ihn wären sie viel zu schnell bei uns gewesen. »Warum?« Ich glaubte nicht, dass er jemals in seinem Leben gekämpft hatte.

»Das waren Androiden«, sagte er leise, während er Lora rasch folgte. Den Geräuschen zufolge, die von den Wänden der Gasse widerhallten, folgten Bostons nutzlose Androiden uns noch. »Es wurde niemand verletzt!«

»Ich weiß«, stammelte ich, obwohl es mich trotzdem verwunderte. Dass mein Schädel sich vermutlich jeden Moment in zwei Hälften spalten würde, trug nicht unbedingt zur Klarheit meiner Gedanken bei.

Ich spürte, wie Blut aus meiner Nase rann.

»Wir sollten uns ein Auto leihen und von hier verschwinden«, fuhr Noah hektisch fort.

»Nein!«, bellte Lora. »Wir brauchen erst mal einen Unterschlupf. Wenn wir jetzt fliehen, werden wir vielleicht sofort abgefangen.«

»Nehmt Kontakt zu Boston auf«, hustete ich. Wenn Noah mich weiterhin trug, würde ich mich durch die Erschütterungen sicher gleich übergeben. Ich nahm meine letzte Kraft zusammen und wand mich aus seinem Griff. Er ließ es geschehen. Mich weiterhin an einem seiner Arme festkrallend, sah ich zu ihm auf. »Nimm Kontakt zu ihm auf, ja? Der hat doch hier sicher irgendwo einen Ort, an den wir gehen können.«

Lora blieb stehen und wandte sich zu uns um. »Oder«, sagte sie mit zusammengebissenen Zähnen, »du reißt dich zusammen, hackst die beiden da auch noch und wir gehen endlich zur verdammten Polizei!«

»Halt deine Klappe!«, fuhr Noah sie an. »Sie kann nicht mehr, okay? Wir müssen uns zurückziehen, und Atlas muss sich ausruhen!«

Schwärze breitete sich von den Rändern meines Sichtfeldes aus. Fuck.

Noah zog mich mit sich. Ich konnte nicht anders, als mich an so viele ähnliche Situationen mit Julien zu erinnern.

Der Schmerz in meinem Kopf hatte sich in alle Glieder ausgebreitet. Ich fühlte ihn bis in meine Fingerspitzen hinein. Lora sah mich lange an, dann nickte sie schließlich.

Ich hörte nicht mehr, was Noah sagte, bevor ich wieder das Bewusstsein verlor.

Kapitel 4

Der Geruch einer erschütterten Welt

»Ich denke, wir sollten verschwinden«, sagte Lora. Ihre Stimme hallte an den hohen Wänden des Luxus-Lofts wider, in dem ich vor einigen Minuten aufgewacht war. Der helle Stoff der Couch unter mir war mit Schmutz und Blut befleckt, aber das schien Boston überraschenderweise nicht zu stören.

»Nirgendwo sind wir sicherer als hier«, erwiderte er ruhig.

Vor der riesigen Fensterwand zogen dunkle Wolken rasch über den Himmel, durch die einzelne Sonnenstrahlen auf die Stadt brachen. Und da die Stadt keine Ebenen hatte wie Washington, wurde mir jedes Mal etwas mulmig, wenn ich all die Stockwerke hinabblickte.

Dieser Ort war – soweit ich es verstanden hatte – Bostons Loft, das er über eine Organisation bezog, die beträchtliche Summen für extreme Sicherheitsstandards und Verschwiegenheit verlangte.

Der Umstand, dass mein Bruder trotz seiner Verurteilung über dermaßen viele geheime Konten, Mittel und Verbindungen verfügte, faszinierte mich so sehr, wie es mich anwiderte. Vielleicht war es das, was auch Lora davon abhielt, ihre Kollegen zu ihm zu rufen. Dass sie mehr über ihn herausfinden wollte, um ihm das nächste Mal einfach alles nehmen zu können.

»Ich habe Johnson damit beauftragt, seine Fühler auszustrecken, um herauszufinden, wer den Kerl exekutiert hat«, verkündete Boston und trat zu einer Bar, um sich Whisky aus einer Karaffe in ein Kristallglas einzuschenken. Wie ein Comic-Bösewicht. »Jemand muss etwas gesehen oder gehört haben.«

Ich nickte benommen. Nachdem Noah zu ihm Kontakt aufgenommen hatte, hatte Boston die Androiden wohl angewiesen, uns zu ihm zu bringen.

»Den Mörder von Ace Highrom zu finden sollte uns der Sache sehr viel näher bringen«, sagte Lora. Sie stand am Fenster und sah auf die Straßen hinab, während Noah sich neben mich gesetzt hatte. Seine Sommersprossen blinkten, als er sich still umschaute. Ich fragte mich, was er gerade zu verarbeiten hatte.

»Dass dieser Mann umgebracht wurde, ist ein weiteres Zeichen dafür, dass etwas vertuscht wurde«, verteidigte ich meine Theorie. »Und dafür, dass wir auf der richtigen Spur sind.«

»Vielleicht«, seufzte Boston. »Aber ich habe vorher noch nie von einer so guten Fälschung gehört. Dafür müsste man sich tief in das Hypermind-System einhacken. Deutlich tiefer, als das bei irgendwelchen Untergrund-Trades läuft.«

»Und das ist unmöglich?«, hakte Lora nach.

»Nichts ist unmöglich. Dennoch halte ich es für unwahrscheinlich, dass ich nichts von dieser Möglichkeit weiß.«

»Du meinst, wenn jemand aus dem Unternehmen Dreck am Stecken hat, bist du es?«, stichelte ich.

»So in etwa.« Er lächelte unbestimmt in den Raum hinein. »Willst du ihr auch den Schwachsinn zeigen, den du aus der Wohnung mitgenommen hast?« Er ruckte mit dem Kopf zu mir herum, und Lora verdrehte die Augen.

Ich wollte mich aufrichten, doch Noah legte sofort seine Hand auf meinen Unterarm, um mich daran zu hindern. Mit einem dringlichen Blick schüttelte er den Kopf, während Lora ein goldenes Tablett mit Gegenständen vom Tisch neben sich nahm. Sie war offenbar sehr darauf bedacht, keinen der Beweise zu berühren.

»Eventuell kannst du ja etwas damit anfangen«, sagte sie. In ihrer Stimme war zu hören, dass sie nicht viel Hoffnung in diese Möglichkeit setzte.

Und ich befürchtete, dass ich zu müde war, um mich großartig auf das zu konzentrieren, was ich sah. Wenn wir so sicher waren, wie Boston sagte, sollten wir uns eine Pause gönnen.

Lora stellte das Tablett schweigend auf dem Couchtisch ab, und ich hatte kaum einen Blick darauf geworfen, als ich erstarrte. Zwischen den Orden, Abzeichen und Münzen lag ein Foto. Der Verstorbene sah darauf noch jünger aus. Er stand zwischen zwei Kameraden, deren Gesichter fast gänzlich mit einem schwarzen Stift zerkratzt worden waren. Er grinste breit und die anderen beiden – zumindest soweit ich das erkennen konnte – auch.

Aber das war es nicht, was meine Aufmerksamkeit erregt hatte.

Diese Landschaft, diese Felsformationen im Hintergrund. Und die Hütten, die man nur halb hinter den Männern erkannte. »Diesen Ort auf dem Foto …« Es fühlte sich an, als würde eine weit entfernte Erinnerung zu mir zurückkehren.

»Was ist damit?«, hakte Lora nach, als ich zögerte.

»Ich … ich glaube, ich habe ihn einmal in einem Traum gesehen«, flüsterte ich.

»In … einem Traum«, wiederholte Boston tonlos.

»Meine Träume sind anders als deine, klar?«

»Wann?«, überging Noah Boston, bevor dieser noch etwas Spöttisches erwidern konnte.

»Vor einer Woche, denke ich.« Ich presste überlegend die Lippen aufeinander. »Auf jeden Fall irgendwann innerhalb des Orbits bei The Cell.«

Ich schaute auf und sah, dass alle einander skeptische Blicke zuwarfen. »Dieser Ort muss etwas zu bedeuten haben«, sagte ich also dringlicher, setzte mich aufrechter hin.

»Und wie finden wir heraus, wo er sich befindet?«, fragte Noah ruhig.

»Wir können versuchen, die beiden anderen auf dem Foto zu identifizieren«, schlug Lora vor. »Wenn wir sie ausfindig machen, können wir von ihnen eventuell weitere Informationen bekommen.« Sie deutete auf das Foto und dann auf eins der goldenen Abzeichen zwischen den anderen Hinweisen. Eine simple, geöffnete Blume. »Das Logo, das man auf dem Foto erkennt, ist dasselbe wie das hier.«

»Stimmt«, murmelte ich. »Sagt mir nichts, aber vielleicht finden wir darüber mehr heraus.«

»Hab ich schon angewiesen«, warf Boston seufzend ein und nahm einen Schluck von seinem Getränk. »Doch ganz ehrlich: Wenn dieses Foto tatsächlich etwas mit dem Fall zu tun hat: Wie hoch stehen die Chancen, dass die anderen beiden noch leben?«

Wenn Boston so weitermachte, würde Lora ihm sicherlich früher oder später einfach den Kopf abreißen. »Ach so! Und weil du davon ausgehst, dass die beiden tot sind, sollen wir gar nicht erst nach ihnen suchen?«

»Ich denke nur, dass es sinnvoller wäre, sich bedeckt zu halten und auf Elenas Operation zu warten, damit sie den beschissenen Supercomputer hacken kann!«

»Und wann soll es so weit sein?«, fragte ich aufmerksam nach, bevor Lora etwas erwidern konnte. Vielleicht wäre das tatsächlich die beste Methode, um uns nicht noch tiefer in die Scheiße hineinzureiten.

»Wir bereiten gerade alles vor.«

»Ich kann nicht fassen, dass du dem Kerl genug vertraust, um ihn an deinem Gehirn herumdoktern zu lassen«, wandte Lora sich an mich. »Er könnte alles mit dir machen.«

Ich überlegte, ob ich erklären sollte, dass alles besser wäre als mein jetziger Zustand, aber das würde sie sowieso nicht verstehen.

»Muss der Hack denn über das System von Atlas laufen?«, wollte Noah wissen. »Können wir nicht anders an die Daten drankommen?«

Ich schüttelte den Kopf. »Die Daten sind verschlüsselt. Es soll sie niemand lesen können, damit auch Mitarbeiter von Hypermind keinen Zugriff auf alle Erinnerungen haben. Es hat mich eine Ewigkeit gekostet, sie uminterpretieren und verstehen zu können.«

»Auch so eine Sache, die ich mal für unmöglich hielt«, grummelte Boston. »Ich …« Er stockte, runzelte die Stirn, dann trat er um den Tresen herum und stellte sein Glas ab. »Scheiße.«

»Was ist los?« Loras Stimme hatte alles an Spott verloren und war plötzlich überaus ernst.

»Ich hab die Info bekommen, dass Payne den Supercomputer morgen früh neustarten will.«

»Was?«, fragten wir wie aus einem Mund. Noah richtete sich auf, und Lora ballte ihre Hände zu Fäusten.

»Ich dachte, wir hätten noch ein paar Tage.«

»Er hat es bisher wohl nur Hypermind-intern verkündet. Die Info soll in wenigen Stunden an die Presse kommen. Er begründet es mit dem sozialen und politischen Druck, der auf ihm lastet.«

»Was will er mit diesem Reboot erreichen?«, fragte ich Boston klar heraus. Er musste eine Meinung dazu haben, die von dem, was Payne vorgab, abwich. Ich wollte wissen, was er dahinter vermutete.

»Ich hab keine verfickte Ahnung«, keuchte Boston und fuhr sich mit den Fingern über die Schläfen. »Ich vermute, dass er einen Reboot nur vorschiebt, um irgendwas zu vertuschen.« Er schüttelte den Kopf. »Die Systeme bereinigen, wie er meint, kann man nämlich auch, ohne den Computer zu rebooten.« Es war so offensichtlich, dass Boston sich zusammenreißen musste, nicht auf etwas einzuschlagen.

»Was denkst du, was er löschen will?«, wollte Noah wissen.

»Wenn ich das wüsste, hätte ich kein Problem!«, presste Boston zwischen zusammengebissenen Zähnen hervor.

»Das Problem ist auch, dass wir nicht wissen, wie lange er uns vom Netz nimmt«, überlegte ich laut. »Wenn wir die Informationen zu Bennies Fall nicht bald bekommen, wird er verurteilt. Das würde nur für mehr Chaos sorgen.« Außerdem könnten Juliens Daten eventuell nicht wiederhergestellt werden. »Payne hat doch einen vernünftigen Eindruck gemacht.« Ich sah Lora und Boston an. »Und er hat mich gefragt, ob ein Reboot für mein System ein Problem wäre. Wenn ich ihn bitte, die Sache ein paar Tage zu verschieben …« Ich presste die Lippen aufeinander. Würde das etwas bringen? Würde er sich darauf einlassen? Ich glaubte nicht, dass er das Monster war, das Boston in ihm sah, aber … wenn ich diese Operation bekommen würde, müsste ich mich danach nicht mehr auf mein Urteilsvermögen verlassen, sondern wusste, woran ich war. »Wir sollten ihm einen Besuch abstatten und ihn um Aufschub bitten.«

Lora zog die Augenbrauen hoch. »Jetzt?«

»Jetzt.«

Folge 6

Die Abschaltung

Kapitel 1

Der Tod einer letzten Hoffnung

Ich lag auf der Rückbank eines luxuriösen Wagens, den die Organisation uns zur Verfügung gestellt hatte, über die Boston auch sein Loft bezog. Sie war so geheim, dass er mir nicht einmal ihren Namen verraten hatte. Wenn mein ADIC wieder funktionierte, würde ich versuchen, mehr über sie herauszufinden.

Über das verglaste Dach sah ich in den Himmel, der rasch über uns hinwegzog. Zwischen Washington und New York hatte ich für kurze Zeit sogar die Sterne gesehen, die sich langsam am dunkler werdenden Himmel abgezeichnet hatten, bevor sie abermals von Smog und Wolken verdeckt worden waren.

Mir war klar, dass ich die Fahrt nutzen sollte, um endlich etwas zu schlafen, aber ich war zu aufgeregt. Mein Herz pochte zu heftig, und meine Gedanken kreisten zu sehr.

Wer waren die Menschen auf dem Foto aus der Wohnung des Minenarbeiters? Was war das für eine Organisation, deren Logo sie an ihren Uniformen getragen hatten? Und was hatte das alles mit Bennie Haloren zu tun?

Bennies Verhaftung und die Vorwürfe gegen ihn waren inzwischen an die Öffentlichkeit gedrungen, obwohl die Polizei alles versucht hatte, sich über diese Vorkommnisse bedeckt zu halten. Wir hatten uns daher entschieden, die Nachrichten auszulassen. Wir alle wollten nichts über weitere Revolten und Aufstände hören. Das nahm nur die Hoffnung.

Lora hatte darauf bestanden, zu fahren, und Noah saß seit einiger Zeit schweigend neben ihr. Boston war in seinem Loft geblieben, weil er sich im Gegensatz zu uns extrem bedeckt halten musste. Er hatte versprochen, auf Hochtouren die Operation für mein Gehirn vorzubereiten, und auch wenn ich wusste, dass er Hintergedanken haben musste – andere Pläne, als Payne zu Fall zu bringen –, konnte ich meine Aufregung nicht unterdrücken.

Wenn ich endlich die Welt wieder aus meinen Augen sehen könnte. Wenn ich endlich wieder Klarheit und Sicherheit haben könnte. Die Vorstellung brachte mich fast zum Weinen.

»Ich habe gerade diesen Adalian erreicht«, sagte Noah nach einer Weile in die Stille hinein.

Lora horchte auf. »Adalian? Paynes Assistent?«

»Ja. Payne ist die ganze Nacht auf Konferenzen und Besprechungen, aber Adalian kann sich mit uns treffen.«

»Hast du ihm gesagt, dass der Computer nicht heruntergefahren werden darf?«, wollte ich sofort wissen.

»Ich habe das als unser Anliegen genannt. Er wird uns auf jeden Fall anhören.« Noah atmete auf. Ich war mir sicher, dass er diese menschlichen Eigenschaften nie würde ablegen können. Das mochte ich. Ich hoffte, er würde das noch sehr lange beibehalten.

»Ein Glück«, murmelte ich und schloss für einige Momente erleichtert die Augen.

»Vertraut ihr dem Kerl?«, fragte Lora.

»Wir kennen ihn auch nicht«, sagte Noah leise, dann fuhr er damit fort, ihr zu erklären, wie genau unser erstes Meeting mit Payne verlaufen war.

Ihren Stimmen zu lauschen beruhigte mich auf eine eigenartige Weise. Es war so ein seltsames Gefühl, diese Menschen um mich zu haben. Die Stimmung war zwar nach wie vor angespannt, doch jemanden zu haben, der sich um mich sorgte, tat eigenartig gut.

Adalian hatte uns angeboten, ihn in seinem privaten Hotelzimmer im Middle-Level von Washington zu treffen, in dem er eigentlich andere wichtige Personen empfangen wollte. Wir hatten nur einen

Zeitrahmen von zehn Minuten, der hoffentlich ausreichen würde, um ihm unser Anliegen zu schildern.

Raschen Schrittes bewegten Lora und ich uns über den weichen, kunstvoll gemusterten Teppich des Hotelflurs. Noah war draußen geblieben, um Wache zu halten und Lora zu alarmieren, falls etwas Unvorhergesehenes geschah.

Ich dachte, dass er diesen Vorschlag vielleicht nur unterbreitet hatte, um Adalian nicht gegenübersitzen zu müssen. Sowohl Boston als auch Johnson hatten recht schnell bemerkt, dass Noah keine Maschine war. Eventuell hatte er Sorge, auch von Paynes Assistenten enttarnt zu werden.

Die Sorge um ihn belastete mich mehr, als ich wollte. Ich wünschte mir nicht nur, ich müsste mir nicht so viele Gedanken um ihn machen – ich wünschte auch ehrlich, er hätte es nicht so schwer. Nicht nur für mein Wohl, sondern auch für seines. Das fühlte sich ungewöhnlich an. Ich kannte das gar nicht von mir.

»Atlas«, murmelte Lora und berührte mich am Arm, um mir ein Taschentuch zu reichen.

Irritiert nahm ich es entgegen, bis ich bemerkte, dass Blut auf meine Lippe tropfte. Ich wischte es rasch weg. Scheiße.

»Bist du sicher, dass du nicht im Auto bleiben willst?«

Wir folgten der Ausschilderung in Richtung einer der obersten Suiten. Payne musste mit Hypermind-Geld für diese Unterkunft gezahlt haben. Die hölzernen Wände, die Läufer und die kunstvoll angerichteten Pflanzen auf kleinen Zierkommoden wirkten überaus luxuriös. Übertrieben, für meinen Geschmack. Sogar der Raumduft, der alles durchdrang, roch teuer.

»Dass dich deine Sorge um mich nicht selbst nervt«, grummelte ich amüsiert. Obwohl ich nicht abstreiten konnte, dass es guttat, dass sie so auf mich aufpassen wollte. »Es wird gehen.« Die Medikamente zeigten langsam wieder ihre Wirkung, aber der bloße Gedanke daran, jemanden zu hacken, bereitete mir phantomhafte Schmerzen. »Adalian weiß, dass Payne mir offenbar irgendeinen

Wert beimisst. Wenn ich ihn persönlich bitte, bringt es vielleicht mehr.«

»Stimmt schon«, seufzte Lora, dann lachte sie leise, wie über sich selbst. »Ich hoffe, dass ich mich zusammenreißen kann, ihn nicht einer polizeilichen Befragung zu unterziehen.«

Ich lächelte in mich hinein, während ich mir weiterhin die Nase abtupfte, den Blick auf meine schmutzigen Schuhe gerichtet. »Die wissen sicher eh, wer du bist. Sie haben auch ganz leicht herausgefunden, wer ich bin. Und was ich kann.«

»Könnte sein.« Sie blieb vor einer Tür stehen, die die gesuchte Nummer zeigte, und klopfte an. Sofort waren Schritte von innen zu hören, kurz darauf wurde die Tür geöffnet.

Adalian hatte bereits auf uns gewartet.

Rasch trat er zur Seite und bedeutete uns einzutreten. Seine Haare waren zerzaust, und den Schatten unter seinen Augen nach zu urteilen hatte er mindestens genauso wenig geschlafen wie wir. Das Hemd nur halb in die Hose gesteckt, eine große Tasche unter den Arm geklemmt, wirkte er vollkommen durch den Wind. Vermutlich war er selbst gerade erst aus einem Meeting hergekommen. »Miss Lawson«, sagte er, schloss die Tür und folgte uns in den Hauptraum mit der warmen, indirekten Beleuchtung und der riesigen Fensterwand. »Was gibt es für ein Problem?« Er wies mit der Hand auf die bequem aussehenden Möbelstücke, die sich im Kreis um einen kleinen Tisch sammelten. Die Sessel sahen so gemütlich aus, dass ich befürchtete, sofort auf ihnen einzuschlafen, sobald ich saß. Deswegen und weil wir schnell zur Sache kommen mussten, lehnte ich kopfschüttelnd ab.

»Danke, dass Sie uns so spontan treffen«, sagte ich stattdessen. Es fiel mir schwer, aufrecht zu stehen, nachdem ich so lange im Wagen gelegen hatte.

»Gern.« Es war offensichtlich, dass er nicht zu sehr darauf drängen wollte, dass ich mit meinen Informationen herausrückte, aber so, wie er von einem Fuß auf den anderen trat, wirkte er mehr als unruhig. So wie er aussah, lag ihm sicherlich auch viel daran, sich vor seinem nächsten Treffen noch einmal frisch zu machen.

Lora, Noah und ich hatten uns entschieden, nicht meinen gesundheitlichen Zustand vorzuschieben, sondern die Wahrheit anzubringen. Zumindest einen Teil davon.

»Ich komme gleich zur Sache«, sagte ich, worüber er ehrlich dankbar zu sein schien. »Wir vermuten, dass Bennie Haloren unschuldig ist. Dass er den Mord an Noor Godman nicht begangen hat.« Egal, wie viel er heute zu tun gehabt hatte, das hatte er sicherlich bereits mitbekommen. »Und wir vermuten, dass es Beweise für seine Unschuld im Speicher des Computers gibt. Ich kann darauf zugreifen, wenn ich etwas mehr Zeit bekomme.«

Eine kleine Falte bildete sich auf seiner Stirn. Shit, wenn wir nur mit Payne persönlich sprechen könnten.

»Wenn Sie uns ein paar Tage Zeit verschaffen, können wir den Fall aufklären«, erklärte ich rasch. »Wenn wir den wahren Mörder von Noor finden, könnte sich der politische Zustand der Welt beruhigen.«

Adalian entspannte sich ein wenig und lauschte meinen Worten sehr genau. »Bei allem Respekt, doch sollte das nicht Sache der Polizei sein?« Er lächelte aufrichtig, auch wenn ein Hauch Sorge in seinem Blick lag. »Wenn Haloren unschuldig ist, wird die Polizei das beweisen können.«

»Aber vielleicht nicht schnell genug. Es geht darum, dieses Chaos so schnell wie möglich hinter uns zu bringen.« Und zu verhindern, dass Juliens Daten beschädigt werden.

»Und Ihr Vorgehen ist legal, Miss Lawson?« Adalian wusste, dass es nicht so war, also warum stellte er diese Frage?

»Es ist richtig«, antwortete ich, ebenfalls um Ruhe bemüht.

Er lächelte entwaffnend. »Dass die Welt so geworden ist, wie sie ist, ist vor allem Menschen zur Last zu legen, die meinen, Gesetze und Recht in ihre eigenen Hände nehmen zu können. Um die Ordnung wiederherzustellen, müssen wir das Vertrauen in die Obrigkeiten stärken. Die Rechtmäßigen müssen sich an die Gesetze halten. Sobald sie beginnen, sie zu biegen und zu brechen, machen sie sich genauso schuldig wie die Menschen, gegen die sie kämpfen.«

Verdammt. Er hatte genau dieselben Ansichten wie Lora, und so bedacht, wie er sprach, würde er sich nicht auf unseren Vorschlag einlassen. Was sollte ich tun?

»Ich habe nicht vor, Verbrechen zu begehen«, versuchte ich es weiter. »Ich war nie sonderlich rechtschaffen, aber ich möchte helfen. Ich weiß, dass Bennie unschuldig ist.«

Adalian seufzte nahezu theatralisch, und ein Stück seiner entspannten Fassade schien zu bröckeln. »Ich würde Ihnen gern zustimmen«, sagte er schließlich. »Doch Haloren ist ein Extremist. Und solche Menschen neigen nun einmal dazu, Grenzen immer weiter zu überschreiten.«

Ich schürzte die Lippen und atmete ruhig, um zu überlegen, wie ich fortfahren sollte. Es wäre unsinnig, ihm unsere Beweislage vorzuführen. Vielleicht sollte ich es doch mit einer anderen Strategie versuchen.

»Da haben Sie recht und …« Ich sah zu Boden und gab mir Mühe, so besorgt wie möglich zu erscheinen. »… ehrlich gesagt … geht es mir auch darum, dass ich noch immer nicht weiß, was mit mir passiert, wenn der Computer heruntergefahren wird.«

Lora spielte mit und legte mir beruhigend eine Hand auf den Unterarm.

»Das tut mir sehr leid«, beteuerte Adalian leise. »Sie haben eine große Rolle bei der Bekämpfung des Syndikats gespielt. Dafür danken wir Ihnen sehr. Sie haben unsere Welt verbessert.«

»Das denke ich nicht«, flüsterte ich nur für mich selbst.

»Auf Mr. Hax lastet inzwischen jedoch ein enormer politischer Druck. Bennie Haloren war ein letzter Anker für die meisten Menschen. Dass er sich dieses furchtbaren Verbrechens schuldig bekannt hat, hat die Gesellschaft ein weiteres Mal erschüttert. Wir müssen auf die Polizei vertrauen. Und wir können nicht mehr mit dem Reboot warten. Die Menschen brauchen endlich wieder ein Gefühl von Sicherheit.«

Wir. Er siezte Payne zwar, sprach allerdings über ihn, als seien sie eine Einheit.

Ich antwortete nicht, sondern versuchte, eine Möglichkeit zu finden, das Gespräch herumzureißen. Im Grunde war mir jedoch klar, dass es nichts mehr gab, was ich sagen oder tun konnte.

»Ist es uns möglich, einen Termin mit Mr. Hax persönlich zu bekommen?«, warf Lora nun ein. Sie wusste sicher, dass das keine Option war, doch sie konnte nicht aufgeben.

»Leider nein. Aber als seine rechte Hand darf ich in seinem Namen handeln und Entscheidungen treffen. Sie sind also mit mir gut beraten.« Adalian verzog den Mund. »Es tut mir leid, dass wir Sie in diese Situation bringen, Miss Lawson. Ich hoffe wirklich, dass Sie keinen Schaden von der Abschaltung davontragen werden.«

Ich nickte leicht, während ich bereits dabei war, weitere Ansatzpunkte durchzugehen, da wir hier nicht weiterkamen. »Na gut«, gestand ich ein. Es war zwecklos.

Wie würde der nächste Schritt aussehen?

»Ich möchte nicht unhöflich sein, doch wenn es nichts Weiteres gibt, das Sie besprechen möchten, würde ich mich jetzt gern der Vorbereitung meines nächsten Termins widmen.«

»Ja, natürlich«, entgegnete ich matt. Nun war ich diejenige, die etwas durch den Wind war. Ich hatte tatsächlich Hoffnung gehabt, dass wir mehr Zeit bekämen. Verdammt. Hoffnung war so scheiße.

»Danke, dass Sie uns empfangen haben.« Lora nickte dem jungen Mann formell zu. Dieser erwiderte die Geste, dann wünschte er uns einen schönen Abend und begleitete uns zur Tür.

»Wir könnten uns nach wie vor an die Polizei wenden«, sagte Lora. Wir waren mit einem Fahrstuhl in die Lobby gefahren, die fünfzig Stockwerke über dem Boden lag, und eilten durch den Raum voller Menschen auf den Gang mit den Fahrstühlen zu, die uns ganz hinabführen würden. »Wenn wir ihnen von unseren Theorien erzählen, werden sie die Abschaltung vielleicht aufschieben können.« Ihre Stimme war kaum mehr als ein Flüstern.

Sie und ihr endloses Vertrauen.

»Die Chance ist größer, dass sie uns sofort festnehmen. Wenn sie unsere Erinnerungen scannen, um unsere Aussagen zu überprüfen, sehen sie nämlich, mit wem wir uns in letzter Zeit herumgetrieben haben.«

Sie ächzte und fuhr sich mit den Fingern über die Augenlider. »Was für eine Scheiße.«

»Wir haben keine handfesten Beweise. Nur Gefühle und Theorien. Das reicht niemals aus, um die Polizei davon zu überzeugen, uns zu vertrauen. Und das weißt du.«

Lora seufzte. »Ich weiß. Aber ...« Sie schüttelte den Kopf. »Wir werden einfach die Spuren weiterverfolgen müssen. Wir sollten die anderen beiden Personen auf dem Foto wirklich ausfindig machen.«

Als wir vor dem Fahrstuhl ankamen, sah ich mich um und zog den Kopf ein wenig ein, weil wir in unserer schmutzigen und nicht besonders kostspieligen Kleidung einige skeptische Blicke von feinen, älteren Herrschaften auf uns zogen. Diese verdammten reichen Idioten. Am liebsten hätte ich ihnen auf den Marmorboden gekotzt, nur um zu sehen, wie sie reagierten.

Bevor ich weiter darüber fantasieren konnte, hielt der Fahrstuhl auf unserem Stockwerk an und wir stiegen in die gläserne, warm beleuchtete Kabine ein. Glücklicherweise allein.

»Dein Bruder hat das Bild und das Logo durch sein System gejagt. Vielleicht kann er darüber noch etwas herausfinden«, flüsterte Lora so unterdrückt, dass selbst ich sie kaum verstehen konnte. Sie sagte wohl Bostons Namen absichtlich nicht, um keine versteckten Überwachungssysteme zu triggern. Auch wenn es mir nicht gefiel, wenn ihn jemand als meinen Bruder bezeichnete. »Oder sie schaffen es irgendwie, den Reboot zu verhindern.«

»Wenn, dann nur mit Gewalt«, murmelte ich, als der Fahrstuhl sich in Gang setzte. Ich hatte den Gedanken ebenfalls gehabt.

Lora kommentierte das nicht weiter. »Fahren wir erst mal in mein Apartment«, schlug sie stattdessen vor. »Oder in deins. Ist mir egal. Wir schlafen ein oder zwei Stunden und danach kommen uns vielleicht neue Ideen.« Sie rollte mit den Schultern und zog die Zigarettenschachtel aus der Tasche, als die Türen zur untersten Eingangshalle sich öffneten. »Ich kann nicht denken, wenn ich gar nicht schlafe.«

»Du warst ziemlich lang bewusstlos«, scherzte ich.

»Du auch.« Sie zog eine Zigarette aus der Schachtel, um sie sich bereits an die Lippen zu legen, während wir den Fahrstuhl verließen und auf den Eingang zuhielten. »Das zählt aber nicht.« Ich sah, dass sie gerade das Feuerzeug aus der Tasche ziehen wollte, als sie innehielt und ihren Blick auf eine Menschenansammlung vor den gläsernen Wänden des Gebäudes richtete.

»Was ist da los?«, sprach ich vermutlich ihren Gedanken aus und sah mich sofort nach Noah um. Er war nicht zu sehen, auch nicht, als wir durch die automatischen Türen in die Kälte des Winters auf den hell beleuchteten, vor allem steinernen Platz hinausgetreten waren.

Die fremden Menschen versammelten sich um einen Polizisten und eine Frau mittleren Alters, die zu ihm sprach.

»Noah ist nicht da«, sagte ich, wirbelte mehrere Male um mich herum, konnte ihn aber nirgendwo entdecken. »Hat er dir keine Nachricht gesendet, dass …«

»Ich erreiche ihn nicht«, sagte Lora, noch bevor ich sie darum bitten konnte, Kontakt zu ihm aufzunehmen.

Nein … Nein!

Eilig hechtete ich auf die Menschen zu und wandte mich an den erstbesten Neugierigen. »Was ist passiert?«, rief ich viel lauter, als ich beabsichtigt hatte.

»So ein paar Gangster haben einen Androiden gestohlen, der hier herumstand, glaube ich«, sagte ein bärtiger Kerl.

»Was?« Es fiel mir schwer, nicht zu schreien. »Sie haben ihn entführt?«

»Ja, es gab ein ziemliches Gerangel.« Er ruckte mit dem Kopf zu dem Polizisten herum, der in aller Ruhe die Aussagen aufnahm. »Es wird sich aber schon darum gekümmert.«

Ich ballte die Hände so heftig zu Fäusten, dass es schmerzte, und konnte nicht anders, als ungläubig meinen Kopf zu schütteln. »W-wohin sind sie gegangen?«, fragte ich, woraufhin die Frau, die gerade befragt wurde, sich zu mir umwandte.

»Entschuldigen Sie, war das etwa Ihr Android?«

Der Polizist hatte sich nun auch mir zugewandt und schaute mich mit fragend erhobenen Augenbrauen an. »Wenn es so ist, nehme ich Ihre Aussage auf, dann können Sie eine Anzeige wegen Diebstahls aufgeben.« Erst der lapidare Tonfall, in dem er sprach, machte mir bewusst, in was für einer Lage wir uns eigentlich befanden.

Dieser Fall würde wie ein gewöhnlicher Diebstahl behandelt werden, nicht wie eine Entführung. Wir würden niemandem erzählen können, worum es sich bei dieser Sache wirklich handelte. Wir …

»Wir kennen den Besitzer«, erklang Loras Stimme hinter mir. Sie schloss zu mir auf und legte mir beruhigend eine Hand auf die Schulter. »Können Sie uns sagen, wie die vermeintlichen Entführer aussahen? Vielleicht waren es Freunde von uns. Das Modell hatte einige bekannte Fehlfunktionen und hat eventuell deswegen störrisch reagiert.«

Was für eine schnelle, einleuchtende Ausrede. Ich blickte besorgt zu ihr hinüber, aber sie blieb ganz ruhig. Wahrscheinlich hatte ihre jahrelange Erfahrung sie beim Befragen von Geiseln derart kreativ werden lassen.

»Das waren ein paar Rüpel, definitiv aus dem Sub-Level«, sagte die Dame, unter Begleitung heftiger Handbewegungen. »Die hatten Waffen und leuchtend grüne Halstücher, mit denen sie ihre Münder und Nasen verdeckt haben.«

Ich fuhr mir mit den Fingerspitzen über die Lippen. Eine Bande.

»Kennen Sie diese Leute?«, wollte der Polizist wissen. »Die Beschreibungen klingen nach RadiLeague. Die wagen sich zurzeit immer weiter ins Middle-Level rein.«

Ich schüttelte geistesabwesend den Kopf. Radical Identity League? Die trieben sich seit Jahren im Untergrund herum, um Drogen und Waffen zu verkaufen.

»Nein, das sagt mir auch nichts.« Wie beherrscht Lora blieb, während meine Gedanken nicht aufhören konnten zu toben. Wer hatte ihn entführt und warum? Hatte jemand herausgefunden, wer er wirklich war? Warum sollte eine Bande irgendeinen Androiden auf offener Straße entführen? Juliens Körper war selten, aber nicht sonderlich wertvoll.

Und von Noah wusste so gut wie niemand.

»Wir sollten gehen. Ich kenne da jemanden, der uns sicher helfen kann.« Sie wandte sich dem Polizisten zu. »Vielen Dank für Ihren Einsatz«, sagte sie bestimmt, dann zog sie mich mit sich.

Kapitel 2

Die Hilfe eines starrsinnigen Retters

So schnell wie irgend möglich waren Lora und ich bei Nacht mit dem Wagen über die Sonnenplantagen geflogen. Boston hatte uns bei Kontaktaufnahme versichert, dass das Auto vom Hotel nicht verfolgbar war und die Ladung bis zur Hütte reichen würde.

Es war knapp geworden, und der Wagen war einige Male gefährlich herabgesackt, bevor es Lora gelungen war, ihn vor der Hütte zu landen. Der Nebel, der sich dicht an den Boden geschmiegt hatte, wirbelte auf, als wir durch das hohe Gras an der Hütte vorbei zur gewaltigen Sicherheitstür des versteckten Unterschlupfes liefen, die sich erst auf Bostons Befehl hin öffnete.

Der weiße Gang, der sich dahinter offenbarte, wirkte für mich zu steril, zu sehr wie ein Krankenhaus oder etwas dergleichen. Das helle Licht der Deckenbeleuchtung sorgte dafür, dass ich mich nackt fühlte. Kameras waren zwar nicht zu sehen, doch es war fast physisch zu spüren, dass man hier unter Beobachtung stand.

Die schwere Metalltür, vor der wir schließlich zum Stehen kamen, öffnete sich nicht, also stampfte ich ungeduldig mit dem Fuß auf. »Boston, komm schon«, rief ich in die Leere hinein. »Mach die Tür auf, wir dürfen keine Zeit verlieren!«

Lora hatte ihm die Situation erklärt, aber gemeint, dass er offensichtlich in Ruhe mit uns darüber sprechen wollte. In Ruhe am Arsch. Wer wusste, wo sie Noah gerade hinbrachten, oder was sie mit ihm anstellten.

Endlich schwenkte die Sicherheitstür auf, und ich stürzte in die Eingangshalle, von der die ersten unzähligen Räume des Bunkers abzweigten. Hier war es so warm, dass meine Brille beschlug und ich sie von der Nase nehmen musste. Allein der Eingangsbereich war viermal so groß wie die Wohnung, in der ich einmal gelebt hatte, und stand dem einer Villa in nichts nach – zumindest, wenn man von den fehlenden Fenstern absah.

Ich hielt mich allerdings nicht mit Betrachtungen auf, sondern lief direkt durch eine offene Doppeltür in den Computerraum, in dem Boston wie erwartet vor seinen etlichen Bildschirmen saß. Er wandte sich in seinem Drehstuhl zu uns um.

»Wo ist er? Hast du ihn aufspüren können?«, keuchte ich außer Atem, während ich ungebremst auf ihn zuhielt.

»Hey, jetzt beruhig dich mal!« Er hatte tatsächlich die Frechheit, mich anzulächeln, dieser Arsch.

»Noah wurde entführt. Ich werde mich bestimmt nicht beruhigen!«

Wir starrten einander eine Weile in die Augen, nachdem ich vor seinem Stuhl Halt gemacht hatte. Wie ein kleiner Machtkampf, in den Lora sich nicht einmischte, weil sie genau wusste, dass wir beide zu störrisch waren, um den anderen gewinnen zu lassen.

»Wenn du dich so aufführst, werden wir gar nichts erreichen.« Seine betont entspannte Stimme kotzte mich an.

»Hast du Informationen über seinen Standort, ja oder nein?«, wollte ich wissen. Meine Wangen wurden warm vor Ärger und Verzweiflung.

Was, wenn die schon damit angefangen hatten, Noah zu dekonstruieren? Was, wenn sie herausgefunden hatten, wer er war, und ihn folterten?

»Noch nicht«, sagte Boston. »Ich habe Johnson längst beauftragt, nach ihm zu suchen. Der hat bei den Banden die besseren Kontakte.« Er zog die rechte Augenbraue hoch. »Aber wenn du die Abschaltung des Supercomputers verhindern willst, solltest du deinen kleinen Freund lieber noch eine Weile warten lassen. Ich könnte hier deine Hilfe gebrauchen.«

»Auf keinen Fall!«

»Also ist dir der Kleine wichtiger als die Sicherheit der Welt, wie du so schön sagst?«

»Das geht dich nichts an.« Ich schuldete Noah endlos viel, und ich hatte das Gefühl, dass er der einzige Mensch auf der Welt war, der akzeptierte, dass ich war, wie ich war.

Boston verdrehte die Augen und wandte sich von uns ab. »Liebe!«, sagte er theatralisch.

»Fresse«, konterte ich. »Wie weit ist Johnson?«

»Keine Ahnung.«

»Dann frag nach.«

Boston überging mich gänzlich, seufzte und wandte sich wieder seinen Monitoren zu. Alles, was er tat, war nichts weiter als eine Machtdemonstration. Er gab sich so entspannt, um zu zeigen, dass er in dieser Situation die Oberhand hatte.

Einem Impuls folgend, packte ich die Lehne seines Stuhls, drehte ihn wieder zu mir herum und fasste Boston am Kragen, bevor er sich wehren konnte.

»Ich dachte, über diesen Punkt wären wir hinweg«, grummelte er, dieses Mal wirklich ungehalten, während ich mein Gesicht näher an seins heranbrachte. Ich wünschte, ich hätte eine Waffe, mit der ich ihn bedrohen könnte. »Verstehst du die Situation nicht?«

»Ich verstehe sie sehr gut«, flüsterte ich und rückte nicht ein Stück von ihm ab.

»Atlas«, wollte Lora mich beruhigen, doch ich schüttelte den Kopf, während Boston mich emotionslos anschaute. Er wehrte sich nicht einmal gegen meinen Griff. Das war gewiss nicht das erste Mal, dass er bedroht wurde.

»In wenigen Stunden fahren sie den Supercomputer runter.« Dass er so gelassen blieb, während meine Hände vor Wut und Aufregung zitterten, brachte mich fast um den Verstand. »Ich kann hier eure Hilfe gebrauchen.«

»Nein«, knurrte ich. Ich durfte mich nicht abbringen lassen, egal, was er sagte. Noah würde alles für mich tun, wenn ich in Schwierigkeiten wäre. »Meld dich bei Johnson. Sag ihm, dass er hinmachen soll. Und dass wir dazustoßen, wenn er uns sagt, wie und wo.«

Boston schürzte die Lippen, tat aber nichts Offensichtliches, um gegen mich aufzubegehren. »Schon verstanden«, grollte er. »Deine Gefühle über alles. Wenn du mich loslässt, Elena, vermittle ich euch an Johnson.«

»Nenn mich nicht so«, flüsterte ich, sah ihn noch für einige Momente an, dann ließ ich ihn mit einem Ruck los und trat einen Schritt zurück. Lora neben mir entspannte sich, als Boston sich von uns wegdrehte. Mit auf die Hände gerichtetem Blick saß er da und stellte eine Verbindung zu Johnson her.

Dass das tatsächlich funktioniert hatte. Wahrscheinlich würde er sich für diesen Ausraster rächen, sobald er seine Ziele erreicht hatte. Aber das durfte mich jetzt nicht aufhalten.

»Johnson hat Infos«, sagte Boston und schaute uns weiterhin nicht direkt an. »Er hat Leute in den Industrievierteln, die euch abholen und ins Sub-Level bringen können. Geht schon mal raus. Es dauert nicht lange, bis sie ankommen.«

Ich schaute zu Lora, dann ruckte ich mit dem Kopf in Richtung Ausgang. Wir setzten uns ohne weiter zu warten in Bewegung.

»Viel Erfolg«, wünschte Boston, als wir im Eingangsbereich waren. Er klang enttäuscht, aber das konnte ich nicht ändern. Er würde damit leben müssen.

»Danke«, sagte ich, bevor wir auf die gesicherten Türen zugingen. »Dir auch.«

Die klirrend kalte Luft verstärkte das Brennen in meinen Augen, als wir in die Nacht hinaustraten. Ich wollte die Augen schließen, um es zu vertreiben, doch dafür schien der Mond hinter einer dünnen Wolkenschicht zu magisch auf die Zellen der Sonnenplantage, auf den dichten Bodennebel, der um unsere Knie waberte.

Ich wollte schreien. Hier, zwischen den Solarzellen, Bäumen,

Gräsern und Wolken, hätte es niemand gehört. Aber ich konnte nicht zulassen, dass die Verzweiflung mich vereinnahmte. Ich musste mich konzentrieren, sonst würde alles auseinanderbrechen.

Ich ließ die Luft ruckartig aus meinen Lungen entweichen und sank in das hohe Gras.

Noah.

Von uns allen hatte er es am wenigsten verdient. Wenn ihm nach all dieser Zeit, in der ich es geschafft hatte, ihn vor Schaden zu bewahren, etwas geschehen würde … das wäre eines der wenigen Dinge in meinem Leben, die ich mir nie würde verzeihen können.

Shit. Mein Hals hatte sich zugeschnürt, und ich wischte die Träne fort, die sich aus meinem Augenwinkel gestohlen hatte. Hoffentlich hatte Lora das nicht gesehen.

Der Nebel um mich herum wirbelte ein wenig auf, als sie sich neben mich hockte und ihre Hand unsicher auf meine Schulter legte.

»Wir schaffen das, okay?«, sagte sie leise.

Sie und ihr Vertrauen. Wenn sie mir nur ein wenig davon abgeben könnte.

»Klar«, erwiderte ich. Leise nur, damit sie nicht hörte, wie belegt meine Stimme war.

Kapitel 3

Die Entscheidung eines fragwürdigen Partners

»Echt rührend, was du alles für deinen kleinen Androiden tust«, hörte ich Johnsons säuselnde Stimme in meinem Ohr. Seine Leute hatten uns kabellose Headsets gegeben, mit denen wir untereinander kommunizieren konnten, weil sie längst auf die Abschaltung des Hypermind-Systems vorbereitet waren.

Der Techniker der Bande hatte mich zwar gebeten, während des Einsatzes so wenig wie möglich zu sprechen, da meine Stimme stets an alle anwesenden Mitglieder übertragen werden würde. Aber ich konnte Johnsons Kommentar trotzdem nicht auf mir sitzen lassen: »So rührend, dass du mir so bereitwillig dabei hilfst.« Ich rückte die Totenkopfmaske mit dem roten Handabdruck auf meinem Kopf zurecht. Mit ihnen würden wir unsere Gesichter verhüllen, wenn wir der anderen Bande begegneten.

An dem nebelverhangenen Bahnhof befand sich außer uns keine Menschenseele. Diese Station, irgendwo im Außenbereich von Washington, in einem verlassenen Bereich des Middle-Levels, wurde seit Jahren nicht mehr angefahren.

Die Lichter aus den nahe liegenden Fabriken spendeten diffuses, bläulich-grünes Licht, das allem eine geisterhafte Atmosphäre verlieh, und der Nebel entsprang keiner natürlichen Ursache. Es war der Rauch von Bränden in der Stadt und Dämpfe aus dem Industriegebiet, die sich an windstillen Orten wie diesem sammelten.

Johnson hatte nicht lange gebraucht, um die Bestätigung zu bekommen, dass es tatsächlich die Radical Identity League gewesen war, die Noah entführt hatten. Das und die Information darüber, welche größeren Coups sie gerade in Washington geplant hatten, hatten uns an diesen Ort geführt. Der Zug, der in einigen Minuten durchfahren würde, war laut seiner Quelle von ihnen gestohlen worden, höchstwahrscheinlich für einen illegalen Waffentransport.

Und höchstwahrscheinlich befand sich Noah darin.

Hoffentlich.

»Ich gehe davon aus, du bist dir im Klaren darüber, dass du mir nach dieser Aktion abermals einen heftigen Gefallen schuldig bist?«, raunte Johnson. Er und sechs weitere Mitglieder von Void District waren hier, um Lora und mir bei dieser Befreiungsaktion zu helfen. Er stand mit einer Frau aus seiner Bande weiter unten am Gleis, doch ich musste sein Gesicht gar nicht sehen, um zu wissen, dass er schleimig lächelte.

Die Anweisung *so wenig Gespräche wie möglich* galt wohl für ihn nicht.

»Vergiss es«, grollte ich. Ich konnte seine Stimme jetzt schon kaum mehr ertragen. »Ich bezahle dich und fertig.«

»Aber von dir will ich kein Geld, Liebes.«

»Nenn mich nicht so.« Ich biss die Zähne fester zusammen, als die Bandenmitglieder lachten.

Lora befand sich ebenfalls einige Meter von mir entfernt auf dem Gleis. Wir würden in Zweierteams in den Zug einsteigen, und jeder von uns hatte dafür einen erfahrenen Verbrecher an die Seite gestellt bekommen. Ich wünschte, sie stünde neben mir, dann hätte ich ihr einen genervten Blick zuwerfen können.

»Ich wusste ja schon lange, dass du ziemlich was draufhast«, fuhr Johnson unbeeindruckt fort. »Die Gerüchte, die zurzeit über dich kursieren, sind noch spannender als das, was ich vermutet habe. Bist du sicher, dass du uns nicht beitreten willst?«

»Bin ich.« Ich zog meinen Mantel enger um mich. Es war so kalt, dass meine Haut brannte. Die Wolken, die durch meine Atemluft entstanden, vermischten sich mit dem dichten Nebel um uns herum.

»Ich meine es ernst. Wir könnten zusammen viel erreichen.«

»Lass uns erst mal diese Mission beenden«, warf Lora ein, bevor ich mir auch nur Gedanken darum machen konnte, was ich überhaupt davon hielt. »Wenn wir es nicht schaffen, den Androiden zu befreien, ist dieser Gefallen sowieso hinfällig.«

»Wie du meinst, Frau Detective.«

Ich hatte nur wenige Sekunden Zeit, um die Ruhe zu genießen und meine Gedanken zu ordnen, als ein Geräusch in Hörweite kam, von dem ich erst dachte, es mir einzubilden. Wie ein Rauschen oder ein scharfer Wind.

Erst als es nach und nach lauter wurde, erkannte ich, dass es der Zug sein musste. Ich spürte das dunkle Wummern der Generatoren, die ihn antrieben, bis in mein Inneres hinein.

»Macht euch bereit«, sagte Johnson, plötzlich in einem überaus harten Tonfall. »Der Zug wird nicht halten, aber sein Tempo deutlich drosseln. Der Nebel ist gut, durch ihn können wir vermutlich ungesehen einsteigen.«

Einsteigen. Das sagte er so leicht, dabei war ich mir sicher, dass das Ding nach wie vor ziemlich schnell sein würde.

Von allen Seiten hörte ich bestätigendes Murmeln.

»Habt ihr inzwischen herausfinden können, warum sie meinen Androiden entführt haben?« Vorhin hatte er zwar keine Informationen dazu gehabt, aber mir war klar, dass der Rest seiner Bande ihn dauerhaft mit Neuigkeiten versorgen musste.

»Bei denen weiß ich nicht, ob überhaupt was dahintersteckt«, murmelte er. »Das sind simple Diebe.« Er sprach, als würde er im Verbrecher-Ranking weit über RadiLeague stehen. Zwar war die Bande international vor allem für große Banküberfälle und Ähnliches bekannt, doch ich hatte mit ihrem Geschäftszweig bisher nicht genug Berührungspunkte gehabt, um sie richtig einschätzen zu können. »Vielleicht sind sie nur spontan vorbeigekommen und haben ihn mitgenommen. Er ist ein ziemlich seltenes Modell.«

»Dass sie gerade meinen Androiden erwischen, nachdem wir

in den zwei größten aktuellen Ermittlungsfällen herumgestochert haben, ist mir etwas zu viel des Zufalls«, sagte ich bestimmt. Sie könnten Noah zwar nicht deaktivieren oder sein Bewusstsein löschen, weil ich diese ganzen Sicherungen entfernt hatte, aber wenn sie bemerkten, dass mit ihm etwas nicht stimmte, war unabsehbar, was sie mit ihm anstellen würden.

»Auch eine Möglichkeit«, sagte Johnson. »So oder so wissen wir gleich mehr. Masken auf, Handschuhe anziehen und in Deckung«, wies er an. »Alex, sobald wir einsteigen, schließt du den Kommunikationskanal, damit es nicht zu laut wird. Die jeweiligen Zweierteams können sich dann untereinander verständigen. Wollt oder müsst ihr Kontakt zu allen aufnehmen, betätigt den Knopf an eurem Headset. Klar?«

»Klar«, antworteten alle, und ich tat wie geheißen. Die Maske fühlte sich eigenartig schmutzig an und roch, als sei sie schon von vielen Menschen vor mir getragen worden. Aber ich konnte nicht vollends leugnen, dass sie in Kombination mit dem roten Schal und den leuchtend roten Tags an der Kleidung wohl einigermaßen cool aussah.

Den Rücken an den Pfosten hinter mir gepresst, zog ich die magnetischen Handschuhe aus meinen Manteltaschen und streifte sie über. Sie waren metallisch kühl und extrem schwer, aber sie würden es uns erlauben, auf den Zug zu springen und einzusteigen.

Der junge Mann neben mir und ich traten einige Schritte vom Gleis zurück, um uns hinter großen Pfeilern zu verbergen. Der Nebel kam uns zugute, würde uns allerdings wenig nützen, wenn uns der Zugführer sah. Das durfte auf keinen Fall geschehen.

Die Maske auf dem Gesicht schränkte mein Sichtfeld unangenehm ein. Ich wusste nicht, wie diese Bande so arbeiten konnte, aber vielleicht hatten sie sich auch längst daran gewöhnt.

Das Rauschen des einfahrenden Zuges wurde lauter, und das Quietschen der Bremsen deutete darauf hin, dass er für die Einfahrt in diese Kurve bereits sein Tempo erheblich drosselte.

»Gleich gehts los«, sagte Johnson bestimmt, und alle Muskeln in meinem Körper spannten sich an. Kurz darauf ertönte ein Klicken in meinem Ohr. Der Kommunikationskanal war geschlossen.

Der vorderste Teil des Zuges kam in Sicht, und ich nahm Blickkontakt zu meinem Begleiter auf. Er nickte, um mir zu bedeuten, dass auch er bereit war.

Der Zug fuhr ein und wirbelte den Nebel um uns herum auf. Der Wind zerrte an meiner Kleidung, und instinktiv hielt ich die Maske auf meinem Gesicht fest.

»Jetzt«, hörte ich die Stimme meines bisher stillen Gegenübers und lief los. Wie von allein passte sich mein Körper den Bewegungen des Bandenmitglieds neben mir an. Der Zug war noch immer so bedrohlich schnell, dass es mir einen Schauer bereitete, als ich ungebremst auf ihn zusprang.

Ich tat nahezu instinktiv das, was Johnson mir zu Beginn erklärt hatte: Mit ganzer Wucht sprang ich mit beiden Beinen ab und hielt die Hände mit den Handschuhen nach vorn, direkt auf das Metall gerichtet.

Ein Rucken und Zerren fuhr durch meine Glieder, als der Mechanismus der Handschuhe griff und mich fest an der Oberfläche des Zuges hielt. Mein Herz pochte wie verrückt, während der Fahrtwind an meiner Kleidung riss und ich versuchte, mein Gesicht gegen den Luftstrom zu halten und zu meinem Begleiter zu sehen.

Dieser wirkte in seiner Haltung an der glatten Metalloberfläche so souverän, dass ich sicher war, er tat das nicht das erste Mal. Ich war noch immer ungläubig, dass das funktioniert hatte.

Er deutete mit dem Finger nach oben und setzte sich in Bewegung. Solange eine Hand immer am Metall blieb, war man recht sicher. Zumindest, bis der Zug wieder auf das reguläre Tempo beschleunigte. Wir mussten vorher unbedingt ins Innere gelangen.

Angestrengt beobachtete ich seine Bewegungen, dann ahmte ich sie nach. Erst eine Hand lösen und weiter oben aufsetzen, bis sie erneut griff, anschließend die nächste. Mit meinen Sohlen hielt ich mich mehr schlecht als recht an der rutschigen Oberfläche, aber zum Glück sah nur dieser Kerl meine ungelenken Anstrengungen.

Auf dem Dach des Zuges angekommen, atmete ich auf. Ich hatte das Gefühl, dass der Wind bereits stärker geworden war, und ich würde nicht länger hierbleiben als nötig. Mein Begleiter, der deutlich schneller als ich nach oben gekommen war, hatte bereits eine Luke an der oberen Seite des Waggons geöffnet. In einer fließenden Bewegung positionierte er seine Beine darüber und sprang ins Innere.

Angestrengt arbeitete ich mich weiter nach vorn. Bei der Luke angekommen, führte ich einige unbeholfene Bewegungen mit den Händen aus, damit ich mich in eine gute Position bringen konnte, was schwieriger war, als es vorher ausgesehen hatte. Mehr schlecht als recht ließ ich mich ebenfalls ins Innere fallen.

»Alles sauber«, ließ mein Mitstreiter mich wissen, sobald ich unsanft landete. Das Rauschen des Windes war verstummt, sodass mir seine geflüsterten Worte in dem dunklen Waggon viel zu laut vorkamen.

Mein Begleiter betätigte den Knopf an seinem Headset und gab knapp ein »Sind auf Position« durch. Es vergingen nur wenige Sekunden, bis die Stimmen der anderen zu hören waren. Loras war unter ihnen. Sie hatte es also auch geschafft.

Ich zog meine Handschuhe rasch aus und verstaute sie wieder in meinen Taschen, dann betrachtete ich im Licht der Taschenlampe meines Begleiters das Innere des Waggons. Stapelweise Kisten waren hier verstaut. Einige der großen Behälter standen offen und zeigten etliche Waffen jedweden Kalibers.

Woher hatten sie so viele? Und wohin wollten sie sie bringen?

»Wie haben sie es geschafft, an diesen Zug zu kommen?«, murmelte ich. »Und die ganzen Waffen unterzubringen?«

»Züge zu entführen ist nicht so schwer, wie man denkt«, erklärte der Kerl leise und bedeutete mir, ihm zu folgen, nachdem er sich raschen Schrittes zum hinteren Ende des Zuges in Bewegung gesetzt hatte.

Ich versuchte mir auszumalen, wie Lora sich wohl gerade fühlte. Teil eines solchen Verbrechens wie diesem zu sein war für sie sicher auch neu.

»Dringen weiter vor nach zehn«, gab er an alle durch, während seine Kollegen ähnliche Kommentare über die Kommunikatoren durchsagten.

»Kontakt!«, sagte plötzlich einer von ihnen.

»Wir sind vor dem Maschinenraum«, sagte Lora. »Nur zwei Gegner. Wir betäuben sie und halten den Zug an.«

»Aye, aye, Officer«, gab Johnson durch.

»Wir rücken vor«, sagte eine Frau, und ich blieb wie festgefroren stehen, um zu lauschen, was geschah. Mein Begleiter schob sich weiter zur Tür, um durch ein verschmutztes Fenster die Situation dort zu überblicken.

»Drei Männer in Waggon zehn«, flüsterte er. Er bedeutete mir, mich auf die andere Seite neben der Tür zu drücken und auf sein Zeichen zu warten.

Ich warf ihm einen fragenden Blick zu, doch er schüttelte den Kopf. Noah war offenbar nicht unter ihnen.

»Warten«, gab Johnson durch. »Alle auf Position, dann überwältigen wir sie auf einen Schlag.«

»Okay«, flüsterte mein Gegenüber. Ich spannte die Finger an, die ich um die Betäubungswaffe gelegt hatte, die Johnson mir gegeben hatte. Nach und nach bestätigten die Bandenmitglieder, dass sie in Position waren.

»Bereitmachen«, wies Johnson an. Ich atmete durch, und mein Körper spannte sich wie von allein an. Meine Schmerzen und meine Müdigkeit waren vergessen, so viel Adrenalin durchströmte mich in diesem Moment. Ich hatte das Gefühl, selten so fokussiert gewesen zu sein.

»Drei«, begann Johnson runterzuzählen. »Zwei. Eins.«

Auf das Signal hin stürmten wir hinein. Sobald mein namenloser Begleiter die Tür geöffnet hatte, hatte er bereits seine Pistole mit der Betäubungsmunition gehoben und einen der unvorbereiteten Gegner am Hals getroffen. Ich war nicht sonderlich gut mit Waffen, trotzdem gelang es mir nach dem dritten Schuss, einen der Männer am Oberarm zu erwischen.

Es dauerte einige Sekunden, bis sie zu Boden gingen. Genug Zeit für den Letzten, um in Deckung zu gehen, seine Waffe zu ziehen und einen Schuss abzufeuern.

Er traf meinen Partner, doch es ging zu schnell, als dass ich sehen konnte, wo. Er keuchte und hielt sich den Arm.

Ich machte einen Satz nach vorn und ging hinter einer Waffenkiste in Deckung. Ich hatte keine Ahnung, welche Art von Waffen hier drin gelagert wurden, aber es wäre höchstwahrscheinlich besser, nicht allzu wild herumzuballern, falls es etwas Größeres war.

Unser letzter Gegner kam aus seiner Deckung, die Waffe auf meinen verletzten Partner gerichtet. Shit. Er hatte nicht gesehen, wo ich mich verborgen hatte, also gab ich einen Schuss auf ihn ab. Daneben! Immerhin ließ er so von ihm ab und taumelte erschrocken ein Stück zurück. Ein Profi war er nicht gerade.

Scheiße, ich allerdings auch nicht.

Ich nutzte den Augenblick seiner Orientierungslosigkeit, sprang aus meiner Deckung und packte seine Hand mit der Pistole, die er noch nicht auf mich gerichtet hatte. Während er mit seiner freien Hand nach mir ausholte, schlug ich schnell auf seine bewaffnete Hand und wand ihm die Pistole mit aller Macht aus den Fingern.

Sein Schlag traf mich trotzdem am Kopf, was mich zurücktaumeln ließ. Mein Begleiter stolperte währenddessen nach vorn und packte den Kerl, bevor er mir nachsetzen konnte. Der Typ, den mir Johnson zur Seite gestellt hatte, war so schnell, dass es ihm gelang, unserem Gegner die Hände auf den Rücken zu drehen und ihm anschließend Fesseln anzubringen.

»Schnell«, keuchte er unterdrückt, und ich wachte aus meiner Starre auf und holte die magnetischen Handfesseln aus meiner Tasche, um mich an einem der am Boden liegenden Kerle zu schaffen zu machen. Die Schellen gaben ein lautes Surren von sich, als ich sie befestigte.

»Alles in Ordnung?«, fragte ich angespannt, als mein Begleiter den dritten Gegner sicherte und sich danach den Arm hielt.

»Ja, alles gut. Nur ein Streifschuss.«

Ich nickte erleichtert. Warum machte ich mir überhaupt Sorgen? Der war nur irgendeiner von Johnsons Schlägern.

»Zehn ist sicher«, gab er als Erster über das Headset durch. Von den anderen war bisher noch nichts zu hören gewesen.

Ich wartete angespannt, bis die anderen Mitglieder der Bande nach und nach entweder durchgaben, dass sie bereit waren oder dass sie Hilfe brauchten. Es dauerte geschlagene fünf Minuten, bis alles klar zu sein schien, und jede einzelne Sekunde fühlte sich wie eine Ewigkeit an.

War Noah überhaupt hier? Hatten sie ihn zerstört oder ihm etwas anderes angetan?

»Oracle«, hörte ich Johnsons Stimme, und mein Herz machte einen aufgeregten Sprung. »Wir haben ihn gefunden. Scheint alles in Ordnung zu sein.«

Die Last, die mir von den Schultern fiel, war unfassbar. Ich atmete auf und fuhr mir mit den Händen durchs Haar. Er war hier. Er war in Sicherheit. Scheiße, ich musste mich zusammenreißen, um nicht vor Freude loszuheulen.

Johnsons Lachen war über den Ohrstecker zu hören. »Dein kleiner Androidenfreund hat uns sogar dabei geholfen, die Typen in seinem Waggon außer Gefecht zu setzen.«

Ich hob die Augenbrauen und blinzelte irritiert. »Was?«

»Alle von oben bis unten gefesselt«, sagte Johnson, und einige andere kicherten. »Wir treffen uns draußen.«

Es hatte nicht lange gedauert, bis die Bande den Zug in einem etwas tiefergelegenen Bereich des Middle-Levels zum Stillstand gebracht hatte. Hier befand sich nichts als leerstehende Fabrikgebäude, aber die Straßen weiter über uns mussten etwas belebter sein. Der Verkehrslärm aus den oberen Bereichen drang bis zu uns hinab.

Während die Mitglieder von Void District die Bandenmitglieder nach draußen geschafft und in einer Reihe vor den Zug gesetzt hatten, um sie magnetisch mit ihren Handschellen an die Waggons zu fesseln, stürmte ich auf Noah zu. Er brachte die Kraft auf, mir ein müdes Lächeln zu schenken. Ich erwiderte es, als ich vor ihm stehen blieb und mich zusammenriss, ihn nicht zu umarmen. Ich konnte mich der Bande gegenüber nicht noch schwächer zeigen, als ich es sowieso bereits getan hatte.

»Geht es dir gut?«, fragte ich atemlos und griff zumindest nach seinem Arm, um mir die Stelle anzuschauen, an der sein Mantel zerrissen war und Schäden an seiner Oberfläche zu sehen waren. An einigen Stellen hatte sich die menschengleiche, technische Haut gelöst und legte die technischen Elemente darunter frei.

»Alles gut«, sagte er ruhig. Aus dem Augenwinkel sah ich, dass Lora sich uns ebenfalls genähert hatte. »Ich meine … es tut nicht weh oder so.« Er lachte unbestimmt.

»Johnson sagt, du hast ihnen beim Kämpfen geholfen«, brachte ich über die Lippen. Diese neue Seite an ihm … Ich musste mich noch daran gewöhnen. Ich hatte nie gewollt, dass er seine eigene Moral über Bord werfen musste.

Das Lächeln verschwand nicht von seinen Zügen, und sacht legte er seine Hand auf meine. »Ich wollte einfach helfen«, sagte er. »Ich wünschte, ich hätte mehr tun können. Ich wollte euch benachrichtigen, aber irgendwie haben sie meinen Kommunikationsmechanismus deaktiviert.«

»Funktioniert er wieder?«

»Ja, Johnson hat schon irgendwas gemacht.« Er schien in Gedanken ganz woanders zu sein. Wie für sich selbst nickte er langsam. »Ich … ich habe niemanden verletzt. Es war, als hätte mein Körper wie von allein gehandelt. Als würde er mir zeigen, wie ich kämpfen könnte, ohne nachhaltigen Schaden anzurichten.«

Ich folgte seinem Blick zu seinen Händen hinab. »Ich will alles wissen, wenn wir zuhause sind«, sagte ich leise. Zuhause.

»In Ordnung«, murmelte er.

»Ihr könnt später eure Liebesschwüre austauschen«, bellte Johnson und winkte uns zu sich herüber. Der Kommunikationskanal war wieder für alle offen, aber ich nahm das Headset aus meinen Ohren und drückte es dem erstbesten Bandenmitglied in die Hände, weil inzwischen jeder auf Hörweite war.

Die ersten der Gefangenen regten sich bereits wieder. Johnson hatte ein nur sehr kurz anhaltendes Betäubungsmittel gewählt, damit wir den Boss der Bande befragen konnten. Einer von Johnsons Männern ging die Reihe durch und riss ihnen einen nach dem anderen die neongrünen Schals vom Gesicht.

Ohne zu überlegen, ging Johnson auf die einzige Frau der kleinen Gruppe zu. Erst als wir ihnen allen gegenüberstanden, wurde mir bewusst, was für eine erfolgreiche Aktion das hier gewesen war. Mit zwanzig Menschen war RadiLeague eindeutig in der Überzahl gewesen. Immerhin waren wir nur zu neunt gewesen. Zehn, zählte man Noah mit.

»Johnson, du Scheißkerl«, rief die Frau, vor der er sich aufstellte. War sie die Anführerin? Sie hatte trotz des aggressiven Gesichtsausdrucks weiche Züge, die durch ihr langes braunes Haar unterstrichen wurden. Im Gegensatz zu ihren muskulösen Kollegen wirkte sie auffällig fragil. Ihre durchdringende Stimme machte das allerdings wett. »Hast du Langeweile, oder was?«

»Was wolltest du mit dem Androiden, Tyron?«, fragte Johnson trocken.

Sie schien überrascht von der Frage zu sein, doch diesem kurzen Flimmern auf ihrem Gesicht folgte sofort ein schelmisches Lächeln, in das ich gern hineingeschlagen hätte. »Du meinst das Ding?« Sie ruckte mit dem Kopf zu Noah. »Das ist ein seltenes Modell und stand auf der Straße rum. Da hab ich ihn mitgenommen.«

»Erzähl keine Scheiße.« Johnson blieb überraschend ruhig. Ich hätte zu gern gewusst, ob die beiden sich nur von diesen Banden-Begegnungen kannten, oder ob da noch mehr dahintersteckte. Irgendetwas an der Art, wie sie einander ansahen, war eigenartig. »Du tust nichts ohne Bezahlung. Sag schon, wer ist dein Auftraggeber?«

»Du denkst, 'nen scheiß Androiden zu stehlen war ein Auftrag? Als ob ich mich für solche Kleinigkeiten bezahlen lassen müsste!« Sogar ich wusste, dass sie log. Sie gab sich nicht einmal richtig Mühe.

»Hast du sie irgendetwas sagen gehört, Noah?«, fragte ich ihn leise.

Er schüttelte den Kopf. »Nein, sie haben gar nicht geredet, wenn ich in der Nähe war.«

Verdammt, so kamen wir nicht weiter. Sie machte nicht den Eindruck, sich zu irgendetwas überreden lassen zu wollen.

»Ich will nur weg«, flüsterte Noah so leise, dass nur ich es hören konnte. Ich nickte beruhigend. Ich auch, aber wir mussten das hier zuerst klären.

»Du willst nicht reden?«, fragte Johnson, und die Frau namens Tyron lächelte süß. Johnson sah sie einige Momente lang an, dann nickte er und wandte sich ab.

»Na gut, packt sie ein, wir nehmen sie mit.« Er zeigte mit dem Finger auf Lora. »Du kannst gern die Polizei für die anderen Versager rufen. Wir treiben uns hier nicht länger rum. Dass das Ding steht, wird sicherlich irgendwann auffallen.«

Seine Leute setzten sich sofort in Bewegung, und zwei von ihnen gingen auf Tyron zu, um sie vom Zug zu lösen, sie an beiden Armen zu halten und hochzuheben. Sie schrie, strampelte ein wenig mit den Beinen, war jedoch von dem Narkotikum zu betäubt, um wirklich etwas dagegen auszurichten. Zielsicher zogen sie sie in eine der dunkleren Nebengassen davon.

»Nein, wartet, okay?«

Sie schien endlich zu bemerken, dass sie sich selbst nicht mehr aus dieser Situation befreien konnte – und dass ihr niemand helfen würde.

»Was?«, fragte Johnson und trat ein weiteres Mal an sie heran, nachdem die Männer, die sie mit sich gezogen hatten, innehielten.

»Es war ein Strohmann, okay?«, keuchte Tyron hektisch. »Ich kannte den Kerl nicht.«

Johnson schaute sie eine Weile mit geschürzten Lippen an, dann verzog er den Mund und schüttelte seinen Kopf. »Das reicht mir nicht.«

Shit. Wenn ich sie nur hacken könnte. So könnten wir uns den ganzen Scheiß sparen.

»Ich kann dir *wirklich* nicht mehr sagen«, stellte sie nachdrücklich klar, überraschenderweise sogar mit einem Ausdruck von Angst auf dem Gesicht.

Während ich sie betrachtete, fiel mir allerdings etwas anderes auf. Unter dem neongrünen Schal, den sie trug, blinkte etwas hervor. Eine Kette mit einem Anhänger daran.

Ohne zu zögern trat ich auf sie zu und zog den Schal noch ein Stück zur Seite, was wiederum dazu führte, dass sie sich deutlich heftiger gegen den Griff der Männer wehrte. Sobald ich das Symbol auf der Kette deutlich genug erkannte, überfuhr mich eine Gänsehaut, und meine Hände glitten wie von allein zu der Waffe, die ich dem Kerl im Zug abgenommen hatte. Niemand unternahm Anstrengungen, mich davon abzuhalten, sie auf ihren Kopf zu richten.

Es war dasselbe Symbol wie auf den Uniformen der Männer auf dem Foto, das wir in der Wohnung von Ace Highrom gefunden hatten. Die simple, geöffnete Blüte.

»Was bedeutet dieses Logo?«, fragte ich in hartem Tonfall. Erst jetzt bemerkten es Johnson, Lora und die anderen ebenfalls und musterten es genauer.

Ein ertappter Ausdruck legte sich auf Tyrons Gesicht. »Du kennst es?« Verwirrung machte sich auf ihren Zügen breit.

»Was. Bedeutet. Es?« Ich entsicherte die Pistole.

Tyron schluckte hart und sah uns nacheinander an, dann wandte sie ihren Blick erneut mir zu.

»Ich töte dich hier auf der Stelle, wenn du es mir nicht sagst«, drohte ich.

»Es ist das Logo einer ehemaligen Militäreinheit, der ich einmal angehört habe«, erwiderte sie hastig. Ich erkannte, dass ihre Finger zu zittern begannen.

»Was für eine?«, fragte Lora und stellte sich neben mich.

»Das kann ich nicht sagen. Alle Einsätze unterlagen damals strengster Geheimhaltung.«

»Und hat das etwas mit dem Androiden zu tun?«, fragte Johnson knapp, worauf sie ihn mit gerecktem Kinn anblickte und stumm blieb.

»Das deute ich als ja«, sagte ich langsam. Dass sie es nicht weiter abstritt, bestärkte mich in meiner Ansicht.

»Ich bekomme manchmal kleine Aufträge und Einsätze von einem ehemaligen Vorgesetzten. Ich kann euch allerdings keine Informationen über ihn geben, weil wir bereits damals nur über Sprachnachrichten benachrichtigt worden sind.«

Während sie gesprochen hatte, hatte Lora ihr mittelalterliches Handy aus der Tasche gezogen und das Bild mit den zerkratzten Gesichtern herausgesucht. Sie hielt es Tyron hin. »Kennst du diese Personen?«

Tyron schluckte schwer, und es sah aus, als würde sie sich von dem Foto abwenden, davon zurückweichen wollen.

»Sag schon«, forderte Johnson, und ich wusste nicht, was genau, doch irgendetwas an ihrem Gesichtsausdruck veränderte sich. Sie erschien verwirrt, aber auf eigenartige Weise auch … erleichtert? Ich war so schlecht darin, Menschen zu lesen, dass ich mir nicht ganz sicher war.

»Ich erkenne den rechten Mann eindeutig an seinem Tattoo«, sagte sie.

Ich warf einen genauen Blick auf das Foto. Das Gesicht des rechten Mannes war, genau wie bei der Person auf der anderen Seite, vollkommen unkenntlich gemacht. Jedoch hatte er die Ärmel hochgekrempelt, und die Schlange mit dem Halbmond auf seinem Unterarm war deutlich zu erkennen. »Sein Name ist Steve Carlin. Keine Ahnung, was er jetzt macht, ich schwöre es.« Sie sah Johnson mit gesenktem Kopf an.

»Und die Person auf der anderen Seite?«, wollte ich wissen.

»Nicht die geringste Ahnung«, grollte sie leise.

Ich war überrascht davon, dass sie diese Info so einfach herausgab, ohne einen Gefallen zu fordern oder einen Deal vorzuschlagen. War das wieder eine Falle?

Johnson schien auch etwas zu wittern, setzte an, um nachzuhaken – doch dann stockte er und runzelte die Stirn. Er hob seinen Kopf ein Stück, als würde er auf etwas lauschen. Und in diesem Moment vernahm ich es auch.

Sirenen aus der Ferne.

Ich ließ die Waffe sinken, sicherte sie wieder und schob sie rasch in meine Tasche.

»Fuck. Haben uns die Fabrikarbeiter gesehen?«, keuchte Lora und wirbelte zu mir herum.

Noah zog an meinem Arm. »Wir müssen hier weg.«

Tyron lachte laut, woraufhin Johnson seinen Leuten signalisierte, dass sie sie abermals betäuben sollten. Sie folgten der Anweisung sofort, und Tyron selbst war weiterhin zu schwach, um sich dagegen zu wehren.

»Wir können euch ins Sub-Level mitnehmen«, bot Johnson an, als wir uns eilig in Bewegung setzten. Die anderen Mitglieder von RadiLeague ließen Johnsons Leute einfach gefesselt und an den Zug gebunden sitzen. So hätte die Polizei auf jeden Fall Verdächtige, die sie würden festnehmen können.

»Nein, wir verschwinden über den Lastenaufzug ins Middle-Level«, sagte ich, während wir uns in eine der engeren Gassen zwängten. Tyron war bereits wieder ohnmächtig, und einer von Johnsons Männern hatte sie sich über die Schulter geworfen. Der Kerl, der mit mir in den Zug eingestiegen war, wurde von jemandem gestützt, schien aber okay zu sein.

»Was willst du im Middle-Level?«, fragte Lora unterdrückt.

»Der Supercomputer.« Mein Atem ging schwer und sammelte sich unter meiner Maske. Mein Gesicht war bereits feucht. »Wenn wir Kontakt zu The Cell aufnehmen …«

»Du denkst, du kannst die Abschaltung noch verhindern?«, fragte Johnson amüsiert.

»Es ist nicht zu spät!«, keuchte ich.

Lora fasste sich an den Kopf und verlangsamte ihr Tempo ein wenig. »Ich … ich weiß nicht«, sagte sie, und ich wandte mich zu ihr um, verfiel ebenfalls in ein Schritttempo.

»Was?«, wollte ich wissen. »Warum?«

»Ich glaube, es ist zu spät.«

Wir hatten unsere Masken abgesetzt, Void District all ihre Instrumente zurückgegeben, die Tags an unserer Kleidung in unseren Taschen verstaut und uns von Johnson und seinen Männern getrennt. Sie hatten bestätigt, die Verbindung zum Netz verloren zu haben. Das Gefühl, das sich in diesem Moment in mir ausgebreitet hatte, griff inzwischen auf meinen ganzen Körper über. Ein Gefühl der Taubheit. Der Machtlosigkeit. Als würde ich durch einen Traum wandeln.

Während der gesamten Fahrt hinauf, hatte ich versucht, mich mit dem Gedanken abzufinden, dass wir es nicht geschafft hatten. Ich hatte die Entscheidung getroffen, Noah zu retten, anstatt den Reboot zu verhindern, und ich musste mir einreden, dass es das Richtige gewesen war.

Aber so sicher war ich mir nicht.

Was mir noch mehr zusetzte, war, dass ich die Trennung vom Netz im Gegensatz zu allen anderen nicht gespürt hatte. Und das, obwohl ich mein Leben lang enger mit ihm verbunden gewesen war als jede andere Person auf der Erde.

Ich hatte versagt.

Der Lastenaufzug hatte in einem höheren Bereich des Middle-Levels geendet, von dem aus wir in belebtere Bereiche der Stadt gelangt waren. Wir rannten mehrere Minuten, bis wir den ersten Personen begegneten und vollkommen außer Atem unser Tempo drosselten.

Auf der nahe gelegenen Hauptverkehrsader schwebten trotz der frühen Morgenstunden hunderte Wagen, und über die Gehwege huschten verhüllte Gestalten in dunklen Mänteln.

Doch nicht alle von ihnen hielten den Kopf gesenkt. Einige Menschen standen einfach da und schauten hinauf zu den Wolkenkratzern, an deren Fassaden die Tafeln und Werbeanzeigen prangten. Nur, dass auf den Tafeln keine Anzeigen zu sehen waren, sondern sie alle dieselbe Nachricht zeigten: Der Supercomputer war gerade heruntergefahren worden.

Alle waren vom Netz getrennt.

»Das ist keine Überraschung«, flüsterte Lora. Dann sahen wir einander an, als ich spürte, wie mein Herz heftiger schlug.

Es war zu spät.

Ich hatte es nicht geschafft. Damit hatte ich nicht nur Julien vielleicht verloren. Die Chancen, dass ich Noah irgendwann einen neuen Körper würde geben können, waren rapide gesunken.

Ohne dass ich es verhindern konnte, sank ich auf die Knie. Meine Beine hatten nicht mehr die Kraft, meinen Körper zu halten. Auf einmal fühlte sich alles viel zu schwer an, vor allem mein Herz.

Bisher hatte ich doch alles geschafft. Bisher war es mir immer gelungen, meine Ziele zu erreichen, wenn auch manchmal fast zu spät oder auf die falsche Weise.

Aber …

»Atlas.« Noahs Stimme drang wie durch eine Wand aus Watte zu mir hindurch. Ich verstand nicht, was er danach sagte.

Die Mächte dieser Welt waren zu groß für mich. Ich hatte immer gedacht, wenn ich nur gewollt hätte, hätte ich sie stürzen können. Doch ohne meinen ADIC war ich nichts. Nichts weiter als ein kleiner, beschissener Mensch.

Ein Opfer dieser Gesellschaft wie alle anderen.

Folge 7

Die Stille

Kapitel 1

Das Licht eines weißen Flurs

Weißes Licht flackerte vor meinen geschlossenen Lidern. Ich konnte mich nicht bewegen. Die Stimmen, die wie aus der Ferne an meine Ohren drangen, hörten sich nicht an wie die von Menschen. Es war, als sprächen sie eine Sprache, die ich nicht verstand.

Ich war gefangen. Selbst die Versuche, meine Augen zu öffnen oder einen kleinen Finger zu rühren, misslangen.

Was war los? Ich wollte die Frage aussprechen. Ich wollte schreien, mich winden, sehen, was um mich herum geschah, und je wacher ich wurde, je mehr ich begriff, dass etwas nicht stimmte, umso mehr Panik flutete meine Adern.

Was passierte mit mir?

Jemand schrie. Ich dachte, es wäre Boston, doch vielleicht bildete ich mir das nur ein.

»Wir machen die Narkose fertig«, sagte jemand. Es war der erste Satz, den ich verstand.

Die Narkose? War ich in einem Krankenhaus? Das würde das Licht erklären, das ich selbst mit geschlossenen Augen wahrnahm. Dieses grelle, stechende Licht. Wie war ich hierhergekommen? War es die Operation, die Boston mir versprochen hatte? Warum hatte er nicht noch einmal mit mir darüber gesprochen?

Ich würde mich doch erinnern.

Ich würde mich …

Endlich gelang es mir, die Augen zu öffnen und meinen Kopf leicht zu heben. Zu meinen Seiten erkannte ich Männer und Frauen in weißen Kitteln. Sie schoben mich, den Blick geradeaus gerichtet, einen Flur entlang. Ihre Münder und Nasen waren mit Masken bedeckt. Die zusammengezogenen Augenbrauen deuteten auf die ernsten Mienen hin, die sie aufgesetzt haben mussten.

»Liegen bleiben«, forderte eine Frau mich forsch auf.

Ich drehte unter Anstrengung den Kopf, um nach den anderen zu schauen. Nach Noah, Lora und Boston. Nach irgendjemandem, der mir erklären konnte, was los war. War ich in Ohnmacht gefallen, als wir im Middle-Level angekommen waren? Ich konnte mich nicht mehr erinnern.

Als ich den Kopf fast in den Nacken gelegt hatte, sah ich ein vertrautes Gesicht. Boston. Seine Anwesenheit sollte mir nicht eine solche Erleichterung bereiten. Ich durfte ihm nicht vertrauen, nach allem, was er mir und der Welt angetan hatte und hatte antun wollen. Doch ich konnte mich nicht gegen das Gefühl wehren, das mich überkam.

»Mach die Augen zu«, sagte er tonlos. »Es geht gleich los.«

Die Operation? Was brachte das denn jetzt? Der Computer war aus, wir würden Bennie nicht mehr helfen können. Und wer wusste, was Boston tatsächlich mit mir anstellte.

Ich war nicht in der Lage, mich aufzurichten, doch ich schaute abermals über meine Füße hinweg nach vorn. Der Gang, durch den sie mich schoben, erschien mir endlos lang.

»Ist die Narkose bereit?«, rief die Ärztin neben mir. »Ich will sofort anfangen.«

»Ich … ich weiß nicht, ob …«, setzte ich an und versuchte mit aller Macht, mich auf die Unterarme zu stemmen.

»Alles gut«, hörte ich jemand anderen an meiner Seite.

Noah. Er hatte einen der Ärzte weggeschoben und ging nun neben mir. »Ich bin da, okay? Beruhig dich.«

Sobald ich sein Gesicht sah, die leuchtenden Sommersprossen und die besorgt zusammengezogenen Augenbrauen, legte sich ein unerklärliches Gefühl der Geborgenheit um mich. Langsam ließ ich mich zurücksinken.

Ich wusste nicht, ob es Juliens Stimme und Juliens Gesicht waren, die mich in Sicherheit wiegten, oder ob es Noah war, den ich mittlerweile in all diesen Facetten erkannte. Die Art, wie er sprach. Die fremde Mimik, die er auf diese vertrauten Gesichtszüge brachte.

Vielleicht war es auch eine Mischung aus beidem.

Und vielleicht war es auch einfach egal.

»Bleibst du da?«, fragte ich. Meine Zunge fühlte sich so schwer an. Ich wusste gar nicht, ob er verstand, was ich sagte.

»Ich gehe nicht weg«, antwortete er ruhig. »Ich bleibe bei dir. Keine Sorge.« Sofort atmete ich ruhiger. »Hast du Schmerzen?«, fragte er, als ich meine Augen bereits wieder geschlossen hatte. Was für eine seltsame Frage. Und erst, als er sie stellte, wurde mir bewusst, dass die Antwort ›nein‹ lautete. Keine Schmerzen.

Wie eigenartig sich das anfühlte. Mein Körper hatte in den letzten Wochen gefühlt aus nichts anderem bestanden. Ohne sie war es, als sei einfach alles taub geworden.

Die Lichter, die ich durch meine geschlossenen Lider wahrnahm, wurden schwächer. Ich wusste nicht, ob die Ärzte mich in einen anderen Raum brachten oder ob ich langsam wieder einschlief.

Egal, was es war, es fühlte sich gut an. Viel zu gut.

Das Erste, das ich wahrnahm, war Schmerz. Er flutete meine Glieder und zog in jeden einzelnen Winkel meines Körpers, vom Scheitel bis zu den Fingerspitzen.

Ein Stöhnen entwich meinen Lippen, als ich mir darüber klar wurde, was geschehen war. Wo ich mich befand und wer ich war. Nach und nach spürte ich die ungewohnt weiche Bettwäsche, in der ich lag, und erinnerte mich. An meinen Zusammenbruch mitten auf dem Gehweg, unter den Nachrichtentafeln. Und an die kurzen Eindrücke, die mein verwirrter Geist auf dem Weg hierher gesammelt hatte.

Das Krankenhaus.

»Hey! Sie wacht auf«, hörte ich Noahs Stimme. Im nächsten

Moment wunderte ich mich darüber, dass ich ihn nicht für Julien gehalten hatte. Ich war scheinbar bei klarem Verstand.

»Was … ist …« Vielleicht irrte ich mich auch. Ich konnte mich kaum auf die Worte konzentrieren, die meinen Mund verlassen sollten. »Wie geht es mir?«, presste ich hervor, und es gelang mir, flackernd die Augen zu öffnen.

»Ganz ruhig!«, sagte Noah und legte seine Hand auf meine Schulter. Sie war angenehm schwer. »Die OP ist vorbei, aber du musst dich erholen.«

»Wie geht es mir?« war das Einzige, das ich wieder zu fragen in der Lage war. ›Ist alles erfolgreich verlaufen?‹, hatte ich eigentlich fragen wollen. ›Gab es Komplikationen?‹ Doch diese Worte schafften den Weg über meine Lippen nicht.

»Alles gut«, sagte Noah leise, wandte sich allerdings ständig zu einer weißen Tür mit einem Fenster um, hinter der – in der Dunkelheit kaum zu erkennen – Gestalten standen.

Alles gut? Irgendwie sah das nicht so aus, und sofort machte sich Angst in mir breit. In welchem Krankenhaus waren wir? Das war kein Untergrund-Laden, wie ich erwartet hatte. Nicht etwas Illegales, sondern …

Scheiße. Wenn das ein richtiges Krankenhaus war, bedeutete das, die Ärzte mussten gesehen haben, was mit mir los war. Mein ADIC. Wie hatten Boston und die anderen das zulassen können? Wenn Informationen über meinen Zustand in irgendwelchen Akten landen würden, wäre mein bisheriges Leben vorbei.

Ich wollte mich aufrichten, doch meine Glieder waren so schwer von der Narkose, dass ich mich kaum rühren konnte. Hinter meiner Stirn hämmerte es, und ich spürte, wie meine Wangen wärmer wurden, während ein Gerät neben mir schneller werdende Töne von sich gab.

»Beruhig dich. Du musst dich ausruhen. Du bekommst gleich eine weitere Narkose.«

Etwas unbeholfen schaute ich an mir hinab. Ein Tropf führte zu einem Katheder in meinem Handrücken, und meine Finger und Arme waren an mehrere Geräte angeschlossen, für die ich keinen Namen hatte. Warum minderte keins von ihnen meinen Schmerz? War das ein Fehler?

Ich schaute zu Noah. Er versuchte sich an einem Lächeln, scheiterte jedoch kläglich.

»Wo sind die anderen?« Wahrscheinlich konzentrierte ich mich etwas zu intensiv darauf, zu erkennen, wer hinter der Tür stand und mich beobachtete.

»Die warten draußen. Sie haben mich nur reingelassen, nachdem sie mich durch drei Schleusen geschickt haben.« Er zuckte mit den Schultern. »Und weil ich offensichtlich eine Maschine bin.«

»Hat auch Vorteile«, scherzte ich schwächlich, und jetzt lächelte er richtig.

»Du schaffst das.«

Ich wollte etwas sagen, aber eine zehrende Müdigkeit überkam mich. Hatten sie mir ein neues Mittel gegeben, das mich wieder schlafen ließ? Wie lange war ich schon an diesem Ort? Was geschah draußen in der Welt, und was war mit Bennie?

Scheiße, ich durfte hier nicht zu lange liegen.

Meine Lider wurden schwer, und ein schwarzer Schleier vernebelte mein Sichtfeld, kurz nachdem ich jemanden vor der Tür erkannt hatte.

Boston. Dort stand Boston. Und sein Gesicht hatte einen Ausdruck, wie ich ihn nie zuvor bei ihm gesehen hatte.

Bevor ich wieder einschlief, fragte ich mich, warum er so viel auf sich nahm, um mir zu helfen und mein Leid zu mindern.

Er sah so endlos besorgt aus.

Kapitel 2

Das Erkennen einer gebrochenen Welt

»Wie geht es dir?«, fragte Noah.

Ich fühlte mich benommen und trotzdem ausgeschlafen, sobald ich meine Augen öffnete. Frisch und irgendwie geborgen. Deswegen sagte ich: »Entweder es geht mir gut, oder ich bin tot.«

Ich schaute in Noahs lachendes Gesicht. Er bedachte mich mit einem Ausdruck der Zuneigung, als er seine Hand auf meinen Arm legte. »Du bist nicht tot.«

Ich verkniff es mir zu nicken, weil ich nicht wusste, was das mit meinem Kopf anstellen würde. Stattdessen gab ich mir Mühe, mich zu orientieren.

Das Krankenzimmer, in dem wir uns befanden, war ein anderes als das, in dem ich zuvor schon einmal aufgewacht war. Es war wärmer, luxuriöser, freundlicher. Es roch nach Ölen und nicht nach Desinfektionsmittel. Selbst das Licht, das aus den kunstvoll verschlungenen Lampen drang, war gemütlich wie das in einem Hotel.

»Die Kopfschmerzen sind weg«, stellte ich fest, nachdem ich mir Zeit genommen hatte, um auf die Signale meines Körpers zu achten. Ich spürte gar nichts mehr hinter meiner Stirn, kein Ziehen, kein Pochen.

»Das ist gut.« Die Sommersprossen auf Noahs Gesicht leuchteten, während er mich betrachtete. Sein dunkles Haar war ein wenig verwuschelt, und er hatte ein mildes Lächeln aufgesetzt.

Mein Blick glitt von Noah zu den hohen Fenstern, hinter denen Bäume zu sehen waren, die trotz des Winters in voller Blätterpracht standen.

Sonnenlicht fiel durch ihre Zweige.

Konnte das wahr sein? War das ein Fernseher und ich erkannte es nur nicht? Gaben die Fenster nur den Blick auf ein Gewächshaus frei?

»Du bist bis oben hin voll mit Schmerzmitteln«, riss Noah mich aus meinen Gedanken.

»Hat alles funktioniert?« Es war eine Wohltat, wie leicht die Worte wieder über meine Lippen kamen. Obwohl mit ihnen die immense Angst auf die Antwort einherging.

»Ja. Es war ein komplizierter Eingriff, aber Boston hat die Ärzte unterstützt, ihn durchzuführen. Immerhin ist er der absolute Profi, was Hypermind-Technologie angeht.«

»Und ich werde meinen ADIC richtig benutzen können, wenn der Supercomputer wieder hochgefahren ist?« Mein Herz pochte schneller, dabei gab ich mir solche Mühe, ruhig zu bleiben.

»Laut Boston ja. Er wirkte sehr zuversichtlich.«

Mein angeschlagener Geist sog die Worte auf wie ein Schwamm. Sie taten so gut.

Und Boston hatte wirklich bei der Operation geholfen?

»Wahrscheinlich hat er eine Fernsteuerung eingebaut, um mich zu kontrollieren, oder so.« Eigentlich war es mir egal, weil es mir gerade so viel besser ging. Wenn auch nur dank der Schmerzmittel.

»Keine Ahnung«, murmelte Noah. »Er hat ehrlich besorgt gewirkt.« Das wusste ich. Und sein besorgtes Gesicht, das ich kurz vor dem Einschlafen erkannt hatte, ging mir nicht aus dem Kopf.

»Er ist ein guter Schauspieler, sonst wäre er in seinem Leben nicht so weit gekommen.« Das wollte ich mir zumindest selbst einreden.

Ich atmete bewusst ein und aus, gab mir Mühe, mich auf mich selbst und meinen Körper zu konzentrieren.

Ein wenig Unwohlsein war da. Ein wenig Taubheit in der Bauchgegend. Sonst ging es mir gut.

Ich nahm also all meine Kraft zusammen, stützte mich erst auf die Unterarme und setzte mich danach ganz auf. Mir wurde etwas schwindlig, doch Noah legte mir eine Hand auf den Rücken, um mir zu helfen. Pastellpinke Haarsträhnen fielen mir ins Gesicht, und ich strich sie behutsam fort.

»Wie lange habe ich geschlafen?«, wollte ich mit Blick auf meine Hände wissen.

»Etwa eineinhalb Tage.«

So lange? Scheiße.

Ich tastete nach der Stelle über meinem Nacken, direkt am Haaransatz. Als meine Finger die Nähte streiften, durchfuhr mich ein kleiner Stich, und ich zuckte zusammen.

»Die Ärzte haben die Stellen, an denen dein ADIC beschädigt war, ersetzt und Sicherungen eingebaut, die verhindern, dass das Gerät noch mal durchbrennt.«

Ich holte tief Luft, während ich mich bemühte zu verstehen, was da mit mir geschehen war. Im Versuch, mich abzulenken, fragte ich: »Wie ist die generelle Lage?«

»Du meinst in der Welt?«

»Ja.« Ich musste es wissen, ob ich wollte oder nicht. Es führte kein Weg dran vorbei.

Noah war das Thema genauso unangenehm, wenn ich seinen ausweichenden Blick richtig deutete. Das allein verriet mir genug.

»Du würdest sagen, es sieht scheiße aus.« Ich wusste nicht, ob ich über diese Bemerkung lachen sollte oder nicht. »Die Unruhen haben sich nicht gelegt, wie die Regierung und die Polizei gehofft hatten.« Er seufzte schwermütig. »Im Gegenteil. Es ziehen mehr Banden durch die Straßen als zuvor. Sie nutzen aus, dass die Polizei durch die Abschaltung desorganisiert ist. Das hat dazu geführt, dass ein allgemeiner Lockdown verhängt wurde.«

»Ein Lockdown?«

»Alle Geschäfte – bis auf die lebensnotwendigen – haben geschlossen. Niemand darf ohne triftigen Grund auf der Straße sein.« Er fuhr sich gedankenverloren mit den Fingern über die Lippen. »Eigentlich will das aufgrund des aktuellen Zustandes auf den Straßen auch niemand mehr. Zumindest, wenn man den Interviews vertrauen kann, die so ausgestrahlt werden.«

Mir lief es eiskalt den Rücken hinunter. »Wie funktioniert das jetzt mit der Kommunikation?« Liefen alle mit so einem kleinen Telefon durch die Gegend wie früher?

»Die meisten Menschen besitzen kein Mobilfunk-Gerät. Die Geschäfte haben sie kurz vor der Abschaltung wieder vermehrt angeboten, aber in so großen Mengen wurden die ja gar nicht mehr hergestellt. Deswegen greifen viele wieder auf das Internet zu.«

»Über ihre Computer?«

»Ja, mit diesen oldschool Messaging-Services.«

»Verstehe.« Wenn die Menschen nur von daheim aus miteinander kommunizieren konnten, würde das vielleicht wenigstens den Teil der Bevölkerung beruhigen, der nicht auf Krawall gebürstet war. »Und was ist mit uns?« Ich schaute mich demonstrativ in diesem offensichtlich hochklassigen Zimmer um.

»Das läuft alles vertraulich ab. Wir sind irgendwo in einer Privatklinik im Upper-Level.« Noah rieb seine Hände aneinander. Und ich wollte weitere Fragen stellen, aber er schien plötzlich so tief in Gedanken versunken, dass ich ihn nicht herausreißen wollte. Das Schweigen, das daraufhin eintrat, fühlte sich irgendwie unangenehm an. Das tat es sonst nie.

Ich wollte ihm Zeit geben, doch ich wusste nicht so richtig, was ich mit mir selbst anfangen sollte. Mein Kopf fühlte sich eigenartig an. Wie in Watte gepackt. Meine Sicht wurde zwar besser, doch ich spürte, dass ich längst nicht in der Lage wäre, aufzustehen. Selbst im Sitzen fehlte mir das Gleichgewicht. Und ich wollte nicht darüber nachdenken müssen, wie es wohl mit mir weiterging.

Unsicher beobachtete ich Noah, wie er seine Hände ansah. Wollte er mir etwas sagen und traute sich nur nicht? Ging es um mich oder um irgendetwas anderes? Wenn es etwas mit meinem gesundheitlichen Zustand zu tun gehabt hätte, wäre er sicherlich direkter.

Oder es ging gar nicht um mich und er dachte über sich selbst nach? Die Art, wie er seine Hände anschaute … Nur hier zu sitzen und nachzudenken war sicherlich nicht das Beste für ihn gewesen.

»Sag mal, Noah …«, setzte ich an, als ich es einfach nicht mehr aushielt. Ganz leise. Vorsichtig.

Ein wenig erschrocken – als hätte er vergessen, dass ich hier war – schaute er zu mir auf.

Ich schluckte schwer und bemühte mich, den Blickkontakt zu ihm nicht abbrechen zu lassen. »Hasst du mich?« Mir wurde unangenehm warm, nachdem ich das ausgesprochen hatte. Vor allem, weil ich die Antwort fürchtete.

»Was?«, fragte er, offenbar verwundert über die Frage.

»Wegen dieses Körpers«, erklärte ich, strengte mich so sehr an, mein Gesicht nicht abzuwenden, um genau sehen zu können, wie er reagierte.

»Ich hasse dich nicht.« Es klang ehrlich. Er war allerdings gut darin, seine Gefühle zu verbergen, wenn er sie anderen gegenüber als verletzend empfand. Ich gab ihm etwas Zeit und hoffte, er würde seine Antwort weiter ausführen. Doch er tat es nicht.

»Aber du findest es auch nicht gut«, stellte ich vorsichtig in den Raum.

Ich wusste selbst nicht, warum mir überhaupt wichtig war, was er über mich dachte. So etwas war mir immer egal gewesen, weil ich bereits als Kind gelernt hatte, dass ich auf mich allein gestellt war. Unabhängig davon, wie andere über mich urteilten.

Nur bei Noah war es etwas anderes. Ich hatte das Gefühl, dass er einer der wenigen Menschen war, die nicht auf mich herabsahen. Wenn nicht sogar der einzige. Und mir war klar, dass es mich verdammt schwach machte, weil mir sein Urteil über mich dadurch so viel mehr bedeutete als das aller anderen Menschen.

»Ich mache dir keine Vorwürfe, falls du das meinst«, sagte er nach wenigen Momenten.

»Aber?«, bohrte ich weiter nach. Es fiel mir schwer, nicht zu erwidern, dass er das ruhig tun könnte. Ich an seiner Stelle hätte es getan.

»Ich weiß einfach nicht, wie mein Leben weitergehen soll.« Er machte eine unbestimmte Bewegung mit der Hand. »Ich weiß nicht, ob das hier meine Welt ist. Nicht nur dieser Ort, sondern … das alles.« Er lachte leise, wie über einen Witz, den er nur sich selbst erzählt hatte. »Ich werde andererseits auch nicht einfach in meine Wohnung zurückkehren und wieder Kunst machen können.«

Ich konnte nicht mehr an mich halten und streckte meine zitternden Finger aus, um sie sacht auf seinen Unterarm zu legen.

Verdammt. Ich war in den letzten Wochen so sehr auf mich, Julien und Bennie fokussiert gewesen, dass ich vergessen hatte, für Noah da zu sein. Ich … ich wusste nicht einmal, wie man so etwas tat.

»Ich weiß nicht, ob ich dir helfen kann«, murmelte ich, und für ein paar Sekunden verschränkten sich unsere Blicke ineinander. Ich erinnerte mich daran, wie wir einander, kurz bevor alles den Bach runtergegangen war, umarmt hatten. Und ich hatte, nur für einen winzigen Moment, die Hoffnung in mir gehabt, dass wir irgendwie zusammenbleiben könnten, wenn alles vorbei wäre.

Und jetzt waren wir zusammen, doch … das war anders.

»Das musst du nicht«, sagte er und rang sich nun zu einem traurigen Lächeln durch.

Je mehr Zeit ich mit Noah verbrachte, umso schwerer fiel es mir, Julien in seinen Zügen zu erkennen. Als würde diese Maschine, die ich fünfundzwanzig Jahre meines Lebens gekannt hatte, langsam vor meinen Augen verschwinden.

»Ich werde schauen, was ich …«

Er schüttelte den Kopf, und ich stockte. Das Lächeln auf seinen Zügen wurde ein wenig breiter. »Du musst nicht alles reparieren, was kaputt ist, okay?«

Irritiert blickte ich in sein vertrautes Gesicht.

»Du hast mir das Leben gerettet. Und du hast Julien für mich geopfert. Die einzige … Person, die dir etwas bedeutet hat, okay?«

»O-okay?«

»Du musst nicht mehr tun. Und wenn wir irgendwas wegen dieses Körpers unternehmen, dann zusammen. Ja?«

Erst jetzt fiel mir auf, dass meine Hand nach wie vor auf seinem Unterarm lag. Und dass er keine Anstrengungen unternommen hatte, von dieser Berührung zurückzuweichen. »In Ordnung.«

»Gut, dass wir mal drüber gesprochen haben«, sagte er in einem deutlich leichteren Tonfall, und endlich gelang es mir, wieder durchzuatmen und meine Hand langsam zurückzuziehen.

»Ja.« Ich bemerkte, dass meine Wangen ganz warm wurden. Warum auch immer.

»Aber erst mal zu Bennie«, sagte er deutlich gefasster als gerade. Dabei hatten wir über sein eigentliches Problem gar nicht gesprochen. Wollte er davon ablenken, oder ging es ihm tatsächlich besser? »Ich glaube, Lora hat neue Erkenntnisse.«

Kapitel 3

Das Licht einer reichen Welt

Ich hatte eine weitere Nacht lang geschlafen und danach damit begonnen, das Krankenhaus zu durchwandern. Sobald es mir gut genug ging, war der Drang, mich zu orientieren und wieder ein Gefühl für meinen Körper zu bekommen, nicht mehr zu unterdrücken gewesen.

Noah war in all dieser Zeit nie von meiner Seite gewichen. Lora hatte sich ebenfalls ein paar Mal blicken lassen, um sich nach mir zu erkundigen. Die meiste Zeit verbrachte sie allerdings damit, in einem der großen Aufenthaltsräume vor ihren Screens zu sitzen und Recherchen anzustellen. Sie konnte und wollte diesen ganzen Fall um Haloren einfach nicht aufgeben.

Das Personal an diesem Ort war sehr zurückhaltend. Man bekam die Ärzte und Schwestern nicht zu Gesicht, wenn man nicht ausdrücklich nach ihnen verlangte oder sie keine Behandlungen und Untersuchungen durchführten. Alle waren sehr darauf bedacht, sich so unauffällig wie möglich zu verhalten.

Andere Patienten hatte ich hier nie gesehen.

Die Wände der Einrichtung waren hoch und auf den Gängen, die nicht zu den Operationszimmern führten, mit dicken Teppichen ausgelegt. Nicht in jedem Winkel dieses Gebäudes waren die Lichter eingeschaltet, sodass ich mich beim Umherstreifen oft gefühlt hatte, als befände ich mich in einem verlassenen Anwesen.

Der gesamte Gebäudekomplex war umrundet und durchzogen von riesigen Gewächshäusern, deren etliche Blumen und Bäume den Eindruck erweckten, dieser Ort befände sich nicht auf der Erde, sondern irgendwo im Orbit. Heute brach die Sonne durch die Blätter und das Glas und wärmte meine Haut. Ein Gefühl, das man in tieferen Ebenen der Welt nie spürte.

Ich hatte mir mehrere Male von Noah versichern lassen, dass wir uns tatsächlich noch auf dem Planeten befanden.

So sahen also die Krankenhäuser der Superreichen aus. Ich war bisher nur in Krankenhäusern im Middle-Level gewesen, die recht ärmlich angemutet hatten. Und in Arztpraxen aus dem Sub-Level, bei denen man froh war, wenn man nicht kränker wieder herauskam, als man hineingegangen war.

Das hier war eine andere Welt. Eine, die so von Prunk und Reichtum strotzte, dass es obszön war. Wie kam es, dass ich meinen Aufenthalt so genoss, während ich jeden Winkel dieser schleimig protzigen Monstrosität verabscheute?

Ich dachte daran, während ich Boston betrachtete, wie er, im gemütlichen Sessel des großen Wartezimmers versunken, in seinem schwarzen Anzug dasaß, das Haar perfekt frisiert, der Bart frisch rasiert. Ich fragte mich, wie befriedigend es sein würde, ihn für einige Tage ohne alle Ressourcen im Sub-Level auszusetzen. Wie viel ihm wohl von seiner Würde, auf die er sich so viel einbildete, bliebe.

Natürlich, er hatte auf gewisse Weise mein Leben gerettet. Doch es war ihm erstens nicht sonderlich schwergefallen, und zweitens hatte er es nur getan, damit ich ihm im Umkehrschluss helfen konnte.

»Ich freue mich, dass es dir wieder besser geht«, sagte Lora, nachdem sie sich zu uns in den Kreis aus gemütlichen Möbeln gesetzt hatte. Es war das erste gemeinsame Treffen nach meiner Operation, bei dem Boston anwesend war, und wie immer war kein anderer Patient und kein Krankenhausmitarbeiter auszumachen. Andererseits – wenn wir nicht allein wären, würde Boston auch nicht so offen hier sitzen. Ich konnte nicht einschätzen, ob die Mitarbeiter lediglich sehr viel Aufwand betrieben, um die Patienten voneinander abzuschirmen, oder ob dieser ganze Bereich tatsächlich nur uns zur Verfügung stand.

»Ich mich auch«, sagte ich nach einer Weile. Ich trug einen weichen Pyjama und einen noch weicheren Bademantel darüber.

»Der Doc sagt, dass du in zwei Tagen raus kannst«, erklärte Boston. »Bei den Folgeuntersuchungen wurden keine Komplikationen festgestellt. Du hast das echt gut weggesteckt.«

Operationen am Gehirn waren seit der weltweiten Verbreitung der Hypermind-Technologie an der Tagesordnung. Gewöhnliche Mindcenter hätten mich vermutlich längst entlassen. An diesem Ort war man wohl umsichtiger.

Und mit Sicherheit bezahlte Boston für diesen Service extrem viel. Ich fragte mich nach wie vor, von welchen Konten er all das Geld bezog. Und was genau er davon hatte, mir zu helfen, jetzt, da der Computer aus war. Das war das, was er zu verhindern versucht hatte. Oder gab es einen Plan B?

»Also«, setzte Boston an. »Wie geht es weiter?«

Das fragte er uns? Ich hätte die Frage gern an ihn zurückgegeben. »Du hast noch nicht aufgegeben?«

Er lachte trocken. »Ich wäre im Leben nicht so weit gekommen, wenn ich jemals aufgeben würde.«

»Ich habe herausgefunden, wo der Veteran auf dem Foto lebt. Zumindest seine zuletzt bekannte Adresse«, ging Lora dazwischen, und alle Blicke wandten sich ihr zu.

»Super«, sagte Noah sofort, doch Lora hob ihre Hand, um ihn davon abzuhalten, weiterzusprechen.

»Wir sollten allerdings noch einmal darüber nachdenken, unsere bisherigen Erkenntnisse der Polizei mitzuteilen«, fuhr sie fort und deutete in die Runde – vor allem auf mich. »Wir sind angeschlagen. Noah wurde entführt, und wir kommen aus diesen ganzen Sachen nur heraus, weil ein Schwerverbrecher uns hilft …« Sie sah Boston für einen langen Moment an. »… und weil Atlas die ganze Zeit mit diesem Johnson anbandelt und ihm Gefallen verspricht. Das macht mich nervös.«

»Ich bandle nicht mit ihm an«, verteidigte ich mich. Wie kam sie überhaupt auf diesen Gedanken? Wurde aus meinen Unterhaltungen mit ihm nicht klar, dass ich ihn verabscheute?

Boston fuhr entnervt mit den Händen über sein Gesicht. »Ich hab dir schon tausendmal gesagt, dass das mit der Polizei Schwachsinn ist.«

»Ich halte das auch für keine gute Idee«, fügte Noah an. Das wiederum überraschte mich. In den letzten Tagen verhielt er sich selbstbewusster als sonst. Seine Entführung schien ihn kaum mitgenommen zu haben, und obwohl er betont hatte, diese Welt sei nichts für ihn, veränderte sich etwas in ihm. Ich erkannte es in dem sicheren Ausdruck auf seinen Zügen.

»Wir sind im Grunde ein Haufen Verbrecher«, erklärte er und schaute danach zu Boston und mir. »Nichts für ungut oder so. Aber wir haben bisher nur sehr schwammige Hinweise, und die Polizei kann derzeit nicht mal auf unsere ADICs zugreifen und unsere Erinnerungen checken, um zu überprüfen, ob das, was wir sagen, der Wahrheit entspricht.« Er sah uns alle nacheinander ernst an. »Sie würden uns nicht glauben.«

»Ich hätte nicht gedacht, dass der Kleine und ich mal auf einer Seite sind«, fuhr Boston fort. »Die Polizei ist machtlos. Das zeigt allein schon der Umstand, dass ich hier sitze.«

Lora starrte ihn lange an und schwieg. Vermutlich war ihr klar, dass er recht hatte. Erst nach einer Weile sagte sie in dem trockensten Tonfall, den ich von ihr kannte: »Ihr wollt trotz allem auf eigene Faust allein weiterermitteln?«

»Ja«, antwortete ich entschlossen, um die Diskussion zu beenden. »Obwohl ich nicht weiß, ob wir Juliens Daten retten können. Aber nur herumzusitzen … würde sich falsch anfühlen.«

»Zumal wir offensichtlich etwas oder jemandem auf der Spur sind«, warf Noah ein. »Wir müssen Bennie helfen. Das hast du selbst gesagt, Atlas. Seine Unschuld zu beweisen könnte der Welt helfen.«

Ich nickte matt, auch wenn ich mich noch selbst davon überzeugen müsste, dass er recht hatte. Zwar hatte ich meine bisherigen

Handlungen vorwiegend damit gerechtfertigt, Bennie und der Welt helfen zu wollen, doch eigentlich war es immer nur um Julien und Noah gegangen. Ich wollte mich nicht mit dem Gedanken beschäftigen, was passieren würde, wenn ich Julien ganz verlieren sollte und Noah für immer in diesem Körper gefangen wäre.

Lora sah zwischen uns hin und her und schien unsere Argumente genau abzuwägen. Es wirkte nicht so, als wäre sie all diesen Optionen besonders abgeneigt. Ich war überrascht, dass sie sich überhaupt auf unsere Begründungen einließ.

»Wir reiten uns damit höchstwahrscheinlich nur weiter in die Scheiße«, sagte sie offen heraus. »Aber gut.«

Ich legte die Stirn in Falten und beobachtete Lora aufmerksam. Warum hatte sie sich so leicht überzeugen lassen? War es nur die Chance, Boston ins Gefängnis zu bringen und ihren Job dadurch wiederzubekommen? Oder kratzte es an ihrer Ehre, diesen Fall fallenzulassen, ohne alle Möglichkeiten ausgelotet zu haben?

»Im nächsten Schritt müssen wie die Adresse überprüfen, die ich gefunden habe, um zu schauen, ob dieser Veteran Informationen hat, die uns weiterhelfen können«, stieg sie sofort wieder in die Planungen ein. »Ich kann aber nicht garantieren, dass er nach wie vor an diesem Ort wohnt.«

»Wir können uns sowieso nicht sicher sein, dass er lebt«, murmelte Boston. »Wenn wir an diese Info gekommen sind, dann sicher auch die andere Partei.«

»Einen Versuch ist es wert«, bestätigte Noah. »Wenn es eine Sackgasse ist, können wir noch immer schauen, wie es von da an weitergeht.«

Die anderen beiden nickten zustimmend.

Bildete ich es mir ein, oder kommunizierten die drei inzwischen auf ganz andere Weise miteinander? Sie hatten wohl viel Zeit miteinander verbracht, während ich bewusstlos gewesen war.

»Wir sollten aufbrechen, sobald es Atlas besser geht«, sagte Noah.

»Es geht mir gut«, stellte ich klar.

»Ja, sie schafft das schon«, pflichtete Lora mir überraschend bei und wandte sich sofort an Boston. »Was mich mehr interessieren würde als Atlas' Zustand, ist, was du gerade nebenbei so treibst.«

Er blinzelte sie mit einer knabenhaften Unschuld an, als wisse er nicht, was sie meinte.

»Tu nicht so. Du hängst seit zwei Tagen nur am Telefon«, meinte sie streng. »Du hattest gesagt, dass du dir dein Unternehmen zurückholen willst, und ich will wissen, was du nebenbei alles planst.«

»Nichts weiter«, sagte er im zuckersüßen Tonfall, der mich gleichermaßen amüsierte und nervte. »Ich lasse im Hintergrund nur diverse Recherchen anstellen und warte auf eine Information. Ohne Atlas' ADIC werde ich meinen Plan allerdings nicht verwirklichen können, also …«

»Auf welche Info wartest du?«, unterbrach Lora ihn harsch. Ich war ihr dankbar dafür, dass sie so intensiv nachhakte, auch wenn ich nicht dachte, dass es viel bringen würde.

»Das ist nicht relevant«, antwortete Boston wie erwartet.

Lora spannte sich an, um vermutlich weiter verbal auf Boston loszugehen – da hob er bereits abwehrend die Hände und schüttelte den Kopf. »Okay, okay«, sagte er in einem Tonfall, der klang, als müssten wir ihm dankbar dafür sein, dass er Informationen mit uns teilte. »Ich arbeite mit einem Team zusammen. Wir wollen den Supercomputer frühzeitig neu starten, klar?«

»Was?« Wir fuhren alle auf. Ein unangenehmer Schauer überlief meine Haut. Doch bevor jemand von uns eine weitere Frage dazu stellen konnte, ließ mich ein kurzes, durchdringendes Klingeln zusammenzucken. Nur eine Sekunde später trat eine Mitarbeiterin des Krankenhauses durch eine hohe Doppeltür in den Raum ein.

»Entschuldigen Sie bitte vielmals die Störung.« Sie eilte auf uns zu und blieb vor uns stehen, um ihren Kopf höflich vor uns zu senken. »Ich muss Sie leider bitten, mir zu folgen. Eine Polizeieinheit nähert sich der Einrichtung, und unser Sicherheitsprotokoll tritt in Kraft.«

»Wie bitte?«, fragte Boston und richtete sich rasch auf.

Die junge Frau setzte sich in Bewegung. Sie trug ein langes weinrotes Kostüm mit drei verschlungenen Dreiecken in schillerndem Gold darauf. Das Logo, das ich auch in Bostons Loft gesehen hatte. Ihr rotes Haar hatte sie zu einem strengen Zopf gebunden.

»Wurden wir verraten?«, fragte Boston und folgte ihr. Ich schaute mich zu Noah und Lora um, dann setzten wir uns ebenfalls in Bewegung. Wir rannten nicht, und trotzdem fiel es mir schwer, das rasche Tempo zu halten.

»Nein«, versicherte die junge Frau sofort und brachte uns von dem Aufenthaltsraum zu einer Tür, die uns in einen weiteren Gang mit dicken, verzierten Teppichen und hohen Wänden führte. Die Sommersprossen auf ihrem Gesicht hatten mich erst denken lassen, sie wäre ein Android, doch sie gehörten wohl zu ihrer Haut. »Wir werden aufgrund unserer hohen Verschwiegenheit unregelmäßig von Patrouillen überprüft. Die Polizisten dürfen nicht in die gesicherten Räume vordringen. Wir wollen trotzdem jedes Risiko vermeiden.« Der klare und professionelle Tonfall, in dem sie sprach, vermochte es, mich ein wenig zu beruhigen.

Von dem Flur, dessen große Fenster auf die friedvollen Gewächshäuser blicken ließen, folgten wir der Frau weiter durch eine kleinere Tür in einen Gang, der offensichtlich nur für das Personal gedacht war. Er war schmal und die Wände in einem perfekten Weiß gestrichen. Als die Tür schwer hinter uns ins Schloss fiel, fühlte ich mich gefangen. Obwohl ich spürte, wie mir langsam wieder schwindlig wurde, beschleunigte ich mein Tempo ein wenig.

Boston ordnete seine Kleidung, als machte er sich Sorgen darum, jemand hätte gesehen, dass er kurz aus seiner überlegenen Rolle gefallen war.

Noah hatte inzwischen bemerkt, dass ich zu schwanken begonnen hatte. Er verlangsamte sein Tempo, um mich zu stützen, und ich nahm seine Hilfe dankbar an.

Das hier war Bostons Welt. Und verdammt, ich kannte mich in

ihr zu wenig aus, um mich sicher darin zu bewegen. Hier galten andere Regeln als im Untergrund.

Obwohl »Vertraue niemandem« eine Regel war, die man am besten auf die gesamte Welt anwandte.

»Wohin gehen wir?« Lora machte ebenfalls einen besorgten Eindruck. Für sie stand bei dieser ganzen Sache so viel auf dem Spiel. Wenn sie tatsächlich ihren Job zurückbekommen sollte, wäre eine vorzeitige Verhaftung von Boston fatal für sie.

»Wir bringen Sie zur versteckten Shuttle-Station«, sagte die Frau, als sie vor einem Fahrstuhl am Ende des Ganges stehen blieb. »Von dort aus begleiten wir Sie zu einem unserer Außenposten weiter nördlich.«

»Ein Hotel«, erklärte Boston.

»Wie das in New York?«, fragte Noah, und er nickte.

»Ihre Kleidung wird für Sie zusammengesucht«, sagte die Schwester.

»Wir bräuchten etwas Neues«, erwiderte Boston.

»Nennen Sie uns Ihre Kleidergrößen und wir besorgen es Ihnen.«

Lora und ich sahen einander an. Sie musste dasselbe denken wie ich: Uns blieb nichts anderes übrig, als diesen Menschen zu vertrauen.

Wir hatten in dem Limousinen-Shuttle gewartet, bis Mitarbeiter die Polizisten so weit in das Gebäude geführt hatten, dass sie nicht bemerken würden, wenn wir ablegten.

Das luxuriöse schwarze Fahrzeug trug an allen möglichen Stellen das goldene Logo dieser mir unbekannten Organisation. Auf der Rückbank saßen Noah und Lora Boston und mir gegenüber, und durch die großen Fenster waren die Spitzen der Wolkenkratzer und prunkvolle Anwesen auszumachen, die die Sonne noch erreichte. Der Rest von Washington lag unter uns in wabernden Wolken aus Smog und Rauch vergraben.

»Alles gut?«, wollte Lora von mir wissen.

Ohne es zu merken, war meine Hand wieder zu der Naht an meinem Kopf gewandert, um sie zu betasten. Ruckartig zog ich sie weg und schob meine Finger unter meine Oberschenkel. »Ja, alles okay«, log ich. In Wahrheit schlug mir mein Herz nach wie vor bis zum Hals, obwohl ich wusste, dass wir in Sicherheit sein mussten. Zumindest, wenn ich mir ansah, wie entspannt Boston war.

Lora hingegen hatte alles auf unserem Weg bis zur Dockingstation nervös gemustert. Dieser Teil der Gesellschaft war ihr bisher offenbar – ebenso wie mir – komplett verborgen geblieben.

»Können wir den Fahrer bitten, uns direkt zu der Adresse des Veterans zu bringen?«, wollte ich wissen. In meinem Bademantel fühlte ich mich nackt, aber das war gerade meine geringste Sorge. Der Schreck, den das Auftauchen der Polizei in mir ausgelöst hatte, saß mir tief in den Knochen.

»Kommt darauf an, wo genau sich die Wohnung befindet«, murmelte Boston und blickte zu Lora, die ihr Handy bereits aus der Tasche geholt hatte.

»Sub-Level, Distrikt neun«, sagte sie.

»Ins Sub-Level bringen sie uns nicht«, stellte Boston trocken klar und sah aus dem Fenster.

»Wir könnten uns zu einem Zugang im Middle-Level bringen lassen«, schlug ich vor und nahm Loras Handy, um mir die Adresse darauf genau anzuschauen. »Das ist nicht so tief«, stellte ich fest. »Einer der besseren Bereiche.«

»Was soll das denn bedeuten?«, wollte Boston spöttisch wissen, und ich schaute ihn grimmig an.

»Nicht ganz wie der, in dem ich aufgewachsen bin«, antwortete ich und lächelte provozierend. »Wirst du schon sehen, sofern du uns begleitest.«

»Ich werde im Wagen warten.« Er zog sein Handy aus der Tasche und lehnte sich weiter in den weichen Sitz zurück. »Schreib mir die Adresse von dem Zugang auf, an den sie uns bringen sollen. Ich sorge dafür, dass sie uns unsere Klamotten dorthin liefern.« Er ruckte mit dem Kinn zu mir. »Es sei denn, du stehst drauf, so herumzulaufen.«

Ich schürzte die Lippen und erwiderte nichts. Stattdessen tippte ich die Adresse in Loras Handy ein und reichte es ihm. Er nahm es nur mit zwei Fingern entgegen, als sei es etwas Schmutziges, während er auf seinem eigenen Handy bereits eine Nummer wählte und es sich ans Ohr hielt.

Es verging nicht einmal eine Sekunde, bis sich am anderen Ende jemand meldete und Boston unser neues Ziel durchgab. Der Fahrer änderte sofort die Richtung.

Ich fragte mich, wie diese Kommunikationskette funktionierte. Viel mehr dachte ich allerdings darüber nach, was Boston gesagt hatte, bevor der Alarm losgegangen war. Er schmiedete Pläne, den Supercomputer neu zu starten? Wie wollte er das anstellen? Es gab sicherlich einige Mitarbeiter bei Hypermind, die ihm nach wie vor treu waren, aber hatte er wirklich die Mittel und das Wissen, um das tun zu können? Und was brächte es ihm?

Er musste mehr wissen als wir. Doch er teilte uns nur die Infos mit, die er teilen wollte …

»Moment.« Boston nahm sein Handy vom Ohr, um mehrere Klicks vorzunehmen. »Ich habe Sie auf Lautsprecher gestellt«, sagte er und hielt das kleine Gerät in die Mitte zwischen uns. »Das sollte für uns alle interessant sein. Fahren Sie fort.«

»Gut. Ich habe Informationen, die bisher nicht bis zu den Medien vorgedrungen sind«, sprach eine Frau am anderen Ende. »Die Polizei hält es wohl geheim, um das Misstrauen der Bevölkerung nicht weiter zu vergrößern: Etwas geschieht in den Gefängnissen. Viele Mitglieder des ehemaligen Syndikats und weitere wichtige Personen wurden getötet oder verletzt.«

Ich legte einem Instinkt folgend meine Hand auf Noahs Oberschenkel, und Boston bemerkte es sofort.

Anstatt die Geste mit einem abfälligen Kommentar zu bedenken, fragte er laut: »Gibt es Informationen zu Jason Levy?«

»Er hat den Angriff auf ihn überlebt und liegt derzeit auf der Intensivstation. Es ist noch unklar, wer diese Attacken in Auftrag gegeben und organisiert hat.«

»Scheiße«, flüsterte Noah und ballte seine freie Hand zur Faust, richtete seinen Blick auf seine Füße. Ich spürte einen unbestimmten Stich in meinem Herzen, als mir klar wurde, dass ich ihm auch bei diesem Problem nicht würde helfen können.

»Brauchen Sie weitere Informationen?«, wollte die Frau wissen.

»Wie sieht es mit Bennie Haloren aus?«, stellte Boston die Frage, auf die ich gehofft hatte.

»Zu ihm haben wir keine Information erhalten«, antwortete sie, und wir atmeten auf. Obwohl uns klar war, dass das nicht bedeuten musste, dass es Bennie gut ging oder er außer Gefahr war.

»Gut, das war es erst einmal.« Boston sah fragend in die Runde. Niemand fügte etwas an, also verabschiedete er sich mit einem »Vielen Dank« und legte auf.

Noah schaute auf den dunklen Boden.

»Tut mir leid mit deinem …«, setzte ich an.

»Wenn wichtige Menschen im Gefängnis sterben, ist Bennie in Gefahr«, unterbrach Noah mich.

Ich zog meine Hand zurück. Das war es, was ihn beschäftigte? Ließ der kritische Zustand seines Vaters ihn kalt, oder überspielte er es nur? Verdammt, wenn ich nur wüsste, was er dachte. Wenn der Supercomputer länger ausblieb, müsste ich einen Crashkurs im Lesen von Gesichtern belegen.

»Das habe ich auch gerade gedacht«, sagte Boston, den Blick auf die Leere vor ihm gerichtet. »Wir sollten uns wohl besser beeilen, was?«

Kapitel 4

Die Lichter einer dunklen Hoffnung

Der Bereich des Sub-Levels, in dem der Veteran laut Loras Information lebte, war etwas heller als die, in denen ich aufgewachsen war. In diesem Viertel gab es über den Straßen und Gassen nicht so viele Plattformen. So drang an einigen Stellen das Licht des Middle-Levels bis auf den Grund hinab und erhellte den Weg vor uns sogar ein wenig.

Durch die Löcher in den Plattformen, auf denen sich die Straßen und Gehwege der Mittelschicht befanden, fiel reichlich Müll und Unrat. Kleine Berge sammelten sich an den Stellen, an denen das Licht auf die Erde fiel, und Ratten huschten am Rande des Sichtfeldes entlang. Noah beobachtete sie skeptisch, während Lora und ich uns einfach unseren Weg bahnten.

Ich fühlte mich hier ein kleines bisschen sicherer als im Rest des Sub-Levels. Als Kind hatte ich mir oft gewünscht, an diesem Ort zu leben. Doch die Wohnungen waren alle besetzt, und dass es ruhiger war, bedeutete nicht, dass die Anwohner nicht bereit waren zu töten, wenn jemand eine falsche Bewegung machte.

Mit einem Seufzen folgte ich Lora um die nächste Straßenecke, während wir uns an den schmutzigen Fassaden der alten Stadt entlangbewegten. Ich fühlte mich gut, obwohl ich die Kontrolle über meinen Körper noch nicht ganz wiedererlangt hatte. Es war fast, als bestünde der erdige Boden unter meinen Füßen aus Watte.

Die Kleidung, die die geheimnisvolle Organisation uns gebracht hatte, war das Hochwertigste, das ich jemals getragen hatte. Mit dem weichen, dunklen Stoff des lockeren Overalls auf der Haut fühlte ich mich hier unten nahezu fehl am Platz. Dem blumigen Duft des Textils gelang es fast, den Gestank der Gassen zu überdecken.

Ich sah zu Lora und Noah hinüber, die den gleichen Overall trugen. Zumindest Lora schaute hin und wieder an sich hinab und zupfte an dem hochwertigen Material. Noah war solche Kleidung gewiss aus den Zeiten gewohnt, zu denen er bei seinem Vater gelebt hatte.

»Da vorn ist es.« Ich deutete auf ein Backsteingebäude, an dem Balkone befestigt waren, die nie von der Sonne erreicht wurden. An einigen waren Lichterketten angebracht, die wie kleine Glühwürmchen im Halbdunkel schimmerten.

Auch an dem, zu dessen Wohnung wir vermutlich mussten, wenn ich mich richtig orientierte. Es brannte warmes Licht hinter den Fenstern.

Das Gebäude stand am Rande eines offenen Bereiches, der wahrscheinlich einmal ein Parkplatz gewesen war. Nun war er zwar von Erde und Müll bedeckt, aber durch die Lücken in den Ebenen viele Stockwerke über uns drang gedämpftes Licht bis an den Boden.

Fast idyllisch.

»Hier sieht es wirklich etwas besser aus als bei dir«, flüsterte Noah, allerdings nicht in dem üblich abfälligen Ton, mit dem er für gewöhnlich Kommentare über die untersten Bereiche der Stadt machte. Hatte er bemerkt, dass es mich störte?

Ich beobachtete Noah, musterte das mir so vertraute Gesicht, das nicht das seine war, und erkannte, dass er mit seinen Gedanken nicht hier bei mir oder an diesem Ort war. Machte er sich doch Sorgen um seinen Vater? Ich vermutete es, aber ich … ich wusste es einfach nicht.

Den Weg über den Platz auf das Gebäude zu legten wir schweigend zurück. Die hohe Eingangstür war schwarz gestrichen und mit mehreren Metallverzierungen versehen, die die Feuchtigkeit des Sub-Levels tatsächlich rostfrei überstanden hatten.

Ich drückte dagegen, und das Knarzen der Scharniere war so

laut, dass es vermutlich die Aufmerksamkeit des gesamten Viertels weckte. Die Härchen in meinem Nacken stellten sich auf, als wir in das Treppenhaus huschten, durch dessen Fenster ein paar letzte Strahlen des natürlichen Lichts drangen.

Mir wurde das Herz schwer, als ich die knarzenden Holzstufen hinaufstieg. Vielleicht, weil ich mir als Kind so sehr gewünscht hatte, in diesem Bereich der Stadt zu leben. Es gab nicht mal einen Grund, jetzt darüber traurig zu sein, immerhin lebte ich inzwischen in deutlich besseren Verhältnissen. Diese ganze Situation brachte einfach zu viele Gefühle in mir hervor, die ich vergessen geglaubt hatte.

»Drittes Stockwerk, Mitte?«, wollte ich wissen, und Lora hinter mir bestätigte leise, während Noah nicht von meiner Seite wich.

Ich war angespannt, als wir die besagte Tür erreichten und durch den Spalt am Boden etwas Licht in den Flur drang. Dreimal klopfte ich an das Holz, danach warteten wir gespannt ab. Bis sich schließlich Schritte näherten und jemand offensichtlich vor der Tür stehen blieb. Eventuell, um durch den Spion zu uns hinauszuspähen.

Ich befürchtete, dass wir für Menschen aus dem Sub-Level in unseren teuren Overalls kein sehr vertrauenerweckendes Bild boten. Und die Schusswaffe, die ich dem Kerl von RadiLeague entwendet hatte, war mir im Krankenhaus wieder abgenommen worden, also hätten wir nicht viele Wege, uns zu verteidigen, wenn es hart auf hart käme.

»Nehmt euch in Acht«, wies ich die beiden in dem Moment an, in dem die Tür sich öffnete und wir in den Lauf einer Pistole blickten. Weil ich nichts anderes erwartet hatte, hob ich angespannt die Hände und hoffte, dass Lora und Noah dasselbe tun würden.

»Wir wollen nur mit Ihnen reden«, sagte ich rasch und versuchte, mir einen schnellen Eindruck von dem Mann zu verschaffen. Schmaler Körperbau, aber die Arme durchzogen von Muskeln, die nicht zu unterschätzen waren. Ein sauberes weißes Hemd mit einer Weste darüber und eine ordentlich sitzende Stoffhose. Ein dichter, dunkler Bart und kurzgeschorene Haare.

Dieser Mann war zu jung, um der Veteran zu sein, den wir suchten. Ich vermutete, dass er jünger war als ich. Er hatte, soweit ich erkennen konnte, auch nicht das Tattoo, an dem Tyron ihn identifiziert hatte.

»Wer seid ihr?«, wollte er in düsterem Tonfall wissen.

»Wir sind auf der Suche nach Steve Carlin«, überging ich seine Frage in klarem Tonfall. »Wir wollen einen Mord aufklären und brauchen dabei Informationen, die er uns eventuell geben kann.« Nach wie vor bemühte ich mich um einen klaren und ruhigen Ton, um ihn nicht dazu zu ermutigen, zu schießen. Hier unten würde ihn dafür keine Strafe erwarten.

»Warum?«, wollte der junge Mann nur wissen.

Ich glaubte, Angst in seinen Augen zu erkennen. Was ich von der Wohnung hinter ihm ausmachen konnte, machte einen überaus ordentlichen Anschein. Holzkisten, in denen etliche Pflanzen verstaut waren, alte, zertretene Teppiche und mehr von den Lichterketten, die auch draußen hingen.

Die unsichere Position, in der er die Waffe auf uns gerichtet hatte, deutete darauf hin, dass er nicht mit gewalttätigen Auseinandersetzungen vertraut war. Hätte ich es darauf angelegt, hätte ich sie ihm sicher aus der Hand winden können. Aber ich wollte ihn nicht provozieren. Dass er uns nicht einfach fortgeschickt hatte, bedeutete, dass er diesen Steve kannte oder zumindest von ihm gehört hatte. Deswegen wählte ich meine Worte mit Bedacht.

»Wir sind Freunde eines Militärbekannten von ihm.«

Das bewirkte offenbar etwas in ihm, denn er senkte die Waffe ein Stück.

»Der Name des Mannes war Ace Highrom. Er wurde vor wenigen Tagen ermordet in seiner Wohnung aufgefunden. Wir haben ein Foto gefunden, auf dem eine andere Kollegin Mr. Carlin identifiziert hat.« Ich zog meine Augenbrauen in die Höhe, während er uns musterte. »Wenn Sie es zulassen, können wir Ihnen das Foto gern zeigen.«

Ein Seufzen auf den Lippen, senkte er seine Waffe endlich ganz. Leichtsinnig von ihm, denn das könnte genauso gut ein Hinterhalt sein. Er hatte Glück, dass wir kein Interesse daran hatten, ihn zu überfallen.

»Steve Carlin war mein Vater«, sagte er und schob die Pistole etwas ungelenk in seinen Hosenbund. »Denken Sie, dass es etwas mit seiner Einheit zu tun hatte, dass sein Partner getötet wurde?«

»Das wollen wir herausfinden«, mischte Lora sich ein, und sein Blick schwenkte zu ihr. »Die Polizei hat kein Interesse, sich darum zu kümmern.«

Einige Sekunden überlegte er, dann trat er schließlich einen Schritt zur Seite. »Na gut«, sagte er. »Treten Sie ein. Ich habe allerdings Hunde. Machen Sie lieber keine falsche Bewegung.«

»Ich wusste nicht, dass man Hunde halten darf«, sagte Noah, der sich zu den drei ruhig daliegenden Deutschen Schäferhunden hinabgebückt hatte, um sie an seiner Hand schnuppern zu lassen. Sie wirkten friedlich, beobachteten jedoch vor allem Lora und mich überaus aufmerksam.

»Mein Mann und ich haben sie von der Straße aufgelesen«, erklärte er knapp.

Lora und ich hatten uns zu ihm in eine Sitzecke mit wild zusammengewürfelten Möbelstücken gesetzt, und ich konnte nicht aufhören, mich darüber zu wundern, wie schön dieser Ort eingerichtet war. Die Wohnung war gemütlich. Es roch nach Kräutern und der Blumenerde, in der all die Pflanzen wuchsen, die diesen Räumen Leben einhauchten.

»Mein Name ist David Carlin«, offenbarte der Mann, und Lora und ich nahmen automatisch aufrechtere Positionen ein. Mein Herz schlug etwas höher, weil ich so sehr hoffte, er würde uns etwas präsentieren, das uns helfen würde, in diesem Fall weiterzukommen.

Noah hörte sicherlich auch zu, doch er war gleichzeitig beschäftigt damit, sich mit den Hunden anzufreunden, die sich um ihn versammelten, um gestreichelt zu werden.

»Steve war Ihr Vater?« Ich verkniff mir das Lächeln über Noah.

»Ja.«

Lora hatte das teils zerkratzte Foto bereits aus ihrer Tasche geholt und hielt es ihm entgegen. »Der Mann in der Mitte ist Ace Highrom«, sagte sie. »Er wurde tot in seiner Wohnung aufgefunden. Von dort haben wir auch das Foto.«

Als David das Bild entgegennahm, wurde er etwas blasser. Irgendetwas darauf musste ihm etwas sagen.

»Eine weitere Person hat Ihren Vater – auf der rechten Seite – anhand seiner Tattoos identifiziert. Können Sie das bestätigen?«

»Ja«, ächzte David unter sichtbarer Anstrengung. »Das ist eindeutig mein Vater. Ich erkenne seine Tattoos und …« Er presste die Lippen aufeinander.

»Kennen Sie Mr. Highrom?«

»Nein.«

»Haben Sie eine Idee, wer die Person auf der linken Seite sein könnte? Die, deren Gesicht ebenfalls ausgekratzt wurde?«

»Nein, keine Ahnung«, brachte David hervor, richtete sich auf und wandte sich rasch von uns ab. Den Blick hielt er nach wie vor auf das Bild in seinen Händen gerichtet.

»Können Sie uns etwas über diese militärische Einheit erzählen?«, wollte Lora wissen, als David sich in Bewegung setzte, um auf eine hohe Kommode in der anderen Ecke des Raumes zuzugehen. Ich beobachtete jeder seiner Bewegungen genau.

»Nein«, fuhr er fort. »Er hat nie etwas darüber erzählt. Es war wohl alles streng geheim. Sogar zu geheim, um mit seiner Familie darüber zu sprechen.« Der langsame, ruhige Tonfall, in dem er sprach, trug viel Leid mit sich.

Er öffnete eine Schublade der dunklen Kommode und wühlte darin herum. »Ich erinnere mich aber daran, wie er von diesem Einsatz zurückkam.«

»Sie meinen den Einsatz, auf dem das Foto geschossen wurde?«, bohrte Lora nach.

»Ja«, bestätigte er. »Er hat nie gesagt, wo er war oder was genau an diesem Ort vorgefallen ist, aber … er war danach nicht mehr derselbe.«

»Können Sie das genauer ausführen?« Lora war wieder in ihrem Detective-Modus, während David noch immer nach etwas zu suchen schien.

»Er hat angefangen zu trinken. Ein paar Jahre später hat er sich das Leben genommen.«

Ich schluckte schwer, weil mir unweigerlich die Bilder von Shanes letzten Augenblicken durch die Gedanken huschten. Trotz des flauen Gefühls in meinem Magen musste ich konzentriert bleiben.

»Und Sie denken, das hing mit diesem Einsatz zusammen?«, fragte Lora, und als er erneut knapp bestätigte, warfen wir einander einen Blick zu. Selbst Noah, umzingelt von schwanzwedelnden Hunden, schaute alarmiert zu uns auf.

David hatte offenbar gefunden, wonach er gesucht hatte, denn er drehte sich wieder zu uns um und hielt ein zweites Foto in den Händen. Es war, im Gegensatz zu unserem, gelblich und sah irgendwie weich aus. Als wäre es sehr oft in den Händen gehalten worden.

»Ich kann Ihnen leider keine Informationen zu der Einheit geben. Doch mein Vater hat auch einen Abzug von diesem Bild.« Erneut setzte er sich uns gegenüber und hielt es kurz in den Händen. Wie von allein spannten sich alle Muskeln in meinem Körper an, und mein Herz begann etwas schneller zu schlagen, in der Hoffnung, irgendetwas an dieser Version des Bildes würde uns weiterhelfen. Irgendetwas.

Nahezu nostalgisch schaute David auf die Kopie hinab. »Er hatte dieses Foto immer bei sich. Als ich klein war, habe ich oft gesehen, wie er einfach nur dastand und es angestarrt hat, wenn er dachte, niemand sieht ihn.« Und mit diesen Worten überreichte er uns die beiden Bilder.

Eilig nahm Lora sie entgegen und hielt sie nebeneinander. Es waren wirklich dieselben Bilder. Nur, dass die Gesichter aller drei Personen auf Davids Abzug klar und deutlich zu erkennen waren. Bevor ich mich vorbeugen konnte, um sie genauer in Augenschein zu nehmen, erkannte ich, was Lora dazu gebracht hatte, die Luft scharf zwischen den Zähnen einzuziehen.

»Die Person links … das ist Tyron«, flüsterte ich, und ein Schauer überlief mich von oben bis unten, zusammen mit einem Gefühl der Wut, das sich in mir breitmachte.

Diese verdammte Lügnerin! Sie hatte behauptet, von der Einheit, aber nichts von dem Einsatz gewusst zu haben. Dabei war sie eine der Personen auf dem Foto.

Fuck.

»Ihr kennt die Frau?«

»Kennen ist übertrieben«, flüsterte Lora, richtete sich auf und holte ihr Handy aus der Tasche, um ein Foto von dem Bild zu schießen

Noah war inzwischen ebenfalls aufgestanden, um das Foto zu mustern.

Es stimmte. Sie war es eindeutig. Sie war jünger und ihre Gesichtszüge härter. Die Muskeln an ihren Armen traten deutlicher hervor, und durch die lockere Uniform, die die drei Personen trugen, und das ausgekratzte Gesicht hatte ich sie fälschlicherweise für einen Mann gehalten. Ein naiver Fehler, der uns jetzt teuer zu stehen kam.

»Ist Tyron noch in Johnsons Gefangenschaft?«, fragte Noah.

Lora antwortete nicht und wählte bereits Johnsons Nummer. Sie legte Davids Foto wieder auf die Kisten zwischen uns, hielt das Handy an ihr Ohr und schob sich an mir vorbei, um wieder auf die Tür zuzusteuern.

Noah gab sich Mühe, die Hunde abzuwimmeln, bevor er ihr folgte. David hatte sich auch aufgerappelt und sah mich irritiert an.

Ich ruckte mit dem Kopf zu dem Foto auf dem Tisch. »Danke«, sagte ich rasch. »Sie haben uns sehr weitergeholfen.«

»Werden Sie den Fall damit aufklären können?«, wollte er wissen, als ich mich schon umdrehen wollte.

»Vielleicht«, antwortete ich wahrheitsgemäß. Lora und Noah hatten die Wohnung bereits verlassen.

»Geben Sie auf sich Acht«, sagte ich rasch, wandte mich ab, drückte mich an den Schäferhunden vorbei und lief ins Treppenhaus.

Folge 8

Das Dorf

Kapitel 1

Die Koordinaten einer vergessenen Erinnerung

»Reg dich nicht so auf, Süße«, säuselte Johnson, und ich verdrehte genervt die Augen.

»Du hast nie gesehen, wie ich bin, wenn ich mich mal aufrege«, flüsterte ich. Es gefiel mir nicht, wie laut er sprach. In den Tunneln, so weit unter der Stadt, hallte jedes Geräusch bis in die Unendlichkeit nach.

»Ich kann's kaum erwarten, dich mal so zu erleben.« Er trat etwas näher an mich heran, woraufhin ich mich weiter in Richtung der Wand bewegte.

»Ich meine nur, dass es … ungünstig ist, dass Boston gerade jetzt verschwunden ist. Wir sind kurz davor, den Fall zu lösen, und da brauchen wir ihn.« Als wir die Wohnung von David verlassen hatten, war Boston bereits fort gewesen. Er hatte uns zwar einen anderen Wagen geschickt, um uns abholen zu lassen, aber was er zu tun hatte oder warum das nicht ein paar Minuten hatte warten können, hatte er uns natürlich nicht mitgeteilt.

»Dafür habt ihr ja mich«, meinte Johnson, und ich grummelte, während Lora und Noah leise lachten.

Die Luft in den Tunneln war so warm und feucht, dass sie sich anfühlte, als wäre sie bereits mehrere Male geatmet worden. Die Dunkelheit, die sich außerhalb des Lichts unserer Taschenlampen ausbreitete, war so absolut, als wären wir in ein Loch gekrochen, aus dem wir nie wieder herauskommen würden. Fast als befänden wir uns in einem lebendigen Körper.

»Wie weit ist es noch?«, wollte ich wissen, woraufhin Johnson –

überraschenderweise ohne sich zu beschweren – sein Handy herauszog und auf eine Karte schaute.

»Etwa hundert Meter.«

»Ich kann nicht glauben, dass ihr Tyron einen Sender eingesetzt habt«, spuckte Lora aus, ebenfalls zu laut für meinen Geschmack.

Es verwunderte mich, dass sie von dieser Methodik überrascht war. Im Untergrund war das gang und gäbe, wenn man sich mit den falschen Leuten anlegte. War man wichtig genug und wurde von einer Bande gefangen genommen, war eigentlich garantiert, dass sie einem irgendwo einen Tracking-Chip einsetzten.

Johnson lachte ehrlich amüsiert. »Gib doch zu, dass du die Vorstellung geil findest, solche Methoden bei deinen Ermittlungen einsetzen zu können.« Sie schnaubte, doch er fuhr fort. »Ich meine es ernst. Wenn du deinen Job zurückbekommst, kann ich dir im Austausch für Gefälligkeiten gern ein paar Leute ans Messer liefern.«

»Nein, danke«, sagte Lora mit einem angewiderten Lächeln.

»Denkt ihr, sie wird allein sein?«, unterbrach Noah die Diskussion der beiden. Mir kam das ganz gelegen, weil ich mich lieber darauf vorbereitete, was uns wohl am Ende unseres schon viel zu langen Weges erwarten würde.

»Na ja, ihre Begleiter von RadiLeague wurden verhaftet und wegen Waffendiebstahl festgesetzt«, sagte Johnson. »Wenn sie sich keine andere Unterstützung klargemacht hat, sollten wir nicht mit viel Gegenwehr rechnen müssen.«

Das war gut. Es ging mir seit der Operation immer besser, aber kampfbereit war ich nicht und würde es höchstwahrscheinlich für ein paar Wochen lang auch nicht sein. Im Grunde war mir das egal. Solange ich mein ADIC wieder einsetzen könnte, wäre alles gut.

»Sollten wir nicht leiser sein, wenn wir uns nähern?«, fragte Noah.

Johnson schüttelte den Kopf. »Die sehen unsere Taschenlampen sowieso. Und wir können sie nicht ausmachen.«

Noah seufzte und verlangsamte sein Tempo, als Johnson seine Pistole zog und Lora ebenfalls eine reichte. Wenigstens etwas.

Ich schloss mich Noah an und trat hinter die beiden. Ich war nicht einmal traurig darum, dass sie nicht daran dachten, mich mit einer Waffe auszustatten. In diesem Zustand wäre ich vermutlich eher eine Gefahr als eine Hilfe.

»Tyron hat sich seit einiger Zeit nicht mehr bewegt«, sagte Johnson. »Wenn die Position auf der Karte stimmt, befindet sie sich im nächsten Eingang links, in einer breiten Sackgasse.«

»Geht klar«, murmelte Lora, und alle begannen, Ausschau nach der Einbuchtung zu halten. Jetzt machte sich Aufregung in mir breit. Ich spürte, wie mein Kreislauf nicht hinterherkam, und für einen Moment hatte ich Probleme mit dem Gleichgewicht. Zum Glück konnte ich mich fangen, bevor es jemand bemerkte.

Wenige Meter vor der Einbuchtung bedeutete Lora Noah und mir mit einem Winken ihrer Hand zurückzubleiben. Ich folgte ihren Anweisungen, ohne mit der Wimper zu zucken.

Mit erhobenen Waffen und nach vorn gestreckten Taschenlampen traten Lora und Johnson in die Sackgasse hinein. Es verwunderte mich, nicht sofort Rufe und Schüsse zu hören.

Es blieb überraschend still.

Nach etlichen Sekunden der vollkommenen Ruhe konnte ich meine Neugierde nicht länger unterdrücken und regte mich wieder, um selbst einen Blick in die Sackgasse zu werfen. Bis auf die Stellen, die von Loras und Johnsons Taschenlampen erhellt wurden, war es komplett dunkel.

»Sicher, dass wir richtig sind?«, fragte Lora, ohne ihre Deckung fallenzulassen.

Johnson hingegen entspannte sich etwas und ließ die Waffe sinken. »Ja«, sagte er. »Vielleicht hat sie sich den Sender entfernt.«

Eine Regung weiter hinten in der Sackgasse ließ uns zusammenzucken. Lora richtete ihre Taschenlampe auf den Ursprung des Geräuschs, und Johnson hatte seine Waffe wieder im Anschlag.

Aus einer Nische schob jemand seinen Kopf hervor.

Es war Tyron!

»Hände hoch«, bellte Lora, und Tyron tat wie geheißen. Sie hatte keine Pistole in der Hand.

»Welchen Sender?«, wollte sie wissen.

Johnson antwortete ihr nicht, sondern sah sich, die Waffe nach wie vor auf sie gerichtet, in jedem Winkel der Sackgasse um. Doch bis auf sie zeigte sich niemand. Hatte sie sich tatsächlich allein hier versteckt?

Ich löste mich ein Stück von der Wand in meinem Rücken und leuchtete mit meiner Taschenlampe, wie Johnson zuvor, in jede Ecke, die in der Dunkelheit lag.

War das ein Hinterhalt? Andererseits war da etwas in Tyrons Gesicht, das mich daran zweifeln ließ. Sie wirkte ehrlich überrascht.

»Was … was wollt ihr von mir?«, brachte sie stammelnd über ihre Lippen.

Wen hatte sie an unserer Stelle erwartet? Sobald wir festgestellt hatten, dass sie sich in die Tunnel zurückgezogen hatte, waren wir davon ausgegangen, dass sie sich vor Johnson und seinen Leuten verstecken würde. Aber dieser Hauch an Erleichterung auf ihrem Gesicht ließ mich vermuten, dass sie befürchtet hatte, von jemand anderem gefunden zu werden. Von jemandem, den sie als gefährlicher empfand als uns. Vor wem konnte sie solche Angst haben?

Anderenfalls hätte sie sich nie so bereitwillig gezeigt, oder?

»Uns wurde die Originalversion von dem Foto gezeigt«, sagte ich und zog die Augenbrauen hoch, nachdem ich mir sicher war, dass Tyron keine Verstärkung bei sich hatte. »Du hast uns einiges zu erklären.«

Tyron blinzelte irritiert, als müsse sie erst verstehen, was ich gerade zu ihr gesagt hatte. Ich erkannte, wie ihr Körper sich langsam entspannte.

»Na gut«, sagte sie schließlich.

Wie seltsam. Warum war sie bereit, so friedfertig mit uns zu sprechen? Es könnte nach wie vor eine Falle sein, aber … irgendwie glaubte ich das nicht.

»Können wir bitte die Waffen weglassen?«, bat sie. »Ich sag euch alles.«

Ich hatte das Gefühl, die Luft in den Tunneln nicht mehr lange atmen zu können, ohne mich übergeben zu müssen. Johnson und die anderen hatten jedoch beschlossen, das Gespräch mit Tyron hier und jetzt durchzuführen. Was vermutlich das Beste war. Wir brauchten schnell Antworten.

Wir hatten uns in einem Kreis um die Laterne gesetzt, die Tyron bei sich trug. Sie strahlte deutlich wärmeres Licht aus als unsere Taschenlampen. Die Schatten, die sie in die Gesichter von allen malte, hatten trotzdem etwas Unheimliches an sich.

»Du bist auf dem Foto«, stellte ich mit vor der Brust verschränkten Armen in den Raum. »Dabei meintest du, dass du nichts darüber weißt. Kannst du uns das erklären?«

»Und dachtest du tatsächlich, dass wir das nicht herausfinden, wenn du uns zu Carlin schickst?«, fügte Lora an.

»Ich dachte, der Kerl sei längst tot«, wisperte Tyron abwehrend.

»Ist er auch«, erwiderte Noah ruhig. Dass sein Sohn am Leben war, sollten wir lieber nicht erwähnen. Nicht, dass sie für die Information, die er uns gegeben hatte, Rache an ihm nehmen würde.

Das schien sie allerdings gar nicht weiter zu interessieren. Überraschend erwartungsvoll schaute sie alle von uns nacheinander an. »Was denkt ihr denn, was sich hinter diesem Foto verbirgt?«

»Wir hoffen, dass wir genau dazu Antworten von *dir* bekommen«, erwiderte Johnson hart.

»Ich meine«, setzte sie langsam an, als würde sie jedes Wort, das über ihre Lippen kam, genau abwägen, »warum ihr denkt, dass dieses Foto irgendeine Bedeutung hat.«

Ich sah in die Runde, um einzuschätzen, inwiefern die anderen bereit waren, Tyron mehr über diese Sache zu erzählen. Zu meiner Überraschung war es Johnson, der nickte und mir damit die stille Erlaubnis erteilte, mehr zu verraten.

Er war sich wohl sehr sicher, dass sie keine Gelegenheit bekommen würde, jemand anderem von unseren Ermittlungen zu berichten. Rechnete er damit, dass sie umgebracht wurde? Hatte er vor, sie hiernach zu exekutieren? Oder hatte er solches Vertrauen in sie?

Irgendeinen Plan musste er haben, sonst würde er das nicht zulassen.

»In Bennie Halorens Gehirn ist die Erinnerung an den Mord an Noor Godman aufgetaucht«, sagte ich also.

»Aufgetaucht?«, fragte sie sofort, einen heftigen Schwung von Skepsis in der Stimme. »Ihr wollt sagen, sie ist gefälscht?«

»Wir vermuten, dass sie echt ist, ihm aber implementiert wurde.«

»Ohne sein Wissen?«

»Ja.«

»Und ohne, dass die Polizei etwas Gegenteiliges herausgefunden hat?«, hakte sie nach.

»Ja.«

Die Stirn gerunzelt, schaute sie auf ihre Hände hinab. Ihre Fragen hatten weniger provokativ als interessiert geklungen. Als hätte sie ihre eigenen Gedanken zu der Sache, die sie uns nicht mitteilen wollte.

»In der Erinnerung konnten wir das Gesicht des Mörders nicht ausmachen. Aber wir haben nach diversen Analysen jemanden erkannt, der ihn vielleicht unterstützt hat. Diese Person war …«

»Ace Highrom«, sagte Tyron.

»Genau. Er wurde vor Kurzem in seiner Wohnung exekutiert.«

Sie machte einen bedrückten Eindruck. »Er soll einen Mörder unterstützt haben? Das kann ich mir nicht vorstellen. Er war ein guter Kerl.« Sie rieb ihre Hände aneinander. »Wie wurde er umgebracht?«

»Kopfschuss«, sagte Johnson.

»In seiner Wohnung haben wir das besagte Foto gefunden.« Ich wiegte den Kopf hin und her. »Und ich wusste, dass es etwas zu bedeuten hat. Wir dachten zwar, die Spur wäre kalt, doch dann habe ich den Anhänger mit der Blume bei dir gesehen. Dasselbe Logo, das sich auch auf dem Foto befindet.« Ich zog die Augenbrauen hoch. »Was uns natürlich in der Annahme bestätigt hat, dass es irgendwas mit dieser Einheit auf sich hat.« Tyron brach den Blickkontakt zu mir nicht ab, während ich meine Arme leicht ausbreitete. »Und jetzt sind wir hier.«

»Ihr denkt also, wenn ihr herausfindet, was an diesem Ort auf dem Foto geschehen ist, findet ihr heraus, wer der Anführer der Einheit ist und wer Bennie aus dem Weg haben wollte?«

»Ja«, sagten Lora und ich gleichzeitig.

Johnson legte den Kopf zur Seite. »Hast du Vermutungen?«

»Die Einheit hatte, meines Wissens nach, mehrere hundert Mitglieder. Wir befanden uns nie alle am gleichen Ort. Alle kamen aus unterschiedlichen Bereichen der Welt und aus allen möglichen Teilstreitkräften. Army, Navy, alles dabei. Viele waren gleichzeitig bei ProTEC.«

»ProTEC?«, hakte Noah nach. »Die wohltätige Organisation von Payne?«

»Ja«, sagte sie langsam. »Was der Beweis dafür sein sollte, dass diese Einheit nicht an irgendwelchen Verbrechen beteiligt sein kann.« Johnson machte ein abfälliges Geräusch, deswegen fügte sie sofort an: »Meine jetzigen Aktivitäten haben nichts mit den anderen oder meiner Vergangenheit zu tun.« Sie ruckte mit dem Kopf zu Noah hinüber. »Der Auftrag, den Androiden zu stehlen, war der erste, den ich seit Jahren bekommen habe. Alle Aufträge, die ich nach meiner Zeit bei der Einheit angenommen habe, waren für gute Zwecke.«

Johnson schnaubte abermals, was ihm erneut ein böses Funkeln von Tyron einbrachte. Sie sagte allerdings nichts mehr.

»Welche Einsätze habt ihr bei dieser Einheit durchgeführt?«, fragte Lora in ruhigem Tonfall weiter. »Und was genau habt ihr an dem Ort auf dem Foto getan?«

Tyron schluckte schwer und ließ sich Zeit mit der Antwort. »Ich weiß es nicht mehr«, sagte sie dann leise.

Alle in der Runde regten sich. Ich schüttelte irritiert den Kopf. »Wann hat der Einsatz stattgefunden?«

»Ich weiß es nicht. Vor mindestens fünf Jahren.«

»Du erinnerst dich nicht?«

»Nein.«

»An nichts von dem?«

»Nur sehr bruchstückhaft«, fuhr sie fort. »Ich erinnere mich an die Hinreisen und einige Momente mit meinen Partnern und Partnerinnen. Aber nicht an die Einsätze selbst.«

Erneut schaute ich zu den anderen hinüber, um zu schauen, wie sie darauf reagierten, weil ich nicht wusste, was ich davon halten sollte.

Verdammt, auf was waren wir hier gestoßen? Eine ultrageheime Militäreinheit, deren eigene Mitglieder sich nicht einmal mehr an die Einsätze erinnerten? Mit einem unbekannten Anführer, Verstrickungen mit ProTEC und einem ungeklärten Mordfall, der Haloren in die Schuhe geschoben werden sollte.

Ich konnte das alles noch nicht in meinem Kopf zusammenbringen.

»Wenn wir nachweisen können, dass diese Einheit etwas mit ProTEC zu tun hatte, hat Boston Payne am Haken«, überlegte Johnson laut.

»Wir hatten nichts mit ProTEC zu tun!«, fuhr Tyron auf. »Ich habe das gesagt, um euch klarzumachen, dass in dieser Einheit gute Menschen arbeiten. ProTEC beschützt und versorgt die ärmsten Menschen der Welt, ohne eine Gegenleistung zu fordern. Schon seit Jahrzehnten!« Sie hob ihren Finger und deutete drohend auf Johnson. »Und wenn das hier nur eine Aktion sein soll, um Payne Hax und seine Organisation in ein schlechtes Licht zu rücken, damit dein Syndikatskumpel ihn stürzen kann …«

»Hey, ganz ruhig«, unterbrach Lora ihren Redeschwall. Tyron atmete schwer, hielt jedoch inne. »Mit dem Problem, das Boston und Payne miteinander haben, hat das nichts zu tun. Wir wollen nur herausfinden, was es mit dem Mord an Noor auf sich hat.«

»Und du musst ja einen Grund haben, dich hier unten zu verstecken«, fügte Johnson mit hochgezogenen Augenbrauen an.

»Was meinst du?«

»Dass ich vermute, du hast Angst, dass jemand aus dieser Einheit kommt, um dich auszuschalten. Oder Schlimmeres.«

»Das ist nicht wahr!«

»Sicher? Du hast irgendwie erleichtert ausgesehen, als wir es waren, die dich gefunden haben.«

Ich hatte es mir also nicht eingebildet, Johnson war es genauso aufgefallen.

»Ich bin nur vorsichtig.«

»Du rechnest damit, dass jemand hinter dir her ist«, stellte Lora in den Raum, worauf Tyron wieder ein wenig in sich zusammensank.

Das war wohl ein ›Ja‹.

»Sag schon«, setzte ich wieder an. »Hast du irgendwelche Informationen, die uns weiterhelfen könnten? Hast du einen Weg, diesen Auftraggeber zu kontaktieren, oder …?«

»Nein, das funktioniert nur in eine Richtung«, sagte sie. Sie wiegte den Kopf hin und her, als wolle sie etwas anfügen, deswegen wartete ich kurz. »Aber vielleicht … keine Ahnung, ob das weiterhilft.« Sie griff in ihre Tasche, und Johnsons Hand glitt sofort zu seiner Waffe. Bevor ich ebenfalls reagieren konnte, zog sie bereits ein Foto heraus.

»Das ist meine Kopie von dem Foto«, sagte sie und schaute darauf hinab. »Ich … ehrlich gesagt würde ich auch gern erfahren, was bei diesen Einsätzen passiert ist.« Sie reichte mir das zerknitterte Bild. »Ich habe es geholt, nachdem Johnson mich hat gehen lassen. Ich weiß nicht mehr, was passiert ist, aber ich hatte nach der Aufnahme wohl die Koordinaten auf der Rückseite notiert.«

Ich betrachtete die eilig gekritzelten Zahlen und reichte das Bild anschließend Lora, die ihre Hand bereits danach ausgestreckt hatte.

»Wohin führen die Koordinaten?«, fragte ich Tyron. Ich konnte mir nicht vorstellen, dass sie nie danach gesucht hatte.

Sie zuckte mit den Schultern. »Nach Kambodscha. Mitten ins Nirgendwo. Ich hatte nie die Mittel, den Ort selbst noch einmal aufzusuchen.«

Kambodscha. Ich wusste nicht, ob ich ihr glauben konnte, doch ... das könnte wohl passen.

Lora gab die Koordinaten in ihr Handy ein, als Johnson seine Waffe wieder etwas höher hob und auf Tyrons Gesicht richtete.

»Ist das eine Falle?«

»Was?« Sie wirkte überrascht von der Frage.

»Warum solltest du uns sonst so freiwillig helfen?«, fragte er in hartem Tonfall. »Ich kenne dich, und das ist nicht deine Art.«

»Sie hat ...«, wollte Noah intervenieren, aber Johnson unterbrach ihn mit dem Winken seiner Hand.

»Ruhe. Sag schon, Tyron, was steckt dahinter?«

»Ich will auch herausfinden, was hinter der Sache steckt! Vor allem, wenn jetzt Kollegen ermordet werden.«

Johnson sprang auf, ging mit erhobener Waffe einen Schritt auf sie zu und schrie: »Erzähl keinen Scheiß! Du hast uns schon mal hinters Licht geführt. Woher sollen wir wissen, dass du uns nicht wieder in die Pampa schickst, um mehr Zeit für deinen Auftraggeber herauszuschlagen?«

Tyron wich zurück und schob sich weiter an den Rand des Tunnels. Noah stand auf und versuchte, zwischen die beiden zu gelangen.

»Aufhören!«, rief er. »Ich denke, sie sagt die Wahrheit!«

Lora und ich sprangen ebenfalls auf. Ich vor allem, um Johnson notfalls aufzuhalten, falls seine Wut sich gegen Noah richten sollte.

»Woher willst du das wissen?«, rief er. Seine Stimme hallte so laut von den Wänden wider, dass es mich nervös machte.

»Ich bin einfach ein normaler Mensch. Im Vergleich zu euch allen«, sagte Noah frustriert. Erst während er sprach, schien ihm aufzufallen, wie ironisch diese Aussage in seinem Körper klang. »Ich bin nur kein Monster, das davon ausgeht, dass jeder immer lügt, klar?«

»Er hat recht«, pflichtete ich ihm bei, obwohl ich mir nicht so sicher war wie Noah. »Wir müssen uns beeilen, wenn wir Bennie helfen wollen. Wenn du nicht darauf warten willst, bis der Supercomputer wieder hochgefahren ist, damit ich überprüfen kann, ob sie die Wahrheit sagt oder nicht, müssen wir davon ausgehen, dass sie es tut. Klar?«

Johnson sah zwischen uns hin und her, dann verzog er den Mund und senkte seine Pistole wieder. »Wenn wir draufgehen, ist das eure Schuld«, grollte er.

Ich lächelte. »Das wäre es sowieso.«

»Seid ihr fertig?«, mischte sich Lora ein, die die Informationen auf ihrem Handy studierte. »Ich habe herausgefunden, wo sich diese Koordinaten befinden.«

Ich trat cinen Schritt zu ihr hinüber und erkannte eine Karte von Südostasien auf dem kleinen Bildschirm.

»Es handelt sich tatsächlich um eine abgelegene Gegend in Kambodscha.«

Johnson zog die Augenbrauen nahezu überrascht hoch.

»Wir gehen also nach Kambodscha?«, hakte ich nach.

Lora verzog überlegend den Mund. »Wenn Boston uns dahin schaffen kann.«

»Kann er sicherlich«, überlegte ich laut. »Die Frage ist, ob wir vor Ort Informationen finden, die uns weiterbringen.«

»Einen anderen Hinweis haben wir nicht«, sagte Noah und schaute wie zur Überprüfung erneut Tyron an, die wie erwartet nichts mehr anfügte.

»Ihr müsst mich mitnehmen«, sagte sie sehr zögerlich. »Wenn ihr mich hierlasst …«

»Keine Sorge«, sagte Johnson bestimmt und schob endlich seine Waffe wieder in das Halfter an seinem Gürtel. »Ich würde eh nicht zulassen, dass du irgendwohin verschwindest.«

Kapitel 2

Das Annähern einer unwiderlegbaren Wahrheit

Der Innenraum des Shuttles wurde von den Konsolen in den hinteren Bereichen und dem Licht, das durch die breite Frontscheibe hineinfiel, erhellt. Sobald wir die Tunnelsysteme verlassen hatten, hatte Boston uns abholen lassen, um uns – ohne viele Fragen zu stellen – nach Kambodscha bringen zu lassen. Offenbar war er zu sehr mit seinen eigenen Plänen beschäftigt, um sich im Moment großartig für uns zu interessieren.

Einerseits fand ich es gut, ihm nicht jeden unserer Schritte erklären zu müssen. Andererseits machte es mich nervös, wie bereitwillig er uns so kostspielige Methoden zur Verfügung stellte.

Inzwischen befanden wir uns seit etwa einer Stunde über den Wolken. Wenn wir Bostons Space Elevator hätten nutzen können, wäre die ganze Unternehmung deutlich schneller abgelaufen. Bisher gab es jedoch nur wenige dieser Fahrstühle, die bis in die Infrastruktur des Orbits hineinreichten, und die unterlagen schwerer Überwachung. Demnach musste es so funktionieren.

Ich saß auf meinem Platz und hielt die Augen die meiste Zeit geschlossen, um ein wenig Ruhe zu finden. Ich fühlte mich nach wie vor schwach; vor allem nach diesem erneuten Ausflug in die Tunnel.

Johnson und Tyron saßen ebenfalls mit geschlossenen Augen in ihren Sitzen, vermutlich schlafend. Es war seltsam, Johnson in einer so angreifbaren Lage zu sehen. Dass er sich überhaupt traute, in unserer Anwesenheit zu schlafen, war beeindruckend.

Lora und Noah hingegen fanden keine Ruhe, liefen herum oder

unterhielten sich mit den beiden Piloten, die Boston bestochen hatte. Oder es waren schlicht weitere Mitarbeiter von dieser dubiosen Organisation. Ich wollte es gar nicht so genau wissen.

Es verwunderte mich weiterhin, wie gut Boston darin war, Menschen zu manipulieren. Fast wie ich damals, als ich mein ADIC noch benutzen konnte. Damit hätte ich es auch geschafft, uns hier hinaufzubekommen.

Er hatte andere Methoden, die trotzdem griffen. Ich wehrte mich dagegen, mich davon beeindrucken zu lassen.

Das Klingeln meines Handys war so überraschend und laut, dass ich am ganzen Körper zusammenzuckte, bevor ich mit zitternden Fingern danach greifen konnte. Johnson war aufgewacht und blinzelte mich neugierig an.

Boston. Ich schaute den Namen auf dem Display mehrere Sekunden lang an, bevor ich abnahm.

»Was gibt es?«, fragte ich, ohne ihn zu begrüßen.

»Elena«, sagte er, und ich presste die Lippen aufeinander, um nichts darauf zu erwidern. »Ich bin kurz davor, den Hack fertigzustellen, um den Supercomputer von der Erde aus wieder hochzufahren.«

»Was?«, fragte ich laut. Die anderen sahen zu mir auf, also sprach ich etwas leiser weiter. »Ich wusste nicht, dass das so schnell gehen würde.«

»Ich habe doch gesagt, dass ich daran gearbeitet habe«, erwiderte er überraschend ruhig. »Pass auf: Ich weiß, du bist gerade mit deinen eigenen Spielchen beschäftigt, und ich freue mich, dass ihr vorankommt.«

Ich schnaubte abfällig. »Aber?«

»Aber du bist mir diesen Gefallen schuldig. Und wenn ich das Ding neu hochfahre, musst du da sein.«

Ich schluckte schwer und zog meine Beine auf den Sitz vor mir. »Was genau willst du von mir, Boston?«, fragte ich abermals. Irgendwann musste er es mir sagen.

Und verdammt, die ganze Zeit hatte ich gehofft, dass wir unsere Ziele erreicht hätten und dass Boston im Gefängnis wäre, ohne dass ich etwas für ihn würde tun müssen. Doch die Zeit lief uns davon.

»Wie bereits gesagt: Du sollst allen Dreck über Payne für mich ausgraben.«

Ich glaubte nicht, dass das alles sein sollte. Obwohl man – mit der Verbindung von ProTEC zu dieser geheimnisvollen Militäreinheit – Payne wohl tatsächlich etwas anhängen könnte. Doch das konnte einfach nicht Bostons einziger Plan sein. Da musste mehr dahinterstecken. »Wie kannst du dir sicher sein, dass mein ADIC sofort wieder funktioniert? Und dass ich mein System wieder mit dem Netzwerk verbinden kann?«, stellte ich allerdings die für mich relevantere Frage zuerst.

»Ich habe die Reparatur deines ADIC persönlich beaufsichtigt und angeleitet«, erwiderte er ruhig. »Es *wird* funktionieren.«

»Und was genau soll ich für dich tun, sobald du alles über Payne weißt?«

»Nichts, was du bereuen würdest«, erwiderte er schwammig. »Du bekommst die Infos früh genug.«

Ich presste die Lippen aufeinander, weil ich es hasste, nicht alles zu wissen, und mir gleichzeitig klar war, dass ich nichts mehr aus ihm herausbekommen würde. Fuck.

»Na gut«, murmelte ich ungehalten. »Halt mich auf dem Laufenden.«

»Du mich auch. Nachdem ich so viel Kohle in die Sache gesteckt habe, interessiert es mich, was ihr herausfindet.«

»Klar«, sagte ich, dann legte ich auf und schaute mich abermals im Shuttle um. Johnson hatte sich wieder zurückgelehnt und die Augen geschlossen. Falls er gehört haben sollte, was ich mit Boston besprochen hatte, wollte er es mich zumindest nicht wissen lassen.

Für einige Minuten versuchte ich, mich wieder zu beruhigen. Ich akzeptierte allerdings schnell, dass das jetzt nicht mehr funktionierte. Dafür wirbelten meine Gedanken zu schnell. Deshalb erhob ich mich, um an Noah und Lora heranzutreten, die sich nach wie vor leise mit den Piloten unterhielten.

Durch die Frontscheibe war nicht mehr als eine Schicht aus Wolken unter uns zu erkennen. Der Himmel hatte ein so klares Blau, dass es fast blendete, obwohl sich die Sonne in unserem Rücken befand. Der Anblick hatte nach den wenigen Tagen in der Stadt fast etwas Reinigendes. Etwas Befreiendes.

»Ich weiß nur, dass an vielen wichtigen Stellen die Sicherheitskräfte durch das Militär verstärkt werden, weil Untergrundgruppen den Shutdown dazu nutzen, Angriffe auf Fabriken und Unternehmen zu verüben«, sagte einer der Piloten gerade.

Lora erwiderte nichts und machte einen überaus angespannten Eindruck. Wenn das Militär inzwischen im Inland eingesetzt wurde, hatte die Polizei versagt.

»Den Untergrundgruppen fällt es allerdings genauso schwer, sich zu organisieren«, erwiderte der etwas jüngere Co-Pilot überlegend.

Sein Kollege lachte laut. »Die Banden da bestehen fast ausschließlich aus Typen, die ihr Leben lang kein ADIC hatten. Die sind darauf nicht angewiesen.«

»Stimmt wohl«, sagte der andere nun kleinlaut.

»Was bisher ein Nachteil für diese Leute war, macht sie jetzt zu unberechenbaren Gegnern. Die sind seit Jahrzehnten außerhalb der Hive-Technologie gut vernetzt.«

Ich hielt mich zurück, zu Johnson hinüberzuschauen. Falls er nicht schlief, bereitete ihm dieses Gespräch sicherlich sehr viel Genugtuung.

»Hoffen wir, dass es sich bald wieder bessert«, sagte der Jüngere, und sie nickten beide versonnen vor sich hin.

Dass sie so locker miteinander sprachen, ließ mich vermuten, dass sie nicht von dieser Organisation waren, der das Hotel und das Krankenhaus gehörten. Die Mitarbeiter dort waren meines Eindrucks nach darauf trainiert worden, kein Wort zu viel zu sagen.

»Woher kennen Sie Boston?«, fragte ich daher.

Der Pilot drehte sich kurz zu mir um, bevor er sich wieder den Konsolen zuwandte und mit den Schultern zuckte. »Ich habe lange auf dem privaten Anwesen von Mr. Everick gearbeitet. Er war immer sehr gut zu mir. Und als meine Frau krank wurde, hat er persönlich die Kosten für ihre Operation übernommen. Ich schulde ihm sehr viel.« Abermals zuckte er mit den Schultern, und ich gab ein verstehendes Geräusch von mir.

Es war schwer vorstellbar, dass Boston so etwas ohne Hintergedanken getan hatte. Seine Wohltätigkeit kam ihm nun zugute. Sicherlich hatte er es genau wegen einer Situation wie dieser hier getan.

Doch das konnte der arme Mann ja nicht wissen.

Kapitel 3

Der Weg eines vergrabenen Geheimnisses

Der Geruch nach frischem Gras und feuchter Erde hatte schwer in der Luft gelegen, als das Shuttle mitten auf einer wilden Wiese gelandet war. Die Sonne konnte die hellgraue Wolkendecke nicht durchbrechen, trotzdem hatte sich beim Verlassen des Fahrzeugs sofort ein leichter Schweißfilm auf meiner Haut gebildet.

Das Dorf, zu dem die Koordinaten führten, lag etwa eine Meile von unserem Landepunkt entfernt. Ein dichter Nebel drückte sich an den Boden, schmiegte sich an hohe Gräser und umschmeichelte die heruntergebrannten Ruinen etlicher Holzhütten, die vermutlich auf Stelzen gestanden hatten, bevor sie eingestürzt waren.

Zwischen den unbestellten Reisterrassen, dem dicht bewachsenen Dschungel und den Bergen aus dunklem Stein in der Entfernung war dieser Ort wie abgeschnitten vom Rest der Welt. Die Natur hatte ihn bereits zurückerobert. Viele der verkohlten Holzreste waren zwischen dem Gras und den kleinblättrigen Pflanzen gar nicht mehr zu erkennen.

Die einzigen Geräusche stammten von dem Plätschern des breiten Flusses und den Mückenscharen, die sich an seinen Ufern sammelten.

Es war genau wie in meinem Traum. Dieser Ort glich dem Bild in meinen Geist bis ins kleinste Detail. Und ich war mir sicher, dass es ebenfalls der Ort war, der auf dem Foto abgelichtet worden war. Nicht genau derselbe Winkel, aber viele Landschaftsmerkmale erkannte ich wieder.

Während meine Schritte mich über den weichen Untergrund

vorantrugen und keiner von uns ein Wort sprach, fragte ich mich erneut, warum. Woher dieses Bild in meinem Kopf stammte. Warum ich von diesem Teil der Welt geträumt hatte. Wer das Mädchen gewesen war, das zu mir gesprochen hatte. Ob es mir der Supercomputer übersendet hatte, oder ob etwas anderes dahintersteckte.

Vielleicht würde ich hier endlich die Antworten auf meine Fragen finden.

Als wir die Ruinen des Dorfes schließlich erreichten, blieb ich vor den Hütten stehen und konnte nicht aufhören, meinen Blick schweifen zu lassen. Dass es hier so viel Natur gab, so viel Grün … das wirkte irreal auf mich. Ich war zwischen Steinen und Stahl aufgewachsen. Bis ich begonnen hatte, die Gehirne von wohlhabenden Geschäftsmännern zu scannen, hatte ich nicht einmal gewusst, dass solche Orte existierten. Geschweige denn, dass ich jemals einen von ihnen betreten würde.

»Wonach suchen wir?«, fragte Johnson, schob seine Hände in die Taschen seines Jumpsuits und schaute sich ebenfalls fasziniert um.

»Nach Hinweisen darauf, was hier passiert ist«, erwiderte Lora hart, woraufhin er die Augen verdrehte.

»Klar, Captain.«

Langsam setzten wir uns in Bewegung und teilten uns auf, um die Hütten und überwucherten Reste des Dorfes zu durchsuchen. Manche der Gräser zwischen den Ruinen reichten mir bis zur Hüfte, und ich musste darauf achten, wohin ich trat, weil der Boden stellenweise so weich war, dass ich nahezu darin versank.

Das Gefühl, das sich über meinen ganzen Körper ausgebreitet hatte, war unbeschreiblich. Mir wurde schlecht, ohne dass ich wusste, was hier geschehen war. Diese Stille, die über der Zerstörung lag, hatte etwas Bedrückendes.

Ein süßlicher Geruch lag über allem; ich konnte ihn gar nicht recht einordnen. Das Surren der Insekten, die alles in großen Schwärmen umzingelten, hatte fast etwas Beruhigendes an sich. Um zu einer der halbwegs intakten Hütten zu gelangen, mussten wir einen dieser Schwärme durchqueren.

Direkt danach zog ich den vorderen Reißverschluss meines Overalls ein Stück hinab und krempelte die langen Ärmel hoch. Ich hatte das Gefühl, dass jedes Haar an meiner schweißbedeckten Stirn klebte.

»Denkst du, wir können hier rein?«, fragte Noah und begutachtete das Gebäude vor uns. Teils hielten Seile und Metallreste die verbrannten Holzstämme zusammen. An anderen Stellen wurden die Balken von Pflanzen und kleinen Bäumen gestützt, die inzwischen überall gewachsen waren.

»Sieht so aus.« Ich trat näher heran.

Erst beim genaueren Hinsehen erkannte ich die unverkennbaren Spuren eines Kampfes. An Holzfassaden und Balken waren Kratzer und Einschüsse zu erkennen. Noah war stehen geblieben, um mit dem Finger über eins der Löcher zu streichen, das von Gewehrfeuer herrühren musste. Ich schloss mit behutsamen Schritten zu ihm auf und betrachtete die Stellen, an denen Kugeln im Holz steckten.

»Vielleicht wurde das Dorf von Plünderern überfallen, und die Einheit hat geholfen«, überlegte Tyron laut. Sie stand mehrere Meter von uns entfernt und hatte die Überreste des Kampfes offenbar auch bemerkt.

Niemand antwortete ihr. Lora und Johnson befanden sich bereits außer Hörweite in einer der hinteren Gassen des verlassenen Dorfes.

»Warum sollte man dann eure Erinnerungen löschen?«, fragte Noah, worauf Tyron keine Antwort hatte.

Noah tat den ersten vorsichtigen Schritt in die zerfallene Hütte, und ich folgte ihm, obwohl das kleine Haus einen überaus fragilen Eindruck machte.

Der Schlamm an meinen Schuhen hinterließ Abdrücke auf dem Holzboden. Mehrere simple Möbel waren im Innenraum zu erkennen, zusammen mit Überresten verbrannter Teppiche, etwas, das einmal ein Bett gewesen sein musste, und einer ausgebrannten Küchenzeile.

»Schau mal«, flüsterte Noah, der nicht weit von mir hockte. Er deutete auf etwas, das zwischen all den Brandflecken und dem Dreck erst gar nicht zu erkennen war. Erst als ich näher trat, machte ich einen Fleck am Boden aus, bei dem es sich mit hoher Wahrscheinlichkeit um getrocknetes Blut handelte.

»Was ist hier passiert?«, wisperte ich. Ich hatte gehofft, auf Antworten zu stoßen, doch es taten sich nur mehr Fragen auf.

Als ein Ruf die Stille durchbrach, zuckte ich zusammen.

Johnson.

»Leute, ich hab etwas gefunden!«, wiederholte er aus einiger Entfernung. Noah und ich setzten uns sofort in Bewegung, um zurück nach draußen zu treten.

Johnson hatte sich ein Stück vom Dorf entfernt und schaute auf den Boden vor sich. Lora und Tyron standen bereits neben ihm und folgten seinem Blick nach unten regungslos.

Was hatte er gefunden? Weitere Kampfspuren? Waffen?

Als wir zu den anderen aufschlossen, war ich zunächst nicht sicher, was wir dort vor uns hatten. Ein Loch im Boden, groß und tief, gefüllt mit Pflanzen und schmutzigem Plastikmüll. Es war offenbar nicht natürlich entstanden, sondern ausgehoben worden. An den Rändern, in der rotbraunen Erde, waren die Spuren von Spaten auszumachen.

Erst nach mehreren Momenten erkannte ich – überall zwischen dem Unrat – menschliche Knochen. Ich trat einen Schritt zurück, während Lora einen Schritt nach vorn ging.

»Scheiße«, kam es über meine Lippen.

»Wenn ich einen richtigen Körper hätte, würde ich mich übergeben«, flüsterte Noah.

Was um alles in der Welt ist hier passiert? Ich wusste nicht, wie oft ich mir diese Frage bereits gestellt hatte, aber nie zuvor hatte sie sich so dringlich angefühlt.

Ich schaute zu den anderen, in ihre Gesichter, und ich wusste, dass es ihnen ging wie mir. Noah hatte sich abgewandt, Lora wütend die Hände zu Fäusten geballt, und sogar Johnson war das erste Mal sprachlos. Tyron war vor allem blass.

Im nächsten Moment sank sie auf die Knie und schüttelte den Kopf immer und immer wieder.

»Wir können unmöglich die Ersten sein, die das finden«, sagte Lora, den Blick nach wie vor in das Massengrab gerichtet. Ihre Augen waren nicht so ausdruckslos wie die der anderen. Sie machte vielmehr einen hochkonzentrierten Eindruck.

»Das muss mehrere Jahre alt sein«, überlegte Johnson.

»Denkst du, deine Militäreinheit hat dieses Massaker zu verschulden?«, wollte Lora anschließend von Tyron wissen.

»Das kann nicht sein«, flüsterte diese und vergrub die Finger in der Erde und dem Gras unter sich. »Wir waren nur hier, um zu helfen. Da bin ich mir sicher!«

»Wenn das so wäre, ist es euch nicht gelungen«, spottete Johnson.

»Eventuell gab es Überlebende«, konterte sie.

»Auf diesem Foto wirkt ihr ziemlich fröhlich«, stellte Noah überraschenderweise in den Raum. Er hatte das Bild aus der Tasche genommen und hielt es vor sich. »Sieht so aus, als sei es genau an dieser Stelle aufgenommen worden.«

Tyron gab ein paar leidende Geräusche von sich, die mir eine Gänsehaut bescherten.

»Vielleicht gibt es jemanden, der uns Antworten geben kann«, sagte Johnson. Als Lora bereits zu ihm herumgewirbelt war, deutete er den Fluss hinab auf eine Stelle, an der das Flussbett breiter wurde. Ein Fischer stand an der Biegung und machte sein Boot bereit. »Fragen wir ihn.«

Der Fremde sah nicht zu uns auf, als wir durch das hohe Gras und Schilf auf ihn zugingen, obwohl ich mir sicher war, dass es keine Möglichkeit gab, unsere kleine Gruppe nicht zu bemerken.

Mir war übel, was vermutlich an der ungewohnten Hitze lag – oder daran, was wir eben gefunden hatten. Oder auch daran, dass ich mir einfach keinen Reim auf das alles machen konnte. Deswegen war ich fast froh, als Lora sagte: »Überlasst das mir«, sobald wir uns ihm bis auf wenige Meter genähert hatten. Und etwas lauter in seine Richtung: »Entschuldigen Sie bitte!«

Zum ersten Mal hob der Mann seinen Blick und warf uns ein unsicheres Lächeln zu. Er hatte mittelbraune Haut und musste um die vierzig sein. Auf seinem wettergegerbten Gesicht zeichneten sich Falten ab, die darauf hindeuteten, dass er viel lachte. Sie konzentrierten sich vor allem um seine Augenpartie und seinen Mund.

»Sprechen Sie Englisch?«, fragte Lora, und der Mann nickte ruhig, mit einem Ausdruck auf dem Gesicht, der mir sagte, dass er noch nicht wusste, ob er unsere Fragen beantworten wollte.

»Womit kann ich Ihnen helfen?« Sein Akzent war kaum wahrnehmbar. Er richtete sich ein Stück von seinem schmalen, langen Boot auf und ließ das Netz ein wenig sinken. Mit seinem Kinn deutete er auf unsere Kleidung. »Sie kommen offensichtlich nicht hier aus der Gegend.«

»Nein, wir kommen aus Washington. Wir sind dabei, einen Mordfall aufzuklären, und unsere Spurensuche hat uns hierhin verschlagen.« Lora deutete auf das Grab hinter sich. »Können Sie mir sagen, was hier vorgefallen ist?«

Er musterte uns alle überaus genau, bevor er zögerlich zu einer Antwort ansetzte. »Es gab … ein Ereignis. Dabei sind alle Bewohner des Dorfes ermordet worden. Das ist etwa fünf Jahre her.«

»Ein Ereignis?«, hakte Lora nach. »Was genau ist passiert?«

»Ich war nicht dabei«, sagte er und hob die Schultern. »Es gab nie Ermittlungen, und Regierung und Behörden haben nie Interesse gezeigt.« Er musterte uns einen nach dem anderen und wägte seine Worte genau ab. »Ich komme aus dem Nachbardorf, und viele der Leute hier waren Freunde und Verwandte. Aber … Fremde kamen zu uns, als wir der Sache selbst auf den Grund gehen wollten. Uns wurde geraten, diese Sache lieber nicht weiterzuverfolgen und … keine Fragen zu stellen. Daran haben wir uns gehalten.«

»Und es gibt niemanden, der mehr darüber wissen könnte?«, hakte Lora nach. »Keine Überlebenden?«

Diese Frage schien ihn aus dem Nichts zu treffen. Der Mann blinzelte einige Male zu oft. Es war klar, dass er sich nach wie vor nicht sicher war, wie viel er uns verraten konnte und wollte.

Was ich verstehen konnte. Ich würde Menschen wie uns auch nicht ohne Weiteres alle Fragen beantworten.

»Was haben Sie gesagt, wie Sie auf diese Sache aufmerksam geworden sind?«, fragte er stattdessen.

»Sie ist mit einem anderen Fall verbunden, in dem wir gerade ermitteln«, mischte ich mich ein. Ich war selbst schon von Lora verhört worden und befürchtete ein wenig, dass sie zu hart zu ihm sein würde. »Wir hoffen, Antworten auf unsere Fragen zu erhalten, wenn wir herausfinden, was hinter diesem Vorfall steckt.«

Der Mann betrachtete mich viele Sekunden lang. Danach nickte er schließlich.

Ich war ehrlich erleichtert darüber.

»Es gibt eine einzige Überlebende. Ein Mädchen. Es gelang ihr, diesem Massaker zu entkommen und in ein nahegelegenes Dorf zu flüchten. Die Menschen dort haben sie versteckt.«

Mein Herz machte einen Sprung, als das Bild von dem Mädchen aus meinem Traum sofort vor meinem inneren Auge auftauchte. Konnte … konnte das sein? Mir war klar, dass meine Träume hin und wieder speziell waren, aber konnten sie mir so ein genaues Bild der Realität zeigen?

Ich *musste* sie sehen, um diese Theorie zu bestätigen!

Als ich fragen wollte, wo wir sie finden konnten, unterbrach Noah mich. »Nur ein Mädchen hat überlebt?«, fragte er leise und zog die Augenbrauen zusammen. »Das ist ja furchtbar.«

Der Fischer verzog den Mund zu einem traurigen Ausdruck.

Ich hingegen fühlte mich ertappt, weil ich so auf die Ergebnisse fokussiert gewesen war, dass ich gar kein Mitleid empfunden hatte. In Situationen wie dieser machte mir Noahs Anwesenheit erst klar, was für ein Mensch ich war.

Betroffen senkte ich den Kopf ein Stück und wusste nicht, wann der richtige Zeitpunkt war, um mit dem Thema fortzufahren.

Diese Entscheidung nahm mir Lora ab: »Können Sie uns zu ihr bringen?«, wollte sie in ihrem altbekannten Ermittlerinnen-Tonfall in Erfahrung bringen.

»Wir können Sie bezahlen, wenn Sie uns weiterhelfen«, fügte Johnson an, als der Mann erneut schwieg.

Bei diesem Angebot schüttelte er allerdings sofort den Kopf. »Nein, ich möchte Ihr Geld nicht. Ich …« Er seufzte. »Ich hatte Freunde unter den Verstorbenen. Wenn Sie Antworten finden, würde ich mich freuen, welche zu bekommen.« Seine Augen funkelten, als seine Körperhaltung standfester wurde. »Aber ich schwöre Ihnen: Wenn Sie diesem Kind nur ein Haar krümmen, werden alle Leute aus der Gegend hier Jagd auf Sie machen.«

»Verstanden«, sagte ich sofort, und die anderen bestätigten ebenfalls leise.

»Klingt fair«, erwiderte Lora.

Kapitel 4

Das Chaos einer reinen Seele

Das Dorf, in das uns der Fischer brachte, lag schätzungsweise zwei Meilen von den Ruinen entfernt. Der Weg war mir bei der Hitze deutlich länger vorgekommen. Oder vielleicht, weil ich die Anspannung in mir einfach nicht ertragen konnte.

Wenn die Überlebende dieses Massakers tatsächlich das Mädchen aus meinen Träumen war, hatte ich eine stärkere Verbindung zum Supercomputer, als ich es bis jetzt verstehen konnte. Hatte er mich bereits auf diesen ganzen Fall hinweisen wollen, bevor ich überhaupt davon erfahren hatte? Und wenn ja: warum? Was in seiner Programmierung veranlasste ihn dazu?

Je mehr ich darüber nachdachte, umso mehr Fragen taten sich vor mir auf und … verdammt, ich hoffte so sehr, dass mein ADIC wieder funktionierte. Dass ich Boston zumindest in diesem Belang vertrauen konnte. Dass ich die Antworten auf all diese Fragen finden würde, sofern der Restart funktionierte.

Ein Seufzen auf den Lippen bemühte ich mich, Ablenkung von meinem Gedankenchaos in der Umgebung zu finden. Die rotbraune Erde zeigte sich nur an den viel befahrenen Wegen, und selbst hier versuchten die Pflanzen, sich ihren Platz zurückzuerobern. Das Blätterdach der Bäume war so dicht, dass das dämmrige Tageslicht nur selten bis zum Boden drang. Das Summen und Surren der Insekten war so laut, wie ich es nie zuvor in meinem Leben gehört hatte. Und es war seltsam für mich, weil ich dieses Geräusch bisher nur mit Müll verbunden hatte, nicht mit Natur. Bis auf die wenigen Male, zu denen ich das Summen der Bienen in den Sphären von The Cell vernommen hatte.

Die Lichtung, auf der das Dorf lag, hatte sich schon seit einer Weile vor uns angekündigt. Wie das Licht am Ende eines Tunnels aus Bäumen, Büschen und Pflanzen. Die farbenfrohen Häuser standen auf Stelzen, wirkten überaus stabil und waren aus unterschiedlichsten Materialien gebaut: Holz, Metall, Bambus und verschiedenste Stoffe. Die Wege waren teils aus Beton gegossen, teils aus dem dunklen rotbraunen Boden.

Je näher wir kamen, umso lauter wurden die geschäftigen Stimmen der Bewohner. Viele von ihnen fuhren auf Motorrädern oder Fahrrädern. Selbstsicher leitete der Fischer uns durch den chaotischen Verkehr und grüßte die meisten, die uns entgegenkamen.

An den Straßenrändern standen Wagen, an denen Obst verkauft wurde. Echtes Obst. Die Fragen in meinem Kopf waren jedoch zu dringlich, als dass ich hätte stehen bleiben können.

Vor allem nicht mit Boston als tickender Uhr im Nacken.

Es dauerte nicht lange, bis wir alle Blicke auf uns gezogen hatten. Zwischen den Menschen in ihrer bunten Kleidung und mit ihren leuchtenden Schmuckstücken kam ich mir in meinem teuren Overall fehl am Platz vor. Als würde ich einer fremden Welt angehören, von der ich im Grunde genommen nie ein Teil war.

»Es ist friedlich hier«, sagte Lora zu dem Fischer.

Dieser verzog allerdings den Mund. »Die Jahreszeit ist gut. Nur werden wir hier nicht mehr lange leben können. Die Überflutungen werden immer schlimmer.« Er deutete auf die Häuser und ihre Stelzen. An vielen Stellen war genau zu erkennen, bis wohin das Wasser in den Vorjahren gestiegen war. »Wir bauen unsere Häuser schon lange so, weil dieser Bereich des Landes jedes Jahr überflutet wird. Früher kamen viele Touristen, um die Dörfer auf dem Wasser und die Mangroven-Wälder zu besuchen.« Er schüttelte mit ernstem Ausdruck den Kopf. »Doch das Wasser steigt immer höher. Manchmal geht es viel zu lange nicht zurück. In anderen Jahren ist es so trocken, dass es gar nicht kommt. Und die Bäume sterben. Die Touristen kommen nicht mehr und … na ja.«

Ich legte die Stirn in Falten, weil ich schon lange wusste, dass das die Realität war.

Ich hoffte, diese Menschen würden in den Megastädten glücklich werden, wenn sie sich irgendwann dorthin zurückziehen müssten.

Wir bogen in eine schmalere Straße ein, an deren Ende Kinder ausgelassen spielten. Sofort beschleunigte der Fischer sein Tempo, und ich war sicher, dass das Mädchen, das wir suchten, unter ihnen sein musste.

»Dara!«, rief er, und ich fokussierte mich auf das Kind, das neugierig aufschaute, während die meisten Menschen, an denen wir vorbeikamen, uns musterten. Manche voller Interesse, andere argwöhnischer.

»Kann sie Englisch sprechen?«, fragte ich, ohne meinen Blick von ihr abzuwenden. Trotz der Hitze breitete sich eine Gänsehaut auf meinen Armen aus und überzog von dort aus meinen ganzen Körper.

Ich hatte es vermutet, und ich hatte recht behalten. Dieses Mädchen. Es war das Mädchen in meinem Traum.

Was um alles in der Welt bedeutete das?

»Ja, damit sind hier alle aufgewachsen«, sagte der Fischer.

»Sollten vielleicht nur ein oder zwei von uns mit ihr reden?«, fragte Noah und wurde etwas langsamer. »Ich meine, wir könnten als Gruppe etwas einschüchternd wirken.«

Niemand sagte etwas, und ich war zu betäubt und verwirrt, um etwas zu erwidern. Offensichtlich wollte keiner der Anwesenden darauf verzichten, die Informationen, die sie zu bieten hatte, zuerst zu hören.

»Sie wird das schon schaffen«, sagte der Fischer, während das Mädchen namens Dara gemächlich auf uns zukam und uns aufmerksam beobachtete. Auf ihrem Gesicht zeichnete sich kein Hinweis darauf ab, dass sie mich auch erkannte.

In dem Moment, als Lora begann mit Dara zu sprechen, klingelte mein Handy und riss mich aus meinen fiebrigen Gedankenkreisen. Entnervt zog ich es aus der Tasche.

Boston. Verdammt, nicht jetzt! Wir waren so nah dran!

Ich klickte ihn weg und wandte mich dem Kind zu.

»Was ist?«, fragte Dara und blieb vor uns stehen. Der Ausdruck, mit dem sie uns betrachtete, war erfrischend trotzig – bis sie Tyron ansah und ihr Gesicht von einem Moment auf den anderen leichenblass wurde.

Dara wich zurück und zog die Augenbrauen zusammen, einen Ausdruck von Angst und Abscheu auf den Zügen.

Johnson reagierte sofort, packte Tyron am Arm und zog sie fort. Sie war ebenfalls blass, als sie, die Augen nach wie vor auf das Mädchen gerichtet, Johnson folgte, ohne sich zu wehren.

»Kennst du die Frau?«, fragte Lora sofort, Noah berührte sie jedoch sacht am Arm.

»Ich mach das.«

Das gefiel ihr offensichtlich nicht, aber sie wehrte sich nicht dagegen. Vermutlich war es keine schlechte Idee von ihm. Lora konnte gut die Fragen stellen, auf die es ankam, doch Noah hatte, trotz seines Körpers, eine viel freundlichere und menschlichere Ausstrahlung als sie. Das wäre im Gespräch mit einem Kind wohl zweckdienlicher.

Und das wusste er genauso wie wir.

Erst nachdem Johnson und Tyron hinter einer Straßenecke verschwunden waren, beruhigte Dara sich langsam wieder und lenkte ihre Aufmerksamkeit zurück auf Noah und seinen technischen Körper. Er nutzte die Chance und bedeutete ihr, mit ihm zu kommen.

Lora und ich folgten ihnen mit etwas Abstand, gemeinsam mit dem Fischer und anderen Leuten aus dem Dorf, die scheinbar genau überwachen wollten, was vor sich ging.

Nachdem Dara es sich auf der Bank gemütlich gemacht hatte, zu der Noah sie geführt hatte, bückte er sich zu ihr hinab, sodass sie beide auf Augenhöhe waren.

»Hey«, sagte er in sanftem Ton. »Mein Name ist Noah.«

Sofort streckte das Mädchen die Hand aus und berührte seinen Unterarm, strich fasziniert über die menschenähnliche Haut. »Bist du eine Maschine?«

Er lächelte mild, obwohl ich ein wenig Traurigkeit in seinem Ausdruck zu erkennen glaubte. »Ja.«

»Kennst du die Frau?« Dara ruckte mit dem Kinn in die Richtung, in die Johnson und Tyron verschwunden waren. Es war so eigenartig, sie sprechen zu hören. Genau dieselbe Stimme, die ich in meinem Traum vernommen hatte. Sie bereitete mir ein flaues Gefühl im Magen.

»Ja. Sie hilft uns nur, ein Rätsel zu lösen.«

»Welches Rätsel?«

»Die Leute behaupten, ein Freund von uns hätte etwas Böses getan. Wir wollen beweisen, dass er unschuldig ist. Deswegen müssen wir die echten Verbrecher finden.«

Dara presste die Lippen aufeinander.

»Und das hat leider etwas damit zu tun, was mit deinem Dorf passiert ist.«

Sie wurde wieder etwas blasser und zog ihre Hand zurück.

»Damit ihr die Bösen finden könnt?«

»Genau. Diese Verbrecher haben vermutlich auch dein Dorf angegriffen. Wir können euch also ebenfalls helfen.«

Einige der Menschen, die dem Gespräch lauschten, begannen zu tuscheln. Ich bemühte mich, ihre Stimmen auszublenden, um mich ganz auf die beiden vor mir zu konzentrieren.

Dara blickte zu Boden. »Und was wollt ihr von mir wissen?«

Noah atmete tief durch, und ich spannte mich an. Das Gemurmel um uns herum erstarb bereits wieder.

»Kannst du dich an den Tag erinnern, an dem ihr angegriffen wurdet? Ich weiß, dass das schon lange her ist, aber jeder Hinweis kann uns weiterhelfen.«

Sie nickte langsam. »Da war ein alter Mann im Rollstuhl.« Sie deutete auf ihren Kopf. »Seine Haare waren ganz grau. Der war der

Anführer, glaube ich. Er hat gesagt, was wir tun sollen. Und sein Kollege, der war jünger.«

Ich presste die Lippen aufeinander. Noah hatte wohl denselben Gedanken wie ich, denn er zog sein Handy hervor und suchte darin ein Bild von Payne und Adalian. Sie waren in letzter Zeit auf so vielen Pressekonferenzen, dass es nicht lange dauerte, bis er eins fand.

Er hielt dem Mädchen das Handy hin. »Waren es die beiden?«

Dara war wie erstarrt, als sie ein eingeschüchtertes »Ja« wisperte.

»Payne und Adalian«, murmelte Lora, und ich atmete tief ein.

Wir hatten vermutet, dass ProTEC irgendwas mit der Sache zu tun haben könnte, doch dass die beiden diesen Angriff *geleitet* haben sollen? Warum um alles in der Welt? Das ergab gar keinen Sinn!

»Ich …« Noah hielt inne und erhob sich, bevor er die nächste Frage stellte. Er lehnte sich mit einem düsteren Ausdruck zu uns und flüsterte so leise, dass ich es kaum hören konnte: »Ich will nicht, dass sie beschreiben muss, was dort passiert ist.«

»Jemand anderes kann es nicht«, antwortete Lora mit Nachdruck.

Ich war zu sehr durch den Wind, um mich in das Gespräch einzumischen. Payne und Adalian. Es gab keinen Grund für das Mädchen, sich so etwas auszudenken.

Was genau hatten sie hier gewollt? Befehligten sie diese Einheit? Hatten sie den Massenmord in Auftrag gegeben? Welchen Grund sollten Gründer und Mitglieder einer wohltätigen Organisation für so etwas haben? Und warum zum Teufel hatte ich von diesem Ort und diesem Mädchen geträumt?

»Wir können warten, bis der Supercomputer hochgefahren ist, damit die Behörden ihr ADIC scannen können«, antwortete Noah aufgebracht.

»Das funktioniert aber nur, wenn Boston das Ding neu starten kann«, stöhnte Lora und entfernte sich ein Stück von der Bank, um etwas lauter reden zu können. »Wenn Payne da echt mit drinsteckt und der Reboot nur dabei helfen soll, Spuren zu verwischen, kann es sein, dass sie ihre Erinnerungen an den Vorfall löschen.« Sie ruckte mit dem Kopf in Richtung des Mädchens. »Bei Tyron ist es ihnen ja offenbar gelungen.«

Ich fuhr mir mit den Fingern über die Schläfen, weil ich versuchte, dieses Bild in meinem Kopf zusammenzusetzen. Payne und ProTEC hatten dieses Massaker befehligt. Erinnerungen der Beteiligten wurden gelöscht. Paynes polizeiliche Überprüfung zeigte keine Auffälligkeiten. Eine Erinnerung an einen Mordfall war Bennie Haloren mit einer fremden Technologie implementiert worden.

Scheiße.

Gerade als ich dachte, der Antwort auf der Spur zu sein, begann mein Handy erneut zu klingeln, und ich zog es heraus. »Verdammt«, grummelte ich und sah die anderen beiden an. »Das ist Boston. Ich muss rangehen.«

»Ist okay«, murmelte Noah, dann setzte er sich vorsichtig neben Dara, um ihr ein Lächeln zu schenken.

»Was ist?«, fragte ich laut. Überraschenderweise wurde ich nicht mit Vorwürfen begrüßt, sondern in einem ruhigen Ton.

»Habt ihr weitere Hinweise gefunden?«

»Ja.« Ich entfernte mich von der Menschenansammlung. »Wir haben an dem Ort von dem Foto ein Massengrab gefunden. Es gibt eine Überlebende, die Payne und Adalian gesehen hat, als diese ganze Sache passiert sein muss. Sie waren wohl sowas wie die Befehlshaber.«

Für ein paar Momente schwieg Boston. Ich konnte mir nicht ausmalen, was er gerade empfand. Überraschung? Freude? »Ich hatte gehofft, dass ich ihm was anhängen kann, aber … so was?« Seinem Tonfall nach war er genauso schockiert wie wir.

»Ja, ich …« Ich schluckte schwer. »Wenn wir den Supercomputer neu starten, können wir die Erinnerungen der Zeugin als Beweise auslesen lassen. Es sei denn, sie werden vorher gelöscht.«

»Ja, deswegen rufe ich an.« Sein Ton wurde dringlicher. »Ich habe die letzten Informationen bekommen. Du musst sofort zurück nach Washington kommen.«

»Und dann?«

»Dann begeben wir uns sofort ins Hypermind-Viertel. Bringt die Zeugin mit, damit sie hier vor Ort von den Behörden befragt werden kann.«

»Keine Ahnung, ob die Leute im Dorf das zulassen.«

»Ihr findet schon einen Weg.«

»Gut.« Ich schaute zu den dreien hinüber.

»Du kommst am besten sofort mit dem Shuttle«, sagte er in hartem Ton. »Ich schick deinen Begleitern ein anderes, damit du dich nicht mit Diskussionen oder dergleichen vor Ort rumschlagen musst.«

»Soll Johnson mit mir kommen, oder …«

»Nein, ich brauche nur dich«, unterbrach er mich sofort.

»Boston, was soll ich für dich tun?«, wollte ich wissen und fuhr mir mit der Hand durch die Haare. »Du hast jetzt schon mehr als genug Dreck über Payne, um ihm Hypermind zu entziehen. Wofür brauchst du mich noch?«

»Das wirst du schon erfahren«, wimmelte er mich erneut ab.

Shit. Egal, was sein Plan war, ich *musste* erfahren, was hier vor sich ging. Warum der Supercomputer mir diese Bilder gezeigt hatte. Und dafür musste ich sein beschissenes Spiel mitspielen.

»Ich hoffe, du bist schon unterwegs.«

Folge 9

Der Neustart

Kapitel 1

Die Gedanken eines korrupten Geistes

Die Sonne ging über den endlos hohen Wolkenkratzern von Washington auf, die durch die dunstige Luft nur in der Entfernung zu sehen waren. Das Hypermind-Viertel lag weitestgehend verlassen da. Die polizeilichen Untersuchungen wegen des Syndikats waren nach wie vor nicht abgeschlossen, was Boston und mir sowohl zum Vor- als auch zum Nachteil gereichen könnte. Weniger Menschen bedeutete, kaum jemand würde uns in die Quere kommen können. Es bedeutete jedoch auch, dass wir nicht in der Masse untertauchen konnten, falls es nötig werden würde.

Jede Person, die sich hier bewegte, fiele auf. Dass wir uns die Uniformen der Wartungsmitarbeiter angezogen hatten, würde sicherlich nur bedingt helfen.

Schweigend und recht zügig gingen wir über etliche Parkplätze, auf denen nur wenige Fahrzeuge standen – vielleicht von Ermittlern, Wartungsmitarbeitern und Hausmeistern. Ich richtete den Blick immer wieder auf die unzähligen leerstehenden Bürogebäude, in denen ich viele Jahre meines Lebens gearbeitet hatte. Die Fenster und Glaswände der hohen Programmierer-Türme glänzten rot und orange im Schein der aufgehenden Sonne. Über uns färbten sich die vereinzelten Wolken bunt. Der Himmel war nur zu erkennen, weil das Viertel ein gutes Stück außerhalb der Stadt lag.

Ich war so darauf konzentriert, einen geschäftigen Eindruck zu machen, dass ich die kribbelnde Aufregung, die sich in meinem Magen ausgebreitet hatte, nur hin und wieder wahrnahm. Boston hatte mir seinen Masterplan leider nicht erklärt, aber so rasch und zielgerichtet, wie er sich neben mir über das gewaltige Gelände bewegte, schien er einen zu haben.

Bisher waren wir keiner Menschenseele begegnet. Und in einem Moment, in dem mir die Ungewissheit einfach zu viel wurde, begann ich doch zu sprechen. Flüsternd nur, auch wenn mir jedes Wort in dieser Stille endlos laut vorkam. »Haben die anderen sich bei dir gemeldet?«

Überraschenderweise sagte Boston mir nicht, dass ich ruhig sein sollte, sondern nickte bestätigend. »Deine Freunde sollten jetzt gerade mit dem Mädchen in Washington ankommen. Klang beim letzten Update zumindest so, als würde alles gut gehen.«

Sie kamen schon an? Dann mussten sie direkt nach mir losgeflogen sein.

Ich nahm mir vor, später danach zu fragen, wie Lora und Noah die Menschen aus dem Dorf überredet hatten, ihnen Dara anzuvertrauen.

»Wenn wir uns beeilen, wird die Kleine nicht lange warten müssen.«

Ich blinzelte zu Boston hinüber und hoffte ehrlich, dass er es schaffte, den verdammten Computer wieder hochzufahren. Die Frage danach, ob mein ADIC wieder funktionieren würde oder nicht, brachte mich nahezu um den Verstand. Und wenn er es täte – wenn er tatsächlich wieder fehlerfrei war –, würde ich mich endlich in Bostons Gedanken einloggen und seinen wahren Plan hinter all dem hier erkennen. Seine echte Motivation.

Es war ein seltsames Gefühl, mit Boston Everick persönlich durch die Einrichtung zu gehen, die ihm vor wenigen Wochen noch gehört hatte. In der jeder nach seiner Pfeife getanzt hatte.

Und ich war eine von ihnen gewesen.

Mein Leben lang hatte ich nicht gewusst, dass ich einen Bruder hatte, und herauszufinden, dass es Boston war … das war nach wie vor irreal. Ich war mir sicher, dass ich das niemals ganz verstehen würde.

»Was denkst du, warum Payne in sowas verwickelt sein sollte?«, fragte ich Boston, um wenigstens über eine der brennenden Fragen in meinem Kopf zu sprechen. Er hatte sicherlich eine Theorie.

»Keine Ahnung«, antwortete er allerdings und bog auf einen weiteren Parkplatz ab. »Vielleicht findet er es geil, Menschen beim Sterben zuzuschauen.«

»Das wäre ein sehr schwaches Motiv, um ein ganzes Dorf auszulöschen.«

»Du bist doch vertraut mit den Perversitäten der Menschen«, murmelte er im Gehen. »Würde dich das tatsächlich überraschen?«

»Nein.« Das würde es nicht. »Ich frage mich nur … wenn Payne mit dem Mord an Noor zu tun hat …« Ich seufzte überlegend, den Blick in den bunten Himmel über uns gerichtet. »Hatte er dann eventuell ein politisches Motiv?«

»Willst du andeuten, dass Noor ermordet wurde, damit wir als Syndikat ihren Vater für die Morde an den Hives verantwortlich machen konnten?«

»Ja.« Nur der Mord an Noor hatte ihren Vater dazu getrieben, mit dem Syndikat zusammenzuarbeiten und die Morde für die Wirtschaft auszuführen. Nun, da Noors Tod offenbar für weitere politische Zwecke missbraucht wurde, fragte ich mich, ob mehr dahintersteckte.

Er schüttelte den Kopf, ohne mich anzusehen. »Nein. Wir haben Shane aufgrund unserer Quellen im Untergrund ausgesucht, die uns seine emotionale Instabilität bestätigt haben. Es war zufällig.«

Ich wusste nicht, ob ich das glauben konnte. Aber wenn er es schaffen sollte, den Computer neu zu starten, würde ich mich selbst von der Wahrheit seiner Aussagen überzeugen können. Sofern mein ADIC wieder wie vorher funktionieren würde.

»Was sollte Payne davon haben, Bennie ins Gefängnis zu bringen?«

»Die beiden hassen sich, soweit ich weiß.«

Ich schaute irritiert zu ihm hinüber. »Sie haben doch beide wohltätige Organisationen.« Sollten die sich nicht unterstützen?

»Ich weiß natürlich nicht, wie Bennie dazu steht, doch er hat über Jahrzehnte hinweg mit Gewalt und Gewaltandrohungen Spenden erpresst, während Payne das Geld für seine Organisation immer auf faire Weise reingeholt hat.« Er lachte. »Also soweit man bisher weiß. Kann mir durchaus vorstellen, dass das frustrierend ist.«

Da hatte er wohl recht.

Wir bogen um eine weitere Ecke, und ich fragte mich langsam, wie Boston vorhatte, in das Gebäude zu gelangen. Vor einer Weile war mir klar geworden, dass wir uns in Richtung des Rechenzentrums bewegten. Hatte Boston eine Zugangskarte, oder …

Meine Fragen wurden beantwortet, als an einer breiten, hellgelb leuchtenden Doppeltür ein nervöser junger Mann in Sicht kam, der offenbar auf uns wartete.

»Außerdem«, fuhr Boston fort, während er dem Mann entgegensah, »ist Payne in seiner neuen Position eine der mächtigsten und einflussreichsten Personen der Welt. Bennie und The Cell wären die Einzigen gewesen, die ihm diese Position hätten streitig machen können, je nachdem, für welchen politischen Weg sie sich in den kommenden Wochen entschieden hätten. Es wäre sinnvoll, Bennie aus dem Weg räumen zu wollen.«

So hatte ich das Ganze bisher gar nicht betrachtet. Es war erhellend, diese Erklärungen von jemandem zu hören, der tiefer in dieser Welt steckte als ich.

Boston lachte leise vor sich hin, während wir uns dem Mann an der Tür weiter näherten. Ich erkannte inzwischen, dass er die blaue Uniform der Putzkräfte trug.

»Und ich wollte den Kerl aus dem Weg kriegen, weil ich dachte, er wäre zu nett«, grummelte Boston mit einem schiefen Lächeln auf den Lippen, als wir vor seinem Mitarbeiter stehen blieben.

»Mr. Everick«, sagte der schlanke Kerl und senkte ergeben den Kopf. »Ich freue mich darüber, dass ich Ihnen helfen kann.«

Es kostete mich einige Anstrengung, den Mund nicht zu verziehen. Das war wie in einem Kult.

»Gab es Auffälligkeiten?«, wollte Boston wissen.

Sofort schüttelte unser Gegenüber den Kopf. Der Tag auf seiner Uniform wies ihn als Kyle aus. »Ich werde regelmäßig von der Polizei überprüft, um für den Dienst hier zugelassen zu werden. Jemand muss sich ja darum kümmern, dass alle Anlagen intakt bleiben.«

»Ich weiß«, erwiderte Boston.

»Sie haben allerdings keine Ahnung, dass ich mit Ihnen in Kontakt stehe. Zumnindest nicht, soweit ich es einschätzen kann.«

»Gut.« Boston ruckte mit dem Kopf in Richtung der Tür und bedeutete dem Mitarbeiter, dass er sie öffnen sollte. »Wir müssen uns beeilen. Deine Zugangscodes sollten dem System ja bekannt sein. Vielleicht bemerkt jemand, dass du Türen außerhalb deiner gewöhnlichen Route geöffnet hast, also schnell jetzt.«

»Klar«, sagte der Mann, drehte sich auf dem Absatz um und hielt seine Karte an die Kontaktfläche an der Mitte der Doppeltür. Mit einem Klicken öffnete sie sich gemächlich.

»Es kann außerdem sein, dass sich Mr. Hax im Gebäude befindet«, sagte Kyle nahezu beiläufig, während wir rasch in den dunklen Flur traten und uns in Richtung des Rechenzentrums bewegten.

»Payne ist hier?« Ich sah zu Boston hinüber, und wir tauschten einen skeptischen Blick. »Ist das nicht ungewöhnlich?«

Kyle schüttelte den Kopf. »Er war in den letzten Tagen ein paar Mal hier. Wohl nur, weil er diverse Dokumente einsehen wollte.«

Dokumente einsehen. Natürlich.

»Dann müssen wir umso vorsichtiger sein«, flüsterte Boston und beschleunigte sein Tempo.

Kapitel 2

Die Rettung einer alten Realität

In den vielen Fluren, durch die wir uns rasch bewegten, war es geisterhaft leise. Das rötliche Licht der Sonne, das vereinzelt durch die Fenster fiel, trug seinen Teil zu dem unheimlichen Gefühl bei, das dieser Ort erzeugte.

In diesen Bereich des Viertels hatte ich mich nie verirrt, weil die Programmierer nichts mit der Hardware zu tun hatten. Meine Aufgabe war es vor allem gewesen, virtuelle Meetingräume für Geschäftstreffen zu erstellen. Genau das langweilige Zeug, das ich mir für mein Leben vorgestellt hatte.

Das war jetzt wohl vorbei. Ich glaubte zumindest nicht, dass ich nach all dem hier je zu diesem Leben zurückkehren könnte.

Nachdem Kyle uns geschickt durch die nicht von Kameras überwachten Bereiche der Gänge geführt hatte, öffnete er uns die Türen zum Rechenzentrum und verschwand so leise wie ein Schatten.

»Ich hoffe, du bezahlst ihn gut«, flüsterte ich, als wir in den dunklen, fensterlosen Raum traten. »Er sah verdammt verängstigt aus.«

»Mach dir darum mal keine Sorgen«, sagte Boston mit unterdrückter Stimme. Er hatte sein Handy bereits herausgezogen, um die Taschenlampe daran zu aktivieren und uns den Weg zu erhellen.

Die Schränke, in denen die Prozessoren des Hochleistungsrechners verstaut wurden, waren größer als ich und so zahlreich, dass ich in den Gängen zwischen ihnen kein Ende des Raumes erkennen konnte.

Das laute Rauschen der Kühlsysteme machte mich nervös, weil

es bei diesem Geräuschpegel schwerer war zu hören, ob sich jemand näherte. Hoffentlich waren wir hier schnell wieder raus.

Selbst in der Dunkelheit zwischen Bostons Taschenlampe und den vereinzelten Lichtern, die an den Turmrechnern blinkten, erkannte ich, wie mein Atem kleine Wölkchen auswarf, weil es hier dermaßen kalt war. Noch drang die Kälte allerdings nicht bis an meine Haut, mein Jumpsuit war immerhin für Wintertemperaturen ausgelegt.

Boston steuerte auf den hinteren Teil des Raums zu, in dem mehrere hohe Schränke standen, in denen offenbar Wertgegenstände eingeschlossen waren. Bostons Finger glitten zur Wand, wo er einen der Lichtschalter betätigte und daraufhin eine blaue Beleuchtung einsetzte, die schummrig aus den Ecken und unter den Rechnern hervordrang. Im Licht wurde mir erst richtig bewusst, wie riesig dieser Raum sein musste.

Mit flinken Bewegungen öffnete Boston das Schloss an einem der Schränke. Die Tür schwang auf und offenbarte mehrere Laptops. Er zog eins der massiven Geräte heraus, öffnete es und drückte den Knopf, um es hochzufahren.

»Gar nichts mehr zu sagen?«, wollte er wissen, als er sich einen Hocker von der Seite heranzog, den Laptop daraufstellte und beides vor einen der großen Turmrechner stellte.

»Was soll ich denn sagen?«, fragte ich und stellte mich neben ihn, um zu schauen, wie er mehrere Kabel mit geschickten Bewegungen an den Laptop anschloss, ganz so, als hätte er das schon tausendmal getan. Danach steckte er einen Stick in eine der Verbindungsstellen und öffnete ein schwarzes Fenster.

Manchmal vergaß ich, dass er nicht nur dieser schleimige Geschäftsmann war, der es über Jahre genossen hatte, als der jüngste, erfolgreichste Unternehmer gehandelt zu werden – sondern auch ein richtiger Technik-Nerd.

»Ich warte eigentlich nur darauf, dass du mir erklärst, was du von mir willst«, fuhr ich fort, als er nicht antwortete, vermutlich vollkommen vertieft in seine Aufgabe. In Wahrheit wollte ich, dass er sich verdammt noch mal beeilte. Der Zustand meines ADICs würde unsere weiteren Aktionen und den Rest meines Lebens bestimmen.

»Ich …« Boston stockte mitten im Satz, und seine Finger erstarrten über der Tastatur. Das Programm, das er aktiviert hatte, lief trotzdem weiter. Über das schwarze Fenster liefen etliche Zahlen und Buchstaben.

Ich wollte fragen, warum er innegehalten hatte, da vernahm ich es auch.

Schritte.

Langsam wandte ich mich in die Richtung um, aus der ich sie gehört hatte. Erschüttert hielt ich den Atem an, als ich eine Person ausmachte – als ich im Schein des blauen Lichtes erkannte, wer es war.

Adalian. Er stand dort, eine Pistole in seiner Hand, die er auf Boston richtete.

Fuck! Durch das Rauschen der Klimaanlage hatten wir ihn zu spät gehört.

»Adalian«, sprach ich seinen Namen gedehnt aus, um mir Zeit zum Denken zu verschaffen, während Boston sich langsam neben mir aufrichtete. Es bereitete mir eine Gänsehaut, Paynes Assistenten anzusehen, nach dem, was ich über ihn herausgefunden hatte. Wie hatte ich ihn jemals für freundlich halten können? Jede Interaktion, die ich bisher mit ihm gehabt hatte … Mir war nichts aufgefallen, und mir wurde schlecht, wenn ich daran zurückdachte, wie freundlich ich zu dem Scheißkerl gewesen war.

»Dachtet ihr, dass ihr hier einfach hereinspazieren könnt, ohne dass es jemand bemerkt?«

»Du kannst deine Waffe wegstecken«, erwiderte ich in hartem Tonfall, ohne auf das Gesagte einzugehen. Meine Haut kribbelte und mein Puls raste, aber er konnte mich trotzdem nicht so leicht einschüchtern. »Selbst wenn du uns erschießt, haben wir genug Beweise gegen Payne und dich.«

»Diese Beweise werden morgen nicht mehr da sein«, sagte er

und reckte die Nase selbstbewusst ein wenig höher. »Ihr habt keine Ahnung, was ihr anrichtet. Wir tun das Richtige!«

Ich atmete tief durch, um nicht zu schreien. »Ist das ein Geständnis?«, fragte ich so gelassen, wie es mir möglich war. Ich überlegte, ob ich einen Blick zurück zu Boston werfen sollte, aber er stand einen Schritt hinter mir, und ich konnte Adalian nicht aus den Augen lassen.

»Bild dir nicht zu viel auf dich ein.« Adalian fuchtelte mit der Pistole in meine Richtung. »Du bist nichts als irgendeine kleine Untergrundratte. Du hast keine Ahnung von den Opfern, die gute Menschen erbringen müssen.«

Bevor ich etwas erwidern konnte, mischte Boston sich ein.

»Wenn du denkst, dass es reicht, uns zu drohen: Vergiss es«, sagte er voller Spott in der Stimme. »Du wirst uns erschießen müssen, wenn du an uns vorbei willst.« Ich nahm aus dem Augenwinkel wahr, wie er sich regte.

»Oder ich halte euch einfach nur lange genug hin.« Adalian lachte. »Bisher hat das funktioniert. Zum Beispiel die Entführung deines kleinen Androiden, Atlas, damit du beschäftigt bist und nichts gegen das Runterfahren des Supercomputers ausrichten kannst.« Er grinste. Durch das blaue Licht, das von unten sein Gesicht erhellte, sah er verzerrt und unmenschlich aus. »Wir waren euch immer einen Schritt voraus. Auch jetzt. Die Polizei ist schon auf dem Weg hierher.«

Scheiße, sie waren uns wirklich immer einen Schritt voraus gewesen, und es kostete mich so viel Anstrengung, meine Wut im Zaum zu halten. Ich ballte meine zitternden Hände zu Fäusten und überlegte, wie es weitergehen sollte.

Selbst wenn Adalian Boston und mich ausschaltete, waren Lora und Noah bereits bei der Polizei. Vielleicht reichte das schon, um Payne seine Verbrechen nachzuweisen.

»Ich kann leider nicht zulassen, dass ihr euren Plan durchführt«, sagte Adalian und senkte seine Pistole, um auf den Laptop zu zielen.

Dass ich zwischen ihn und das Gerät sprang, folgte keiner Überlegung, sondern einem Instinkt.

Der Knall des Schusses hallte an den Wänden des Rechenzentrums wider, als mich im gleichen Moment ein stechender Schmerz durchfuhr; so scharf, dass ich zunächst nicht wusste, woher er rührte. Mit fiependen Ohren spürte ich, wie Boston mich am Arm packte und mich hinter sich zog, bevor ich in die Knie ging.

Ein weiterer Schuss durchbrach die Luft. Ich zuckte zusammen, doch als Adalian einen Schmerzenslaut von sich gab, schaute ich mit verschwommenem Blick auf.

Boston! Er hatte ebenfalls seine Waffe gezogen, und Adalian sprang in Deckung in einen der Gänge zwischen den Computern. Ich glaubte, Blut am Boden zu sehen, wo er gestanden hatte. Hatte Boston ihn erwischt?

Boston stellte sich weiter vor mich, während mir durch den Schmerz und den Schock mehr und mehr die Kraft aus dem Körper wich. Wie von allein glitten meine Hände zu meiner Hüfte. Ich ertastete den gerissenen Stoff des Overalls und das Blut, das warm aus einer Wunde rann, doch ich wagte es nicht, nachzuschauen.

Stattdessen glitt mein Blick zu dem Laptop, der tatsächlich noch unversehrt auf seinem Hocker stand. Adalian hatte ihn knapp verfehlt und stattdessen den Tower neben ihm getroffen. Bis auf eine Beule in der Hülle war kein Schaden zu erkennen.

Ein weiterer Schuss ließ mich zusammenzucken.

Es war Boston, der geschossen hatte. In den Schatten des schummrigen Lichts erkannte ich, wie Adalian ein kleines Stück aus seiner Deckung kam, Boston aber einen erneuten Schuss abgab.

Wie viele Schüsse hatte er übrig? Mir wurde schwummrig, dennoch nahm ich all meine Kraft zusammen, um mich aufrechter hinzusetzen. Shit, ich durfte jetzt nicht in Ohnmacht fallen. Ich musste mich zusammenreißen!

Angestrengt schob ich mich Richtung Laptop und griff danach. Es gelang mir nicht sofort, ihn von dem Stuhl zu ziehen, weil meine

Finger vom Blut so rutschig waren und ein heftiger Schmerz durch meine Hüfte zog. Ich unterdrückte ein Stöhnen und versuchte es ein weiteres Mal, dann schaffte ich es endlich.

Ich zog den Laptop an mich heran und schob ihn hinter meinen Körper, damit Adalian ihn nicht mehr erwischen konnte. Das Programm lief nach wie vor, aber es gab keinen Fortschrittsbalken, der mir anzeigte, wie viel Zeit übrig war. Nur ein schwarzes Fenster mit Zahlen und Buchstaben, die ich nicht verstand.

Schwer atmend schaute ich wieder nach vorn. Seit ein oder zwei Minuten waren keine Schüsse mehr gefallen. Trotzdem zog ich mich samt Laptop weiter zurück. Ich wollte mich hinter der nächsten Ecke verstecken, doch die Kabel reichten nicht weit genug, um das Gerät mitzunehmen. Scheiße.

Boston entspannte sich kein bisschen. Auch nicht, nachdem viele Momente lang Ruhe herrschte und hastige Schritte zu hören waren. Meine Sinne waren mittlerweile zu getrübt, um herauszuhören, ob sie sich näherten oder entfernten. Aber das Öffnen einer Tür bedeutete wohl, dass Adalian fort war, oder?

»Ist …«, murmelte ich, doch Boston unterbrach mich mit einem »Ssscht!« und stand weitere Sekunden bewegungslos da, bis er endlich, mit der Waffe im Anschlag, um die Ecke trat. Dorthin, wo Adalian zuvor in Deckung gegangen war.

Mit einem Blick auf den Boden sagte er: »Er hat viel Blut verloren.«

Ich wagte es noch nicht, aufzuatmen.

»Und du?«, wollte er wissen.

Zum ersten Mal sah ich an mir hinab und löste die Hände, die ich erneut auf meine Hüfte gepresst hatte. »Die Kugel hat mich nur gestreift«, stellte ich fest und begutachtete widerwillig die Stelle, an der der dunkle Overall gerissen war. »Die Wunde ist nicht sehr tief.« Auch wenn sich mir beim Anblick des eingerissenen Fleisches der Magen umdrehte: Die Blutung hatte bereits nachgelassen.

»Gut«, sagte Boston und trat eilig an mir vorbei, um nach dem

Laptop zu greifen. »Durchhalten, ja?« Er stellte ihn zurück auf den Tisch und hockte sich davor. »Nur noch fünf Minuten«, flüsterte er und legte seine Waffe griffbereit neben sich.

»Geht klar«, brachte ich durch meine zusammengebissenen Zähne hervor.

Seine Finger flogen über die Tastatur, und obwohl ich nicht ganz verstand, was er tat, verfolgte ich die Linien aus Codes mit verschwommenem Blick. Es war nahezu meditativ.

So sehr, dass ich erschrak, als Boston sich zurücklehnte und die Rechner um uns herum gleichzeitig begannen, lauter zu surren.

War das …

Ein Kribbeln breitete sich in meinem Körper aus; von meinem Haaransatz bis hinein in meinen Bauch, meine Fingerspitzen, meine Zehen.

Ich brauchte nicht einmal Bostons Bestätigung, um zu wissen, dass der Supercomputer hochfuhr. Es war, als wäre ein Sinn zurückgekehrt, der mir für Wochen genommen worden war. Die ganze Welt um mich herum war plötzlich so viel bunter, lauter, leuchtender.

Er war wieder da.

Kapitel 3

Die Überbleibsel eines beendeten Krieges

Ich hielt meine Hand weiterhin fest an meine Hüfte gepresst. Mir war bewusst, dass ich auf Bostons Anweisungen warten sollte, aber ich konnte einfach nicht an mich halten: Sobald er ein »Geschafft« über die Lippen gebracht hatte, versuchte ich mich, zum ersten Mal seit einer Ewigkeit, mit dem System zu verbinden. All die Gefühle, die mich in diesem Moment überschwemmten, vernebelten meinen Verstand. Die Angst, dass es nicht funktionieren würde; die Aufregung, die Hoffnung, die Sehnsucht, dass alles wieder so werden könnte wie früher.

Mich mit dem System zu verbinden war für mich viel mehr ein Instinkt als ein bewusster, technischer Vorgang. Mich hüllte sofort ein angenehm warmes Gefühl von oben bis unten ein. Es war ein Kribbeln in meinen Gliedern und ein Rausch des Glücks. Es fühlte sich an, wie nach Hause zu kommen, ließ mich die Schmerzen und die Sorgen vergessen.

Und ich ließ mich fallen. In dieses Netz aus Gedanken, Erinnerungen und Gefühlen, das sich um die ganze Welt spann. Ich war die Einzige, die es jemals gesehen hatte.

»Atlas.«

Zwischen all den Reizen und Eindrücken, die mich überfluteten, fiel mir erst nach einiger Zeit die Stimme auf, die meinen Namen flüsterte. Es kostete mich so viel Kraft, mich auf sie zu konzentrieren.

»Ich habe auf dich gewartet, Atlas.« Ein Bild baute sich vor meinem inneren Auge auf. Ein kleines Mädchen in einem weißen Raum. Der Saum des Nachtkleides von Schlamm und Blut befleckt.

Ich blickte kurz an mir hinab, aber mein eigener Körper wirkte verschwommen in all dieser Helligkeit. »Dara?«

Ein Lächeln trat auf ihre Lippen, dann wandelte sich ihre Gestalt und nahm die von Shane an. Dann die von Noah, in seinem richtigen Körper. Dann die von Julien.

In dieser Form verweilte das Wesen. »Nein«, antwortete es freundlich. »Du weißt, wer ich bin.«

Der Supercomputer. Er redete mit mir.

»Schön, dich wiederzusehen. Du hast meine Warnung empfangen.«

Das hatte ich, obwohl ich sie viel zu spät verstanden hatte. »Warum?«

»Damit du mich retten kannst.«

»Kannst du in die Zukunft sehen?«

Wieder dieses Lächeln auf den vollen Lippen. »Nein. Aber ich kann anhand der Gedanken, Pläne und Wünsche der Menschen realistische Zukunftsszenarien berechnen.«

Unmöglich. Das war keine Fähigkeit, die diese Maschine haben sollte.

»Du bist hier für die Antworten.«

»Ja«, wisperte ich. Das klare Weiß um uns herum begann sich zu trüben. Ich glaubte, Gewehrfeuer und Schreie aus weiter Ferne zu vernehmen.

»Ich zeige sie dir. Viel Erfolg.«

Die Projektion verschwand, und es war, als würde eine Kraft mich an meinem Bauch packen und mich nach hinten ziehen. Dann fiel ich tief in eine Erinnerung hinein.

Payne als junger Mann in einem Krieg.

Mit seinen Kameraden von den amerikanischen Streitkräften kämpft er gegen Extremisten, die Bürger gefangen halten, um Zugeständnisse ihrer Regierung zu erpressen. Erschöpfung sitzt tief in seinen Knochen, doch das Chaos und das Adrenalin, das seinen Körper flutet, halten ihn wach.

Seine Gedanken sind stumpf. Er lehnt sich aus seinem Graben, die Waffe im Anschlag, um das Feuer auf die feindlichen Soldaten zu erwidern. Sie belagern ein Dorf, in dem angeblich viele Kinder und Greise leben.

Auf dem plattgetretenen Getreidefeld zwischen ihnen wimmelt es von Minen. Sie kommen nur sehr langsam voran, und Payne hat kaum Hoffnung. Die Kämpfe haben ihn müde gemacht. Er befolgt nur Befehle; hofft, dass er irgendwann wieder nach Hause kann. Sofern er es überlebt.

Er lehnt sich in den Schutz des Grabens zurück, um nachzuladen. Getroffen hat er niemanden. Er weiß inzwischen nicht mehr, ob er überhaupt noch zielen kann. Der Staub in seinen Augen brennt, und ihm ist klar, dass er eigentlich gar nicht treffen möchte.

Er dachte, er würde den Krieg verstehen, bevor er losgezogen war. Er würde verstehen, was gut und was schlecht war – was getan werden musste, um das Schlechte aus der Welt zu tilgen.

Hier, vor Ort, hielt diese Logik nicht mehr stand. Hier gab es kein Gut und Böse mehr; nur Schreie, Blut, Tod und Verzweiflung.

Tief atmet Payne durch, um seine vor Müdigkeit und Stress zitternden Finger dazu zu bringen, die Waffe wieder fester zu umschließen. Da hört er Schreie. Andere als die zuvor. Es sind die seiner Kollegen. Sofort späht er aus dem Graben, um sich einen Überblick zu verschaffen.

Ein Mädchen, höchstens acht Jahre alt. Sie trägt ein Nachthemd und rennt, so schnell sie ihre Beine tragen, über das Minenfeld. Die Soldaten der Streitkräfte schreien ihr zu, dass sie stehen bleiben soll, während sie die Rebellen mit ihrem Gewehrfeuer davon abhalten, auf das Kind zu schießen.

Doch sie bleibt nicht stehen. Vermutlich versteht sie die Sprache gar nicht. Gleich wird sie …

Nein! Einem Impuls folgend, lässt Payne seine Waffe fallen, klettert aus dem Graben und stürzt dem Mädchen so schnell entgegen, wie es ihm möglich ist. Er muss zu ihr gelangen, bevor sie auf eine Mine tritt.

In dem Moment, in dem er sie erreicht und seine Arme nach ihr ausstreckt, durchreißt eine Explosion all seine Sinne. Ein Pfeifen auf seinen Ohren. Er sieht nichts. Er glaubt, auf dem Boden aufzuschlagen, aber es fühlt sich an, als würde ihn eine Hülle umgeben.

Flimmernd nur dringen Bilder zu ihm durch. Seine Hände, die er vor dem Körper hält, voller Blut. Der graue Himmel über ihm und Erde, die auf ihn hinabrieselt.

Er muss aufstehen! Obwohl er nichts in seinem Körper spürt, versucht er, sich hochzustemmen.

Bis jemand ihm grob unter die Arme greift und über die Erde nach hinten schleift. Aus dieser Position gelingt es Payne, an sich hinabzuschauen.

Seine Beine …

Seine Hose endet über seinen Knien. Die Stofffetzen sind blutig. Dort, wo seine Beine waren, erkennt er nur Fleisch und Blut.

Als Payne zum ersten Mal mit klarem Verstand aufwacht, ist ihm klar, dass mehrere Tage des Deliriums hinter ihm liegen. Er erinnert sich daran, mehrere Male aufgewacht zu sein und in die Gesichter etlicher Sanitäter geschaut zu haben.

Das Lazarett befindet sich in einer großen Halle. Zwischen den Liegen wurden provisorische Wände aus dünnem weißem Stoff gezogen. Die Lichter, die über seinem Bett befestigt sind, blenden seine müden Augen.

Payne gelingt es, seinen Kopf zu heben und an sich hinabzuschauen. Unter der dünnen weißen Decke zeichnen sich seine abgetrennten Beine genau ab. Er wagt es nicht, sie zu bewegen, obwohl er keinen Schmerz mehr spürt. Sein Körper ist taub. Vermutlich von den Schmerzmitteln, die ihm über den Tropf an seiner Hand verabreicht werden.

»Hey Kumpel.«

Payne zuckt zusammen. Er war so auf sich selbst konzentriert gewesen, dass er den Mann neben sich gar nicht bemerkt hatte. Rex, sein Kamerad. Wie lange saß er bereits hier bei ihm? Ist der Einsatz vorbei? Oder ist er auch verletzt?

»Was ist mit dem Mädchen?« Trotz all der Fragen in seinem Kopf ist das die erste, die über seine Lippen kommt.

Der Ausdruck, den sein Freund aufsetzt, ist ihm Antwort genug. Er muss es gar nicht mehr aussprechen.

»Sie war sofort tot«, stellt er trotzdem klar. »Es tut mir leid.«

Payne darf sich davon nicht deprimieren lassen. Immerhin war ihre Chance so oder so klein gewesen. Es war nicht seine Schuld … das muss er sich irgendwie klarmachen.

Warum fällt es ihm nur so schwer?

»Und die anderen Zivilisten?«

Rex schweigt betreten. Erst nach einigen Sekunden ringt er sich dazu durch, zu antworten: »Wir konnten die Rebellen zurückdrängen. Die meisten Zivilisten sind allerdings ums Leben gekommen. Vierzehn Menschen haben überlebt.«

Vierzehn. Warum nur so wenige? Er war sich doch so sicher gewesen, etwas bewegen zu können, als er sich freiwillig für den Dienst gemeldet hat. Er war sich so sicher gewesen, Leben retten zu können.

Payne spürt, wie sich Tränen in seinen Augenwinkeln sammeln. Er will nicht, dass Rex ihn so sieht, aber seine Arme sind zu schwach, um sie anzuheben.

Nein. Er hat gar nichts bewirkt.

»Sind Sie sich sicher, dass Sie das schaffen, Mr. Hax?«

Payne hört das Gemurmel der Leute vor der Treppe, als er an seinen Beinen hinabschaut. Die Physiotherapie hat mehr als zwei Jahre in Anspruch genommen, und der Schmerz, dort, wo die Prothesen in seine Beine übergehen, ist hin und wieder überwältigend.

Doch er wird das schaffen. Er hat sich monatelang auf diesen Moment vorbereitet.

»Das wird schon gehen«, sagt er leise und lächelt der jungen Frau matt zu, die ihm von einem Freund als Assistentin zur Seite gestellt wurde. Dann greift er nach dem Stock, den sie ihm reicht, und stützt sich mühsam auf. Er steht wackelig auf seinen neuen Beinen.

»Sehe ich in Ordnung aus?«, fragt er, und sie lächelt ihn breit an, auch wenn sie sogar nervöser zu sein scheint als er selbst.

»J-ja, sehr gut sogar«, sagt sie eilig. Die Haare ihres hellbraunen Bobs fallen ihr ins Gesicht, als sie in ihrer großen Handtasche kramt und schließlich einen Spiegel hervorzieht.

Demonstrativ hält sie ihn vor Payne hin. Er erschreckt sich jedes Mal ein wenig vor seinem eigenen Aussehen. Wenn er es vermeiden kann, schaut er nicht mehr in Spiegel. Der Ausdruck in seinen Augen gefällt ihm nicht. Obwohl er weiß, dass man in seiner Position hoffnungsvoller sein sollte, kann er nicht mehr viel Leben in seinen eigenen Zügen erkennen.

Die Ringe unter seinen Augen sind seit diesem Tag vor mehr als zwei Jahren nicht mehr verschwunden. Er trägt sogar denselben Undercut-Haarschnitt, der ihm dieses militärische Flair verleiht, von dem er sich nicht lösen kann. Sein Haar ist seitdem etwas heller geworden, als wollte es bereits grau werden, obwohl er erst dreißig ist.

»Sie sehen sehr frisch aus, Mr. Hax«, versichert ihm die Assistentin unsicher. Er dankt ihr für ihre Freundlichkeit. Auch wenn sie sich noch nicht dazu durchringen kann, ehrlich zu sein.

Sie senkt den Spiegel, und er richtet sich den Anzug, der sich so falsch an seinem Körper anfühlt. »Ich muss wohl los, was?«, fragt er, und sie nickt energisch.

Er späht um die Ecke. Ein älterer Herr an einem Pult ist gerade dabei, die Anmoderation vor all den Kameras und Pressemenschen zu machen.

Er hofft, dass er das hier schnell hinter sich bringen kann, um sich wieder seiner richtigen Arbeit zu widmen.

»Ich darf Ihnen hiermit Payne Hax vorstellen, sehr geehrte Damen und Herren«, dringt die Stimme des Moderators durch die Lautsprecher zu ihnen herüber.

Der Griff um seinen Gehstock festigt sich.

»Kriegsveteran mit mehreren Auszeichnungen, der sich durch Einsatz ohnegleichen in mehreren Krisengebieten der ganzen Welt hervorgetan hat. Ehrenhaft entlassen, nachdem er, im Versuch, einem einheimischen Mädchen das Leben zu retten, beide Beine verlor. Heute möchte er Ihnen zum ersten Mal das Programm seiner neu gegründeten, wohltätigen Organisation ProTEC vorstellen. Begrüßen Sie ihn bitte mit dem ihm gebührenden Respekt!«

Ein tosender Beifall bricht aus, und die Hand des Moderators schwenkt in Paynes Richtung. Das ist sein Zeichen. Mit so viel Würde wie möglich setzt er sich in Bewegung, macht einen Schritt nach dem anderen, auch wenn er auf diese Art langsamer vorankommt als in seinem Rollstuhl.

Der Beifall prallt an ihm ab. Es ist ihm zu laut. Solche Geräuschkulissen bereiten ihm Unwohlsein, aber er hat gelernt, sich nichts anmerken zu lassen.

Mit einem milden und ehrlichen Lächeln stellt er sich an das Pult mit den Mikrofonen und schaut den Journalisten zum ersten Mal in die Augen.

»Danke, dass Sie so zahlreich erschienen sind«, sagt er. Er meint es ernst. In diesem Projekt steckt nicht nur so viel von seiner eigenen Arbeit, sondern auch viel Geld, das hoffnungsvolle Freunde in ProTEC investiert haben. Es freut ihn, dass diese Arbeit anscheinend wertgeschätzt wurde. »Ich freue mich, Ihnen Ihre Fragen zu ProTEC zu beantworten.« Er schaut zu dem Moderator, der ihm Platz gemacht hat und zur Seite getreten ist. »Und ebenfalls vielen Dank für die freundliche Ankündigung.«

Die Journalisten heben die Hände aufgeregt, und Payne deutet auf eine Frau mittleren Alters, die nur wenige Stufen unter ihm steht.

»ProTEC wurde gegründet, um Menschen in Krisengebieten

zu helfen«, bringt sie ihre Frage eilig hervor. »Beschränken Sie sich dabei auf aktuelle Kriegsgebiete oder auch auf andere Bereiche?«

»Wir wollen in allen Bereichen helfen, in denen Menschen unsere Hilfe brauchen«, bringt er hervor. Einige Freunde, die sich in Öffentlichkeitsarbeit auskannten, waren vorher mögliche Fragen mit ihm durchgegangen. Sie hatten ihm geraten, einfach er selbst zu sein. Er befürchtet allerdings, das wäre zu deprimierend. »Das schließt auch die Gebiete auf dem Mars mit ein. Sowie sämtliche Überschwemmungs- und Trockenheitszonen der Erde. In Zusammenarbeit mit den lokalen Behörden wollen wir so vielen Menschen wie möglich Nahrung und ärztliche Hilfe zukommen lassen.« Erneut bricht Beifall los. »Um unseren Einfluss ausweiten zu können, sind wir natürlich auf Ihre Spendengelder angewiesen«, sagt er fast schüchtern über den Applaus hinweg.

Er nickt einem anderen Journalisten zu.

»Mr. Hax, hat der Vorfall, bei dem sie daran scheiterten, das Kind zu retten, Sie zur Gründung dieser Organisation inspiriert?«

»Ja, ich ...« Keine zu düstere Antwort geben, hatte man ihm geraten. Das schrecke die Leute nur ab. »Ich habe für mich entschieden, dass ich lieber die Menschen vor Ort unterstützen möchte, als die Bösewichte zu bekämpfen.«

Leiserer Beifall tritt ein. Er sieht in den leuchtenden Augen der Anwesenden, dass die Antwort gut ankam.

»Eine persönliche Frage, Mr. Hax!«, ruft eine Frau, ebenfalls aus den vorderen Reihen, ihm zu. »Wie geht es Ihren Beinen? Man sieht Sie häufig im Rollstuhl. Stehen weitere Operationen an?«

Das trifft ihn unerwartet. »Ich habe mich an den Rollstuhl gewöhnt«, bringt er mit einem Lächeln über die Lippen. »Es müssten eigentlich mehrere Wirbel meiner Wirbelsäule gerichtet werden. Diese Operationen wären allerdings sehr kostspielig.« Er setzt wieder ein mildes Lächeln auf. Verdammt, seine Gesichtszüge entgleisen ihm die ganze Zeit. »Ich möchte dieses Geld vorerst komplett in den Erhalt und Aufbau der Organisation stecken.«

Der Beifall, der darauf eintritt, ist so laut, dass er für mehrere Momente keine weiteren Fragen hören oder beantworten kann.

»Danke für diesen Abend, Rex.« Payne hebt das Whiskeyglas und stößt mit seinem alten Freund an. Seit sieben Jahren haben sie einander nicht mehr gesehen, und dieses Treffen tut einfach gut.

Die Bar in einem der höchsten Stockwerke dieses Gebäudes, in die Rex ihn ausgeführt hat, ist überaus luxuriös. Durch die Fenster kann man auf ganz Washington hinabblicken. Die kunterbunten Lichter, in denen die Stadt erstrahlt, beruhigen ihn auf gewisse Weise.

»Du hast dir einen freien Tag verdient«, sagt Rex und nimmt einen großen Schluck aus seinem Glas. »Und mit ProTEC läuft es ja auch gut, oder?«

Payne lauscht auf, während Rex die Karte studiert.

»Ja, es läuft ... sehr gut. Wir haben bereits Einsätze in der ganzen Welt leiten und tausenden Menschen helfen können.«

»Das ist sehr schön«, sagt Rex, die Augen nach wie vor auffällig abwesend auf die Karte gerichtet. »Ich meine nur, weil ...«

Payne runzelt die Stirn. »Weil?«

»Na ja, weil ich mitbekomme, dass ihr öfter nach Spenden fragt.« Endlich schaut er wieder auf und ruckt mit dem Kopf in Paynes Richtung. »Und du sitzt noch immer im Rollstuhl. Kannst du dir die Operation nicht leisten?«

Payne schluckt hart und sieht seinem Freund offen ins Gesicht. Rex wirkt ehrlich besorgt, wie er ihn so ansieht, aber er hasst es trotzdem. Er braucht kein Mitleid, denn er weiß, dass er das Richtige tut.

»Ich stecke das Geld nach wie vor gern in die Organisation«, antwortet Payne. »Ich habe ein sehr gutes Leben, ob mit oder ohne den Rollstuhl. Wenn ich mein Geld stattdessen dazu verwenden kann, anderen Menschen das Leben zu retten, mache ich das gern.«

Rex nickt ernst, scheint allerdings nicht ganz überzeugt zu sein. »Und jetzt die Version, die nicht für die Presse bestimmt ist«, fordert er und nimmt einen weiteren Schluck aus seinem Glas.

Verwirrt schüttelt Payne den Kopf. Er weiß wirklich nicht, was er meint. »Das ist die wahre Version«, antwortet er. »Rex, was … was willst du mir sagen?«

Rex schaut sich in alle Richtungen um, als wolle er sichergehen, dass niemand mithören kann. Danach lehnt er sich ein Stück weit nach vorn. »Was denkst du, warum ich dich in so einen Schuppen einladen kann?« Er zupft an seinem maßgeschneiderten Anzug. »Oder warum ich mir so einen feinen Fummel leisten kann?«

Payne lehnt sich ein Stück von ihm weg. »So, wie du das sagst, wird es wohl was Illegales sein«, vermutet er laut. Es gefällt ihm nicht, in welche Richtung sich dieses Gespräch entwickelt. Er hat kein Interesse an verbotenen Aktivitäten.

Rex' Lächeln spricht mehr als tausend Worte. Er lag richtig mit seiner Vermutung.

»Ich hab das auch nur über mehrere Ecken mitbekommen«, beginnt er zu reden. »Wir haben beide während unserer Einsätze im Krieg viele Dinge gesehen, die ungemein brutal und erschütternd waren.«

Payne runzelt die Stirn, denn er hat keine Ahnung, in welche Richtung das hier gehen soll. »Und?«, fragt er daher skeptisch, damit Rex fortfährt.

»Nun ja, ich wusste das bis vor einem Jahr auch nicht. Es gibt wohl einen gewaltigen Schwarzmarkt für solche Erinnerungen.«

»Was?«, bricht es aus Payne hervor, und er sieht sich um, weil ihm selbst aufgefallen ist, dass das viel zu laut war. »Wer kauft denn so etwas?«, hakt er flüsternd nach.

»Keine Ahnung«, säuselt Rex. »Irgendwelche reichen Idioten halt. Die haben ja nichts zu tun in ihrem Leben. Vielleicht gibt ihnen das einen Kick oder so, wer weiß.«

»Ich …« Payne wird schlecht, aber er bemüht sich, es zu verbergen. »Das klingt höchst illegal, Rex«, sagt er ernster. »Ich sollte der Polizei melden, dass du mit solchen Leuten handelst.«

Rex bricht in so lautes Gelächter aus, dass sich einige ihrer Sitznachbarn zu ihnen umdrehen. »Du hast dich echt nicht verändert.« Er zuckt mit den Schultern. »Und du musst das ja auch nicht machen. Ich wollte dir nur davon erzählen. Also wenn du mal Kohle brauchst …« Er legt den Kopf schelmisch lächelnd schief. »Du könntest die Erinnerungen gern an mich transferieren. Ich könnte sie mit Architekten zusammen anonymisieren und verkaufen. Es sollte nicht schwer sein, diese Einkünfte als Spenden zu verbuchen, schätze ich.«

Payne verzieht den Mund und überlegt, ob er einfach zahlen und verschwinden soll. Doch der Schock sitzt ihm zu tief in den Knochen. Sein Griff um das Glas in seiner Hand ist so fest geworden, dass seine Knöchel weiß hervorstechen. »Nein danke«, presst er zwischen zusammengebissenen Zähnen hervor.

Paynes Finger zittern. Seit Minuten starrt er den Projektor vor sich an, auf dem er Rex' Nummer eingegeben hat. Ein Bild seines ehemaligen Kameraden ist auf dem kleinen Bildschirm aufgetaucht. Mit kurzgeschorenem Haar und in Militäruniform; so, wie er ihn gern in Erinnerung behalten hätte.

Das Metall seines winzigen Esstischs schneidet bereits in seine Arme, so lange hat Payne sich nicht mehr bewegt. Vor seinem Fenster staut sich seit Tagen der Smog. Er kann nicht einmal mehr die Gebäude auf der anderen Seite der Straße erkennen.

Er nimmt all seinen Mut zusammen, dann tippt er mit dem Finger endlich auf den Knopf, der den Anruf startet. Er hört den Freiton direkt in seinen Ohren.

»Kumpel«, säuselt Rex bereits nach wenigen Sekunden des Wartens. Paynes Herz sinkt etwas tiefer. »Wir haben uns ja seit Jahren nicht mehr gehört.«

Etwas an seiner Stimme hat sich verändert. Er kann nicht genau sagen, was es ist. Sie klingt irgendwie härter, verruchter.

»Ja, ich … ich freu mich auch, von dir zu hören, Rex. Wie geht es dir denn?«

»Ach, mir gehts super.« Er lacht leise am anderen Ende der Leitung. »Aber dir wohl nicht so, hm?«

»Du hast es in den Nachrichten gehört, oder?«

»Auch«, flüstert Rex mit einem Unterton, der einen irgendwie gefährlichen Klang hat. »Außerdem gäbe es wohl zudem keinen Grund für dich, mich anzurufen, wenn es dir gut ginge, oder?«

Payne spannt sich weiter an. Seine Beine schmerzen heute wieder besonders, doch er darf sich davon jetzt nicht schwächen lassen. Er hat sich seit Tagen auf dieses Gespräch vorbereitet.

»Es tut mir leid, dass ich dir diesen Eindruck vermittelt habe«, erwidert er höflich. »Leider hast du recht. Es sieht nicht gut aus.« Er atmet tief ein und aus. »Die Organisation … steht kurz vor dem Aus.« Er musste sogar in eine kleinere Wohnung ziehen, um die Gelder weiter fließen zu lassen. Die fünfzehn Quadratmeter, auf denen er nun haust, reichen eigentlich für ihn aus. Nur mit dem Rollstuhl ist es hin und wieder schwierig.

»The Cell, hm?«, fragt Rex, und Payne spannt sich ungewollt weiter an.

Ist das so offensichtlich?

»Bennie Haloren«, kam es in einem Knurren über seine Lippen. Er hasst diesen Kerl so endlos, obwohl er sich eigentlich davor scheut, so über Menschen zu denken. »Seitdem er angefangen hat, Spenden für seine Organisation zu erpressen, ist das Ansehen von wohltätigen Organisationen gesunken und … viele Menschen haben ihre Spenden für ProTEC zurückgezogen, um The Cell zu unterstützen.«

»Ja, ziemlich scheiße«, seufzt Rex theatralisch. »Ich gehe demnach einfach mal davon aus, dass du auf das Angebot zurückkommen willst, das ich dir damals unterbreitet habe?«

Sein Kopf schmerzt, so fest presst Payne die Zähne aufeinander. »Ja«, bringt er hervor. Es tut ihm so weh, aber … er weiß, dass es für einen guten Zweck ist. Er weiß, dass er mit den Erinnerungen an diese schrecklichen Dinge tausenden Menschen helfen kann. Das muss es wert sein.

»Ich habe die Erinnerungen herausgespeichert. Ich kann sie dir transferieren. Wenn das Angebot noch gilt.«

»Klar«, flüstert Rex. Fast kann Payne den schelmischen Ausdruck auf seinen Zügen vor seinem inneren Auge sehen. »Wir haben einen Kontakt bei Hypermind, der den Transfer zum Käufer vollziehen kann. Das ist eine einzigartige Technologie, die niemand anderes zu bieten hat. Die Vermittlung läuft über ein virtuelles Hotel im Untergrund. Alles anonym. Wir sorgen dafür, dass die Erinnerungen nie zu dir zurückverfolgt werden können.«

»Das darf niemals rauskommen«, wispert Payne, woraufhin Rex lacht.

»Das verlangen alle Käufer und Verkäufer, mach dir darüber mal keine Sorgen. Und hey … Ich find's echt super, dass du das machst. Das bringt dir sicherlich mehrere hunderttausend Coins ein, also hilft es sicherlich.«

»Das … hoffe ich auch.«

In den Büros von ProTEC riecht es nach frischem Tabak und Tannennadeln. Der Assistentin, die Payne bereits seit Jahren zur Seite steht, ist es ein großes Anliegen, dass die Geschäftsräume der Organisation so weit wie möglich den Wünschen der höheren Wirtschaftsbosse entsprechen, die regelmäßig um Termine bitten, um über ihre Spenden für die Organisation zu sprechen.

Payne selbst hält nicht viel von den hochwertigen Holzmöbeln und teuren Teppichen, mit denen sie sich ausstatten mussten, um ihr Öffentlichkeitsbild aufzupolieren. Er vertraut allerdings denjenigen, die in diesen Belangen bewanderter sind als er. Mit den Geldern, die durch den Verkauf der Erinnerungen im Untergrund hereinkommen, können sie sich über Wasser halten und ihr Marketing verbessern.

Er beschwert sich demnach nicht über diesen Zustand. Er wagt es nicht, überhaupt etwas zu beanstanden, das sie erreichen; dafür hat er selbst zu große Opfer bringen müssen.

Gerade ordnet er Dokumente auf der digitalen Anzeige seines Tischs, als eine Kontaktanfrage von Rex auf seiner Kontaktlinse auftaucht. Der Name seines Geschäftspartners blinkt dazu vor seinem inneren Auge auf.

Rasch betätigt er den Knopf an seinem Tisch, um seine Sekretärin darauf hinzuweisen, dass er beschäftigt ist. Kurz wappnet er sich innerlich, dann nimmt er die Anfrage an.

»Rex. Wie lief es mit den letzten Erinnerungen, die ich dir transferiert habe?« Diese neuste Technologie von Hypermind ist der Wahnsinn. So muss er die Worte nicht einmal mehr laut aussprechen, damit sie bei seinem Gesprächspartner ankommen. Das macht es sicherer, diese Gespräche in seinem Büro zu führen.

»Ja, wir bekommen die schon verkauft, das ist kein Problem. Die ganzen Veteranen bei ProTEC sind echt eine Goldquelle.«

»Wohl wahr.« Es bereitet Payne noch immer Bauchschmerzen, diese furchtbaren Erinnerungen zu verkaufen, aber dabei entsteht zumindest kein neuer Schaden. Und durch die neuste Technologie, über die der Untergrund verfügt, können sogar die Erinnerungen selbst sowie die Erinnerungen an die Transaktionen bei den Veteranen gelöscht werden. Das tut allen gut. Es bereitet Payne fast eine diebische Freude zu wissen, dass seine wohltätige Organisation gerade von den Menschen finanziert wird, die den Krieg lieben.

»Ich befürchte allerdings, dass …«

»Was?« Payne spannt sich wieder an.

»Ich befürchte, dass wir nicht mehr so viel werden rausschlagen können wie vor ein paar Jahren. Der Markt hat sich vergrößert, und inzwischen läuft anderes Zeug besser. Deswegen rufe ich auch an.«

Anderes Zeug? »Was meinst du?«

»Na ja, Zeug, auf das die kranken Geister sich gut einen runterholen können«, raunt Rex auf seine üblich theatralische Art. »Morde aus der Sicht des Mörders oder des Ermordeten gehen zurzeit richtig gut. Alles, bei dem Sex enthalten ist, kommt auch immer gut.«

»Was?«

»Was besonders gut läuft …«

»Ich will das nicht wissen.« Warum erzählt er ihm das überhaupt? Das ist nichts, was er ihm beschaffen kann oder will.

»Lass mich ausreden, vielleicht ist das ja was für dich. Was zurzeit die meiste Kohle einbringt, sind Auftragsarbeiten. Bedeutet, der Kunde äußert einen besonderen Wunsch für eine Erinnerung, und die wird daraufhin … nun ja, erschaffen.«

»Was?«, keucht Payne. »Können das nicht Architekten machen?«

»Die wollen den echten Scheiß. Und ja, es ist krank, aber hey: Geld ist Geld. Und bei Auftragsarbeiten fließen gern mal mehrere Millionen Coins.«

Payne presst die Lippen zusammen. »Ich hab sowas nicht.«

Schweigen am anderen Ende der Leitung. »Du hast doch Leute, die sowas theoretisch tun könnten, oder?«

»Was? Spinnst du? Wir wollen hier Menschen *helfen*, bereits vergessen?«

»Du bist aber auf diese Einnahmen angewiesen. Oder willst du es in Zukunft lieber machen wie The Cell und die Einnahmen von den Firmen erzwingen?«

»Ich hasse The Cell, komm mir nicht mit denen.«

»Eine Erinnerung dieser Art könnte viele Aktionen deiner Organisation über ein Jahr hinweg finanzieren. Du musst dich auch nicht jetzt entscheiden. Rechne das einfach mal gegen. Ein Leben für das von Hunderten, vielleicht sogar Tausenden. Es ist Sache der Interpretation, wie man das aus moralischer Sicht auslegt.«

»Auf keinen Fall!«, ruft Payne in seinen Gedanken. »Ich werde niemanden ermorden!«

»Du könntest es die anderen aus deiner Organisation machen lassen.«

»Was? Ich …«

»Lass mich ausreden! Du kennst doch unsere Technologie. Selbst wenn einer deiner Angestellten einwilligt, so eine Erinnerung zu generieren, können wir garantieren, dass er oder sie sich danach weder an die Tat noch an die Transaktion erinnert. Als hätte es nie stattgefunden.«

»Das ist mir bewusst.« Er ballte die Hände zu Fäusten, den Blick auf den Tisch vor sich gerichtet. »Selbst wenn die Männer und Frauen es nicht mehr wissen, würde ich es wissen.«

»Wir können das auch gern aus deinem Gehirn löschen.«

»Was?« Das trifft ihn unvorbereitet. »Warum … warum schlägst du mir das überhaupt vor?«

»Weil ich den Markt beobachte und ich – als dein *geschätzter Berater* – erkenne, dass ihr bald kaum mehr Geld mit euren Kriegserinnerungen reinholen werdet. Außerdem bekomme ich Prozente, Kumpel.«

Geld also.

»Denk einfach darüber nach. Wir müssen das nicht sofort ausdiskutieren.«

Rex beendet den Kontakt. Payne starrt nach wie vor den Tisch vor sich an.

Dorthin soll der Weg führen? Dass er selbst Verbrechen begehen muss, um Gutes tun zu können? Wie The Cell? Gibt es denn nichts Gutes mehr in dieser Welt?

Hat es … hat es überhaupt jemals Gutes gegeben, oder war es immer so? Die Vorstellung, dass die Gelder ihnen wieder ausgehen, macht ihm Angst. Sie haben dermaßen viel in der Welt bewirkt. Es kann nicht so enden. Es darf nicht so enden.

Payne versteht es nicht.

Aber er versteht zumindest eins: Das hier ist nur ein weiterer Krieg. Er hatte das Schlachtfeld damals verlassen, nur um ein anderes zu betreten.

Paynes Beine schmerzen, während er am Metalltisch seiner winzigen Wohnung sitzt, Milch mit Müsli isst und die Worte der Nachrichtensprecherin im Hintergrund längst ausgeblendet hat.

Das regnerische Wetter zehrt an seinen Nerven, und irgendetwas – er weiß nicht genau was – macht ihn verdammt müde. Als lauere etwas im Hintergrund seines Geistes, das seine Stimmung trübt und ihm die Energie raubt.

Vielleicht … vielleicht ist er inzwischen einfach zu alt. Am liebsten würde er sich zur Ruhe setzen. Doch es ist nur wenige Tage her, dass ihm Hypermind überschrieben wurde, solange kein rechtmäßiger Nachfolger gefunden ist. Er muss sich zusammenreißen und seine persönlichen Bedürfnisse hinter die der Welt stellen.

Er seufzt, was Adalian zu ihm aufschauen lässt. Er befindet sich bereits seit einer halben Stunde in seiner winzigen Wohnung. Sie haben bisher kaum mehr als eine Handvoll Worte gewechselt.

Nur noch ein paar Minuten. Dann wäre er bereit für die To-do-Liste und den Bericht des Tages.

»Alles in Ordnung?«, will Adalian wissen, woraufhin Payne abwesend nickt.

Erst jetzt fällt ihm auf, wie blass Adalian aussieht. »Und bei dir?«

Adalian löst sich vom Anblick der Demonstrationen nur wenige Stockwerke unter ihnen und reibt die Hände aneinander. »Ich … muss heute über etwas Bestimmtes mit dir sprechen, Chef.«

Allein der Tonfall seines Assistenten lässt Payne aufhorchen. »Seit wann redest du denn so förmlich mit mir?« Payne versucht, sich von der unbestimmten Dunkelheit in sich loszumachen und sich ganz auf sein Gegenüber zu konzentrieren.

Adalian sieht ihn einfach nur an. Danach sendet er nach wenigen Sekunden eine Anfrage an Paynes ADIC. Nein, keine Anfrage.

Ein Signal.

Ein Ruck fährt durch Paynes Körper, und etwas wird ihm klar. Etwas, das er vergessen hatte.

Natürlich. Sie haben ihm die Erinnerungen an die Erinnerungsverkäufe genommen. An die Einsätze. An die Besprechungen. Sie haben das alles aus seinem Kopf gelöscht, damit er den polizeilichen Überprüfungen standhält. Und sie werden sie ihm wieder nehmen, falls weitere überraschende Scans auf ihn zukommen.

Er erinnert sich jetzt an die Gespräche, die er mit Adalian, Rex, den Mannschaftsführern, den Hypermind-Mitarbeitern und den Architekten geführt hat, die an dieser Sache beteiligt sind. Jedes Mal, wenn diese Informationen und Gedanken in seinen Kopf zurückkehren, versteht er nicht, wie er sie überhaupt hatte vergessen können.

»Alles wieder da?«, will Adalian wissen.

»Ja.« Payne atmet ruhig und legt den Löffel beiseite. Der Appetit ist ihm vergangen, obwohl er es hasst, Essen zu verschwenden.

»Es ist erledigt, Boss«, sagt Adalian gelassen. »Wir haben Haloren aus dem Weg geräumt.«

»Was?« War das der Plan? Sind doch noch nicht alle Erinnerungen zurück?

»Es sollte in wenigen Minuten in den Nachrichten verkündet werden.«

Payne geht jede dieser neuen Erinnerungen in seinem Kopf durch, aber er kann sich nicht entsinnen, den Schachzug gegen Haloren beauftragt zu haben. »Schon jetzt?« Das geht alles viel zu schnell. Nachdenklich fasst er sich an die Stirn und schließt für einen Moment die Augen. »Das wollten wir doch erst besprechen.«

»Alles ist in bester Ordnung. Wir haben zwei Fliegen mit einer Klappe geschlagen. Rex und die anderen haben zugestimmt.«

Payne krallt die Finger in die Lehnen seines Rollstuhls. »Aber ich habe nicht zugestimmt. Was habt ihr getan?«

Adalian bleibt überraschend ruhig. »Der Mord an Noor Godman, den ich vor ein paar Jahren begangen habe.« Er sieht Payne an, als wolle er sicherstellen, dass er weiß, worüber sie reden. Und tatsächlich muss Payne sich noch sehr konzentrieren, um ihm folgen zu können. »Dieser Auftrag wurde uns nie abgekauft, deswegen lag die Erinnerung ewig in unserem Speicher. Wir hatten es zunächst als Sicherheitsrisiko betrachtet, dass wir sie besitzen – nun, da der Fall unfreiwillig so populär geworden ist. Wir haben uns daher dazu entschieden, die Erinnerung in Bennie Halorens Kopf zu platzieren, um ihn aus dem Weg zu räumen.«

Payne spürt, wie sein Puls sich beschleunigt und Wut in seinem Inneren zu brodeln beginnt. »Habt ihr den Verstand verloren?«, fragt er leise. »Wir wollten Haloren eine unbedeutende Erinnerung transferieren. Etwas, das ihn dazu bringt, freiwillig zurückzutreten. Auf solch eine Erinnerung werden enorm viele Untersuchungen folgen!«

»Dessen sind wir uns bewusst, Boss. Und es tut uns leid, dass wir das über deinen Kopf hinweg entscheiden mussten, aber wir wussten nicht, wie lange du sauber bleiben müsstest.«

»Aber …«

»Alles läuft nach Plan. Wir haben Ace Highrom bereits ausgeschaltet – der war die einzige Spur. Und denk drüber nach: Wenn Bennie lediglich zurücktritt, wird The Cell weiterhin bestehen bleiben. Hängen wir dem Anführer dieser Bande jedoch die Erinnerung an einen so prominenten Mord an, besteht die Chance, die gesamte Organisation zu zerschlagen. Und gleichzeitig sind wir die Erinnerung an Noor endlich los.«

»Wir hätten sie löschen sollen, wie ich es von Anfang an wollte.« Payne fuhr sich mit geschlossenen Augen über die Schläfen. »Es gibt einen Grund, warum wir uns darauf beschränkt haben, unsere Opfer in der untersten Bevölkerungsschicht zu suchen. Damit eben keine Aufmerksamkeit auf diese Sachen gelenkt wird.«

Ein mildes Lächeln tritt auf Adalians Lippen, als Payne ihn erneut anschaut. »Es gibt keine Möglichkeit, das zu uns zurückzuverfolgen. Der Mitarbeiter von Hypermind, der die Übertragung vorgenommen hat, ist bereits nicht mehr über den Vorgang im Bilde. Wir haben seine Erinnerungen gelöscht, damit bei den ganzen Überprüfungen nichts rauskommt. Alle Spuren sind verwischt.«

Payne ringt um Beherrschung. Er weiß, dass die jungen Leute, die er in die Organisation aufgenommen hat, ihn inzwischen überholt haben. Er konnte sich bisher immer darauf verlassen, dass sie alles für das Wohl von ProTEC tun, und Adalian hat recht: The Cell zu diskreditieren, um den Ruf wohltätiger Organisationen wiederherzustellen, war lange eins ihrer Ziele. Doch war das der richtige Weg?

»Keine Sorge«, beharrt Adalian. »Du hattest so viel mit der Übernahme von Hypermind zu tun und hast uns das anvertraut. Und wir haben alles nach bestem Wissen und Gewissen vollziehen können. Durch den Fall von The Cell und die Übernahme von Hypermind durch ProTEC wachsen wir bereits im Bekanntheitsgrad. Und denk nur daran, wie vielen Menschen wir damit helfen können.«

»Das können wir«, murmelt Payne.

Ja, es war etwas, das er gelernt hatte. Um dieser Welt helfen zu können, muss man nach ihren Regeln spielen. Und die erfordern Opfer.

Er hätte es von Anfang an wissen sollen.

Folge 10

Das Kollektiv

Kapitel 1

Die Gedanken einer vereinten Welt

Das Erste, das ich spürte, als ich zu mir kam, war der Schmerz in meiner Hüfte. Ich war so tief in die Erinnerungen abgetaucht, dass ich ihn und den Rest meines Körpers gar nicht mehr wahrgenommen hatte.

Als Zweites bemerkte ich Bostons Hände an meinen Schultern. Ich öffnete die Augen und blinzelte ihn an, fühlte die Tränen, die sich in meinen Augen gesammelt hatten.

»Bist du wieder da?«, fragte er hektisch und richtete sich auf, sobald ich nickte. »Was hast du gesehen?«

Dass ich ein richtiges Gespräch mit dem Supercomputer geführt hatte, verschwieg ich wohl besser.

Ich keuchte und fasste mir an den Kopf. Es fiel mir schwer, zusammenzufassen, was ich gerade erlebt und gesehen hatte. »Adalian ist der Mörder von Noor Godman«, brachte ich schließlich hervor.

»Hast du Beweise dafür gesichert?«

»Ja. Und Payne, er … er hat ProTEC und diese Militäreinheit benutzt, um Erinnerungen an Verbrechen zu erzeugen und zu verkaufen. Sie haben wohl mit mehreren Architekten kooperiert, um die Erinnerungen zu anonymisieren. Und mit Hypermind-Mitarbeitern, die die Transfers direkt im System vorgenommen haben. Viel professioneller als auf dem Sub-Level-Schwarzmarkt. So sind sie an Geld für seine Organisation gekommen.« Ich übersendete Boston die entsprechenden Erinnerungen, damit er sich selbst ein Bild davon machen konnte. »Ich vermute, er hat die riesigen Summen, die dadurch reinkamen, als anonyme Spenden verbuchen können.«

Boston schwieg und starrte in die Leere, während er sich die Informationen ansah, die ich ihm geschickt hatte. Ich nutzte die Zeit, um in den Daten des Supercomputers eine Übersicht darüber zu bekommen, wie viele Änderungen am System vorgenommen worden waren. Die Anzahl abnormaler Vorgänge durch die Machenschaften von Payne war allerdings so hoch, dass es mich vermutlich Stunden kosten würde, sie alle aufzurufen und nachzuverfolgen. Das musste ich an einem ruhigeren Ort machen.

Boston ballte die Hände zu Fäusten, und ich schloss die Aktivitäten vor meinem inneren Auge, um die Erkenntnisse und Beweise, die ich gesammelt hatte, auch an Lora und Noah zu schicken. Ich wollte direkten Kontakt zu ihnen aufnehmen, aber Boston hatte begonnen, wütend auf und ab zu stampfen, und zog meine Aufmerksamkeit dadurch erneut auf sich.

»Diese Scheißkerle haben *meine* Organisation benutzt, um *ihre* Verbrechen zu begehen!«, fuhr er auf, und ich stemmte mich langsam auf die Hände, um mich danach unter Anstrengung aufzurichten. Zitternd gelang es mir, auf beiden Beinen zu stehen, wenn auch wackelig.

Vom Blutverlust war mir schwindlig geworden, und der Schmerz strahlte so intensiv von meiner Hüfte aus, dass mir übel wurde. Zum Glück hatte sich wenigstens die Blutung inzwischen gelegt.

Ich dachte kurz darüber nach, ob ich mich irgendwie aus dem Staub machen könnte, bevor Boston noch etwas von mir verlangen konnte. Doch mit meiner Verletzung kam das wahrscheinlich nicht infrage.

»Es sieht so aus, als hätte Payne seine eigenen Erinnerungen an diese Trades immer wieder löschen lassen, um bei Überprüfungen nicht aufzufallen«, grummelte ich. Gleichzeitig fragte ich mich, wie es jetzt weitergehen sollte. War unsere Mission damit erfüllt?

»Bedeutet, es haben immer nur eine Handvoll Mitglieder von ProTEC von den Machenschaften der Organisation gewusst«, führte Boston seinen eigenen Gedankengang weiter. »Die müssen mit hochrangigen Programmierern bei Hypermind zusammengearbeitet haben.«

»Es wird nicht schwer sein herauszufinden, wer die waren«, sagte ich und sah mich mit steigender Nervosität zur Tür um. »Aber wir sollten hier verschwinden. Wenn die Polizei auf dem Weg hierher ist …«

Das Blut gefror mir in den Adern, als ich mich zu Boston umwandte und in den Lauf seiner Waffe blickte.

Fuck. Und ich hatte tatsächlich für ein paar Sekunden geglaubt, dass wir hier irgendwie zusammen drinsteckten und zusammen von hier verschwinden würden. Dabei hatte er nicht einmal einen Hehl darum gemacht, dass er weitere Pläne hatte.

Meinen einzigen Vorteil in dieser Situation hatte er mir allerdings selbst verschafft: Sofort loggte ich mich in seinen Kopf und fragte: »Was soll das?«

Wie alle Menschen dachte er zuerst an die Antwort, bevor er sie aussprach: sich sein Unternehmen zurückholen. Das war die Wahrheit gewesen. Ein Blick etwas tiefer in seinen Kopf zeigte mir einen Strudel aus Gedanken, angetrieben von der Angst, aufgehalten zu werden, der Dringlichkeit, mit der er mich zum Handeln zwingen wollte, und unzusammenhängenden Erinnerungen aus seiner Kindheit.

Ich wollte eine weitere Frage stellen, um mehr Klarheit zu bekommen, da befahl er trocken: »Knie dich hin, direkt vor den Laptop!« Der Ausdruck auf seinem Gesicht war missgünstiger geworden. Ich war mir sicher, dass er schießen würde, wenn er es für nötig befand.

Es gab nicht viel, was ich ihm entgegensetzen konnte. Ich war ja kaum in der Lage, aufrecht zu stehen. Trotzdem folgte ich seiner Anweisung zunächst nicht.

Was war sein Plan? Da waren Bilder in seinem Kopf, doch ich konnte sie einfach nicht interpretieren. Verdammt! Wenn Lora sich beeilte, wäre sie vielleicht rechtzeitig hier, um mich rauszuholen, bevor er mich zu was auch immer zwingen konnte.

»Wenn du denkst, dass ich dich bei deinen Plänen unterstütze, täuschst du dich, Boston«, fauchte ich, in der Hoffnung, dadurch klarere Gedanken und Antworten von ihm zu bekommen. »Ich mag keinen intakten moralischen Kompass haben, so wie Noah, aber ich weiß, dass du genauso scheiße bist wie dieser Payne.«

Mein Bruder lachte herzlich. »Na klar kannst du solche Urteile fällen. Weil du nie richtige Opfer in deinem Leben bringen musstest! Weil du nie in der Situation warst, über Schicksale entscheiden zu müssen. Du tust einfach, was dir gerade in den Kram passt, und hältst dich dabei für *so* gerecht. Dabei hast du Menschen getötet, oder? Und das für viel weniger als das Leben von Hunderten und Tausenden.«

»Heißt das, du verstehst Payne?«, wollte ich entrüstet wissen. Dass Boston damit sympathisierte, sollte mich nicht überraschen. Es erschreckte mich nichtsdestotrotz.

»Das spielt keine Rolle. Er hat meine Technologie für seine Zwecke genutzt, und dafür wird er büßen.«

»Du bist so ein egoistischer Scheißkerl«, presste ich zwischen zusammengepressten Zähnen hervor. »Ich freue mich, wenn Lora dich ins Gefängnis verfrachtet.«

Boston trat von einem Fuß auf den anderen, sichtlich um Beherrschung ringend. Die Wut darüber, dass Payne seine Technologie benutzt hatte, um seine Verbrechen zu begehen, störte ihn auf so viele verschiedene Weisen, dass er offensichtlich kaum einen klaren Gedanken fassen konnte. Das Durcheinander in seinem Kopf war so überwältigend, dass ich mich daraus zurückziehen musste, wenn ich mich auf das Gespräch konzentrieren wollte.

»Dass *du* dich als das Opfer in dieser ganzen Sache siehst, geht mir echt nicht in den Kopf«, rief ich.

»Weil du dich nur auf deine eigene, kleine Scheißwelt konzentrierst. Weil du *so* davon überzeugt bist, gerecht zu sein, dass du den Schmerz anderer gar nicht verstehen kannst.«

»Welchen Schmerz willst du denn gehabt haben?«, spottete ich. Vielleicht provozierte ich ihn damit zu sehr, vielleicht würde er mich dafür erschießen, aber ich konnte das auch nicht auf sich beruhen lassen. »Tat es *weh*, als dir die größte Firma der Welt geschenkt wurde und du sie für deinen persönlichen Rachefeldzug gegen The Cell nutzen konntest, ja?«

Ich erkannte selbst im schummrigen Licht, dass die Hand, mit der er die Waffe hielt, zu zittern begann, während er mit der anderen Hand in seine Jackentasche griff. Er zog einen zerknitterten Zettel heraus und warf ihn mir entgegen.

Ich fing ihn in letzter Sekunde. Mit einem Nicken und auffordernd hochgezogenen Augenbrauen ermunterte Boston mich dazu, ihn anzusehen. Ich folgte seinen Anweisungen vor allem aus Neugier und war überrascht, nicht auf einen Zettel, sondern auf ein Foto zwischen meinen Fingern zu blicken.

Es war kaputt und vergilbt, das Papier ganz weich. Es sah nicht aus wie ein Foto, das in einem dieser altmodischen Alben aufbewahrt wurde. Vielmehr wie eines, das oft herumgetragen und in der Hand gehalten wurde.

Ich blinzelte einige Male, als ich das ausgeblichene Motiv in diesem Halblicht betrachtete.

Ein kleiner Junge hielt ein jüngeres Mädchen im Arm. Er trug einen Anzug mit einer süßen Fliege und hatte säuberlich zurückgekämmte Haare. Er machte einen so feinen, ordentlichen Eindruck; nahezu unnatürlich für ein Kind.

Das Mädchen hingegen hatte zerzauste dunkle Haare, die sich in den Trägern ihres Kleides verfangen hatten. Während der Junge auf einem niedrigen Stuhl saß, klammerte sie sich an ihn. Beide grinsten in die Kamera.

Es wirkte, als hätte dieses Bild eigentlich ein Fotoshooting mit ihm sein sollen, in das sie einfach hineingeplatzt war. Er machte einen richtig glücklichen Eindruck, wie er seine Arme um sie legte.

Das … »Sind das wir?«, kam es mir über die Lippen.

»Ja.« Bostons Stimme klang aufgebracht und gleichzeitig ein wenig gebrochen.

Ich konnte meine Augen nicht von dem Foto abwenden.

Es war das erste, das ich jemals von mir als Kind sah, und ich erkannte mich selbst ohne Zweifel. Die leicht dunkle Haut, das dunkelbraune, glatte Haar, die dunklen Augen, die Nase, einfach alles.

Ich erkannte mich. Und eine Mischung aus unbändigen Emotionen durchlief mich von oben bis unten. Ich hatte nie ein so altes Bild von mir gesehen. Aus dieser Vergangenheit, von der ich nach wie vor nur aus Geschichten wusste.

»Du erinnerst dich vielleicht nicht an die Zeit zuhause«, sagte Boston, nun etwas ruhiger als zuvor. »Du erinnerst dich nicht an mich. Aber ich bin älter als du. Und *ich* habe mich immer an dich erinnert.«

Ich hob meinen Blick, und er erwiderte meinen standfest. Bostons Wangen waren rot, und ich glaubte, Tränen in seinen Augen zu sehen. Ich wusste nicht, ob es Tränen der Wut oder Trauer waren.

»Als Mutter starb, war es mir egal«, fuhr er fort. »Sie war eh nie zuhause, und ich kannte sie nicht. Aber wir beide waren immer zusammen.« Er atmete schwer, als er sprach. »Der Tag, als du verschwunden bist, war der schlimmste in meinem Leben, okay?«

Ich war wie erstarrt, weil mich seine Ehrlichkeit so unvorbereitet traf, während er mir gegenüberstand und mich fixierte. Fast, als wartete er auf eine Reaktion, die ich nicht zu erbringen imstande war. Es tat mir leid, dass er mich so vermisst hatte, doch ich … konnte mich nach wie vor nicht an ihn erinnern. Oder an die Zeit, die ich mit ihm auf dem Anwesen verbracht hatte.

Ich wusste, was ich hätte fühlen sollen, aber ich war wie gelähmt.

Die Waffe nach wie vor auf mich gerichtet, sagte er: »Für dich sind das sicherlich Kleinigkeiten, aber ich hatte es auch nicht leicht. Vater habe ich nie kennengelernt, Mutter war tot, und als du verschwunden bist …« Er grollte unbestimmt, schüttelte den Kopf. »Es war nicht so, als hätte mir jemand emotionalen Beistand geleistet, klar? Ich musste weiterhin der Vorbildschüler in meiner Klasse sein, und ich hab die ganzen beschissenen, mitleidigen Blicke gesehen, aber es war nicht so, als hätte jemand mit mir gesprochen.« Seine Stimme wurde brüchig. »Ich habe dich im ganzen Haus gesucht. So oft. Ich dachte so lange, du würdest dich nur in einem der vierhundert verdammten Zimmer verstecken. Und als ich älter wurde, habe ich aufgehört, im Haus zu suchen, und angefangen, deinen Spuren zu folgen.« Er lachte humorlos. »Das war als Jugendlicher sowas wie mein Hobby.«

Mein Atem wurde etwas schwerer. Vor allem, weil so offensichtlich war, wie schwer es ihm fiel, darüber zu reden.

»Alle haben gesagt, dass ich es lassen soll. Dass du tot wärst oder verkauft wurdest oder was weiß ich.« Schwer schluckte er und sah mich an, als müsste ich den Rest der Geschichte kennen.

»Dann wurde dir Hypermind überschrieben«, murmelte ich, gebannt an seinen Lippen hängend. Aus seinen Gedanken sprangen mir die wirren Bilder und Erinnerungen entgegen, und ich verstand sie endlich, obwohl sie noch immer so chaotisch waren, weil er so aufgewühlt war.

»Und ich wurde in die Machenschaften des Syndikats eingeweiht. Nach all diesen Jahren der Suche haben mir diese Scheißmenschen erzählt, was sie mit dir angestellt haben. Dass sie diese Experimente mit Mutters ADIC an dir durchgeführt haben, bis einer der Wissenschaftler dich aus Mitleid im Sub-Level ausgesetzt hat. Und sie haben mir gesagt, dass du vielleicht lebst.« Er presste die Lippen aufeinander, in einem Ausdruck, der an Ekel nicht zu übertreffen war. »Den Rest der Geschichte kennst du.«

»Du hast die Ressourcen des Syndikats genutzt, um mich zu suchen.« Und er hatte während der Mordserie des Syndikats den Untergrund genau überwacht, um mich in den Tumulten aufzuspüren.

»Ja«, bestätigte er, offenbar um Kontrolle ringend. »Meine Kollegen aus dem Syndikat dachten, ich hätte einfach ein außergewöhnliches Interesse daran, an dein ADIC zu kommen und The Cell zu besiegen.« Wieder dieser angewiderte Ausdruck auf seinen Zügen. »Doch ich wollte nur dich. Dir gegenübersitzen. Mit dir sprechen.«

Nach dem Ende seiner Rede atmete er schwer und senkte die Waffe sogar ein kleines Stück.

Was er gesagt hatte, war die Wahrheit. Ich hatte die Erinnerungen in seinem Kopf aufleuchten sehen, während er von ihnen gesprochen hatte. Obwohl sie verschwommen und wirr waren, fast als … hätte er sie lange vor sich selbst geheim gehalten; oder als hätte er sie zu lange hin und her gewälzt, bis sie kaum mehr ein Abbild ihrer selbst geworden waren.

Und obwohl mir klar war, dass es die Wahrheit war … konnte ich es nicht glauben. Der Gedanke, dass in all den Jahren, die ich in der Gosse gelebt hatte, jemand nach mir gesucht hatte. Jemand von mir gewusst hatte, der sich tatsächlich um mich scherte. In all diesen Jahren, in denen ich mich vor Banden und Verbrechern versteckt und gemordet und gestohlen hatte, um zu überleben.

Es war, als würden seine Worte meine Vergangenheit neu schreiben. Diese Welt, in der ich mir so sicher gewesen war, dass niemand mich jemals geliebt hatte.

Ich wagte es kaum, meinen nächsten Gedanken auszusprechen, weil ich damit rechnete, dass er es als Provokation auffassen würde, doch … da waren zu viele Fragen offen.

»Bedeutet das …«, setzte ich an, schüttelte allerdings den Kopf über mich selbst. Oder war mein Gedanke doch richtig? »Du hast die Leute aus dem Syndikat gehasst«, fing ich etwas früher in meinem Gedankengang an.

»Ja«, entgegnete er tonlos.

»Das heißt, als wir uns das erste Mal getroffen haben … da hast du mir tatsächlich deinen Plan erzählt, weil du die Hoffnung hattest, dass ich das Syndikat zerstöre? Du konntest doch gar nicht wissen, dass ich dazu in der Lage bin.«

»Dass du die Satelliten zerstören kannst, wusste ich nicht. Aber dass du die Geschichte verbreiten könntest, ohne dass es so aussieht, als würde ich mit dir kooperieren.«

»Aber du warst so … scheiße überheblich, als ich in deinem

Anwesen war. Du warst so gehässig, als du mir erzählt hast, wer ich bin!« Das passte nicht zu der süßen Geschichte des Bruders, der einfach nur seine Schwester vermisst hatte.

Er hob sein Kinn, kniff die Lippen für einen Moment zusammen und musterte mich von oben bis unten. »Weil ich enttäuscht war.«

»Wovon?«

»Von dir.«

Diese Aussage traf mich wie ein Schlag ins Gesicht. Unerwartet – und genauso hart. »Weil ich nicht so cool war, wie du dachtest?«, brachte ich zwischen zusammengepressten Zähnen hervor.

»Keine Ahnung, was ich erwartet hatte«, sagte er nun nahezu lässig. »Du warst in meiner Erinnerung dieses lebensfrohe, lustige, freche Mädchen. Es war natürlich dumm zu erwarten, dass du noch immer so wärst.«

»Oh ja, wie *schlimm*, dass es mich als Mensch verändert hat, dass ich in der Gosse von einer Maschine großgezogen wurde«, spuckte ich aus, als mein Mitleid für ihn von einer Sekunde auf die andere verschwand. Es wurde von flammender Wut überschattet, die sich immer intensiver in mir ausbreitete. »Ich verstehe, dass dein Leben nicht leicht war. Niemandes Leben ist das. Wir alle haben unser Päckchen zu tragen. Dein Leid rechtfertigt deine Verbrechen nicht!« Genauso war es bei mir, aber ich besaß zumindest nicht die Scheinheiligkeit, Verständnis von jemandem zu verlangen.

»Du hast zu viel Zeit mit deinem kleinen Freund Noah verbracht«, entgegnete er überraschend ruhig auf meinen Wutausbruch. »Er ist der einzige Mensch auf dieser Welt, der an das Gute in den Herzen glaubt.« Boston wedelte erneut mit der Waffe und hob sie ein Stück, deutete mit ihr zum Laptop. »Und jetzt beweg dich, Elena.«

Ich schaute ihn eine Weile an. Seine Gedanken kreisten nach wie vor darum, dass er – trotz seiner rührenden Geschichte – durchaus bereit dazu war, mich zu erschießen, sofern ich ihm nicht half. Also folgte ich seiner Anweisung.

Dieses Mal verzichtete ich darauf, einen Kommentar zu meinem

Namen zu machen. Stattdessen kniete ich mich vor das Gerät und folgte seinen Anweisungen, um das Programm von seinem Speichergerät herunterzuladen und im Hauptsystem zu platzieren. Er nannte mir die genauen Befehle, auch wenn ich mit dieser einfacheren Aufgabe keine Probleme hatte. Ich hatte nur keine Ahnung, was es bedeutete.

»Was hast du vor?«, fragte ich, während ich in seinen Gedanken nach einer Antwort suchte. Da waren eigenartige Bilder von einem riesigen Hive.

Konnte das sein? Wollte er so etwas erstellen? Ich sah mir den Code abermals an, um meine Theorie zu überprüfen. Mit der Verbindung zum Supercomputer gelang es mir auf die Schnelle, einige Zeilen des Codes zu interpretieren.

Ja. Er würde eine Verbindung herstellen, die bisher nicht existiert hatte. Ein Hive, in den jeder, der ein ADIC besaß, zwanghaft eingeloggt werden würde. Er würde die Gedanken aller Menschen auf der Stelle miteinander verbinden.

»Ist das dein Ernst?«, fragte ich, und meine Finger erstarrten, als ich zu ihm aufschaute.

Er lächelte selbstsicher. »Ich habe jahrelang an diesem Programm gearbeitet, um eine Absicherung zu haben, falls die Sache mit dem Syndikat schieflaufen sollte. Das war lange bevor ich von dir und allem wusste. Das wird funktionieren.«

Ein kalter Schauer überfuhr mich, als ich mich wieder dem Programm zuwendete, das er gerade aufspielte. In wenigen Sekunden würde es eingespielt werden, und ich könnte es aktivieren.

»*Was* wird funktionieren?« Was sollte denn dadurch erreicht werden, dass alle Menschen der Welt miteinander verbunden wären?

»Hast du das nicht herausgefunden?«, wollte er mit erhobener Nase wissen. »Die Unruhen zu beenden. Ein für alle Mal.«

Ich schluckte schwer und versuchte, ihm zu folgen.

»Es ist kein Datenschutzbruch«, erklärte er weiter. »Niemand wird die genauen Gedanken konkreter anderer Menschen sehen.

Ich gestatte nur jedem einen Blick auf das kollektive Unterbewusstsein.«

Ich atmete etwas langsamer. Das hatte ich schon einmal gesehen. Dieses ›kollektive Unterbewusstsein‹, wie er es nannte. Ich hatte es erkannt, als ich mich das erste Mal in den Supercomputer eingeloggt hatte; wie die Gesamtheit der Menschheit mit all ihren Gedanken und Emotionen auf einen Blick. All die Sorgen, all die Angst, all die Freude, das Lachen, das Weinen, der Hass, die Liebe.

Es war beeindruckend gewesen. Beängstigend. So viel größer als ein Mensch. Und es hatte mir seltsame Erkenntnisse beschert. Die Erkenntnis, dass die Welt nicht gut oder schlecht war. Dass die Menschen sich im Kern nicht voneinander unterschieden. Dass alle miteinander verbunden waren, wenn auch auf Ebenen, die wir oft nicht erkannten.

Das wollte er den Menschen zeigen? Würden sie daraus tatsächlich lernen? Hatte ich daraus gelernt?

»Und du machst das für deine Reputation?«, fragte ich. Jetzt zeichnete sich die Antwort ganz deutlich in Bostons Kopf ab. Ja, er hoffte, durch die Aufdeckung von Paynes Verbrechen und die Beendigung der weltweiten Unruhen nicht nur seiner Strafe zu entgehen, sondern seinen Konzern zurückerobern zu können.

»Verdammt richtig, Schwesterherz«, flüsterte er. Dann griff er an mir vorbei und aktivierte das Programm.

Menschen waren seltsame Wesen. Man konnte sich im selben Raum befinden wie sie – und trotzdem fühlten sie sich allein. Ich kannte das. Ich hatte es oft genug gefühlt. Diese allumfassende Einsamkeit, egal, wie viele Personen sich um mich herum befunden hatten.

Durch Technologie war es uns gelungen, diesem Zustand entgegenzuwirken. Verband man sein ADIC mit einem Hive, lagen alle Gedanken, die man teilen wollte, offen im Raum. Und sah man die Gedanken anderer, verstand man es manchmal, wenn auch nur kurz: Am Ende war man tatsächlich allein.

Genau wie jede andere Person auf diesem Planeten.

Und in diesem Wissen liegt eine Wahrheit, die zu groß ist, um begriffen zu werden.

Der Hive, den Bostons Programm erschaffen hatte, verband einfach alles miteinander. Und in dieser Einheit, dieser gemeinsamen Einsamkeit, lag eine Friedlichkeit, so endlos wie das Universum.

Alles kam zum Stillstand.

»Wie fühlt es sich an?«, wollte Boston wissen. Nur unter Anstrengung gelang es mir, meine eigenen Gedanken wiederzufinden und das Kollektiv in den Hintergrund zu rücken bis es nicht mehr als ein Rauschen am Rande meiner Wahrnehmung war. Das gelang mir nur, weil ich das bei meinen Verbindungen mit dem Supercomputer bereits geübt hatte.

»Bist du nicht verbunden?«, hakte ich ruhig nach.

»Nein, ich hab mich gleich ausgeschlossen, damit du keinen Unsinn anstellst.« Er lächelte breit. Ich war zu besänftigt von den Eindrücken, die ich gerade gewonnen hatte, um auf seine Provokation einzugehen.

Er hatte recht. Abzuhauen, während er vielleicht im Hive gefangen war, war tatsächlich eine Überlegung, die ich gehabt hatte. Er konnte Menschen wirklich genauso gut lesen wie ich.

»Es fühlt sich … sicher an«, murmelte ich.

»Perfekt. Und wahrscheinlich tut sich im Moment nicht viel?«

Ich vertiefte die Verbindung zum Kollektiv erneut und konzentrierte mich darauf, über mein ADIC Kontakt zu einzelnen Individuen aufzunehmen. Zu Lora, Noah, Johnson, und allen anderen, zu denen ich direkten Zugang besaß.

»Ja, es …« Es fühlte sich an, als dränge meine eigene Stimme nur aus weiter Ferne an meine Ohren. »Alle sind ruhig. Die meisten stehen oder sitzen still.«

»Wie erwartet.«

Ich schürzte die Lippen, weil ich nicht sicher war, ob er dadurch das erreichen würde, was er geplant hatte. »Und jetzt?«

»Bist du mit deinem System im Supercomputer?«

Ich lehnte mich an den Turmrechner hinter mir, zog meine Beine in einen Schneidersitz und nickte erschöpft. Meine Schmerzen hatten inzwischen ein wenig nachgelassen.

»Siehst du den Hive im Code des Supercomputers?«

»Ja.« Ich war so vertraut mit den eigentlichen Vorgängen innerhalb dieser Maschine, dass der geänderte Code sich wie eine hauchfeine Linie durch alles hindurchzog. »Welche Polizeieinheit ist auf dem Weg hierher?«

»Sie sind direkt vor dem Gebäude«, stellte ich fest, als ich das Kollektiv in der Umgebung untersuchte. Für gewöhnlich wäre der Aufwand höher gewesen, Personen in der Nähe ausfindig zu machen. Doch so, in der Verbindung mit allen anderen, fühlte es sich an, als wären meine Augen überall. »Lora ist dabei«, sagte ich. »Sie hat ihre Kollegen dazu bringen können, dass sie den Einsatz leitet, nachdem sie ihnen alle Informationen zu Payne gegeben hat.«

»Wundervoll.«

»Noah ist …« Ich suchte ihn, fand ihn allerdings nicht in der Nähe. »Er ist auf dem Revier geblieben. Gemeinsam mit dem Mädchen.«

»Ja, den brauchen wir nicht«, verwarf Boston meine Überlegungen. »Nimm Lora und die anderen aus dem Einsatzteam aus dem Kollektiv und übermittle ihnen die Standortinformation von Payne und Adalian. So können sie ihn festnehmen.«

»Sie werden dich auch festnehmen«, stellte ich klar und sah ihn an.

»Das ist in Ordnung für mich.« Nach wie vor umspielte das selbstbewusste Lächeln seine Lippen.

Er meinte es ernst. Das war alles Teil seines Plans.

»Mach schon«, forderte er ungewöhnlich sanft, und ich tat wie geheißen. Nacheinander nahm ich Kontakt zu den ADICs der entsprechenden Personen auf und löschte sie aus der gedanklichen Verbindung. Sobald Lora und ihre Kollegen vom Kollektiv getrennt waren, schickte ich ihr die Infos zu allem, was gerade vor sich ging. Sie übersendete mir ihre Irritation, doch dass Boston sich stellen würde, erfüllte sie mit so viel Motivation, dass sie sich sofort in Bewegung setzte.

»Ich finde Adalian nicht«, stellte ich fest, als ich die Standorte durchgab. »Der hat eventuell irgendeine Notsicherung, um seinen ADIC auszuschalten. Er taucht gar nicht im Kollektiv auf.«

»Ist er nicht bei Payne?«

Ich suchte ihn über die Augen der Menschen, die sich auf dem Gelände befanden. Er befand sich zumindest nicht im Blickfeld von jemandem. »Nein, ist er nicht.«

»Wir bekommen den schon dran.«

»Bestimmt.« Vielleicht war es sogar ganz gut, dass er abtauchen wollte. Ich war mir sicher, dass ich ihn einer gerechteren Strafe zuführen könnte als die Polizei.

»Und jetzt überträgst du die Erkenntnisse zu Payne und Bennie an das Kollektiv, ja?«, bat Boston mich. Er hatte die Waffe inzwischen gesenkt und war wesentlich gelassener geworden, weil scheinbar alles nach Plan verlief. »Und auch die Informationen über mich, bitte.«

Ich presste die Zähne aufeinander, folgte jedoch seinen Anweisungen.

»Wenn die Menschen erfahren, was mit Payne und Bennie geschehen ist und wer geholfen hat, die ganze Sache aufzuklären, denken sie sicher anders über mich.«

»Hm.« Ich war mir nicht so sicher wie er, aber ich verstand, dass er so gesehen werden wollte, wie er wirklich war.

Konzentriert suchte ich die Erinnerungen heraus, die Aufschluss über die Geschehnisse und Erkenntnisse der letzten Tage geben würden. Ich achtete darauf, nur diejenigen zu nehmen, in denen ich keine Rolle spielte und in denen weder Noah noch Johnson und seine Bande vorkamen. Lora drinzulassen wäre wohl in Ordnung; höchstwahrscheinlich würde ihr das sogar dabei helfen, ihren guten Ruf bei der Polizei wiederherzustellen.

»Wir sind ein gutes Team, oder, Schwesterherz?«, fragte Boston lässig, während ich die Informationen filterte. »Wie wäre es? Willst du nicht meine rechte Hand sein, wenn ich Hypermind zurückbekomme?«

»Bedeutet das, du bist jetzt doch nicht mehr so enttäuscht von mir?«, flüsterte ich.

Aus dem Augenwinkel erkannte ich, wie er mit den Schultern zuckte. »Ich werde mich schon an dich gewöhnen.« Er ruckte mit dem Kopf in meine Richtung. »Sobald sie Payne festgenommen haben, beendest du das Programm und löst das Kollektiv auf. Danach treffen wir uns mit den anderen.«

Entnervt und gleichzeitig neugierig warf ich einen letzten Blick in seine Gedanken. Er hatte tatsächlich vor, sich zu stellen. Er hatte so viel Vertrauen darin, dass sein Plan funktionierte, dass es mir beinahe unheimlich war.

»Ich würde gern kurz die Daten des Supercomputers auf etwas untersuchen.«

Boston zog die Augenbrauen hoch und kramte danach mit der freien Hand in seiner Tasche. »Die Daten deines Androiden, hm?« Er holte eine Speicherkarte hervor und reichte mir das schmale, fast durchsichtige Gerät.

Ich sah zwischen ihm und dem Chip hin und her.

Warum war er auf einmal so zuvorkommend? Gerade hatte er darüber lamentiert, wie enttäuscht er von mir als Mensch war, und jetzt wollte er mich als rechte Hand und half mir so bereitwillig?

Vermutlich, weil er zufrieden war, dass ich so artig das getan hatte, was er wollte. Eine Taktik, die er mit Sicherheit bei all seinen Untergebenen anwendete. Nur dass er sich dadurch nicht meine Sympathie erschleichen konnte, egal, wie gut er darin war, Menschen zu manipulieren.

Es fiel mir endlos schwer, ein »Danke« über meine Lippen zu bringen.

Kapitel 2

Das Scheitern eines guten Gedankens

Ich klammerte mich fest an den Speicherchip in meiner Hand, absolut bereit, gegen jeden zu kämpfen, der planen könnte, ihn mir fortzunehmen. Die Sonne war über dem Hypermind-Viertel aufgegangen, als Boston und ich auf den Parkplatz traten, auf dem sich etliche Polizisten und Einsatzteams sammelten.

Julien. Ich hatte ihn zurück.

Jetzt musste ich nur Noah vom Polizeirevier abholen und gemeinsam mit ihm verschwinden. Egal wohin.

»Hat wohl alles funktioniert«, sagte Boston und stemmte die Hände in die Hüften, nachdem wir uns dem Tumult bis auf wenige Meter genähert hatten, halb versteckt hinter einer Ecke des hohen Gebäudes.

Während ich darauf achtete, von niemandem gesehen zu werden, gab er sich keine große Mühe, verborgen zu bleiben. Bisher hatte ihn niemand bemerkt, und er wollte seine letzten Sekunden in Freiheit wohl damit verbringen, zuzuschauen, wie Payne abgeführt wurde.

Dieser alte Sack, der dieser Welt so viel Schaden zugefügt hatte. Es tat mir leid, was er hatte durchmachen müssen, aber das entschuldigte seine Gräueltaten nicht. Auch nicht die, die er nicht persönlich begangen hatte.

In dem Moment, in dem Lora zu uns herüberschaute und große Augen machte, scannte ich die Umgebung erneut nach Adalian ab, von dem weiterhin jede Spur fehlte. Es würde wohl dabei bleiben. Ich würde noch ein wenig Jagd auf ihn machen dürfen.

Lora hatte sich von der Menge gelöst und kam regelrecht auf

Boston zugerannt. Er lächelte mild, streckte seine Hände nach vorn und forderte sie damit auf, ihm Handschellen anzulegen. Was sie liebend gern tat.

»Dir wird das Lächeln vergehen«, flüsterte sie. Er sagte nichts, und sie packte ihn am Oberarm, bevor sie mir einen ernsten Blick zuwarf. Kurz nur, als wollte sie ebenfalls darauf achten, dass niemand mich bemerkte.

»Danke«, teilte sie mir über ihr ADIC mit. Es war ein endlos gutes Gefühl, wieder auf diese Weise mit jemandem zu sprechen. »Du musst mir nachher unbedingt erzählen, wie du das gemacht hast.«

»Okay«, sagte ich und fühlte mich regelrecht befreit, als die beiden sich in Bewegung setzten.

Nur kurz schaute ich ihnen hinterher, danach zog ich mich zurück und drückte meinen Rücken an die kühle Betonwand. »Bekommst du mich hier raus, ohne dass mich jemand sieht?«, fragte ich Lora im Stillen.

»Ja. Du musst nur kurz warten«, antwortete sie geheimnisvoll, und ich bemühte mich, Ruhe zu bewahren.

Ich konnte mein ADIC benutzen. Ich hatte Julien zurück. Noah war in Sicherheit. Mir konnte nichts mehr passieren.

Ich überwachte die Umgebung über mein System, um im Auge zu behalten, ob sich mir jemand näherte. Dabei beobachtete ich über Paynes ADIC, wie er in einen Wagen transportiert wurde. Er wehrte sich ebenfalls nicht und war sich trotzdem so sicher, dass sie den Falschen hatten. Dass er das Richtige getan hatte.

Wie konnte er davon so überzeugt sein?

»Du dachtest tatsächlich, du könntest dieses Spiel gegen mich gewinnen«, ließ ich ihn über sein ADIC wissen, nachdem ich es gehackt hatte. »Niemand gewinnt jemals gegen mich.«

»Du hast einen Fehler begangen«, erwiderte Payne ruhig. »Viele tausend Menschen werden wegen dieser Tat verhungern, sterben und leiden.«

»Andere werden überleben. Du bist nicht Gott. Du bist nicht derjenige, der darüber zu entscheiden hat, wer sein Leben lassen muss, um das anderer zu retten.«

»Ich wollte nie jemandem schaden. Doch ich habe Entscheidungen treffen müssen. Ein Leben für das von Tausenden. Heldentaten erfordern Opfer.«

Sie schlossen die Türen hinter Payne und ließen ihn in der Dunkelheit zurück. Ich verzog den Mund zu einer angewiderten Grimasse. »Weißt du, was eine wahre Heldentat war? Deine einzige, die du je begangen hast? Das war, als du dieses Mädchen vor der Explosion schützen wolltest, obwohl du wusstest, dass du verletzt werden oder sogar sterben würdest.« Ich legte die Stirn in Falten. »Dabei hättest du es belassen sollen.«

»Versuch *du* es doch mal«, rief Payne im Geiste. Der Wagen, in dem er abtransportiert wurde, setzte sich in Bewegung. Ich hörte es sowohl über unsere Verbindung als auch durch meine eigenen Ohren. »Versuch du doch mal, die Welt ein bisschen besser zu machen. Nicht, indem du jemanden bekämpfst, sondern indem du *selbst* etwas aufbaust.« Er schüttelte abschätzig den Kopf. »Dein Sieg über mich bringt die Welt nicht weiter. Du bist nicht mehr als diese Filmhelden, die den Schurken aufhalten, ohne eine Lösung für das Problem anzubieten. Sie siegen – und die Welt bleibt, wie sie ist.

Kannst du die Welt ändern? Hast du eine Lösung? Wenn nicht, halt dich in Zukunft aus den Angelegenheiten der Erwachsenen heraus. Während Kleingeister wie ihr euch mit Ethik beschäftigt und Kriege über Meinungen führt, regieren unsere Taten die Welt.« Ein humorloses Lachen entwich seinen Lippen. »Versuch es mal auf andere Weise. Ich freue mich, dich ebenso scheitern zu sehen.«

Kapitel 3

Das Einfangen einer heimatlosen Seele

Angespannte Stille hatte sich über den beeindruckenden Raum im Polizeirevier Washingtons gelegt. Dunkle, mächtige Holzmöbel standen an den Wänden. Dazu passend lag unter dem Schreibtisch, an dem wir saßen, ein dicker Teppich, der trotz seines Retromusters einen überraschend neuen Eindruck machte und einen frischen Geruch verströmte.

Nur die digitalen Bilder und die Ordner mit digitalen Akten wiesen darauf hin, in welchem Jahrhundert wir uns befanden. Bis auf das dämmrige Licht, das durch die breite Fensterwand einfiel, lag das Zimmer im Dunkeln. Nahezu bedrohlich.

Ich hatte nicht die geringste Ahnung, wie Lora es geschafft hatte, mich hierzu zu überreden. Nachdem sie Boston abgeliefert hatte, war sie mit einem Sanitäter zu mir zurückgekehrt und hatte mich gedrängt, mir erste Hilfe leisten zu lassen. Danach waren wir sofort aufs Polizeirevier gefahren. Nur sie und ich.

Der Schlamm aus Kambodscha hing nach wie vor an meiner Hose, und ich fühlte mich, als hätte sich nach all dem Stress und den Anstrengungen ein fettiger Schmutzfilm auf meine Haut gelegt. Alles in mir verlangte nach einer Dusche und einem Bett.

Lora, die neben mir Platz genommen hatte, sah dagegen überraschend frisch aus. Sie war solche Situationen von ihrem Job als Detective erster Klasse wohl gewohnt.

Und sie war sich so sicher, dass ihr Plan funktionieren würde. Im Gegensatz zu mir. Ich fühlte mich nackt unter den Blicken der beiden Personen uns gegenüber.

Der neue Polizeichef von Washington, Akani André, und eine hohe Richterin namens Candis Okoro musterten uns abwechselnd.

»Also habe ich das richtig verstanden«, sagte der Mann, dessen Gesicht in den letzten Tagen so oft in den Nachrichten gewesen war. »Sie sind die Tochter von Sara Everick. Die Schwester von Boston Everick.«

»Ja.«

»Und Wissenschaftler des Syndikats haben Ihnen das ADIC Ihrer Mutter eingesetzt, nachdem diese gestorben war.«

»Ja«, wiederholte ich. Ich hatte ihm Beweise für all diese Fakten übermittelt. Er wollte es wohl trotzdem aus meinem Mund hören. Seine Gedanken zeigten mir, wie fassungslos er war, obwohl er äußerlich ganz ruhig war.

»Sie sind daher in der Lage, sich in alle ADICs auf der Welt einzuloggen.«

»Ja. Und auch in Maschinen. Androiden, Waffensysteme, Überwachungssysteme und so weiter.«

Richterin Okoro legte die Hände flach vor sich auf dem Tisch ab. Ihre dunkle Haut war um die Augen und den Mund herum von vielen Fältchen durchzogen, doch ihr Blick hatte etwas Jugendliches, Offenes an sich. »Sie sind eine wandelnde Waffe, Miss Lawson«, stellte sie fest.

Ich legte den Kopf schief. »Wenn man das so betrachtet, stimmt das«, gestand ich. Obwohl ich mich selbst nie so gesehen hatte.

»Sie hat diese Fähigkeit aber sehr zum Wohle des Planeten eingesetzt«, schaltete sich Lora sofort ein. »Atlas hat – wie Sie beide mitbekommen haben – nahezu eigenständig das Syndikat gestürzt und auf eigene Faust die Waffe zerstört, die alles Leben auf der Erde hätte bedrohen können.«

»Nun ja …«, wollte der Polizeichef einwerfen, doch Lora bat ihn mit einem Heben ihrer Hand, sie aussprechen zu lassen.

»Außerdem könnte sie dabei helfen, die Daten aus dem Supercomputer auszulesen und herauszufinden, wer genau an den Deals mit den Erinnerungen im Falle Payne Hax beteiligt war. Eine Arbeit, die die Behörden anderenfalls Jahre kosten würde, was wiederum dazu führen könnte, dass die Verdächtigen ihre Spuren verwischen und fliehen.«

»Wären Sie dazu in der Lage?«, fragte der Polizeichef, woraufhin ich ohne zu zögern nickte.

Die Richterin lehnte sich ein Stück nach vorn und sah Lora geradeheraus an. »Was genau schlagen Sie damit vor?«

»Ich schlage vor, dass Atlas der Polizei dabei hilft, diese Fälle – und eventuell künftige – aufzuklären.«

»Im Austausch dafür, dass sie Straffreiheit bekommt, nehme ich an«, folgerte sie und schaute daraufhin mich an.

Ich erwiderte ihren Blick so offen wie möglich, als ich erneut bestätigte. Mir war allerdings nicht klar, ob das eine gute Idee war. Den skeptischen Gedanken der beiden Personen uns gegenüber nach zu urteilen, ging es ihnen genauso.

Lora hatte auf der Fahrt hierher gute Argumente angeführt; dass, selbst wenn sie mich schützte, die Polizei bei der Untersuchung der Änderungslogs bei Hypermind irgendwann auf mich stoßen würde. Dass sie mir wegen der ganzen Sache mit den Satelliten und The Cell sicherlich bereits auf der Spur waren und es der beste Weg wäre, mich zu stellen, wenn ich mein Leben nicht für immer auf der Flucht verbringen wollen würde.

»Ich teile Ihre Begeisterung leider nicht, Hiland«, sagte Okoro schließlich. »Ich habe keinen Überblick darüber, wie viele Verbrechen Miss Everick zur Last gelegt werden können, doch allein für die bereits gestandenen könnte eine Haftstrafe von bis zu dreimal lebenslänglich angemessen sein. Lediglich bei der Aufklärung eines Falles zu helfen – selbst eines so großen –, wiegt das meines Erachtens nicht auf.«

Ich verkniff mir eine Reaktion, um nicht zu zeigen, wie nervös mich das alles machte. Ich war nie gut darin gewesen, mich dem Urteil Fremder ergeben zu müssen. Alles in mir wollte einfach nur fliehen.

»Eventuell können wir Ihnen anbieten, Ihnen für Ihre Mithilfe einige Jahre Ihrer Strafe zu erlassen«, schlug sie stattdessen vor.

»Einige Jahre von dreimal lebenslänglich?«, fragte ich, woraufhin sie genüsslich lächelte.

»Wie hast du dir denn vorgestellt, sie einzusperren?«, fragte André nun an die Richterin gewandt. »Wenn sie alle Maschinen und Menschen hacken kann.«

Sie stieß die Luft unzufrieden aus und lehnte sich mit verschränkten Armen zurück. An dieses Szenario hatte sie nicht gedacht. Und der Polizeichef hatte recht: Solange mein ADIC funktionierte, würde ich vermutlich aus jedem Gefängnis ausbrechen können.

»Was wäre, wenn man auf eine Haftstrafe verzichten würde und Atlas stattdessen dazu verpflichtet, ihr Leben in den Dienst der Polizei zu stellen?«, schlug Lora vor, woraufhin wir uns alle gleichermaßen überrascht ihr zuwandten.

»Es ist uns verboten, die Gedanken unserer Bürger abzuhören«, entgegnete die Richterin trocken. »Ihre Fähigkeit an sich ist illegal.«

»Und es ist eine, die sehr mächtig sein kann, wenn wir sie für das Gute einsetzen«, argumentierte Lora weiter.

Die Leidenschaft, mit der sie sprach, verwunderte mich, immerhin redete sie damit die rechtliche Grauzone gut, in der ich mich bewegte. Die Ereignisse der letzten Tage hatten sie verändert.

Lora lehnte sich ein Stück nach vorn, und ich beschloss, sie sprechen zu lassen. Sie hatte scheinbar eine sehr genaue Vorstellung davon, was sie sagen musste, um zu bekommen, was sie wollte.

»Ich bin mir darüber im Klaren, dass wir diejenigen sind, die die Regeln und Gesetze unserer Gesellschaft schützen müssen. Wenn wir sie brechen, kämpfen wir für nichts«, fuhr sie fort.

»Das ist wahr.«

»Doch um große Fälle wie diese zu lösen, *brauchen* wir Unterstützung. Atlas kann Probleme lösen und Fragen beantworten, die unser Verständnis übersteigen. Durch ihre Verbindung zum Supercomputer bekommen wir Zugriff auf verborgene Daten, auf die kein anderer Mensch auf diesem Planeten Zugriff hat. Und solange wir nicht wissen, in welche Hände Hypermind als Nächstes fallen wird, könnte uns das helfen, mit Kriminellen, die immer neue Technologien entwickeln, mitzuhalten.«

Eines musste man den beiden auf jeden Fall zugutehalten: Sie hörten jedes Wort, das Lora sprach, sehr genau an und wägten alles ab, um nichts zu früh vom Tisch zu wischen.

Trotzdem brachte mich die Spannung nahezu um den Verstand. Mir war klar, dass es hier erst mal zu Ende sein könnte. Wenn sie sich dazu entschieden, mich wegzusperren, würde ich zwar gewiss entkommen, aber ich würde mein Leben lang gejagt und gesucht werden. Und das würde ich gern vermeiden.

Noah wartete bereits vor der Tür auf mich, und Juliens Daten hatte ich nach wie vor auf dem Chip in meiner Tasche.

Die beiden Personen uns gegenüber hatten einen langen Blick ausgetauscht, sich allerdings nicht über ihre ADICs unterhalten. Als sich Okoro wieder uns zuwandte und ihre Gedanken einen versöhnlicheren Ton annahmen, atmete ich zum ersten Mal auf.

»Ihre Argumente leuchten ein, Miss Hiland«, sagte sie schließlich, und Lora entspannte sich sichtbar. »Diese Entscheidung können wir natürlich nicht auf der Stelle treffen. Es werden mehrere Gespräche darüber stattfinden müssen. Hintergrundüberprüfungen, eventuell ein Scan Ihres ADICs, Miss Everick.« Sie sah mich so durchdringend an, dass ich nicht wusste, ob ich aufgrund ihres Blicks oder dieses Namens schauderte.

»Vielleicht könnte man Sie in einer beratenden Position einsetzen«, überlegte André laut vor sich hin. »Sie könnten Detective Hiland zugeordnet werden.«

Das ließ uns beide aufhorchen. »Ich bekomme meinen Job zurück?«, hakte Lora nach.

Zumindest darauf hatten die beiden eine klare Antwort parat.

»Auf jeden Fall«, sagte André sicher. »Die Polizei tappte sowohl bei dem Fall rund um Bennie Haloren als auch um Boston Everick im Dunkeln. Ihr persönlicher Einsatz für diese Unternehmung war ohnegleichen. Außerdem haben sich einige Ihrer Kollegen mehrfach für Ihre Wiedereinstellung ausgesprochen.«

Erleichtert schloss Lora die Augen und legte den Kopf in den Nacken, als fiele eine gewaltige Last von ihr. Und ich freute mich für sie. Eine Zeit lang hatte ich nicht mehr damit gerechnet, dass sie all ihre Ziele erreichen würde.

»Wir würden uns jetzt zur Beratung zurückziehen«, sagte Okoro.

André seinerseits stützte seinen Kopf in einer lockeren Geste auf die Handfläche. »Müssen wir das überhaupt privat machen?« Er schaute zu mir. »Sie werden das Gespräch doch sicherlich überwachen können, oder?«

Ich lächelte süß. »Ja. Aber wenn es Ihnen lieber ist, lausche ich nicht.« Ich hatte sowieso erst einmal andere Sachen zu tun. Ich wollte zu Noah und ins Bett und schlafen. »An Ihrer Entscheidung kann ich ja nichts ändern.«

»Wohl wahr«, säuselte er. In seinem Kopf sah ich, dass er mich unbedingt einstellen wollte, während die Gedanken der Richterin noch von Skepsis geprägt waren.

Als wir uns aufrichteten und verabschiedeten, hoffte ich, er wäre genauso überzeugend wie Lora.

Kapitel 4

Die Wärme eines ruhigen Morgens

Die Morgensonne fiel durch das Glasdach des Lofts, und mit einer warmen Wolke aus Wasserdampf trat ich aus dem Badezimmer. Der Duft nach frischem Kaffee erfüllte den lichtdurchfluteten Raum. Da Noah nicht schlief, bereitete er ihn jeden Morgen für mich vor – obwohl ich ihn mehrere Male darauf hingewiesen hatte, dass er das nicht musste.

Ich schlenderte an all den Pflanzen und Leinwänden zur Küchenzeile hinüber und goss mir eine Tasse des dampfenden Getränks ein. Mit der weißen Bluse, der engen schwarzen Stoffhose und den Hosenträgern fühlte ich mich wie ein Lora-Verschnitt; dabei arbeitete ich erst seit etwa sechs Monaten mit ihr zusammen.

Ich lehnte mich an den Küchentresen hinter mir und genoss die Stille, während mein Blick durch die Wohnung schweifte und – wie immer – an Noah hängen blieb.

Manchmal war er so still, dass man vergessen konnte, dass er da war. Seit ich aufgewacht war, saß er auf dem Boden und starrte auf die leeren Papierblätter vor sich. Von Zeit zu Zeit zeichnete er einen oder zwei Striche, danach nahm er das Blatt, legte es umsichtig beiseite und schaute das nächste an.

Damit hatte er im Grunde die letzten Monate verbracht.

Den Blick auf seinen Rücken gerichtet, wünschte ich mir zum tausendsten Mal, ich könnte ihm helfen. Immerhin war ich an seinem Zustand schuld und … er war viel zu nett zu mir, was das anging. Nach wie vor.

Als ich die Gedanken nicht mehr aushielt, löste ich mich von der Theke und ging langsam über den unebenen Holzboden auf ihn zu.

»Wie geht es dir?«, fragte ich leise. Die Tasse fest in beiden Händen, setzte ich mich neben ihn, um mit ihm die leeren Blätter anzuschauen.

»Dasselbe wie immer«, murmelte er, den Blick auf seine Hände gesenkt. Mein Herz wurde etwas schwerer. »Ich kann einfach nicht mehr zeichnen.«

So offen hatte er das bisher nie ausgesprochen.

»Solltest du es jetzt nicht besser können?«, fragte ich vorsichtig nach, um mehr aus ihm herauszubekommen. Die Auge-Hand-Koordination funktionierte in diesem Körper fehlerlos, aber mir war klar, dass er das nicht meinte.

»Das ist das Problem.« Er schaute nicht zu mir auf. »Ich kann jetzt Dinge, die ich vorher nie beherrscht habe. Üben und Neues lernen ist ja das, was Spaß macht. Ich meine … ist es überhaupt Kunst, wenn du einfach alles kannst?«

»Darüber habe ich mir nie Gedanken gemacht«, gestand ich.

»Ich vorher auch nicht.«

Ich nahm einen Schluck aus der Tasse. Der Kaffee war so heiß, dass ich mir fast die Zunge daran verbrühte. Ich hatte nicht mehr viel Zeit, bis ich zur Arbeit musste. »Du könntest absichtlich Fehler einbauen«, schlug ich halb im Scherz vor.

Jetzt sah er zu mir auf, die Augenbrauen erhoben, ein ironisches Lächeln auf den Lippen. »Dein Ernst?«

Ich zuckte mit den Schultern und gab mir Mühe, nichts Falsches zu sagen. »Wenn es bisher eine Herausforderung war, alles perfekt zu machen, kannst du es ja jetzt als Herausforderung nehmen, nicht mehr alles perfekt zu machen. Die Regeln zu brechen.« Ich deutete auf ihn. »Dein Körper ist eine Maschine, aber dein Bewusstsein ist das eines Menschen. So etwas gab es nie zuvor in der Geschichte.«

»Du meinst, ich sollte nicht mehr versuchen, Kunst zu schaffen, wie ein Mensch es tun würde?« Er lächelte und atmete tief ein. Würde er je damit aufhören können, an diesen menschlichen Bewegungen festzuhalten? Ich hoffte nicht.

»Das ist ein guter Gedanke«, sagte er leise, bevor ich etwas erwidern konnte. »Ich denk mal drüber nach.«

Etwas unbeholfen strich ich ihm über den Oberarm, und er wandte seinen Blick wieder von mir ab. »Es entspannt mich sehr, dass du hier bist, Atlas.«

Das traf mich unerwartet. Ich hatte mich sogar ab und an gefragt, ob es ihn vielleicht nervte, dass ich jetzt bei ihm wohnte.

»Ihr habt mir gezeigt, dass ich nicht so machtlos bin, wie ich immer dachte«, sagte er, als ich ihn perplex musterte. »Dass ich im Rahmen meiner eigenen Überzeugungen etwas in der Welt bewirken kann. Und inzwischen sind wir doch ein ziemlich gutes Team, oder?«

Endlich gelang es mir, mich aus meiner Starre zu befreien. Ein Lächeln schlich sich auf meine Lippen, als mein Herz etwas leichter wurde. »Finde ich auch. Du hast dich in den letzten Wochen verändert.«

Bei all dem Chaos in meinen Gedanken hatte ich Schwierigkeiten zu schlafen. Deswegen flüchtete ich mich nachts oft in Noahs friedlichen Geist. Trotz der Ängste, Zweifel und Veränderungen war seine Basis friedvoll. Und obwohl ich mich meistens aus Respekt von seinen derzeitigen Gedanken fernhielt, spürte ich in ihnen so viel Sicherheit, wenn ich sie streifte. Sicherheit darüber, dass sich die Welt zum Besseren änderte und er dabei hatte helfen können.

Und vielleicht hatte er damit recht. Ich musste es mir selbst eingestehen. Payne, Rex und alle Beteiligten an dem Erinnerungshandel waren verurteilt worden. Bis auf Adalian. Den würden wir allerdings auch bekommen. Bennie Haloren war sofort nach unseren Enthüllungen freigesprochen worden und konnte viele seiner Anhänger erneut unter sich versammeln. Die aggressiven Splittergruppen von The Cell waren weltweit zerschlagen worden.

Anführer von aufständischen Vereinigungen aus allen Teilen der Welt waren in Verhandlungen mit den vorherrschenden Politikern getreten. Durch die Aufdeckung der wahren Umstände von Noors Tod und der kurzzeitigen Verbindung der Menschen zu einem Kollektiv hatte die Welt sich wohl tatsächlich ein wenig beruhigt. Vor wenigen Wochen war sogar das Militär aus dem Inland abgezogen worden.

»Gibt es was Neues zu Julien?«, riss Noah mich aus meinen Überlegungen. »Habt ihr inzwischen einen Körper für ihn gefunden?«

»Wir suchen noch.« Die Details ersparte ich ihm lieber. Er hieß es nicht gut, dass ich mich weiterhin im Untergrund herumtrieb. Und vor allem würde er es nicht gutheißen, dass ich mich in den letzten Wochen mehrere Male mit Johnson getroffen hatte. Er ging davon aus, dass ich mich mit vertrauenswürdigeren Personen abgab.

Das würde ihn nur aufregen. Obwohl ich es ihm irgendwann erzählen würde. Ich fühlte mich schlecht dabei, Geheimnisse vor ihm zu haben, auch wenn ich überzeugt war, das Richtige zu tun. »Und bei dir? Weißt du inzwischen, wann du mit deiner Mutter sprechen willst?« Sein Vater hatte seine Verletzungen überlebt und befand sich wieder in Haft. Über ihn hatte Noah allerdings seit Monaten nicht mehr gesprochen, und ich wollte ihn nicht dazu drängen. Über seine Mutter redete er hingegen jeden Tag.

»Ich denke noch darüber nach.«

»Lass dir Zeit.« Abermals strich ich ihm über den Arm, danach richtete ich mich gemächlich auf.

»Danke«, seufzte er.

Ich brachte meine leere Tasse zurück in die Küche und schaute mich kurz in der Wohnung um, bevor ich nach meinem Blazer griff. Ich fühlte mich fast wie eine anständige Mittelschicht-Bürgerin, als ich ihn überstreifte und auf die Wohnungstür zuging.

Eigentlich war es für diese Kleidung viel zu heiß zwischen all dem Metall der Stadt. Doch Lora hatte mir etliche Vorträge über das einheitliche Auftreten der Behörden gehalten, und ich wollte nicht zu sehr aus der Reihe tanzen.

»Bis heute Abend«, verabschiedete ich mich. »Und viel Spaß beim schlecht Malen, ja?«

Er lachte herzhaft. »Klar. Den werde ich haben.«

Kapitel 5

Das Schauspiel eines unveränderten Charakters

Die Tür zu Loras Büro flog so krachend auf, dass ich zusammenzuckte und vor Schreck alle Dokumente schloss, die ich auf den durchsichtigen Bildschirm vor mir projiziert hatte.

»Wir haben den Durchsuchungsbeschluss!«, rief Loras Assistent, bevor einer von uns Luft holen konnte, um sich zu beschweren.

Lora und ich warfen einander einen verblüfften Blick zu, dann standen wir gleichzeitig auf.

»Endlich«, keuchte sie und griff nach ihrer schusssicheren Weste, um sie sich in geübten Bewegungen über die Bluse zu ziehen. Ich tat es ihr gleich, brauchte dafür allerdings länger als sie. »Das Einsatzteam soll sich auf Platz IV versammeln«, wies Lora ihren Assistenten an, der eilig nickte. »Wir brechen in dreißig Minuten auf.«

»Geht klar«, sagte er und hechtete hinaus. Ich folgte seinen hastigen Bewegungen mit meinen Blicken durch die Glaswände, die zum anliegenden Großraumbüro führten. Die Verdunkelung der Scheiben war eingeschaltet, sodass uns niemand beobachten konnte, wohingegen wir alles sahen.

Weil Lora nach ihrer Wiedereinstellung und Beförderung die Leitung über den kompletten Payne-Fall zugesprochen worden war, hatte man ihr ein eigenes Büro zugeteilt. Ich glaubte, sie fühlte sich jetzt wie ein kleiner Captain.

Und ich fühlte mich wie ihre persönliche Sklavin, aber das war in Ordnung. Die Arbeit machte überraschenderweise Spaß. Mehr Spaß zumindest als mein vorheriger Job bei Hypermind.

»Das hat ewig gedauert«, murmelte ich, während das geschäftige

Treiben im Großraumbüro noch chaotischer wurde, weil jeder der Beteiligten begann, sich auf den Einsatz vorzubereiten.

»Der Typ ist Wirtschafter«, stöhnte Lora. »Du weißt doch, wie das läuft.«

»Klar.« Ich hatte ihn und alle, die die Erinnerungen von Payne und Rex gekauft hatten, auf einer langen Liste für die Polizei niedergeschrieben. Seit einem halben Jahr arbeiteten Lora und ich an nichts anderem. Leidend hatte ich erkennen müssen, dass die Polizei nicht einfach zu ihnen gehen und sie konfrontieren konnte. Wir mussten erst die verdächtigen Logs aus dem Supercomputer heraussuchen, sie eindeutig zuweisen und danach vor einem Richter um Durchsuchungsbeschlüsse bitten. Das war ein elendig zehrender Vorgang, und obwohl ich mir einredete, dass sie ohne mich gar nicht vorankommen würden, machte mich das Prozedere an manchen Tagen rasend.

»Komm, dir gefällt's doch hier«, sagte Lora, und wir traten gemeinsam aus ihrem Büro. Sie mit ihren Waffen, ich mit nichts als dem Wissen, dass sie mich wohl beschützen würde, wenn es ernst werden würde.

»Es ist die Hölle«, sagte ich lachend. »Nur, dass sie nicht aus Feuer, sondern aus Papierkram besteht.«

»Als ob du was machen müsstest.«

»Ja, ja.«

Wir lachten, während wir uns rasch durch das Büro auf den dahinterliegenden Flur zubewegten.

»Vermutet er was?«, wollte sie wissen.

Die Gedanken des nächsten Kerls, den wir uns vorknüpften, hatte ich dauerhaft im Auge, seitdem er auf meiner Liste aufgetaucht war. »Nein.«

Mit einem breiten Grinsen schaute Lora mich an. »Na, der wird sich umsehen.«

In der angrenzenden Halle hatten sich bereits Mitglieder des Einsatzteams versammelt, die sich mit ihrer dunklen, schweren Ausrüstung auf die Glastüren zubewegten, hinter denen sich die Parkplätze befanden. Die Wagen für uns wurden gerade vorgefahren, aber es würde eine Weile dauern, bis sich die ganze Mannschaft hier eingefunden hatte.

»Gehen wir heute essen?«, fragte Lora, den Blick überprüfend nach vorn gerichtet.

»Ich hab leider was vor.«

»Was denn?« Neugierig beobachtete sie mich aus dem Augenwinkel.

Verdammt. Seitdem ich so viel Zeit mit ihr verbrachte, hatte ich mit meinen Ausreden kreativ werden müssen, wenn ich mich im Untergrund herumtreiben wollte.

»Triffst du dich mit Johnson?«, sprach sie ihre eigentliche Frage aus, bevor ich mir eine gute Entschuldigung hatte überlegen können.

Ein kleiner Ruck ging durch meinen Körper. »Was meinst du?«, fragte ich so unschuldig wie möglich nach.

»Er und seine Bande sind zurzeit überraschend ruhig. Treibst du dich mit ihm rum?«

Ein Blick in ihren Kopf zeigte mir, dass sie mich nur herausfordern wollte. Ihr war nicht klar, dass sie mit ihrer Vermutung ins Schwarze traf.

»Keine Ahnung, was der treibt.« Ich ließ es so beiläufig wie möglich klingen, damit sie das Thema fallen ließ. »Ich suche weiter nach einem neuen Körper für Julien.«

»Immer noch nicht entschieden, hm?«

»Er muss perfekt sein.«

Die Hitze, die die Stadt seit Wochen eingenommen hatte, schlug uns entgegen, als wir auf den betonierten Parkplatz mitten im Middle-Level traten. Er war durch hohe Wände vor den Blicken der umliegenden Gebäude geschützt, was die Wärme nur unerträglicher machte. Nicht ein Windhauch drang hier hindurch. Der altmodische Asphalt hatte mehrere, tiefe Risse, und an den weiter entfernten Enden des Platzes flimmerte die Hitze deutlich sichtbar.

Ich kniff die Augen zusammen, als sich bereits nach wenigen Sekunden eine Schweißschicht auf meiner Stirn bildete.

»Wurde in Bostons Fall bereits eine Entscheidung getroffen?«, fragte Lora weiter, dieses Mal mit deutlich leiserer Stimme.

Obwohl sie meine Fähigkeit immer für unmoralisch gehalten hatte, machte sie inzwischen gar keinen Hehl mehr daraus, dass es ihr gefiel, durch mich an exklusive Informationen zu kommen. Ich wiederum mochte, dass sie ihre Meinung über mich geändert hatte, also beschaffte ich ihr gern alles, was sie wissen musste.

Ich aktivierte mein System und verfolgte die Verbindungen bis hin zu Richterin Okoro, die in den nächsten Tagen darüber bestimmen würde, was mit Boston geschehen sollte. »Sie hat sich noch nicht entschieden«, teilte ich Lora mit. Okoro war sorgfältig und sehr darum bemüht, sich ein umfassendes Bild zu machen, um eine richtige Entscheidung zu treffen. »Aber wir wissen beide, was passieren wird«, fügte ich an.

Boston saß fest und war in den letzten sechs Monaten keine Sekunde mehr aus dem Auge gelassen worden. Der Polizeichef persönlich hatte mich gebeten, ihn zu überwachen, damit er keine Menschen bestach oder irgendwelche anderen krummen Dinger drehte.

Doch der Arsch ruhte in sich selbst. Er war sich so sicher, gewonnen zu haben. Und ich befürchtete, dass er damit nicht falschlag.

»Das einzig Gute ist, dass du weiterhin jede Aktivität von dem Scheißkerl wirst überwachen können.« Lora trat von einem Fuß auf den anderen, als könne sie es gar nicht mehr erwarten, das Anwesen unseres nächsten Verbrechers zu stürmen.

»Beste Zukunftsvorstellung«, murrte ich. »Babysitter für meinen bösen Bruder. Wie in einem Anime.«

Lora lachte. »Du schaust Anime?«

»Du liest Detektivbücher. Wir haben alle unsere Eigenheiten.« Ich grinste. »Detektiv Conan würde dir gefallen.«

»Was?«

»Ach, so ein Klassiker.«

Weitere Mitglieder des Einsatzteams traten hinter uns aus den Türen und grüßten Lora. Sie sah sich um, und wenn ich richtig zählte, waren alle anwesend.

»Kann's losgehen?«, fragte sie die Verantwortliche der Einheit, die mit einem klaren »Ja, Boss« antwortete. Wir ließen die Männer und Frauen einige Meter Abstand zu uns gewinnen, dann setzten wir uns ebenfalls in Richtung der Wagen in Bewegung.

»Und hast du bei deinen privaten Recherchen inzwischen etwas über Adalian herausgefunden?«, wollte Lora nun über die Verbindung unserer ADICs wissen. Das Risiko, dass dieses Gespräch jemand belauschte, war ihr zu hoch.

»Nein, nichts«, log ich. Es versetzte mir einen kleinen Stich, das tun zu müssen. Aber ich wusste, dass es richtig war.

Sie stockte und bedachte mich mit einem intensiven Blick. »Gar nichts?«

Hatte ich mich durch irgendetwas verraten? Jetzt nur nicht die Fassung verlieren. »Ich hab viel Zeit mit Noah verbracht. Sorry, ich bin einfach nicht so richtig dazu gekommen.« Ich wog den Kopf hin und her. »Der Kerl weiß eben, mit wem er es zu tun hat. Er verbirgt seine Spuren extrem gut.«

»Hm.« Sie war nicht überzeugt. Früher oder später würde sie mir mit ihrer verdammt guten Spürnase auf die Schliche kommen. »Mach nichts Dummes, ja?«

»Was meinst du?«

Lora blieb stehen, packte mich am Arm und sah mir so intensiv ins Gesicht, dass mir ein wenig mulmig wurde. »Wenn du ihn findest, stell ihn nicht selbst. Ich weiß, dass du wegen der Sache mit Boston Bedenken dem System gegenüber hast. Und dass du verdammt sauer wegen Noor bist. Aber wir werden Adalian seiner gerechten Strafe zuführen. Okay?«

Ich lächelte mild, obwohl es wehtat, sie hintergehen zu müssen. »Klar. Keine Sorge.«

Kapitel 6

Die Moral einer alten Welt

Der Wind der oberen Stadtetagen zerrte an meinen frisch gefärbten Haaren. Die Lichter der Werbeanzeigen leuchteten überall um mich herum in die Nacht hinein. Es entspannte mich, dass sie inzwischen nicht mehr von Rauch verschleiert waren oder politische Statements anzeigten. Diese alte, kapitalistische Werbung kam mir überraschend friedlich vor.

Zum hundertsten Mal überprüfte ich den Sitz meines Overalls und der roten Tags, die überall darauf befestigt waren. Ich würde das Kleidungsstück verstecken müssen, wenn ich zu Noah ins Loft zurückkehrte.

Er und Lora dürften nie herausfinden, dass ich manchmal Jobs für Void District ausführte. Ich mochte die beiden genug, um sie nicht enttäuschen zu wollen. Bisher hatte ich so nur Julien gegenüber empfunden, und dass es mir bei ihnen nun ebenso erging, fühlte sich seltsam an. Fast so, als hätte ich ein Gewissen bekommen …

»Hey Oracle.«

Johnson tauchte am Rande des großen Flachdaches zwischen zwei Gebäuden auf. Seine blonden Locken wirbelten um sein Gesicht, als der Wind ihn erfasste. Er hatte sie seit einer Weile nicht mehr geschnitten, und einen leichten Bart hatte er sich auch stehen lassen.

»Willst du nicht mal wieder zum Friseur?«, fragte ich, als er gemächlich auf mich zutrat.

Er sah ehrlich schockiert über meine Frage aus. »Weißt du, wie viel Kohle ich dem in letzter Zeit erst bezahlt habe?«

Ich zog die Augenbrauen hoch. Also war der Look beabsichtigt?

»Findest du nicht, dass es gut aussieht?« Mit einem theatralisch beleidigten Ausdruck auf den Zügen strich er sich durch das Haar und setzte sich in Bewegung.

Ich musterte ihn skeptisch. »Für einen Verbrecher siehst du einfach zu gut aus«, antwortete ich ehrlich. »Du bist eine Muschelkette und ein Surfboard davon entfernt, auf den Anzeigen für Stranderinnerungen abgebildet zu werden.«

»Denkst du, ich könnte eine Modelkarriere anstreben?«

Ich lachte ein wenig zu laut. »Wenn das dein Traum ist.«

In dem Bereich des Middle-Levels, in dem wir uns befanden, waren wir hoch genug über den meisten anderen Gebäuden, um nicht beobachtet werden zu können, und gleichzeitig zu weit unter dem Upper-Level, um von dort aus gesehen zu werden. Nur ein Bürogebäude grenzte direkt an das Dach an, auf dem wir uns entlangbewegten. Nur hinter wenigen der Fenster brannte Licht. Die Geräusche von etlichen Klimaanlagen übertönten die unserer Schritte.

»Gibt's was Neues zu meinem Modell?«, wollte ich wissen.

Ich war durch all die Gefallen, die er noch einfordern musste, so verschuldet bei Johnson, dass es mich inzwischen nicht mehr störte, ihn um mehr Dinge zu bitten. Ich war mit meinem funktionierenden ADIC sicher genug, dass ich ihn und seine Bande vermeiden oder unschädlich machen könnte, wenn er sie irgendwann einfordern würde. Deswegen hatte ich ihn gebeten, einen neuen Körper für Julien zu finden. Irgendein Kampfmodell, keins von den klassischen Dingern, die man an jeder Ecke kaufen konnte.

»Ich hab ein paar schöne gefunden.« Er sah mich an, und ich wusste, dass ich die Bilder aus seinen Gedanken auslesen sollte, als er an die Modelle dachte.

Das war interessant. Zwei männliche Modelle, aus einer ähnlichen Produktionsreihe wie Julien, mit vielen Waffen und Überwachungsmechanismen. Deutlich bessere Werte hatte allerdings ein weibliches Modell, das bereits mit hochmoderner Technologie ausgestattet war.

»Sieht gut aus«, murmelte ich. »Ich schaue die mir mal genauer an.«

»Du solltest das weibliche Modell nehmen«, sagte er, doch ich zögerte. Ich war unsicher, inwiefern Julien etwas daran gelegen hatte, ein Mann zu sein. Er war ein Android, aber wenn ich seine komplette Programmierung auf einen weiblichen Körper übertrug, kam es vielleicht zu Komplikationen.

»Aber du willst sicherlich ein Modell mit einem …«

»Fresse halten«, unterbrach ich ihn sofort.

Johnson grinste vieldeutig und lenkte das Thema danach auf mich. Mit einer ausladenden Handbewegung deutete er auf mein Outfit. »Sicher, dass du kein Vollzeitmitglied werden willst? Ich könnte dich zu meiner rechten Hand ernennen. Damit gehen … Vorteile einher.«

»Hast du vergessen, dass ich sehen kann, an was du denkst, wenn du *Vorteile* sagst?«

Für einen Moment sah er etwas erschrocken aus, dann schürzte er die Lippen, als müsste er ein Lächeln unterdrücken. »Du bist so scheiße, Oracle«, grummelte er mit einem Grinsen.

»Danke«, säuselte ich. »Können wir uns jetzt konzentrieren?«

»Was auch immer du sagst, Boss.«

Ich spähte in einige der Fenster der leeren Büroräume hinein, die direkt neben uns lagen. Die meisten Geschäftsleute waren bereits daheim, was uns sehr gelegen kommen sollte.

Aber eine Person arbeitete in diesem Gebäude um diese späte Uhrzeit immer.

»Da vorn sollte der Raum sein«, murmelte Johnson und zog seine Waffe aus der Tasche. Ich hatte ihn mehrfach gebeten, eine Betäubungsmunition auszuwählen. Seine Gedanken bestätigten mir, dass er sich an diese Abmachung gehalten hatte.

»Mit der Putzkraft im Gebäude hat alles funktioniert«, sagte ich.

Wir hatten jemanden eingeschleust, der das Fenster davon abhalten sollte, sich komplett zu schließen. Ich hatte die Gedanken des Mannes vor wenigen Minuten erst überprüft.

»Gut. Also rein, raus und ab ins Sub-Level«, sagte Johnson leise.

Wir näherten uns dem Raum, der genau auf einer Ebene mit dem Dach lag. Je weiter wir kamen, umso enger hielten wir uns an der Wand, um nicht gesehen zu werden. Das kühle Licht der Neonröhren drang aus dem Zimmer.

Wir warfen einen Blick hinein, und mein Herz schlug etwas schneller, als ich ihn sah. Konzentriert und vollkommen abgelenkt an seinem Rechner arbeitend.

Adalian.

Er hatte sich die Haare blond gefärbt und sie in sein Gesicht gestrichen, um seine Identität zu verschleiern. Sein Arbeitgeber steckte außerdem mit ihm unter einer Decke. Den würde ich später hochnehmen, wenn diese Sache hier vorbei war.

Adalians Versteckspiel würde hier und jetzt jedoch enden.

»Bereit?«, fragte Johnson, und ich zuckte mit den Schultern.

»Du bist derjenige, der die Arbeit macht.«

»Na gut.« Routiniert checkte er erneut seine Waffe, dann machte er einen Satz nach vorn und trat das Fenster mit dem schweren Stiefel auf. Adalian duckte sich so schnell unter den Tisch, dass Johnsons erster Schuss ihn verfehlte.

Während mein Begleiter auf ihn zusetzte, versuchte Adalian in geducktem Zustand zur Tür zu gelangen. Ich war jedoch näher dran.

So schnell ich konnte, sprang ich in den Raum und machte einen Satz zur Tür. Der Ausdruck der Angst auf Adalians Zügen gefiel mir überaus gut, als er vor mir stand und höchstwahrscheinlich begriff, was ihm blühte. Allein der Umstand, dass wir ohne die Polizei hier waren, sollte ihm genug sagen.

Dieser Moment der Orientierungslosigkeit war ausreichend für Johnson, um einen weiteren Schuss abzufeuern. Er traf Adalian in den Rücken, und der junge Mann zuckte zusammen.

Johnson war weiter in den Raum getreten, wodurch Adalian es schaffte, aus dem Fenster zu klettern und auf das Dach zu flüchten. Ich hätte ihn am Arm packen und daran hindern können, aber ich wollte keine unnötige Verletzung riskieren. Er würde nicht weit kommen. Das Betäubungsmittel setzte innerhalb weniger Sekunden ein.

Als hätte er alle Zeit der Welt, folgte Johnson ihm hinaus. »Na, wo willst du denn hin?«

Adalian steuerte stolpernd auf den Rand des Daches zu. Bevor er ihn erreichte, hatte Johnson ihn eingeholt und packte ihn am Arm.

Adalian konnte keine Gegenwehr mehr leisten. Sobald Johnson ihn aus dem Gleichgewicht gebracht hatte, sank er auf die Knie und sah zu ihm auf.

»Ihr verdammten …«, brachte er über die Lippen, und ich lächelte gewinnend. Danach fiel er in Ohnmacht.

Johnson warf einen prüfenden Blick auf Adalian, danach schaute er mich mit hochgezogenen Augenbrauen an. »Das ging überraschend glatt«, sagte er, ging in die Hocke und warf sich Adalian über die Schulter wie einen nassen Sack. Ich konnte nicht ganz verhindern, dass ich beeindruckt davon war, wie leicht ihm das fiel.

»Leute, ich meine es ernst! Ich habe Ressourcen. Ich kann euch mehr bezahlen, als ihr euch vorstellen könnt.«

Adalian war bereits im Auto aufgewacht, aber von der Betäubung nach wie vor so schwach auf den Beinen, dass er zwar laufen, sich allerdings kaum wehren konnte. Ihn an beiden Armen gepackt, zerrten wir ihn durch die dunklen Gassen des Sub-Levels.

»Dein beschissenes Blutgeld kannst du dir sparen«, fauchte ich auf seinen tausendsten Versuch hin, uns nuschelnd zu bestechen.

Die Luft im Sub-Level war im Sommer noch unerträglicher als sonst. Zwischen den Hochhäusern stauten sich Hitze und üble Gerüche so sehr, dass es sich anfühlte, als würde man durch eine Sauna laufen. »Sicher, dass Void ihn nicht fertigmachen soll?«, fragte Johnson.

Ich schüttelte den Kopf. »Nein, das überlassen wir Shanes Freunden. Ich denke, das wäre das Gerechteste.«

Wir bogen in eine lange Gasse ein, die lediglich von einer uralten Neonbeleuchtung an ihrem Ende erhellt wurde. Es fühlte sich an, als sei ich seit Jahrhunderten nicht mehr hier gewesen.

»Gerechtigkeit, hm?«, spottete Adalian und zappelte schwach. »Bist du von diesem schwachsinnigen Konzept noch immer nicht abgewichen?«

Ich lächelte mild. »Ich halte mich an Paynes Rat und bemühe mich, die Welt zu verbessern. Und Arschlöcher wie dich auszuschalten gehört dazu.«

An der Wand neben einer morschen Holztür, auf die wir zusteuerten, lehnte ein dunkel gekleideter Android. Er beobachtete uns genau.

»Ich bin leider nicht so gutgläubig wie Lora«, fügte ich hinzu.

»Wie sie wohl reagiert, wenn sie herausfindet, dass du mich hast ermorden lassen.«

»Das wird sie nicht herausfinden«, grollte ich. Sie würde es vermuten, aber ich war sichergegangen, dass sie meine Spuren nicht würde nachverfolgen können. Ich durfte mir nicht anmerken lassen, dass seine Worte tatsächlich einen wunden Punkt trafen.

Ich lächelte selbstsicherer, als ich mich fühlte, als ich den Androiden fixierte. Er erkannte mich natürlich. Diese Bar war Shanes zweites Zuhause gewesen. Er hatte jeden Tag hier abgehangen, um potenzielle Kunden für mich aufzutreiben oder mit seinen Freunden einen zu trinken.

Nach und nach löste der Türsteher sich aus seiner Starre. »Oracle. Du hast dich ja seit Ewigkeiten nicht mehr blicken lassen.«

Er hatte recht. Das letzte Mal, als ich hier gewesen war, hatte ich darüber nachgedacht, ob ich Noahs Fall annehmen sollte oder nicht. Diese Erinnerung fühlte sich an wie aus einem anderen Leben.

»Schön, dich wiederzusehen«, entgegnete ich, und die Sommersprossen auf seinem Gesicht leuchteten, als müsste er die freundliche

Antwort erst verarbeiten. Mit dem Kinn deutete er in Richtung Adalian. »Wen bringt ihr denn da mit?«

»Den Mann, der Shanes Tochter, Noor Godman, ermordet hat.«

Der Android nahm eine aufrechte Haltung ein, und sein Blick wurde ernster. »Ist das dein Ernst?«

»Selbstverständlich. Wir dachten, Shanes Freunde würden ihn bestimmt gern kennenlernen.«

Der Android lächelte und trat einen Schritt beiseite, damit wir auf die Tür zutreten konnten. »Das werden sie ganz sicher.«

Wir setzten uns in Bewegung. Johnson musste die Tür mit dem Fuß aufstoßen. Das sorgte zumindest für einen sehr beeindruckenden Eintritt. Jede Person in der Bar fuhr herum und erstarrte. Die laute Musik schaltete der alte Kerl hinter der Bar schnell aus.

Aus den Lampen in den Ecken des dunklen Raums drang nur diffuses Licht. Der Rauch von Zigaretten hüllte das ganze Lokal ein.

Genau so, wie ich es in Erinnerung hatte.

»Oracle«, sagte der Besitzer und sah mich an. »Und Void District. Wollt ihr Ärger?«

»Auf keinen Fall«, sagte ich freundlich. Mein Herz schlug vor Aufregung etwas schneller. »Im Gegenteil. Wir haben ein Geschenk für euch.«

Ich nahm Augenkontakt zu allen in der Bar auf und übermittelte ihnen die Erinnerung an Noors Tod, gemeinsam mit allen Beweisen, über die ich verfügte, um Adalians Schuld zu belegen.

Innerhalb von Sekunden spannten sich alle Anwesenden an. Sie stellten ihre Gläser ab, ballten die Hände zu Fäusten und kamen der Tür etwas näher.

Adalian machte schwächliche Anstalten, sich aus Johnsons und meinem Griff zu winden. Vergebens, nach wie vor.

»Wir dachten, es würde euch freuen, wenn wir euch den Kerl bringen, der an Shanes Untergang schuld ist«, sagte ich.

»Und was sollen wir mit ihm anstellen?«, fragte ein muskulöser Typ mit Glatze und dreckigem Hemd weiter vorn.

»Was auch immer ihr wollt.«

»Ist das eine Falle?«, fragte der Besitzer, woraufhin ich abermals Kontakt zu seinem ADIC aufnahm und ihm meinen ehrlichen Gedankenprozess schickte, um ihn davon zu überzeugen, dass ich die Wahrheit sagte. »Ich dachte, es wäre das Fairste, wenn wir ihn euch übergeben anstatt der Polizei«, sprach ich aus.

Die Anwesenden warfen einander Blicke zu, und der Besitzer grummelte anerkennend. »Sie sagt die Wahrheit.«

»Dann her mit dem Scheißkerl!«, rief ein jüngerer Mann weiter hinten. Ich hatte ihn mehrere Male mit Shane zusammen gesehen.

»Mit Vergnügen«, sagte Johnson.

Ich ließ Adalian los, und Johnson stieß ihn in den Raum hinein. Er war so schwach, dass er stolperte und auf den schmutzigen Boden fiel. Bevor er sich aufrichten konnte, stürzten die Ersten auf ihn. Sein Schrei durchriss die Stille. Er wurde so schnell umzingelt, dass ich bereits nach wenigen Sekunden gar nichts mehr von ihm sah.

Ich trat einen Schritt zurück und musste gegen das unangenehme Gefühl ankämpfen, das sich in mir ausbreitete, als seine Schmerzenslaute an meine Ohren drangen.

Was war los? Warum … warum fühlte sich das falsch an? Ich hatte doch monatelang geplant und fiebrig darauf gewartet, diesen Abschaum endlich zu fassen zu bekommen.

Warum war ich dann nicht zufrieden?

Shit. Ich war tatsächlich nicht die Person, für die Lora und Noah mich hielten. War es das, was so wehtat? Dass ich es gern wäre?

»Glücklich?«, wollte Johnson neben mir wissen und stemmte die Hände in die Hüften.

Ich wandte mich ab, setzte mich in Bewegung, und er folgte mir gemächlich.

Ich antwortete nicht.

Epilog

Die Moral eines starken Charakters

Das kunterbunte Blumenbeet vor dem gewaltigen Anwesen im Upper-Level stand in voller Pracht. Hier, im obersten Bereich der Stadt, gab es nichts mehr zwischen uns und der Sonne, die erbarmungslos auf uns niederschien.

Es roch nach Sommer, als ich zum hundertsten Mal von einem Fuß auf den anderen trat und mich bemühte, den unzähligen Journalisten um mich herum nicht im Weg zu stehen. Ihre Anzahl war einerseits überwältigend und gleichzeitig winzig für ein Ereignis dieses Kalibers. Die Regierung und die Polizei hatten darauf bestanden, dass es nicht vor der Öffentlichkeit direkt abgehalten werden sollte; was wahrscheinlich die beste Entscheidung war, damit niemand ums Leben käme.

Und alle warteten in der Hitze darauf, dass endlich jemand an das gottverdammte Rednerpult trat.

Ich warf Lora neben mir einen Blick zu. Eingepfercht zwischen den Reportern waren wir nur zwei von vielen Polizisten, die sich in die Menge gemischt hatten. Lora war deutlich wütender, als ich mich fühlte. Die Hände fest zu Fäusten geballt, eine Ader an der Stirn, sah sie aus, als müsse sie sich einen Schrei verkneifen.

Und auf einen Schlag wurde es um uns herum still. Die Journalisten und Kameramenschen verstummten nicht nur, sie hielten auch in ihren Bewegungen inne.

Und da stand er: Boston Everick.

Richterin Okoro hatte sich dazu entschieden, Boston wieder als Vorstand von Hypermind einzusetzen. Niemand war mehr mit den firmeninternen Prozessen, den Mitarbeitern und der Technologie vertraut als er. Unter strengster Überwachung sollte er das Unternehmen führen dürfen. Stets in Begleitung mehrerer Einsatzteams.

Der Mistkerl hatte sein Ziel erreicht. Was er alles dafür getan hatte, um die Welt von Payne und ProTEC zu befreien – scheinbar nur, um der Gerechtigkeit zu dienen –, hatte einen bleibenden Eindruck bei der Menschheit hinterlassen. Sein Plan mit dem Kollektiv war aufgegangen.

»Guten Tag, alle zusammen«, sprach er in das Mikrofon. Seine Haare waren frisch gestylt, er trug einen gut aussehenden Anzug mit dunklem Blumenprint, und das Hypermind-Logo prangte auf seiner Brusttasche.

Nach wie vor war es totenstill um uns herum.

»Wie man Sie informiert hat, wurde darüber entschieden, dass ich von heute an als Vorstand von Hypermind eingesetzt werde.«

Die Journalisten blieben still, immerhin war das eine Information, die sie längst erhalten hatten. Neben mir spannte Lora sich weiter an. Ich berührte sie sacht am Arm, um sie ein wenig zu beruhigen.

»Mir ist bewusst, dass mir viele Dinge zur Last gelegt werden, die mein öffentliches Bild für immer prägen werden. Durch genaue polizeiliche Überprüfung meiner Erinnerungen konnte allerdings bewiesen werden, dass meine Verstrickung in die Machenschaften des Syndikats nur dem Zweck diente, ebenjenes zu zerstören. Um die Persönlichkeitsrechte Unbeteiligter zu schützen, kann ich Ihnen darüber leider keine Details offenbaren.« Er warf einen unauffälligen Blick zu mir, den ich standhaft erwiderte. »Dies kann jedoch von Polizei und Richtern bestätigt werden.«

Ein Journalist konnte nicht mehr an sich halten und rief Boston entgegen: »Woher wissen wir, dass Sie all diese Menschen nicht bestochen haben?«

Die Frage schien Boston nicht zu stören. Mit einem charmanten Lächeln auf den Lippen sagte er: »Fragen bitte erst am Ende. Aber um Sie nicht im Regen stehen zu lassen: Ich habe alle Informationen über meine Konten der Polizei offengelegt. Mein gesamtes Vermögen wird wohltätigen Zwecken gespendet. Ich werde in meinem Dienst für Hypermind im Grunde ein Gefangener sein und keine Verfügung über das von mir erwirtschaftete Vermögen haben.«

Ein lautes Raunen ging durch die Menge, und ich zog ebenfalls die Augenbrauen in die Höhe. Ich war in den letzten Tagen so damit beschäftigt gewesen, meine Spuren in Adalians Fall zu verwischen, dass ich mir die genauen Bedingungen von Bostons Wiedereinstellung nicht genau hatte ansehen können.

Lora wandte sich zu mir um. Im Gegensatz zu den Journalisten nicht mit einem beeindruckten, sondern mit einem ehrlich irritierten Ausdruck auf dem Gesicht. »Ist das sein Ernst?«

Ich überprüfte sowohl seine Gedanken als auch die der Polizisten um ihn herum.

Es stimmte. Er hatte sich dazu bereiterklärt, das Leben eines Gefangenen zu führen. Nur, um diesem Unternehmen zu dienen. Wie konnte er dabei keine Hintergedanken haben? Ich sah seine Gedanken, und ich verstand sie noch nicht.

»Er sagt die Wahrheit«, teilte ich Lora mit.

»Mein einziges Ziel ist es, dem Unternehmen zu dienen, das von Beginn an in Händen meiner Familie war«, fuhr er an die Allgemeinheit gerichtet fort. »Hypermind ist mein Leben. Das war es schon als Kind. Und ich bin absolut bereit, alles aufzugeben, um dieses Unternehmen weiter in die Zukunft führen zu können.«

Und um frei zu sein, las ich aus seinen Gedanken. Das war wohl ein nachvollziehbarer Gedanke.

»Liebe Menschen der Welt«, begann er nun offiziell. »Das vergangene Jahr war eins der schwersten und beängstigendsten, das viele von uns erlebt haben. Neben wichtigen Figuren aus der Wirtschaft, der Politik und dem Rechtssystem sind vor Ihren Augen Personen diskreditiert worden, in die Sie, als Menschheit, endlos viel Hoffnung gesetzt haben. Zuerst Bennie Haloren, der im Kampf um

Schutz und Sicherheit einen der größten Konflikte der Menschheitsgeschichte provozierte. Und Payne Hax, der Morde beging, um Tode zu verhindern. Was bedeutet das für uns? Dass wir in einer Welt leben, in der niemand mehr versuchen sollte zu helfen?« Er legte eine Pause ein und sah in die Kameras, als erwartete er, dass jeder diese Frage für sich selbst beantwortete.

»Natürlich nicht«, setzte er schließlich fort. »Ich denke, an was es unserer Welt derzeit am meisten mangelt, sind unerschütterliche Werte.«

Erneut sah er mich an. So intensiv, dass einige der Umstehenden sich zu mir umdrehten.

»Aber ein Mensch kann seine Werte und Ziele nicht kennen, wenn er sich selbst nicht kennt. Bennie Haloren hatte laut seiner Rede im Dezember nie Gewalt im Sinn – trotzdem hat er sich von einer korrupten Welt dazu treiben lassen. Payne Hax wollte stets den ärmsten Menschen helfen – und verriet diesen obersten Wert im Kampf gegen das System.

Ich kann nicht über diese Personen urteilen, denn meine Ziele sind nicht so groß wie ihre. Ich strebe nicht nach dem Weltfrieden oder der Rettung des Planeten.«

Ein kleines Raunen ging durch die Menge, als er das sagte. Ich bemerkte, wie selbst ich gebannt an seinen Lippen hing, um zu erfahren, was er im Sinn hatte.

»Mein Wunsch für die Welt sind Ruhe und Verbundenheit. Ein unterschätztes Privileg, nach dem Menschen aller Schichten streben. Ich genauso sehr wie jeder Einzelne von Ihnen. Selbstverständlich kann ich Ihnen keine Versprechen machen, doch ich kann Ihnen eines sagen: Ich kenne mich selbst. Ich weiß, was ich will. Ich weiß, wofür ich kämpfe. Nicht alle meine Handlungen waren legal, aber ich weiß, dass ich keine von ihnen bereue.

Nicht eine. Etwas, das Haloren, Hax und die meisten unter Ihnen wohl nicht von sich behaupten können.«

Warum hatte ich den Eindruck, als würde er das zu mir persönlich sagen? Dennoch las ich eine gewisse Überheblichkeit aus seinem ADIC, jedoch keine Hintergedanken.

»Und genauso möchte ich mein Unternehmen führen: mit unerschütterlichen Zielen. Und ohne Reue. Das ist mein Weg in die Zukunft. Vielleicht ist es auch der Ihre.«

Ein kleiner Applaus brach aus. Als Boston die Journalisten dazu aufforderte, Fragen zu stellen, und die Menge schließlich in tosenden Lärm ausbrach, stand ich wie ein Fels regungslos zwischen ihnen.

Boston und ich sahen einander einfach nur an. Und plötzlich war da dieses seltsame Gefühl in mir. Eines, das ich nie zuvor gespürt hatte.

Die Gewissheit, dass ich niemals Frieden finden würde, wenn ich mich nicht entschied, wer ich eigentlich sein wollte.